LA FIANCÉE GITANE

"Actes noirs"

Titre original :
La novia gitana
Éditeur original :
Penguin Random House, Barcelone

ISBN 978-2-330-11829-7

CARMEN MOLA

La fiancée gitane

roman traduit de l'espagnol
par Anne Proenza

ACTES SUD

I

LE CIEL DANS UNE CHAMBRE

Quand tu es ici, avec moi,
cette pièce n'a plus de murs
seulement des arbres, des arbres infinis.

Au début cela ressemble à un jeu. Quelqu'un enferme un enfant dans un lieu obscur et celui-ci doit tenter d'en sortir par ses propres moyens. D'abord, il lui faudrait trouver l'interrupteur ; mais l'enfant ne le cherche pas, parce qu'il pense encore que la porte peut s'ouvrir à tout moment.

La porte ne s'ouvre pas.

C'est peut-être aussi un concours de résistance, le gagnant est celui qui reste le plus longtemps silencieux, celui qui ne demande pas d'aide. L'enfant colle l'oreille contre la porte en bois, délabrée. Il entend un bruit assourdissant, une moto qui démarre et s'éloigne. Il comprend alors qu'il est seul. S'il se mettait à crier, il entendrait l'écho de sa voix dans cet espace lugubre, poussiéreux et humide. Mais il a si peur qu'il ne gémit même pas.

Maintenant, il doit trouver l'interrupteur. Ses mains tâtonnent sur le mur. Il évite les obstacles, doucement, pour ne pas tomber. Il y a une ampoule au plafond, il doit y en avoir une. La pièce ne compte qu'une unique fenêtre, étroite et longue, dans la partie supérieure du mur, mais le soleil s'est couché il y a déjà une heure et seules subsistent les premières ombres de la nuit.

Il ne sait pas pourquoi on l'a enfermé.

Dans l'obscurité, ses pas de somnambule le font buter contre ce qui semble être une machine à laver. Il pourrait tenter de la mettre en marche, pour que le bruit de l'eau lui tienne compagnie pendant que le tambour tourne. Mais il ne le fait pas. Il continue d'explorer le lieu, effleurant le mur d'une seule main, comme un aveugle. Il veut trouver l'interrupteur de la lumière, mais ses doigts heurtent le manche d'un outil, une pelle qui tombe sur le sol avec fracas.

L'enfant fond en larmes et met un peu plus de temps qu'il n'en faut pour distinguer le grognement sourd qui provient d'un coin. Il n'est pas seul. Il y a un animal qui se cache. Ce n'est pas la première fois qu'il l'entend, il sait qu'il rôde la nuit par ici : ses gémissements et ses halètements sont si forts qu'il a parfois imaginé qu'il s'agissait d'un loup. Mais c'est seulement un chien qui s'est introduit dans la grange de la ferme, celle qu'il voit depuis la fenêtre de sa chambre et dans laquelle on lui a toujours interdit d'entrer. C'est là qu'il a été enfermé, dans cette grange interdite, où il est incapable de se diriger dans l'obscurité parce qu'il n'en connaît pas l'espace.

Il parvient presque à distinguer deux petits points lumineux dans l'obscurité du fond. Il recule instinctivement. Il a l'impression que les points s'avancent vers lui, mais peut-être est-ce la peur qui est en train de créer cette image. Cela lui semble impossible que l'on ne puisse distinguer que ces deux petites lueurs. Quand, soudain, il ne les voit plus. À la place, il sent une douleur intense, aiguë, dans la jambe. L'animal est en train de le mordre.

L'enfant écarte la bête de son corps avec ses deux mains. Il sent une nouvelle attaque et pousse la tête de l'animal avec le pied. Les coups qu'il donne avec les pieds et les mains le font reculer. L'enfant entend des halètements et puis plus rien. On n'entend plus aucun bruit et le silence lui semble encore plus terrifiant.

Il recule vers la porte avec précaution, prêt à repousser une nouvelle attaque si le chien cherchait à se lancer de nouveau. C'est à ce moment-là qu'il effleure l'interrupteur avec sa main. C'est incroyable qu'il ne l'ait pas trouvé avant, mais, pour une raison ou une autre, il avait justement évité ce bout de mur.

Une ampoule de travers pend du plafond. Elle éclaire assez pour qu'on comprenne que la grange abrite des caisses remplies de vieilles couvertures et de cassettes, des livres, des outils agricoles, une machine à laver, une bicyclette rouillée avec une seule roue et un tas d'autres choses.

Le chien se trouve derrière un évier avec un robinet, un petit lavabo. C'est un chien errant à qui il manque une patte.

Sans quitter des yeux l'animal, l'enfant s'empare de la pelle qu'il a trouvée auparavant, celle qui est tombée sur le sol. Le chien gronde. L'enfant lève la pelle. Il est surpris d'être capable de manier un tel poids aussi facilement. Ce doit être ça, l'instinct de survie : quelque chose lui dit qu'ils ne peuvent survivre tous les deux dans cette prison.

L'animal avance et boitille avec peine vers l'enfant. Il le fait d'une façon si molle qu'il n'est plus menaçant. Mais il recommence à lui mordre la cheville comme s'il s'agissait d'un os à ronger dont il fallait extraire la dernière goutte de moelle. L'enfant balance un coup de pelle au chien. L'animal s'effondre avec un léger grognement. L'enfant le frappe plusieurs fois sur la tête, jusqu'à ce que la pelle devienne trop lourde pour lui. Il s'assoit alors sur le sol et se met à pleurer.

Sa cheville, marquée par les dents de l'animal, le fait souffrir. Sa chaussure aussi est tachée de sang. Il se déchausse et découvre la blessure faite par le chien lors de la première attaque. La peur aidant, il ne s'était rendu compte de rien.

La lumière s'éteint alors.

L'écho multiplie les halètements de l'enfant, mais celui-ci s'oblige à contrôler son souffle pour pouvoir écouter si c'est lui ou le chien qui respire. Ce n'est pas le chien. Le chien est mort.

1

— Su-sa-na ! Su-sa-na ! Su-sa-na !

Les amies de Susana crient, applaudissent, dansent avec enthousiasme, comme celles des quinze ou vingt fiancées qui l'ont aujourd'hui précédée au Very Bad Boys de la rue Orense. Il n'y a pas un seul homme dans l'assistance, seulement des femmes, en groupe, qui enterrent des vies de jeunes filles ou font la fête entre amies ; certaines portent de ridicules bites sur le front ; d'autres des rubans de miss sur la poitrine célébrant le prénom de la reine de la fête ; un groupe arbore même des tee-shirts avec la photo de la future mariée… Les amies de Susana sont comparativement plus discrètes : elles ne portent que des tutus roses de danse autour des hanches.

— Susana ! Susana ! Susana !

Depuis déjà un bon moment, Susana redoute l'heure où ce sera son tour d'être au centre de l'attention, et ça y est, c'est à elle. Elle a droit à deux danseurs : le premier, blond, a l'air d'être suédois, un Viking ; l'autre, métis, est sans doute brésilien. Ils ont commencé leur show déguisés en policiers, mais ils sont déjà presque nus, très attirants tous les deux, poitrines larges et jambes fortes, musclés, les cheveux rasés sur les côtés de la tête mais longs au-dessus, épilés entièrement, la peau brillante de l'huile dont ils se sont enduits avant de passer sur scène… Ils ne portent plus qu'un petit slip, rouge pour le Viking, blanc pour le métis. Susana a peur qu'ils ne lui demandent de l'enlever avec ses dents, comme l'ont fait plusieurs des fiancées qui l'ont précédée sur scène. Si son père la voyait… C'est ce genre de choses qui le met en colère contre elle.

— Ne t'inquiète pas, on ne va rien te faire, lui murmure le métis, rassurant, en bon espagnol.

Susana avait tort, il n'est pas brésilien mais cubain.

Elle se retrouve sur la petite scène, la musique est ensorcelante et on l'a assise sur une chaise ; l'un après l'autre, les deux danseurs se rapprochent, la frôlent avec leurs parties génitales, dansent autour d'elle, passent leurs mains sur son corps. En entrant dans la boîte, toutes les invitées ont tenu la même promesse : "Rien de ce qui se passe au Very Bad Boys ne sort du Very Bad Boys." Aucune de ses amies ne racontera donc ce qui s'est déroulé ici à personne et encore moins à Raúl, celui qui, d'ici quelques semaines, deviendra son mari. Elle sait qu'elle ne finira pas comme la fiancée précédente, celle du groupe avec les bites sur le front, qui s'appelait Rocío : tout le monde a vu un des danseurs se barbouiller le pénis de crème chantilly que la future mariée a retirée avec sa langue, jusqu'à le rendre complètement propre, pour le plus grand délire de ses copines. Elle ne fera pas ça, même si personne n'irait cafter. Ses amies la traitent de refoulée et la considèrent plutôt comme une oie blanche. Son père, au contraire, pense qu'elle est pire qu'une pute ; elle sait qu'elle n'est ni l'une ni l'autre.

Elle n'arrive pas à distinguer ses copines, mais elle les imagine toutes hurlant et riant. Toutes sauf une, Cintia, à qui elle devra aller parler ensuite, pour lui expliquer que cela n'a aucune importance, qu'elle se contente de faire ce que tout le monde attend d'une future mariée.

Le métis tient parole et ni lui ni le Suédois ne la mettent en position de faire quelque chose qu'elle ne veut pas ou de refuser, ce qui gâcherait la fête. Elle suppose que le Viking et le Cubain voient défiler des dizaines de fiancées par semaine et savent très bien jusqu'où ils peuvent aller avec chacune, rien qu'en les regardant. Ils dansent, finissent de se déshabiller, se frottent un peu plus contre elle et l'aident à descendre de la scène, polis et respectueux malgré l'ambiance.

Marta, la plus délurée de ses amies, qui ne peut imaginer un mariage sans enterrement de vie de jeune fille, et qui a donc tout organisé, lui parle à l'oreille.

— Ils ne t'ont pas proposé d'aller dans leurs loges ?

— Non.

— Tu es vraiment chochotte ; avant mon mariage, j'ai suivi le blond qui a dansé avec toi dans sa loge, juste après le spectacle.

— Et qu'est-ce que tu as fait ?

— Devine… Exactement ce à quoi tu penses. Et je t'assure que la sienne est au moins deux fois plus grande que celle de Raúl, même si je n'ai jamais vu celle de Raúl. Rocío, celle qui est passée avant toi, je parie qu'elle est en train de se faire ses deux pompiers et tes deux policiers.

Susana n'est pas comme ça. Elle ne pense pas à baiser avec les stripteaseurs, même si les autres fiancées le font, même si sa copine Marta – dont le mariage n'a duré que cinq mois, ce qui ne l'étonne pas – l'a fait. Elle regarde autour d'elle, craintive, et elle ne voit pas la seule fille du groupe qui l'intéresse vraiment.

— Et Cintia ?

— Elle est partie quand tu étais sur scène. Mais d'où as-tu sorti une amie aussi pénible ?

Cintia est la seule de ses invitées avec qui elle n'était pas à l'école, celle qui est différente. Elle aurait dû prévoir qu'elle ne s'entendrait pas avec les autres. Mais elle ne pouvait pas ne pas l'inviter, pas elle ; en vérité, ç'aurait dû être la seule invitée. Elle aurait dû faire deux enterrements de vie de jeune fille, un pour Cintia et un pour les autres.

Pourquoi es-tu partie ?

Dans le taxi, en route vers El Amante, tout près de la calle Mayor, où elles vont prendre un verre parce que, selon Marta, c'est l'endroit le plus branché de Madrid, elle a envoyé un WhatsApp à son amie. Mais, deux heures plus tard, Cintia ne l'a toujours pas lu, les coches ne sont pas devenues bleues. En sortant d'El Amante, Susana jette à nouveau un coup d'œil, elle est inquiète, elle voudrait une réponse.

Au cours de ces deux heures, plusieurs groupes de garçons sont entrés. Ils les ont invitées à boire des verres, l'ont encouragée à les accompagner dans les toilettes pour partager un rail de coke, ce qu'elle a refusé ; il y en a un qui était footballeur, à la retraite déjà, et elles se sont fait prendre en photo avec lui. Les amies d'un côté, en groupe ; la fiancée de l'autre, seule avec lui, enlacée par la taille… Le footballeur lui a bien proposé de rentrer avec lui, peut-être qu'elle lui a plu, peut-être que ça l'excite de coucher avec une fille presque mariée. Susana n'a pas eu trop de mal à s'en débarrasser, elle est très jolie – elle a même pensé à devenir mannequin à un moment – et elle est habituée aux dragueurs depuis des années.

— Et maintenant, on va dans un bar clandestin près d'Alonso Martínez, propose Marta. Ils ne ferment pas de la nuit et j'ai le mot de passe pour entrer.

— Maintenant, on rentre à la maison, c'est l'heure, répond Susana. Et elle met tant de conviction dans son affirmation que les tentatives de ses amies pour la convaincre de continuer la fête jusqu'au bout de la nuit sont plus symboliques que réelles.

En descendant du taxi, à deux rues de chez elle parce que les rues du quartier sont compliquées et qu'il faut faire un grand tour en voiture pour arriver en bas de son immeuble, elle se rend compte qu'elle porte encore le tutu rose. Elle l'enlèvera en haut. Elle regarde son téléphone et vérifie que Cintia n'a pas lu le message qu'elle lui a envoyé en sortant du Bad Boys. Elle lui en écrit un autre.

Je viens d'arriver à la maison, épuisée. Tu n'es pas fâchée ? Tu m'as manqué.

Tout le monde trouve ridicule que Susana écrive sur WhatsApp en suivant les principes de l'Académie royale, c'est-à-dire sans fautes ni abréviations, en respectant jusqu'aux signes de ponctuation. Cintia, elle, répondra avec des émoticônes, sans voyelles, usant un galimatias qui lui semble parfois impossible à déchiffrer. Susana se rend compte qu'elle a à peine pensé à Raúl de toute la nuit, mais cela ne la surprend pas, ni ne la fera changer d'avis : elle l'épousera, même si son père cesse de lui parler, même si Cintia se met en colère. Ce n'est pas de l'amour, cela n'a rien à voir avec l'amour.

La rue Ministriles, où se trouve le petit appartement de Susana, est complètement déserte, n'importe qui aurait peur de s'engager, de nuit, dans cette rue obscure où la mairie semble avoir oublié de mettre des réverbères. Mais elle est habituée et ne craint rien. Elle n'est pas disposée à vivre dans la peur comme l'a toujours voulu sa mère. Elle ne tient pas compte des dizaines de recommandations et de conseils, rien ne va lui arriver, sa famille a déjà épuisé sa dose de malchance pour plusieurs siècles. Elle l'a entendu dire dans un film : deux bombes ne tombent jamais au même endroit, il n'y a pas de lieu plus sûr que le cratère d'un obus.

Quand elle sent le coup sur sa tête et le mouchoir qui lui couvre la bouche, elle n'a pas le temps de réagir, il lui restait deux mètres pour arriver à sa porte, elle était déjà en train de sortir la clé de son sac, elle rêvait de se coucher et de vérifier si Cintia avait lu ses messages… Elle sent juste qu'elle perd ses forces, qu'on la traîne et qu'on la porte à l'arrière d'un véhicule, peut-être une fourgonnette. Rien d'autre.

2

La Quinta de Vista Alegre, dans le quartier de Carabanchel, est une magnifique propriété dont l'époque de splendeur se situe au XIXᵉ siècle, lorsqu'elle est devenue la résidence d'été de la reine María Cristina de Bourbon puis, plus tard, la résidence du marquis de Salamanca, le promoteur qui a inventé le quartier de Salamanca à Madrid.

— Je n'ai pas osé m'approcher pour ne rien toucher. Dès que je l'ai vu je vous ai appelés. – Le gardien de la Quinta de Vista Alegre est nerveux, il veut que les policiers se chargent du corps apparu ici. – C'est la première fois que je trouve une morte, mais ça devait arriver, c'est trop à l'abandon ici.

Ángel Zárate, le policier qui va s'occuper de l'affaire avec son collègue Alfredo Costa, a intégré très récemment le commissariat du quartier. N'ayant pas encore eu le temps de visiter la Quinta, il regarde, surpris, tout autour de lui. Le palais et les jardins qu'ils viennent de traverser semblent s'être maintenus immobiles dans le temps et on s'attendrait plus à y rencontrer une dame vêtue d'une robe du XIXᵉ siècle qu'une morte du XXIᵉ.

— Ça ressemble au Retiro, commente-t-il avec admiration.

— C'est mieux que le Retiro, sauf que personne ne s'en occupe. Vous connaissez les politiciens, ils ne trouvent pas d'argent quand ça ne leur rapporte rien. Évidemment, ils sont moins radins lorsqu'il s'agit de leurs banquets ou de leurs voitures de luxe. Ici il y a deux petits palais, l'ancien de la reine, le nouveau du marquis, et aussi une résidence pour vieux ; et il y a même eu un orphelinat. On a bien entendu dire à un moment que l'université de New York voulait louer, s'installer et tout rénover, mais rien ne s'est passé, regardez dans quel état c'est.

Les gens qui critiquent à tout rompre les hommes politiques l'ennuient, même quand ils ont raison. Il est plus facile de rejeter la faute sur eux que d'agir pour améliorer les choses. Et ces jardins ne sont pas si mal entretenus, plutôt mieux que d'autres parcs municipaux. Il semble n'y avoir ni groupes ni dealers, et pas de balançoires cassées.

— Vous m'avez dit que vous vous appeliez… ?

— Ramón, pour vous servir, s'empresse de répondre le gardien, sans donner son nom de famille.

— Quand avez-vous trouvé la morte, Ramón ?

— Il y a à peine une demi-heure. C'est une chance que je sois allé jusqu'à cette zone, celle de l'ancien orphelinat de La Unión. J'ai grandi là, voyez-vous ? La vérité, c'est que ça fait plusieurs jours que je me tiens sur mes gardes. En général, la nuit, il y a toujours des mendiants qui se faufilent par là, or il n'y a personne depuis plusieurs jours.

— Je ne comprends pas le lien.

— Tout a un lien, inspecteur. Tout a une raison d'être ; toute chose finit par en entraîner une autre. Savez-vous qu'on dit qu'un battement d'ailes de papillon en Australie peut causer un tremblement de terre ici ?

C'est bien la dernière chose à laquelle s'attendait Zárate : un gardien de parc exposant son analyse de l'effet papillon. Et comme ça ne l'intéresse pas, il continue de marcher en direction du cadavre.

— Regardez, votre compagnon arrive lui aussi. Et excusez-moi si je parle tant, c'est par manque de compagnie. Je passe mes journées tout seul et mes nuits aussi depuis que ma femme est morte. Il n'y a que moi et les mendiants ici. Et maintenant la morte.

— Zárate aperçoit Costa qui s'approche. Si son collègue devait repasser les épreuves d'entrée dans la police, il aurait bien du mal aujourd'hui. D'après ce qu'il répète souvent à Zárate, à son âge, à trente-trois ans, il était costaud comme un bœuf, mais maintenant, plus proche de la cinquantaine que de la quarantaine, il aurait même du mal à faire la course avec sa grand-mère.

— Tu as vu le cadavre ?

Zárate est anxieux, les jeunes policiers n'ont pas souvent l'opportunité d'enquêter sur un assassinat. Comme dit Salvador Santos, son mentor depuis qu'il est tout jeune, l'homme qui l'a encouragé et aidé à entrer dans la police : on assassine rarement à Madrid.

— Oui je l'ai vu, mais je ne me suis pas approché. – Costa est déjà de retour et il n'est pas d'accord avec Salvador, pour lui, on tue trop et, surtout, trop aux heures où il est de garde. – Et tu ne devrais pas t'approcher non plus, sinon la police scientifique va nous faire chier et nous accuser de destruction de preuves. *Les Experts* ont fait beaucoup de mal à la police, je te le dis.

— Tu les as appelés ?

— En même temps que toi et ils devraient déjà être là.

Tous deux s'approchent de l'endroit que leur signale le gardien. Ils restent à quelques mètres de la fille. Elle porte quelque chose de rose autour de la taille.

— C'est quoi ?

— Un tutu. Quand tu auras des filles, elles te gonfleront pour que tu ailles leur acheter ce genre de trucs.

Costa a deux filles de quatorze et dix ans et l'écouter ôte définitivement toute envie d'avoir des enfants.

— Je vais m'approcher.

— Ne te fourre pas dans des embrouilles. Quand vas-tu apprendre qu'il faut se tenir le plus éloigné possible des problèmes ? On obtient des promotions par l'ancienneté, pas en jetant des cailloux dans la mare.

Les policiers de la brigade scientifique font leur apparition avant même que Zárate n'ait décidé de s'approcher du corps ou pas. Au moins, celui qui arrive est Fuentes, un des plus anciens. Et lui ne se croit pas dans une série télévisée, comme les autres.

— Vous savez qui c'est ?

— On ne s'est pas approchés.

— Putain ! Il proteste. Et comment savez-vous qu'elle est morte ?

Tous trois avancent vers la fille. En s'approchant, Zárate observe tout : elle est brune – s'il devait parier, il dirait gitane –, belle, mais le visage décomposé, comme si elle avait souffert énormément. Le tutu est sale et taché de sang, comme le reste de ses vêtements, en lambeaux.

Fuentes est le premier qui la touche, il lui ouvre un œil pour voir ses pupilles et, ce faisant, s'offre une immense surprise : un asticot en sort. Le policier scientifique pousse un cri, mais ce n'est pas à cause du ver qui sort en rampant de sa cachette.

— Elle est vivante ! Vite, ma mallette !

Un de ses assistants court vers lui, mais Susana a un spasme, le dernier. Qui sait ? En s'approchant avant, auraient-ils pu lui sauver la vie ?

— Calmez-vous ! Elle est morte et elle n'en avait plus pour longtemps. On va mettre dans le dossier qu'on l'a trouvée morte, ça vous épargnera des ennuis.

— Qu'est-ce qui lui est arrivé ? D'où est sorti cet asticot ?

Zárate est, malgré lui, décomposé.

— Ne touchez à rien, je crains que ce ne soit pas une affaire pour vous. Je vais appeler le commissaire Rentero, avertit Fuentes.

Zárate jette un coup d'œil autour de lui, le parc a cessé d'être un endroit merveilleux pour se transformer en enfer, un lieu où les mortes ont des vers qui leur sortent par les yeux.

3

— Une tartine à la tomate, madame l'inspectrice ?

Elena Blanco n'aime pas du tout quand Juanito, le serveur roumain qui la sert tous les jours – efficace, voyou et supporter du FC Barcelone –, l'appelle inspectrice en public, mais elle a renoncé à le lui reprocher.

— J'ai une tête à commander une tartine à la tomate ?

Elle n'a pas besoin d'ajouter quoi que ce soit. Juanito sort une bouteille de grappa du frigo qui se trouve sous le bar, une Nonino Friulana, une jeune, celle qu'elle aime le matin, à l'aspect transparent et limpide, et au goût sec et propre. On dit qu'il ne faut pas boire de grappa l'estomac vide, mais ça fait des années, de très nombreuses années, qu'Elena Blanco termine ses nuits avec cette boisson, quand dormir ne lui semble plus être une priorité.

— Didi, le gardien du parking situé sous la place, est venu très tôt, ce matin à l'aube. Il m'a demandé de lui servir une coupe de votre grappa.

— J'espère que tu ne l'as pas fait.

— Non, je lui ai donné de l'orujo et il l'a bu sans rechigner. Il m'a raconté qu'un couple a tiré son coup, cette nuit, au troisième sous-sol du parking.

— Dans une Land Rover rouge ?

Le Roumain sourit, les trucs d'Elena lui plaisent bien et c'est pour ça qu'il lui raconte toutes les rumeurs qui, pense-t-il, la concernent. Il essaye de temps à autre de la draguer tout en sachant que l'effort est inutile, c'est du temps perdu.

— Ce ne serait pas vous, inspectrice… ?

— Non, mais j'ai toujours pensé effectivement que si je devais tirer un coup au troisième sous-sol d'un parking, je le ferais avec un mec qui a une Land Rover rouge. Tu vois, certains ont de la chance, ils réalisent mes fantasmes. Didi t'a laissé quelque chose pour moi ?

Juanito jette un coup d'œil autour de lui, puis lui passe une petite enveloppe. Il est attentif et inquiet, comme s'il était en train de lui remettre une grosse cargaison appartenant à des trafiquants colombiens.

— N'aie pas peur, Juanito, la police, c'est moi et je ne vais pas t'arrêter.

— Vous devriez faire attention.

— Avec les Land Rover rouges ou avec les commandes ?

— Avec les deux.

— Je me demande comment tu as fait pour te décider à traverser l'Europe. Tu es tellement prudent !

Dans l'enveloppe, il n'y a que quelques grammes de marijuana que Didi cultive dans le jardin de sa maison de Camarma de Esteruelas. Sa production n'est pas suffisante pour fournir ses deux ou trois clients plus de la moitié de l'année. Mais c'est amplement assez pour Elena, qui ne fume un joint que les matins comme celui-ci, après une nuit passée à boire dans les bars et à visiter un parking avec le propriétaire d'une grosse voiture. Sachant qu'elle n'en invite que rarement à monter dans son appartement.

— Dis-moi combien je te dois Juanito, je vais aller me coucher.

Vivre sur la plaza Mayor est à la fois un luxe et une source d'ennuis. C'est un luxe parce que, du balcon, tu peux constater que la ville existe depuis des centaines d'années ; la place vient de fêter ses quatre cents ans. On raconte qu'elle a accueilli des corridas, des processions, des messes, des *autos sacramentales*, des tribunaux de l'Inquisition et même des bûchers. Depuis le balcon d'Elena on peut voir, en perspective et avec un peu d'effort, les dessins surprenants et colorés de la Casa de la Panadería et les spectacles que la mairie programme pour les fêtes. Et c'est bien ça l'ennui : des concours de danse de *choti* qui ont lieu pendant les fêtes de San Isidro jusqu'au réjouissant marché de Noël, tout se déroule sous ses fenêtres. Elle a même assisté à une démonstration de domptage de chevaux de Jerez, de son balcon et sans payer l'entrée. Du bruit, et du bruit garanti toute l'année.

Les touristes qui se rassemblent sur la place, ceux qui se font prendre en photo avec le gros Spiderman, ou avec les silhouettes de danseuses de flamenco où ils viennent poser leurs têtes, ceux qui donnent des pièces aux hommes statues ou à la chèvre au museau en bois, n'imagineraient jamais que derrière ces vieilles façades il y a un appartement comme le sien : moderne, minimaliste, élégant, de plus de deux cents mètres carrés. Lorsqu'elle en a hérité de sa grand-mère, ce n'était qu'un appartement bigarré, rempli des bibelots d'une vieille femme, mais, aujourd'hui, il serait vanté dans n'importe quel magazine de décoration.

Pour Elena, il a une valeur ajoutée : dans un recoin abrité de l'un des balcons, elle a installé un appareil photo, invisible depuis la place, caché aux touristes. L'appareil, posé sur un pied et protégé par un petit porte-à-faux, vise toujours le même endroit : l'arche qui donne sur la rue Felipe III. Il est programmé pour faire une photo toutes les dix secondes et cela depuis des années ; il est aussi connecté à un ordinateur. Elena vérifie qu'il fonctionne correctement. Des milliers de photos ont été prises depuis la dernière fois qu'elle les a analysées, c'est-à-dire hier matin. Il y en a eu des millions depuis l'installation du système, mais elle en garde très peu, plus par curiosité que par utilité.

Avant de s'asseoir devant l'ordinateur, elle met de la musique avec son iPad. Toujours la même, un tube de Mina Mazzini, la chanteuse italienne : *Vorrei que fosse amore*. Elle écoute et chante tout bas, tout en fumant le joint qu'elle s'est confectionné avec la marijuana de Didi. Elle se déshabille lentement, le propriétaire de la Land Rover lui a fait une égratignure sur l'épaule, elle se regarde dans le miroir, elle a gardé le même corps que lorsqu'elle était jeune, elle n'a pas besoin de faire de longues heures de gymnastique pour maintenir son poids et éloigner les rondeurs. Elle se met sous la douche.

Tout en sentant l'eau sur sa peau, elle pense que peut-être elle aura de la chance aujourd'hui, et qu'elle verra enfin apparaître, sur une de ces centaines de photos, le visage variolé qu'elle cherche depuis si longtemps. Le téléphone sonne, elle s'en fiche et le laisse sonner dans le vide. Il sonne à nouveau, insistant, et elle se dit que c'est peut-être urgent. Enroulée dans une serviette, laissant des flaques d'eau sur son passage, elle répond.

— Rentero ? C'est mon jour de congé aujourd'hui… La Quinta de Vista Alegre ? Je ne sais pas où c'est, mais le GPS oui, sûrement… Carabanchel ? Parfait, j'en ai pour vingt minutes, disons plutôt trente. Que mon équipe m'attende là-bas.

4

Sa prévision de trente minutes était très optimiste compte tenu des embouteillages madrilènes. L'inspectrice Elena Blanco a mis une heure à arriver et elle prend le temps d'observer son équipe au travail. Elle se sent fière : ils font exactement ce qu'elle leur aurait demandé.

— Le cadavre se trouve par là, mais son aspect est à peine pire que le tien… Tu as fait la fête toute la nuit ?

Buendía, le médecin légiste de l'équipe, est une des rares personnes à qui Elena autorise un tel commentaire. Cela fait des années qu'ils travaillent ensemble et elle lui confierait sa vie s'il le fallait, tout en souhaitant que cela n'arrive jamais : Elena n'aime confier les choses importantes à personne d'autre qu'à elle.

Si elle avait pu, elle se serait mieux maquillée et aurait camouflé les effets de sa nuit blanche. Mais elle a juste eu le temps d'enfiler un jean et une chemise, de se coiffer grossièrement et d'avaler un cachet de paracétamol. Et maintenant, oui, elle aurait plus besoin d'un café que d'une grappa. Elle s'en fera apporter un dès que possible.

— Rentero est arrivé ?

— Je ne l'ai pas vu, je ne pense pas qu'il vienne… Le cadavre se trouve par là…

L'inspectrice Elena Blanco, chef d'équipe de la BAC, la brigade d'analyse de cas, n'est jamais venue à la Quinta de Vista Alegre auparavant. Elle regarde fascinée – comme tous ceux qui sont arrivés sur les lieux ce matin – les jardins, les palais, les statues. Rien n'est entretenu, mais c'est sans doute ce qui rend l'endroit encore plus attrayant, à l'opposé d'un parc d'attractions à l'américaine ; car ici on sent l'histoire, la vraie, peut-être même qu'une reine d'Espagne a posé ses fesses à l'endroit précis où s'est assis ce vieux policier qui regarde les personnes présentes comme si tout ça ne l'intéressait absolument pas.

— Qui est-ce ?

— L'agent Costa, lui répond Buendía. C'est un des policiers qui a répondu à l'appel signalant la découverte du cadavre. Il n'a qu'une envie, c'est de se barrer, ce n'est pas comme son collègue, un certain Ángel Zárate qui, lui, se faufile partout, veut être au courant de tout. Il s'est déjà empoigné avec Chesca.

— Ce jeune homme est Zárate ?

— Un peu plus de la trentaine. Tu connais les jeunes, il fait chier parce qu'on l'a évincé de l'enquête.

— Je la lui rendrais volontiers.

Il n'est pas normal que la BAC s'occupe d'une enquête à ses prémices. En général, la brigade entre en jeu plus tard. C'est un département spécial de la police, chargé des affaires qui tournent mal, soit à cause de l'incompétence des policiers qui s'en occupent, soit parce que des soupçons d'intérêts personnels pèsent sur certains des agents ; ou encore simplement parce que certains cas sont tellement embrouillés qu'il est difficile d'en défaire les nœuds… Aux États-Unis, on la considérerait comme une super-police, en Espagne, c'est le contraire : la BAC récupère les emmerdes qu'on ne peut plus déléguer à personne. La seule différence, peut-être, ce sont les moyens mis à sa disposition : bien plus élevés que pour n'importe quel autre département policier.

— Qu'est-ce qu'on voit autour de la taille du cadavre ?

Comme tout le monde, l'attention d'Elena est attirée d'abord par ce détail.

— Un tutu de danse, il peut s'agir d'un enterrement de vie de jeune fille, c'est ce genre de trucs qu'elles se mettent.

Voilà encore un thème sur lequel Elena pourrait donner des conférences grâce à la situation de son appartement : la plupart des enterrements de vie de célibataire passent sous son balcon. Au début, c'étaient des groupes d'Anglais bourrés jusqu'aux sourcils, puis des Anglaises, tout aussi bourrées, enfin des Français, des Italiens, des Espagnols… Le truc du tutu, elle en a vu pas mal, et aussi des voiles de mariée et de la lingerie sur les vêtements. L'attirail le plus coté étant des bites en plastique portées en diadème.

— Chesca, Orduño, venez voir !

Chesca et Orduño sont aussi membres de la BAC. De bons policiers, jeunes, enthousiastes, athlétiques, ceux dont a toujours besoin Elena lorsqu'il faut utiliser les muscles en plus de la tête. Orduño vient du GEO (groupe spécial d'opération), Chesca de la brigade des homicides et disparus. Ils ont été sélectionnés personnellement par Elena, ainsi que Buendía, le légiste, et Mariajo, sa très originale experte en informatique : ce sont les gens en qui l'inspectrice Blanco a la plus grande confiance.

— À tes ordres, inspectrice.

Elena n'a jamais réussi à faire abandonner totalement à Orduño le langage militaire, mais au moins il la tutoie maintenant.

— Vire-moi tous les gens qui tournent autour du cadavre. Je doute qu'il y ait encore une piste non piétinée, mais si elle existe, je la veux. Il est probable aussi que la victime ait participé à un enterrement de vie de jeune fille, voyons si on apprend quelque chose.

Des ordres précis et clairs, les policiers auront tout le temps d'échafauder des théories lorsqu'ils se réuniront dans les bureaux de la BAC. Tout le monde sait comment Elena aime travailler et tous la respectent.

— Inspectrice, les policiers qui ont vu le cadavre en premier…

— Ángel Zárate et son collègue ? Ne t'inquiète pas, Chesca, je m'en occupe. Buendía m'a parlé d'eux.

Elle a déjà localisé Zárate du regard, mais elle préfère attendre et observer sa façon de bouger avant de lui parler. Elle n'aime pas se faire d'ennemis chez ses collègues, surtout lorsque la BAC a pris leur place, mais elle sait que c'est presque impossible. Ce n'est pas comme Chesca, dont le plus grand défaut est de se mettre à dos tous les autres policiers, comme si le reste du monde était son ennemi et la BAC sa famille.

Heureusement, Orduño, en dépit de ses manières martiales, est généralement plus diplomate.

— Maintenant qu'on est là, Buendía, dis-moi pourquoi Rentero nous a appelés.

Buendía sait qu'il doit être le plus objectif et le plus direct possible. Avec Elena, les circonvolutions ne servent à rien.

— Le premier à s'être approché du cadavre, c'est Fuentes, de la brigade scientifique. C'est un très bon policier, un vétéran, je le connais depuis des années. Lorsqu'il a ouvert l'œil de la victime, il a vu un ver en sortir. Or il ne peut s'agir de décomposition, car la jeune femme venait à peine de rendre son dernier soupir.

— De quoi peut-il s'agir ?

— On a eu de la chance que ce soit Fuentes et qu'il se rende compte que ce n'était pas un crime ordinaire ; il y a sept ans, il a suivi le cas de l'assassinat d'une autre femme dans exactement les mêmes circonstances, un crime rituel effroyable. Craignant que ce soit le même scénario, il a appelé Rentero et Rentero nous a appelés.

— C'est bon, nous voilà encore dans les crimes en série. On ne peut pas interdire aux agents de voir des films ?

— Ne le prends pas à la rigolade, Elena. J'emmène le cadavre à l'institut médico-légal pour faire l'autopsie dès ce matin.

— Je t'y rejoins très vite. En attendant, je vais parler à ce Zárate.

Elle n'a pas besoin de s'approcher, Zárate a déjà découvert qu'elle était aux commandes et il s'avance vers elle, pour protester d'avoir été écarté.

— Vous êtes la chef de cette équipe ? l'aborde-t-il d'un air fier.

— On m'a dit que c'est toi qui avais répondu à l'appel signalant la découverte du cadavre. – Elena ignore sa question pour lui montrer qui dicte les règles. – Je suis l'inspectrice Blanco, chef d'équipe de la BAC.

— Ah, c'est donc vrai que la BAC existe…

Blanco, étonnée par cette réponse sarcastique, le regarde et trouve l'homme très attirant : brun, le corps travaillé au gymnase comme la plupart des jeunes agents… S'il avait un 4×4 rouge, et qu'elle le rencontrait une de ses nuits de divertissement, elle n'hésiterait pas à l'emmener dans le parking de Didi.

— Nous allons nous charger de l'enquête.

— Pourquoi ? C'est dans la juridiction de mon commissariat.

— Pourquoi ? Parce que la vie est injuste et parce que c'est vrai que la BAC existe. Cela sera communiqué à tes supérieurs. Fais-moi le plaisir de ne pas t'immiscer dans le travail de recueillement des indices.

5

Elena n'a pas eu le temps de retourner chez elle pour se changer, elle a dû enfiler la blouse, le bonnet et le masque, obligatoires pour entrer dans la salle d'autopsie, par-dessus le jean et la chemise qu'elle portait pour aller à la Quinta de Vista Alegre. Elle n'aime pas être habillée ainsi. Rentero peut l'appeler à n'importe quel moment et elle devra aller dans un de ces restaurants de luxe ou dans le bar d'un hôtel cinq étoiles, que son chef affectionne et où il aime se réunir avec elle.

— Vous avez déjà trouvé quelque chose, Buendía ?

— On t'attendait pour commencer, répond le médecin légiste, fin prêt. Pour l'instant on l'a juste examinée de l'extérieur.

— On a des pistes sur l'identité de la fiancée gitane ?

C'est son surnom jusqu'à présent, à cause de ses traits, parce qu'on ne sait pas qui elle est.

— Elle porte un tatouage avec un papillon, on a pris des photos, on te les enverra quand on aura terminé.

Le tatouage, situé sur l'omoplate droite, est plutôt discret : un joli papillon, coloré en rouge, vert, bleu et noir.

— Et un papillon réel ? Je veux dire, est-ce que ça peut avoir une signification particulière ?

L'idée effleure soudain Elena que le ver qui est sorti de l'œil du cadavre pourrait se transformer en papillon. Dans le fond, une larve et un papillon sont une seule et même chose.

— Je ne connais rien aux papillons. On étudiera ça.

Buendía lui montre les doigts de la fille.

— Regarde sous les ongles. Il y a des particules de peau.

— Peut-être celle de son assassin ?

— Ou la sienne si elle s'est grattée, ou celle de son fiancé, ou de n'importe qui d'autre, tempère Buendía, calmant les ardeurs de l'inspectrice. On va faire des prélèvements et les analyser.

— Elle a été violée ?

Elena sait que dans les affaires de violence contre les femmes, il n'est pas rare qu'on abuse d'elles juste avant ou après leur mort.

— Non. On analysera plus à fond, mais *a priori* il ne semble pas qu'elle ait été violée.

Elena aime voir Buendía travailler : il est méticuleux, ordonné, s'affaire avec les gestes les plus sûrs qu'elle ait jamais vus dans sa vie. Autour de lui, ses deux assistantes, qui sont toujours présentes lors de ses autopsies, sont elles aussi efficaces, silencieuses, anonymes.

— Regarde là.

Buendía signale trois petits trous dans le crâne, unis par une coupure en forme de cercle. La morte est rasée sur cette partie de la tête. Une des choses qui a attiré l'attention d'Elena lorsqu'elle a vu le cadavre à la Quinta de Vista Alegre, c'est cette chevelure noire, longue et qui aurait été magnifique si elle n'était pas souillée de sang...

— La coupure circulaire est rudimentaire et superficielle, peut-être faite avec un simple couteau affûté ou un cutter, comme si elle servait juste à unir les incisions ou à marquer où elles devaient être faites. On a utilisé une perceuse électrique, petite, de très haute précision, pour faire les trous. Il y a des asticots à l'intérieur.

— À l'intérieur des trous ?

Elena se sent écœurée, même si elle ne le montre pas à ses collègues.

— J'ai bien peur que ce soit dans tout le crâne, mais ça, je ne pourrai te le dire que quand je l'aurai ouvert. Ce n'est pas agréable. Mieux vaut que tu t'écartes.

Elena se sent obligée de rester, même si la vision d'un crâne de jeune fille qu'on sectionne est vraiment très désagréable. Un appel sur son portable lui permet de s'écarter quelques secondes.

— Rentero ? Enfin, tu m'appelles… Au bar de la faculté de médecine dans quinze minutes… ? Parfait, on se voit là-bas.

Elle a encore le temps de voir Buendía utiliser les ciseaux à crâne et la scie circulaire à aspiration. Ses assistantes ont déjà préparé l'appareil qui sert à soulever la calotte crânienne.

— Bien…

L'intérieur est rempli d'asticots, des asticots qui ont bouffé tout le cerveau de la jeune fille. La vision est atroce.

— Je vais devoir appeler un entomologiste, on va voir ce qu'il peut nous raconter à ce propos, se contente de dire Buendía.

Manuel Rentero, commissaire, directeur adjoint opérationnel et numéro deux de la police espagnole, l'attend, assis à une table de la cafétéria de la faculté de médecine.

— Tu as vu ta mère ?

Ce n'est pas seulement son chef, mais aussi un très bon ami de son père qui, depuis la mort de ce dernier, est resté en relation avec sa mère. Il la voit plus souvent qu'Elena.

— Je suis sûre que c'est toi qui vas me dire où elle est.

— Tu ne le sais pas ? Sur le lac de Côme, là où elle passe toujours la fin du printemps. Ça fait longtemps que tu ne lui as pas parlé.

— Je profite aussi des vacances.

Elena doit se contenir pour ne pas se montrer trop ironique, ça fait longtemps qu'elle ne suit plus les habitudes familiales. De toute façon, elle ne veut pas blesser Rentero, il a beau être de la même classe sociale aisée que ses parents, il travaille et c'est un bon chef.

— Je reviens de l'autopsie de la fille de ce matin. C'est une horreur ce qu'on lui a fait.

— Des vers ?

— Comment le sais-tu ?

— Je le supposais. Susana Macaya, vingt-trois ans, à moitié gitane, à moitié gadji.

Rentero pose devant elle le dossier de la morte.

— Elle a déjà un nom : Susana. On a eu un cas similaire il y a sept ans.

— Similaire ou identique ?

— La morte d'il y a sept ans s'appelait Lara, Lara Macaya, c'était la sœur de Susana et elle était aussi sur le point de se marier.

Elena Blanco ne dit rien, mais elle est désormais convaincue que ce cas est le sien et qu'elle va mettre le coupable en prison. Deux sœurs assassinées sur le point de se marier, la tête remplie de vers. Elle comprend maintenant pourquoi ils ont appelé la BAC.

6

— Alors, ce sont les derniers arrivés qui commandent ?

Zárate est frustré et il obligerait avec grand plaisir le gardien de la Quinta de Vista Alegre à se taire, comme si c'était sa faute, à ce pauvre homme, qu'on les ait écartés, lui et Costa. Les policiers de la BAC se baladent tout autour en méprisant le reste du monde. La chef n'est déjà plus là, mais il y en a une plus jeune, qui passe d'un endroit à l'autre en regardant les agents en uniforme comme s'ils étaient des êtres inférieurs.

— L'important, c'est d'attraper celui qui a massacré la fille, non ? Peu importe qui commande, ce ne sont pas vos affaires. Je suppose qu'il n'y a pas de caméras.

— Non, pas de caméras, rien. Que moi. Et un jardinier qui ne vient qu'une fois tous les quinze jours. Il y a un arrosage automatique installé depuis quelques années, avant il venait plus souvent.

— Et il y a beaucoup de visiteurs ?

— Presque personne. Les gens du quartier aimeraient que le parc soit ouvert au public, mais pour le moment rien. Ici, il n'y a que moi et les quelques mendiants qui s'introduisent…

— Il y a eu des vols ou des trucs de ce genre ?

— C'est plutôt tranquille. Il y a juste eu des petits incendies cet hiver, rien de plus. Les mendiants font des feux de camp, ils se bourrent la gueule et parfois ça leur échappe ou alors ils se bagarrent entre eux. Mais jamais aucun incident plus grave, Dieu merci.

— Et vous me disiez que les mendiants ne sont pas venus depuis quelques jours ?

— Oui. Et ça m'étonne. Il fait beau, ce n'est pas un mauvais endroit pour dormir. Si j'étais vous, j'essayerais de parler avec eux.

— Je sais ce que j'ai à faire, répond Zárate, antipathique. Je parlerai avec eux le moment venu.

Il ne devrait pas perdre patience si facilement ; Salvador Santos, son mentor, a toujours insisté là-dessus : il faut savoir écouter, être attentif à ce que disent les témoins, apprendre à séparer le bon grain de l'ivraie. Il sait que le gardien a raison, mais aujourd'hui il est en colère, ça l'ennuie d'avoir été écarté de l'enquête, d'avoir été traité par cette inspectrice comme un simple agent de la circulation.

Le sac de la fille a été trouvé il y a déjà un bon moment. Zárate connaît maintenant son nom : Susana Macaya, parce qu'il a entendu un des mecs de la BAC l'annoncer à ses chefs au téléphone. Il les a aussi vus faire des moulages d'empreintes de chaussures, il y en avait des grandes, celles d'un homme lourd, qui semblaient prometteuses ; ils ont aussi trouvé un sac en plastique de supermarché duquel ils peuvent peut-être tirer des empreintes digitales. Il ne l'aurait pas ramassé, le sac avait l'air d'avoir été apporté par le vent, mais évidemment il ne l'a pas vu de près, ils ont peut-être remarqué quelque chose que lui ne pouvait pas voir. Il doit reconnaître que les agents de la BAC travaillent bien, très organisés, sans négliger d'observer le moindre centimètre. S'ils n'étaient pas si prétentieux…

— Ils m'ont dit qu'on pouvait partir.

Ce qui est exactement ce que souhaite Costa depuis qu'ils ont découvert le cadavre.

— Je reste, s'entête Zárate.

— Ne fais pas le con, c'est la BAC qui enquête, fais une croix dessus.

— Tu sais où se trouvent leurs bureaux ?

— Non, ni moi, ni personne. Je ne savais même pas qu'ils existaient pour de vrai. Nous, on est comme les curés de la paroisse et eux les huiles du Vatican, rien à voir. Oublie ce truc, il te reste beaucoup d'années à tirer, tu vas te lasser d'enquêter sur des assassinats.

— Vas-y, toi, on se voit demain.

Costa s'en va, furieux. Zárate continue de fouiner, d'un côté et de l'autre. Il pénètre dans la zone délimitée par la BAC. Il voit un mégot, se penche pour le ramasser et le mettre dans un sachet à preuves.

— Qu'est-ce que tu fous ? – La policière chieuse se précipite sur lui et lui arrache pratiquement le sachet des mains. – Fais-moi le plaisir de sortir de cette zone.

— Je suis policier et il y avait un mégot qui t'avait échappé.

— Ça m'est égal pour qui tu te prends, pour moi tu n'es qu'un vigile. Le cas nous a été assigné et tu te casses. Ou tu veux que ce soit moi qui te vire ?

— Ah oui ? Tu vas me virer ? Et comment ?

Ils se toisent tous les deux, bras pendants, poitrines bombées, comme des enfants à l'école. La différence, c'est qu'ils ne sont pas dans une cour de récréation, lui est en uniforme et elle, elle porte un gilet avec les lettres BAC sur le dos. L'autre policier, le musclé, s'approche, plus conciliant.

— Allez, Chesca. Retourne travailler. Tu t'appelles Zárate, pas vrai ? Moi c'est Orduño, excuse ma collègue, elle est souvent nerveuse.

— Elle n'a qu'à se calmer.

— Allez, on est tous du même bord. Cette enquête nous a été attribuée, ne te fais pas de mauvais sang. Qui sait si un autre jour tu ne récupéreras pas une de nos affaires ?

Il l'accompagne, de force, mais sans que ça se voie trop, en dehors de la zone délimitée. Zárate s'éloigne, mais quand il est suffisamment loin pour que personne ne l'observe, il plonge la main dans sa poche et se demande combien de temps l'agente de la BAC va mettre à s'apercevoir qu'elle n'a plus son portefeuille.

7

Les bureaux de la brigade d'analyse de cas ne se trouvent pas dans un commissariat, ni même dans un bâtiment officiel. Ils occupent le quatrième étage d'un immeuble ordinaire de la rue Barquillo qu'ils partagent avec des entreprises conventionnelles : une boîte d'informatique qui programme des jeux d'ordinateur, une compagnie d'assurances, une agence de traders. Ici, il n'y a ni uniformes, ni armes en vue, ni panneaux annonçant ce qui se passe à l'intérieur. La seule chose qui semble différencier les employés du quatrième étage des autres, c'est leur forme physique, notamment à voir Chesca et Orduño. La salle de réunions ressemble à celle de n'importe quelle entreprise : une table, des chaises, un grand tableau blanc, une fontaine à eau dans un coin…

Au sein de la brigade d'analyse de cas, personne ne garde de pistes pour soi, chacun fait son travail et le met en commun. La vraie enquête a lieu dans cette salle, où tout ce qu'on trouve est analysé au fur et à mesure ; lorsqu'une affaire est en cours, les réunions sont quotidiennes, et il y en a parfois plus d'une par jour afin de maintenir tous les membres de l'équipe parfaitement informés. Quelques heures à peine après la découverte du cadavre, ils sont tous déjà là, en train d'exposer leurs recherches, leurs intuitions. La première à parler est l'inspectrice Elena Blanco, qui vient partager les premières informations du dossier de la fiancée gitane.

— Pour le moment, les médias n'ont rien publié, mais Rentero ne sait pas combien de temps il pourra les retenir, et donc vous ne devez parler à personne, leur dit-elle. La victime, comme vous le savez déjà, s'appelle Susana Macaya, elle avait vingt-trois ans, elle était à moitié gitane et à moitié gadji et était probablement en train de faire la fête pour enterrer sa vie de jeune fille.

— Est-ce confirmé par la famille ?

— Non, nous ne les avons pas encore informés de la mort de leur fille. Ils vont arriver et je me charge de leur parler. – Elena a gardé le meilleur pour la fin : Il y a un élément particulier et c'est la raison pour laquelle le cas nous a été transféré ; en fait, ce sont deux éléments. Le premier est la cause de la mort : il semble que le cerveau de la victime a été dévoré par des vers. Le second, c'est qu'une sœur de Susana, Lara, est morte dans les mêmes conditions il y a sept ans.

Tous gardent le silence, digérant l'information, jusqu'à ce qu'Orduño ose demander :

— On n'avait pas découvert l'assassin à l'époque ?

— C'est le troisième élément discordant de l'histoire. L'assassin de Lara Macaya est en prison où il purge sa peine.

— Il peut y avoir un imitateur, quelqu'un qui copie le mode opératoire pour charger quelqu'un d'autre ?

— C'est ce que nous devons vérifier, Chesca : nous recouperons tous les détails à mesure qu'ils apparaîtront. Je veux une étude du cas de la sœur pour analyser les ressemblances et les différences. Mais une chose à la fois, il faut d'abord vérifier si cette jeune fille assistait bien à un enterrement de vie de jeune fille. Et dans ce cas où se déroulait la fête. Qui y assistait. Et s'il s'y est passé quelque chose.

— On connaît le fiancé ?

— Aucune idée, mais je l'apprendrai tout à l'heure en parlant avec les parents. Orduño, peux-tu te charger de localiser ses amies dès que nous en saurons un peu plus ?

— J'y vais tout de suite. Il n'y a pas beaucoup d'endroits à Madrid où on organise ce genre de fêtes. Je suppose que son nom suffira pour que je trouve le lieu, car il y avait certainement une réservation.

— Très bien. – L'inspectrice aime voir son équipe prendre des initiatives sans attendre qu'elle leur dise ce qu'ils ont à faire. – Mariajo, nous avons trouvé le sac de la victime. Son téléphone est éteint, je suppose qu'il n'a plus de batterie. Tu peux te charger de le remettre en marche et de regarder ce qu'il contient ?

— Oui. Aucun problème.

Mariajo est la dernière personne qu'on imaginerait être une hackeuse extrêmement compétente. Elle n'a rien d'un jeune asocial préférant le contact des ordinateurs à celui des gens. C'est une grand-mère charmante – qui a eu soixante ans il y a déjà bien longtemps – sans petits-enfants, de celles qui proposent toujours des remèdes de grand-mère pour la cataracte ou les maux de tête, de celles qui apportent des gâteaux à ses collègues et qui tuent le temps en faisant des mots croisés. Mais elle se transforme dès qu'elle s'assoit devant un clavier. Et s'il y a une personne capable de vérifier sur les réseaux sociaux tout ce qu'il y a sur Susana Macaya, c'est bien elle.

— Lorsque vous irez perquisitionner chez elle, regardez bien s'il y a des ordinateurs, des tablettes, ou autres. Je vais regarder ses comptes sur les réseaux sociaux, ajoute-t-elle.

— Je te fais confiance Mariajo, lui dit Elena avant de se retourner vers Orduño. Et toi, je veux que tu cherches des caméras autour de chez Susana.

Orduño acquiesce.

— Qu'a-t-on trouvé sur le lieu où était le cadavre ?

— En plus du sac à main de la victime, nous avons ramassé un sac en plastique avec des taches à l'intérieur, de sang je crois, ce qui ne veut pas dire qu'il ne s'agit pas du sang d'une escalope de veau ; et aussi un mégot…

— Rien de plus prometteur ?

— Des traces de pas. Profondes. Il est presque certain que ce sont celles de la personne qui a porté Susana, c'est-à-dire son assassin. Des chaussures d'homme, taille quarante-cinq. On a tout envoyé au labo.

— Et ce policier qui est arrivé avant nous ? Il vous a raconté quelque chose d'intéressant ?

— Celui-là ne se rendrait compte de rien, même s'il assistait au crime. – Chesca ne cache pas qu'elle n'a pas apprécié le collègue du commissariat de Carabanchel. – Je ne sais pas pourquoi ils acceptent des types si obtus à l'académie.

Elena n'y prête pas attention car, quelle que soit l'enquête, il y a toujours un policier pris en grippe par Chesca. C'est maintenant au tour de Buendía de parler…

— À ce stade, je n'ai pas grand-chose à ajouter. J'ai rendez-vous avec un entomologiste cet après-midi, en espérant qu'il nous éclaire un peu plus. Ce qui semble clair, c'est qu'on a fait des trous dans le crâne de la victime, probablement avec une roulette électrique de dentiste, et il y a une coupure en forme de cercle pour les unir. Dans les trous, on a trouvé des restes de polyéthylène, de polychlorure de vinyle, c'est-à-dire que la tête était recouverte d'un sac en plastique lorsqu'ils ont été faits. Peut-être est-ce celui qu'on a retrouvé ? Je l'ai déjà envoyé au labo. On lui avait attaché les mains avec un ruban adhésif quelconque, qu'on peut trouver n'importe où. Il y a aussi des analyses en cours pour voir si la fille était droguée par une substance quelconque. Je vous en dirai beaucoup plus demain.

— Merci Buendía. La réunion est terminée, tout le monde au boulot.

Avant de sortir, Chesca s'approche d'Elena pour lui demander une permission d'une demi-heure.

— C'est que j'ai perdu mon portefeuille.

— On ne te l'aurait pas volé ? Je ne sais pas si je peux faire confiance à un policier qui se fait voler son portefeuille. Quelle déception, Chesca. – Elena sait qu'il faut de temps en temps faire oublier à Chesca ses grands airs. – Prends le temps qu'il te faut.

8

Miguel Vistas montre à Carlos – un jeune détenu d'une vingtaine d'années que tout le monde appelle Caracas – comment on sèche les négatifs des photographies en les suspendant.

— Caracas, fais attention, c'est une photo, pas le slip de ta fiancée. Fais ça avec amour.

Les autres élèves s'occupent à autre chose et ne s'intéressent absolument pas au cours : l'un dort à moitié, l'autre écoute de la musique avec ses écouteurs, un autre encore est simplement là, plongé dans ses pensées. La sonnerie retentit.

— C'est l'heure, on continuera mercredi.

Caracas est le seul à rester pour aider Miguel à ranger, les autres sortent de l'atelier. Au moins, ils n'étaient pas survoltés aujourd'hui, ils étaient même plutôt endormis. Ils sont à peine cinq à s'être inscrits au cours de photographie du centre pénitentiaire Madrid VII, à Estremera, et rarement plus de trois à y assister. La photographie ne les intéresse pas, le seul avantage de ce cours, c'est qu'il permet de montrer son bon comportement, et, selon les types de peine de chacun, d'obtenir plus de jours de permission. Le premier à n'y trouver aucun intérêt est Miguel Vistas, l'instructeur, un prisonnier parmi d'autres. Il sait comme tout le monde que les photos avec pellicules, négatifs, révélateur et papier représentent le passé, qu'il sera bientôt impossible de trouver les appareils et les composants chimiques nécessaires ; qu'ils assistent aux derniers moments de cet art. Les ordinateurs, la photographie numérique vont enterrer tout ça. C'est ce qu'il raconte en commençant le cours : avec un téléphone portable on peut faire des putains de photos. Mais tant qu'on lui permet de donner son cours, ça lui rapporte un peu d'argent à dépenser à l'économat du centre pénitentiaire.

— Tu as appris quelque chose au sujet de ton recours, Caracas ?

Caracas n'est pas un vrai délinquant, seulement un pigeon à qui on a mis de la drogue dans la valise à l'aéroport de Caracas. C'est de là que vient son surnom. Un pauvre môme qui ne devrait pas être en prison : la prison, c'est pour les méchants, pas pour les idiots !

— Pour l'instant rien, on verra s'ils me répondent vite.

— Putains d'avocats, répond Miguel, qui sait exactement ce que les détenus ont envie d'entendre. Ici tout le monde est innocent et s'ils sont derrière les barreaux, c'est parce qu'ils ont été maltraités pendant leur procès.

— Putains d'avocats, oui. Le pire, c'est le mien.

Personne ne parle mieux des avocats que les prisonniers. Des avocats, des recours, des juges, des permissions, des réductions de peine… Ils finissent tous par en savoir beaucoup plus sur les lois que n'importe quel citoyen.

Miguel Vistas est un prisonnier parmi d'autres, mais il n'est pas comme ses compagnons. En prison, tout le monde profite du temps libre pour aller au gymnase, se muscler, se faire des tatouages et de nouvelles coupes de cheveux pour montrer à quel point on est un dur. Miguel non, Miguel a environ quarante ans, il est plutôt rond et, lorsqu'il se promène dans le patio, presque toujours seul, il ressemble à un père de famille provenant d'un quartier résidentiel quelconque de Madrid qui profiterait du week-end, vêtu de son chandail acheté en solde chez Alcampo.

D'après son dossier pénal, Miguel a assassiné une fille à moitié gitane, âgée d'un peu plus de vingt ans, qui était sur le point de se marier. Un crime particulièrement brutal, il lui a fait trois trous dans le crâne et y a introduit des asticots, des vers qui lui ont dévoré le cerveau. La fille a mis presqu'une semaine à mourir, consciente et souffrant de manière terrifiante. Miguel Vistas continue de dire qu'il est innocent, qu'il ne mérite pas d'être là, exposé à la vengeance des gitans. Il préfère donc ne pas en parler, se faire oublier et souvent les détenus récemment arrivés ne savent même pas pourquoi il est là. Et s'il répond parfois aux questions avec un air mystérieux qui pourrait faire penser qu'il est coupable, c'est qu'en prison, l'étiquette d'assassin atroce donne du prestige.

— Un nouvel avocat m'a demandé un rendez-vous, raconte-t-il à Caracas. Je ne sais pas ce qu'il me veut, je n'ai plus confiance en personne. Je vais le recevoir, pour voir s'il m'obtient une permission pour le week-end. Sais-tu depuis combien de temps je ne traverse pas la rue ? Sept ans. Le jour où je vais sortir, je ne reconnaîtrai plus rien.

— Rien ne change, tout reste comme avant. Salut, on se voit plus tard, je dois laver les vêtements de Mataviejas*.

— Qu'il ne t'entende pas l'appeler comme ça.

Caracas, comme Miguel avant lui, fait souvent le domestique pour les prisonniers vraiment durs : il lave leurs vêtements, nettoie leur cellule… Mataviejas s'est payé trois vieilles dames pour voler leurs économies. À peine était-il entré qu'un autre détenu a voulu lui donner une baston au cas où il aurait violé les vieilles, suivant cet antique et absurde code de la prison selon lequel il faut châtier les violeurs, les pointeurs. Mais Mataviejas, pour montrer immédiatement qu'il méritait le respect et qu'il valait mieux que personne ne tente de le traiter dans cette prison comme on traitait Caracas, tua le justicier avec un poinçon fabriqué avec le manche d'une cuillère.

— Ne t'inquiète pas, devant lui je vais même jusqu'à l'appeler "monsieur". Je ne veux pas d'emmerdements.

— Fais attention à ce que je te dis, sinon ils finiront par t'avoir. Ça va mieux quand tu suis mes conseils, non ? Même si on sait qu'ici, tôt ou tard, tout finit par aller mal.

Miguel Vistas sait de quoi il parle.

* Tue-les-vieilles. *(Toutes les notes sont de la traductrice.)*

9

Zárate a laissé sa moto sur la plaza del Rey, celle de la maison aux sept cheminées – là où, dit-on, rôde le fantôme d'une maîtresse du roi Felipe II. Il marche dans la rue Barquillo, cherchant le numéro qui apparaît sur le reçu de taxi qu'il a trouvé dans le portefeuille de la policière casse-couilles de la brigade. Il n'est pas très fier de le lui avoir volé, mais il veut connaître la BAC et c'était la seule manière de savoir comment s'y rendre. Il n'est pas certain de trouver ce qu'il cherche dans cet immeuble ancien et élégant, mais le reçu du taxi est un signe, un pressentiment qu'il faut suivre, car il est prêt à tout pour ne pas se laisser évincer de cette affaire.

— Au quatrième étage ? Personne ne m'a annoncé de visite. J'aurais dû en être informé. Si vous le voulez bien, appelez-les par téléphone et qu'ils me préviennent, sans ça, je ne peux pas vous laisser passer.

Une telle inquiétude de la part d'un simple gardien d'immeuble pour une visite à ce bureau semble disproportionnée…

— Je suis policier.

Le gardien semble se ficher pas mal de la plaque que Zárate lui montre. Et sans cette voix de femme qui résonne derrière lui, il ne l'aurait pas laissé entrer.

— Laisse, Ramiro. Je m'en charge. Qu'est-ce qui vous amène par ici ?

Il avait raison : c'est bien là qu'est la BAC, la mystérieuse brigade d'analyse de cas, et c'est sa chef, Elena Blanco, qui en franchit le seuil à l'instant. Zárate lui montre le portefeuille d'un air innocent.

— Un membre de votre équipe a fait tomber ceci à la Quinta de Vista Alegre, je suis venu le lui rapporter.

— Bien, cela lui épargnera un tas de tracas administratifs. Tu sais combien c'est compliqué de renouveler ses papiers et ses cartes de crédit. Monte, je vais te faire visiter nos installations.

Zárate ne s'attendait pas à ce que ce soit si simple de passer l'entrée, ni d'obtenir, en sus, une visite guidée.

L'ascenseur est étroit, en bois avec des grilles, installé dans la cage d'un escalier qui n'a pas été conçu pour. La proximité entre l'inspectrice et Zárate est inconfortable, mais elle ne semble pas s'en rendre compte.

— Tu l'as volé à Chesca ?

Entre l'étroitesse de l'ascenseur et la rudesse de la question, Zárate sent qu'il est impossible que l'inspectrice ne se rende pas compte que son cœur s'accélère. Il se dit que ça ne vaut pas le coup de nier.

— C'était le seul moyen de trouver la BAC. Et je ne veux pas être écarté de l'affaire.

— Pourquoi ?

— C'est ma première mort par assassinat depuis que je suis devenu policier, c'est mon destin. J'ai passé ma vie à m'y préparer…

L'inspectrice Blanco reste silencieuse jusqu'à l'arrêt du cliquetis de l'ascenseur. Zárate se demande s'il a eu raison de dire la vérité, il finit par penser qu'il va être arrêté dès qu'ils parviendront au palier du quatrième. L'inspectrice approche son badge du lecteur et la porte s'ouvre. De l'extérieur, on dirait une porte normale ; mais à voir son battant, on comprend qu'elle est blindée. Une réceptionniste les accueille.

— Verónica, fais un badge au sous-inspecteur Zárate, il va passer quelques jours avec nous.

— Mon destin…

La décision de l'inspectrice a pris Zárate de court.

— Je vais leur parler. Viens.

Elle traverse les bureaux et s'arrête. Chesca est là.

— Tiens, tu peux récupérer ton portefeuille. Tu devrais faire plus attention, Chesca : si Zárate ne l'avait pas retrouvé dans la Quinta de Vista Alegre, tu aurais dû refaire jusqu'à ta carte d'identité, dit-elle en le lui remettant.

— À la bonne heure !

Chesca regarde Zárate avec une évidente hostilité ; sans l'inspectrice Blanco, elle aurait poursuivi la bagarre commencée à la Quinta. Zárate se dit qu'il doit se méfier d'elle. Il continue de suivre l'inspectrice, qui marche jusqu'à une porte fermée.

— Les parents de la victime attendent dans cette pièce. Ils s'appellent Moisés et Sonia. On a déjà assassiné leur fille aînée, Lara, il y a sept ans et maintenant la cadette. On va leur apprendre la nouvelle.

— Vous voulez que je vous accompagne ? s'inquiète Zárate.

— Ça ne te fera pas de mal de voir qu'enquêter sur un assassinat est horriblement cruel, en dépit de toute l'envie que tu peux avoir de le faire. On ne va pas leur donner de détails scabreux, juste leur dire que Susana est morte. D'accord ?

— Bien sûr. Juste une question : pourquoi m'acceptez-vous ?

— Ça m'a plu que tu aies osé piquer son portefeuille à une policière capable de t'arracher la tête pour moins que ça. Tu mérites une récompense… Et une punition : c'est toi qui vas annoncer la nouvelle aux parents. Je suis descendue boire une grappa avant pour me donner du courage et je n'en ai toujours pas.

Zárate n'a pas le temps de digérer la phrase, Elena Blanco ouvre la porte.

— Madame et monsieur Macaya, je suis désolée de vous avoir fait venir jusqu'ici. Le sous-inspecteur Zárate va vous expliquer pourquoi.

Il est très difficile d'annoncer à des parents que leur fille vient d'être découverte morte, assassinée. Il y a les larmes, les lamentations, la douleur, les reproches voilés… Moisés, le père des deux sœurs mortes, a le chagrin plus expressif, aggravé, de plus, par une douleur évidente dans le dos. Sonia, la mère, se montre plus silencieuse, elle souffre à l'intérieur.

— Je vous promets que nous allons mettre tous les moyens en œuvre pour trouver l'assassin de votre fille.

Après avoir laissé à Zárate la partie la plus délicate de la rencontre avec les parents, l'inspectrice Elena Blanco a repris la main. Zárate se rend compte que c'est une stratégie : il donne les mauvaises nouvelles, elle ouvre l'encourageante porte de la vengeance.

10

— Ce n'est pas facile d'éduquer une fille en étant convaincu qu'il faut qu'elle apprenne à être libre, à prendre elle-même ses décisions et à commettre ses propres erreurs. – Moisés parle doucement, comme si chaque mot prononcé le faisait souffrir. – Maintenant, je regrette, j'aurais dû les éduquer comme le sont toujours les femmes de mon peuple. Je m'étais déjà trompé avec Lara, c'est ma faute si ça s'est reproduit avec Susana.

À eux deux, Zárate et Elena ont donné les détails incontournables de la mort de Susana ; ils ont dit qu'ils étaient convaincus qu'il s'agissait d'un assassinat, tout en soutenant que tant qu'ils n'auraient pas les résultats définitifs de l'autopsie, ils ne pourraient pas leur dire comment leur fille avait été assassinée.

— Elle a beaucoup souffert ? demande Sonia entre deux sanglots. La mort de Lara a été atroce.

— Le salaud qui l'a tuée est en prison. Et j'espère qu'il n'en sortira jamais, ajoute Moisés.

L'inspectrice Blanco sait qu'elle marche sur des œufs : elle ne doit pousser les parents ni à se renfermer ni à penser que leur fille n'a pas été choisie au hasard et que sa mort est une répétition de l'assassinat de sa sœur.

— Comme je vous l'ai dit, on vous donnera toutes les informations une fois l'autopsie terminée. En attendant, j'ai besoin de votre aide. Cela fait longtemps que Susana vivait seule ?

— Un peu plus de deux ans. Depuis l'anniversaire de ses vingt et un ans. Même ça, nous l'avons accepté, qu'elle ait envie de vivre seule, se lamente Moisés.

— Elle vivait de quoi ?

— De petits boulots de coursiers. Elle a aussi fait le mannequin pour des catalogues de vêtements.

Le père est fier de la beauté de sa fille.

— Parfois je lui donnais un peu d'argent, peu, ajoute la mère, en regardant Moisés avec crainte ; il est clair qu'il ne le sait pas. – Pour qu'elle finisse le mois.

— Normal à cet âge-là, tempère l'inspectrice, qui ne veut pas que Sonia craigne de dire la vérité de peur de contrarier son époux. Nous pensons que votre fille se trouvait dans une fête d'enterrement de vie de jeune fille.

— Elle devait se marier à la fin du mois, dans deux semaines. Son fiancé s'appelle Raúl, il ne me plaît pas…, reconnaît Moisés. Il travaille dans la publicité. Madame l'inspectrice, on a vécu pas mal de choses et ce jeune homme ne nous inspire pas grande confiance, il est de ceux qui passent leur vie dans les bars, qui prennent de tout ce qu'on prend aujourd'hui, de ceux qui ne se marient pas pour former une famille, mais pour avoir une fille disposée à satisfaire leurs vices…

— Vous l'aviez dit à votre fille ?

— Mille fois ! Au point que nous avions cessé de communiquer. Elle ne voulait même pas nous inviter au mariage. Heureusement que mon épouse a pu parler avec elle et lui faire entendre raison…

— Nous pensons que Susana a disparu dans la nuit de vendredi à samedi. Ce n'est pas encore une certitude puisque nous ne l'avons trouvée qu'aujourd'hui et qu'aucune plainte n'avait été déposée. Vous ne parliez pas avec elle ? demande Zárate. Blanco lui jette un regard noir : il ne devrait rien dire qui ressemble à un reproche, elle lui en fera la remarque après.

Moisés, comme l'avait pressenti Elena, lance un regard hostile à Zárate.

— Vous n'avez pas d'enfant, pas vrai ? Il y a des moments où ce n'est pas facile de s'entendre avec eux. Ce n'était pas la première fois que nous passions un week-end, même une semaine entière sans nouvelles d'elle.

— J'ai parlé avec ma fille vendredi après-midi. – Sonia n'intervient pas beaucoup et il faut tendre l'oreille lorsqu'elle le fait, c'est une femme détruite, ça se voit, elle a reçu la pire nouvelle qu'on puisse donner à une mère. – Elle allait enterrer sa vie de jeune fille avec ses amies d'enfance. Je lui ai juste conseillé de ne rien faire dont elle pourrait avoir honte ensuite et aussi d'en profiter, de s'amuser.

— Savez-vous où elle devait retrouver ses amies ?

— Elles allaient au restaurant et ensuite dans une de ces boîtes spécialisées dans ce genre de fête, je n'en connais pas le nom, je n'ai jamais été dans un endroit de ce genre, répond la femme, je sais juste que c'était dans la rue Orense.

Pendant qu'ils parlent, pendant que Zárate qui veut regagner des points pose des questions sur leur fille, sur le moyen de localiser le fiancé, sur l'identité des amies qui devaient être avec Susana ce soir-là, Elena Blanco s'abstrait. Face aux parents, elle ne veut pas penser à l'ultime image qu'elle a de Susana, celle d'il y a quelques heures dans la salle d'autopsie, le crâne ouvert et la cavité remplie d'asticots. Elle veut penser à la jeune fille dont ils se souviennent, une fille ravissante et rebelle. Elle pense aussi à la sœur aînée, morte il y a quelques années, sur laquelle elle ne met pas encore de visage parce que le dossier avec sa photo ne lui est pas encore parvenu. S'entendaient-elles bien toutes les deux ? Y a-t-il quelque chose en dehors de leur relation familiale qui les rassemble, aux yeux de l'assassin ? Y a-t-il une différence entre les deux morts qui permet de penser que ce n'est pas la même personne qui les a assassinées ? Est-ce le vrai assassin qui est en prison ? Les questions sont nombreuses. Comme à chaque affaire à laquelle elle est confrontée, il sera difficile de bien dormir – plus encore que d'habitude – jusqu'à ce qu'elle ait trouvé les réponses.

— Je ne me suis pas vengé, l'assassin de ma fille aînée est en prison. J'aurais pu me débrouiller pour qu'on le tue, j'avais les moyens de le faire, et je ne l'ai pas fait, j'avais confiance dans votre justice. Mais ça ne sera pas pareil cette fois-ci.

Elena ne sait pas si c'est une menace ou un moyen pour Moisés Macaya de libérer sa nervosité. Cela lui importe peu, elle arrêtera l'assassin ; ce qui arrivera ensuite – que ce soit l'État qui châtie ou le père qui se venge – ne dépend pas d'elle.

11

Bruno, danseur du Very Bad Boys – la seconde boîte de ce style qu'ils visitent –, se souvient parfaitement de la fille brune au tutu rose. Chesca regarde autour d'elle dans le vestiaire pendant que les stripteaseurs se préparent pour le show du jour. Elle a plaisir à voir son collègue Orduño discuter avec le Cubain : difficile de deviner lequel des deux est attendu sur scène dans quelques minutes. Orduño a plus de muscles que tous les danseurs qui se baladent par là.

— Elle semblait timide, pas à son aise, dégoûtée. Ce qui fait que je lui ai dit de ne pas s'inquiéter, qu'il n'allait rien se passer. On a dansé, terminé notre numéro et elle est partie.

Le Cubain est attirant, bien élevé, il parle bien et semble réellement affecté en apprenant ce qui est arrivé à une de ses clientes, mais il ne peut rien leur dire de plus.

— Il y a des filles que ça amuse de venir ici, d'autres qui viennent à cause de la coutume, poussées par leurs amies. Celle sur laquelle vous me posez des questions fait partie de la seconde catégorie.

— Vous souvenez-vous de ses amies ?

— Des dizaines de filles passent par ici chaque nuit. On a déjà du mal à se souvenir de celles qui montent sur scène, alors imaginez pour celles qui sont dans le public.

— On m'a dit que plus d'une d'entre elles terminent dans vos loges.

— Parfois, mais beaucoup moins que ce que les gens imaginent. La fille au tutu rose n'était pas de celles qui nous rendent visite après le spectacle. Par contre, cette nuit-là, il y en a eu une qui aura beaucoup de choses à expliquer à son fiancé avant la noce, celle qui portait un diadème avec une bite en caoutchouc.

Un des autres danseurs, mesurant un bon mètre quatre-vingt-dix et muni de cent kilos de muscles bandés, pénètre dans la loge, avec un sourire méprisant et provocateur à l'adresse de Chesca.

— Je vais me déshabiller, tu risques d'être effrayée par ce que tu vas voir…

— Je ne crois pas. J'ai déjà vu beaucoup de petites bites avant toi.

— Petites ? Si tu veux, je t'offre une passe. Si ça te dit, on va dans une des loges privées.

— Tu te sens vraiment assez viril pour moi ?

— Jusque-là, je n'ai reçu aucune plainte. Ça a toujours plu aux petites chattes comme toi.

Le danseur met une main aux fesses de Chesca, il ne sait sans doute pas qu'elle est policière, ou s'il le sait, il a pensé que c'était plus excitant. Orduño s'en aperçoit trop tard et il ne peut éviter qu'elle lui torde le bras et le fasse s'agenouiller.

— T'es folle ? hurle le danseur, en essayant sans succès de se libérer. Lâche-moi !

— Chesca, s'il te plaît, intervient Orduño sans beaucoup d'énergie.

— Ne t'inquiète pas, je veux juste donner une leçon à mon ami qui a les mains bien baladeuses… Primo, on ne touche pas les fesses d'une fille avant qu'elle ne vous en donne la permission. Secundo, aucune femme, ou presque, n'aime qu'on l'appelle chatte…

Elle serre, tord à nouveau le bras, elle serait capable de le casser. Le Cubain observe la scène avec indifférence, comme s'il l'avait vue des milliers de fois, pratiquement prêt à entendre le crac. Mais Chesca relâche le danseur.

— Que ça te serve de leçon.

Orduño rit en arrivant dans la rue, ce n'est pas la première fois qu'il est témoin de la mauvaise humeur de sa collègue.

— Tu aurais pu lui casser le bras.

— C'est vrai, j'ai même eu envie de le faire. Ce qui m'emmerde, c'est qu'on n'a rien appris de cette visite, se plaint Chesca.

— On en sait tout de même un peu plus sur Susana. C'est une fille qui ne s'amuse pas dans les fêtes. Une fille sage.

Le rendez-vous suivant des agents de la BAC, pour qui cette journée est particulièrement longue, a lieu dans les bureaux de la rue Barquillo. Les amies de la fiancée qui ont participé à la célébration au Very Bad Boys les y attendent. Toutes sont d'anciennes camarades de classe sauf une, Cintia.

— Comment as-tu connu Susana ?

Cintia est la première qui retient l'attention de Chesca. Elle ne sait pas pourquoi, peut-être à cause de ce sixième sens qui l'a amenée à entrer dans la police.

— Nous avons suivi le même cours de mannequinat.

Non seulement Cintia semble extrêmement timide, mais, de plus, elle regarde uniquement vers le sol et non en face d'elle, comme si elle avait peur d'exposer son visage. Elle est très belle et a un corps typique de mannequin : grande, mince, élancée.

— Susana a abandonné très vite, ça ne lui plaisait pas et elle n'était pas assez grande. Elle ne faisait plus que quelques catalogues de supermarché, de boutiques en ligne, des trucs comme ça. Mais nous sommes restées amies.

La conversation dérive vers les autres jeunes filles bien que Chesca continue d'observer les réactions de Cintia. La leader de la bande est Marta, celle qui répond avant tout le monde, celle qui a tout organisé, la moins affectée par la mort de Susana, ou en tout cas celle qui ne le montre pas.

— Nous étions très amies au collège et nous avons continué à nous voir après. Plutôt par habitude : des fiançailles, une soirée entre filles chaque été et guère plus. Les gens changent beaucoup avec le temps et nous n'avions plus grand-chose en commun.

— Tu soupçonnes quelqu'un qui aurait pu lui vouloir du mal ?

— Vous avez parlé avec son fiancé ? Mais bon, je ne crois pas. Raúl est un mec gentil. Il n'était pas amoureux d'elle, mais c'est un brave type. S'il ne s'en mettait pas autant dans le nez, il pourrait être un réalisateur de films célèbre. Il y a aussi le truc de sa sœur ; Susana ne parlait presque jamais d'elle, mais nous étions toutes au courant. Ça ne me semble pas un hasard que deux sœurs meurent la veille de leur mariage. Vous savez que son père est gitan ? Les mariages des gitans sont différents, non ? D'ailleurs, ça ne plaisait pas à la famille qu'elles aillent se marier avec des gadjos. Enfin, je dis ça, achève-t-elle.

Ils interrogent toutes les filles une par une séparément et il n'y a pas de contradictions. Toutes, à part Cintia, sont parties du Very Bad Boys pour aller à El Amante ; ensuite, en taxi, elles ont laissé Susana à quelques rues de chez elle avant de finir la nuit dans une boîte du quartier Alonso Martínez. Ils doivent reparler avec Cintia.

— Tu es la seule qui n'est pas restée ? Où es-tu allée ?

— Chez moi. Dormir.

— Seule ?

— Oui, seule… Je n'aime pas ce genre d'endroit, j'ai honte de voir des femmes faire ces trucs-là, comme si ces mecs avaient le droit de faire ce qu'ils veulent avec elles. C'était pathétique, ils étaient déguisés en pompiers, en policiers…

Chesca est d'accord avec Cintia, elle n'aurait pas non plus l'idée d'entrer dans un tel endroit. Orduño reste à l'écart, écoutant les questions de sa collègue et les réponses de l'amie de la fiancée.

— Pourquoi as-tu été à l'enterrement de vie de jeune fille ?

— Je ne voulais pas laisser Susana toute seule. Je regrette de m'être barrée.

Cintia fond en larmes, ce que n'a fait auparavant aucune des amies de Susana. Chesca n'est pas douée pour consoler, elle laisse ça à Orduño.

Ils lui permettent de s'en aller tout en l'avertissant qu'ils la recontacteront bientôt.

— Qu'est-ce que tu en penses ? demande-t-elle à son collègue après l'avoir mise dans un taxi.

— Qu'elles sortaient ensemble.

— Vous, les hommes, vous pensez toujours que les jolies filles sortent ensemble.

Orduño hausse les épaules.

12

Chesca n'a pas été du tout heureuse d'apprendre que Zárate allait passer quelques jours avec eux et elle le lui a bien fait comprendre. Mais elle obéit aux ordres : tout le monde sait qu'on peut discuter avec Elena, argumenter et pourquoi pas la faire changer d'opinion, mais une fois qu'elle a donné un ordre, il ne reste plus qu'à obéir.

— Je vais voir l'appartement de la victime, Zárate m'accompagne. Vous, allez rendre visite au fiancé, sans le prévenir ; pour voir sa réaction, ordonne l'inspectrice.

Ils ont encore eu une réunion cet après-midi. Buendía leur a fait le compte rendu de l'autopsie, qui n'apporte pour l'instant rien de nouveau ; Orduño et Chesca ont fait part de leurs impressions sur Cintia. Ce qui a beaucoup intéressé Mariajo.

— Les derniers messages émis par le portable de Susana étaient adressés à Cintia. Elle l'implorait de ne pas être fâchée contre elle. Cintia ne s'est manifestée que le lendemain en lui demandant pardon de s'être comportée comme une trouble-fête. Ou c'est ce que j'ai compris, elle écrit vraiment mal cette fille, il n'y avait pas une seule voyelle dans tout le message…

— Tu as eu l'impression que c'était une dispute d'amoureuses ? Orduño s'obstine à croire qu'elles avaient une histoire, se moque Chesca. Ça doit être un de ses fantasmes.

— Une conversation entre amies, rien de plus. Même si je ne peux nier qu'elles étaient très proches. En réalité, toutes les discussions du téléphone de Susana ont été effacées il y a quelques jours. Pareil pour les photos, sur la carte mémoire il y en a très peu et le reste a été effacé il y a un peu moins d'une semaine, je suppose que lorsque j'accéderai à son compte *cloud* je pourrai en dire plus.

— Il y a des choses sur les réseaux sociaux ?

— Susana n'était pas très active. Elle avait un compte Facebook, mais elle l'utilisait à peine. Elle n'avait pas de compte Twitter, ni Instagram, et n'était inscrite sur aucun autre réseau.

— Regarde celui du fiancé et celui de Cintia. Peut-être sont-ils plus actifs ? Et toi, Buendía, tente de tirer de l'entomologiste une information qui nous aide à avancer. Au boulot ! Demain matin réunion à la première heure pour tout mettre sur la table.

— C'est quoi, cette voiture ?

Zárate hallucine en montant dans la Lada Riva rouge de l'inspectrice Blanco, un pur joyau de l'industrie soviétique.

— C'est la seule voiture que j'ai jamais eue dans ma vie, c'est un classique. Et c'est vrai que je devrais penser à la changer, car j'ai de plus en plus de mal à trouver des mécaniciens pour la réparer.

Il n'est pas exact de dire que c'est le seul véhicule qu'elle ait eu : dans le parking sous son domicile, celui qui se trouve placé sous la garde de Didi, le témoin de ses fantasmes accomplis, elle conserve la Mercedes 250 berline gris perlé qu'elle a achetée pour voyager et qui ne bouge jamais. La Lada est sa préférée, celle qu'elle utilise toujours à Madrid. Celle qu'elle a prise pour se rendre ce matin à l'aube à la Quinta de Vista Alegre.

Il n'est pas facile de stationner dans la zone de Lavapiés, près de la rue Ministriles, où se trouve l'appartement de Susana. Ils garent la voiture sur une place de livraison, mais Elena ne s'inquiète pas, elle sait que Rentero fera en sorte qu'il n'y ait pas de suite si la police municipale lui met une contravention.

L'immeuble est ancien ou il serait plus juste de dire qu'il est vieux. Susana vivait au troisième sans ascenseur, accessible par un escalier étroit. Ils ont un ordre de perquisition, mais pas de double de la clé et il n'y a pas de gardien. Les gens de la brigade scientifique n'étant pas encore arrivés, ils n'ont qu'une solution : utiliser leur savoir-faire pour ouvrir la porte.

— Tu sais manier les crochets ou on appelle un serrurier ?
— Je suis un expert, se vante l'agent.
Zárate prend moins de temps pour ouvrir la porte qu'il ne lui en aurait fallu avec un double de la clé ; quelques secondes plus tard, ils pénètrent dans l'appartement de Susana.
— Aucun désordre. C'est clair qu'elle n'a pas été kidnappée ici. Elle a dû être enlevée une fois descendue du taxi qui a emmené ses amies jusqu'à Alonso Martínez, mais avant d'entrer dans l'immeuble.
— Peut-être a-t-elle aussi décidé de se rendre ailleurs avant de rentrer chez elle.
— C'est possible.
L'appartement est petit : un salon avec cuisine américaine, une chambre et une salle d'eau. Une reproduction de peinture attire l'attention sur le mur du salon ; une femme rousse, nue jusqu'à la taille, peinte sur un fond de ce qui semble être des immeubles en béton. Elena l'identifie sans avoir besoin de s'approcher.
— C'est de Tamara de Lempicka. Une peintre mi-polonaise, mi-mexicaine. Elle était bisexuelle, peut-être qu'Orduño a raison et que les deux amies avaient une histoire. Peut-être qu'elle aimait juste ses peintures. Moi, elles me plaisent bien.
— Vous vous y connaissez en art ?
— D'abord tu dois me tutoyer, Zárate, je te l'ai déjà demandé plusieurs fois et la prochaine fois je t'arrête, rétorque-t-elle. Et, non, je ne connais rien à l'art, mais j'ai visité sa maison-musée à Cuernavaca, au Mexique. Il suffit d'avoir vu quelques-uns de ses tableaux pour reconnaître son style.
Il est très violent de fouiller dans les affaires d'une morte, surtout lorsqu'on est le premier à le faire. Entrer dans un appartement qui attendait son propriétaire sans que celui-ci ait pu faire quoi que ce soit pour dissimuler ce qu'il aurait voulu que personne ne voie : papiers, photographies, revues, livres, voire des sex-toys qui rendraient pudique n'importe qui ; mais là, rien n'attire l'attention.
— Tu n'es pas surpris ? On dirait une chambre d'hôtel. Or on a tous des secrets. – Elena fouille, en faisant attention de ne rien déranger, pendant que Zárate cherche. La seule chose

qui attire son attention est la photo d'une fille qui ressemble à la victime, sans doute sa sœur Lara. Elle est rangée dans un tiroir, comme si la locataire de l'appartement n'arrivait pas à s'en défaire, mais ne voulait pas l'avoir constamment sous les yeux. – Tu crois que quelqu'un a pu préparer la maison pour une perquisition ?

— Non, dit Zárate. Mariajo a aussi raconté que les photos du portable avaient été éliminées, comme si elle avait voulu effacer sa vie passée, avant de se marier.

Elena acquiesce, Zárate a raison. Ils doivent écarter l'hypothèse qu'on s'en est pris à elle ici. La jeune fille n'est probablement même pas montée chez elle après son enterrement de vie de jeune fille.

Zárate sort de la chambre avec un vieil ordinateur portable à la main qu'ils apporteront à Mariajo.

— Il y a un ordinateur, mais pas de ligne ADSL. Tout le monde a Internet, même ma mère. Elle vivait vraiment là ?

— On va voir ce que nous racontent Chesca et Orduño après avoir rendu visite au fiancé. Peut-être vivait-elle plus là-bas et ne venait-elle dans cet appartement que de temps en temps. Les gens de la scientifique sont en chemin, ils nous diront s'il y a quelque chose de plus à apprendre.

Ils finiront par tout savoir. Bientôt, rien de la vie de Susana n'aura plus de secret pour eux.

— J'ai besoin d'une grappa, tu viens ?

13

L'appartement où vit Raúl n'a rien à voir avec celui de Susana. Il se trouve dans une rue derrière le musée du Prado, une de celles qui mènent au parc du Retiro, une zone de Madrid qui fait penser à Paris. L'immeuble fait l'angle avec le boulevard Alfonso XII, l'appartement est au dernier étage et offre sûrement une vue privilégiée sur le parc. Peut-être même qu'il compte un de ces donjons que Chesca regarde avec envie tous les matins, quand elle fait ses deux tours de parc en courant. Il faut beaucoup d'argent pour vivre par ici.

— Raúl Garcedo ? Police !

— Police ? Que se passe-t-il ?

— On peut parler à l'intérieur ?

— Je suis occupé. Vous avez un mandat ?

Raúl tente d'empêcher l'entrée des deux policiers. Orduño doit prendre un air sévère.

— Non, nous n'avons pas de mandat de perquisition, mais nous pouvons le demander si vous préférez, pour voir ce que vous cherchez à cacher. Pour l'instant, nous voulons juste discuter de votre fiancée Susana Macaya.

— Il lui est arrivé quelque chose ?

Raúl laisse entrer les deux policiers. Le salon est encore plus luxueux qu'ils ne l'imaginaient : décoration en noir et blanc élégante et chère et surtout un très impressionnant haut-parleur Bang & Olufsen, BeoLab 90, qui coûte beaucoup plus cher qu'une voiture de milieu de gamme. Poussé à la puissance maximum, il permettrait d'accompagner en musique tous les coureurs du parc, car, à en croire la publicité, le son est aussi puissant qu'au premier rang d'un concert dans un stade.

— Avant de parler, je préfère que vous rangiez ça, dit Chesca avec mépris.

Il y a un rail de coke sur la table ; et, à côté, la carte de crédit qui a servi à le préparer et un tube qui est sans doute en argent. À la surprise des policiers, Raúl sniffe le rail et laisse tomber ce qui reste dans une boîte en le poussant avec le dos de la main.

— Rangé. Vous me direz... je n'ai pas de nouvelles de Susana depuis vendredi. Elle devait fêter son enterrement de vie de jeune fille.

— Vous n'avez pas essayé de lui parler ?

— Je l'ai appelée hier sur son portable, elle n'a pas répondu. Je pensais qu'elle allait me téléphoner aujourd'hui.

— Vous allez vous marier dans quelques semaines, vous ne devriez pas vous parler tous les jours ? demande Chesca.

— Je suppose que la police ne vient pas chez moi pour savoir si je m'entends bien avec ma fiancée et si nous nous appelons toutes les dix minutes. Faites-moi le plaisir de me dire ce qu'il y a.

Chesca sent une antipathie immédiate pour Raúl, et a presque envie que ce soit lui le coupable du meurtre de la jeune fille. Elle lâche sans autre formalité :

— Nous avons découvert ce matin le cadavre de Susana Macaya dans le parc de Carabanchel.

— Quoi ?

La surprise de Raúl ne semble pas feinte, mais ça ne veut rien dire, tous les sentiments peuvent être imités.

— Elle a été assassinée. Nous vous prions de bien vouloir collaborer.

— Évidemment, posez-moi toutes les questions que vous voulez. – Pour la première fois, il semble nerveux. – Vous n'allez pas me soupçonner...

— Dans un assassinat, on suspecte toujours le partenaire et malheureusement cela donne souvent de bons résultats. Vous allez devoir nous accompagner.

— Mais, je suis arrêté ?

— Non, évidemment que non. Nous n'avons pas de motifs pour vous arrêter. Si tel était le cas, on vous le dirait, pour que vous puissiez appeler votre avocat. Pour l'instant nous voulons seulement que vous nous parliez de Susana.

Ils emportent l'ordinateur – un Mac de plus de deux mille euros – pour que Mariajo puisse l'analyser et lui demandent de les suivre à leurs bureaux. Ils ne le préviennent pas qu'il ne retournera pas chez lui cette nuit, qu'il dormira dans une salle d'attente et que l'inspectrice Blanco l'interrogera seulement le lendemain matin, lorsqu'il sera en colère, lorsque les effets de la cocaïne qu'il vient de sniffer seront passés, lorsqu'il sera prêt à échanger son haut-parleur Bang & Olufsen contre une simple douche. À ce moment-là, il leur dira tout ce qu'ils ont besoin de savoir.

14

L'inspectrice Elena Blanco a entraîné Ángel Zárate dans un bar de la rue Huertas, un bar à karaoké classique : le Cher's.

— Un karaoké ?

— Tu y es déjà allé ?

— Il y a plus de dix ans, avec des amis… mais je n'y suis pas retourné.

Dès leur entrée, il se rend compte que tout le monde connaît l'inspectrice ici : les serveurs la saluent, certaines personnes lui font signe dans le public épars, et même le chanteur, sur scène, qui interprète à ce moment-là une chanson de Mocedades, lui lance un clin d'œil en la voyant.

— Je vois que tu es très populaire.

— Je viens souvent, du dimanche au jeudi. Les vendredis et samedis il n'y a que des touristes et des mecs bourrés. Dans la semaine, les gens qui viennent ici chantent bien.

Zárate regarde autour de lui ; il se demande quel peut bien être le charme de cet endroit. Des gens âgés, un micro, un écran avec des vidéos délirantes affichant les paroles des chansons, un homme qui a l'air d'un fonctionnaire chantant l'histoire d'une femme dont les femmes du quartier disent qu'elle est folle… Le serveur s'approche avec un sourire.

— Je ne t'attendais pas aujourd'hui Elena. Hier tu es partie si tard…

— Ce soir, empêche-moi de rester jusqu'à la fin. Juste une petite heure et je m'en vais.

— La même chose que d'habitude ?

— Oui.

— Et pour monsieur ?

— Une bière, une Mahou en bouteille de trente-trois centilitres, intervient Zárate.

Elena se vante de pouvoir comprendre les gens en fonction de ce qu'ils boivent, mais elle n'a aucune opinion sur ceux qui demandent des Mahou en trente-trois centilitres. Et qui en plus sont de Madrid.

— C'est quoi d'habitude ? Une grappa ? lui demande-t-il.

— Oui, une grappa différente selon l'heure. Quand la nuit tombe, j'aime la Stravecchia, vieillie en barrique de bois au moins deux ou trois ans.

— Une bagnole russe de l'époque des soviets, grappa, karaoké... On ne peut ignorer votre caractère particulier, inspectrice.

— Tu ne sais rien encore. Et nous sommes là pour travailler. Dis-moi, ce qui t'a le plus frappé dans l'appartement de Susana ?

Zárate, mis sous pression par la présence de l'inspectrice, n'a pas suffisamment ouvert les yeux. Il ne sait pas trop quoi dire, au-delà de ce dont ils ont déjà parlé, l'absence notable de détails personnels, à part les vêtements. Et aussi le fait qu'il n'y ait pas de ligne ADSL.

— Rien d'autre ?

— Rien. Qu'est-ce que vous avez vu, vous ?

— Peu de choses comme tu dis, ça donnait l'impression que l'appartement avait été nettoyé de ses souvenirs, mais certains éléments attiraient l'attention.

Elena lui parle du tableau de Lempicka, qui peut avoir une signification ou pas ; et aussi du portrait de Lara rangé dans un tiroir, du papillon aimanté sur le réfrigérateur, le même que Susana portait, tatoué sur son omoplate...

— Vraiment peu de choses, mais peu importe. On trouvera bien ce que l'on cherche.

— Et si on ne trouve pas ?

— La brigade trouve toujours, nous ne sommes pas si pressés. Et n'oublie pas : nous avons toujours un avantage sur l'assassin. Nous pouvons nous tromper vingt fois et avoir raison une seule fois pour réussir à le découvrir ; lui, il peut avoir raison vingt fois et ne se tromper qu'une pour que nous le découvrions. C'est une question de statistiques.

Zárate aimerait que l'inspectrice continue à parler, mais on la réclame au haut-parleur : Elena.

— C'est mon tour.

Elle monte sur scène et prend le micro, dans le public, on l'applaudit déjà, la musique commence.

— *Suona un'armonica, mi sembra un organo, che vibra per te, per me, su nell'immensità del cielo**.

Ce n'est pas le genre de musique qui plaît à Zárate – il n'avait jamais écouté Mina Mazzini chanter avant ce soir ; en réalité, la seule Italienne dont il a entendu parler, c'est Raffaella Carrà, mais il doit reconnaître que l'inspectrice chante bien. C'est une surprise de plus, plus encore que la grappa ou la Lada. Quand elle a fini, elle reçoit une bonne dose d'applaudissements. Le serveur arrive sur le champ avec un autre verre de son alcool préféré.

— Cadeau de la maison, tu chantes de mieux en mieux, Elena.

Ils parlent de la carrière de Zárate : fils de policier, né à Bilbao mais qui vit à Madrid depuis la mort de son père, en service, lorsqu'il était enfant ; policier à la vocation tardive, il a étudié le droit avant de se présenter au concours… En échange, Elena ne dit que des généralités sur elle même.

— Attends et regarde, Adriano va se mettre à chanter.

Un homme d'environ soixante ans monte sur scène et refuse le micro qu'on lui offre.

— Écoute ! Si Adriano l'avait voulu, Pavarotti, Carreras et Plácido Domingo auraient dû faire la manche dans le métro pour gagner leur vie.

— Tu n'exagères pas ? se moque Zárate.

— À peine ! Il chante très bien.

Adriano n'a effectivement pas besoin de micro pour qu'on l'entende dans les moindres recoins du Cher's.

* Extrait de *Il Cielo in una stanza* de Gino Paoli.

— *Nessun dorma ! Nessun dorma ! Tu pure, o Principessa, nella tua fredda stanza, guardi le stelle, che tremano d'amore e di speranza*… !*

Le public applaudit à tout rompre, y compris Zárate, conscient qu'il ne le fait que pour imiter les autres, qui semblent avoir accès à quelque chose de différent et vivre une expérience qui n'est pas la sienne.

— Tu as une voiture ? lui demande Elena, comme si la performance d'Adriano avait servi de déclic.

— Non, seulement ma moto.

— Alors allons chez moi…

* Extrait de *Turandot* de Puccini.

15

En se réveillant ce matin dans l'appartement qu'il partage en colocation avec deux autres agents du commissariat de Carabanchel, Zárate n'aurait jamais imaginé qu'il terminerait la journée dans un appartement de rêve, en pleine plaza Mayor de Madrid.

— Sers-toi à boire ce que tu veux, je vais dans la salle de bains.

Pendant que l'inspectrice Blanco disparaît dans le couloir, il observe la place par la fenêtre, celle où sa mère l'emmenait si souvent lorsqu'il était enfant pour acheter les santons de la crèche, ce qui, en réfléchissant bien, ne fait pas si longtemps. Il ne se souvient pas très bien des fêtes de Noël, qui, sans père, n'étaient pas des périodes très joyeuses. Sur le balcon, une caméra est cachée par un surplomb. La lueur de la Led rouge a attiré son attention. Le dispositif appartient peut-être à la mairie, c'est sans doute un système de sécurité. Il posera la question plus tard à la maîtresse de maison.

En sortant du karaoké, ils sont allés chercher la Lada. L'inspectrice a conduit jusqu'au parking, sous la place, où les doutes de Zárate sur ce qui allait se passer se sont dissipés lorsqu'elle s'est assise à califourchon sur ses genoux et a commencé à l'embrasser.

— Tu dois te trouver une jeep, une grande.

Ils sont alors montés chez elle, en s'arrêtant à chaque palier pour continuer à s'embrasser et ils sont entrés dans l'impressionnant salon, où il se trouve maintenant. S'il avait parié ce matin qu'il finirait au lit avec une femme de la BAC, il aurait misé sur Chesca, non pas parce qu'elle lui plaisait plus – ni de loin –, mais parce qu'elle était vraiment casse-couilles et Zárate aime les défis. Mais c'est encore mieux que ce soit avec la chef, bien mieux.

— Tu es encore là ? Déshabille-toi.

L'inspectrice Blanco est sortie nue de la salle de bains et elle a demandé – ordonné – à Zárate de faire de même, mais elle ne lui en laisse pas le temps. Elle s'approche de lui et l'entraîne vers la chambre en lui enlevant ses vêtements.

La chambre aussi est vaste : le lit doit bien mesurer deux mètres de large sur deux mètres de long. Rien ne détonne dans cette maison. Au-dessus du lit est accroché un tableau qui représente un nu féminin, très différent de celui de la peintre polonaise ou mexicaine qui se trouve dans l'appartement de Susana, et dont ils ont parlé. Celui-là est plus réaliste, on ne distingue pas le visage, mais Zárate se demande si ce n'est pas l'inspectrice.

— Je te préviens : ce qui se passe maintenant n'a jamais eu lieu. Demain je continuerai d'être l'inspectrice et toi l'agent qui passe quelques jours dans ma brigade. Rien de plus, ne te crois pas plus important à cause de ça. Si ça ne te convient pas, tu peux te lever et t'en aller.

— Ne t'inquiète pas.

Ce sont les dernières paroles qu'ils prononcent. Viennent ensuite des sons gutturaux, des gémissements, des chuchotements… Il la contemple et aperçoit une cicatrice de césarienne. Il a du mal à imaginer qu'Elena Blanco puisse être mère, il n'y a rien dans cet appartement qui fasse penser à une autre présence. Peut-être n'a-t-il pas fait assez attention aux détails, comme dans l'appartement de la morte, ou alors il n'est vraiment pas observateur.

L'inspectrice n'est pas une femme prude au lit, rien ne lui déplaît, tout lui donne du plaisir. Zárate est en tension continue, il veut faire bonne figure auprès de sa chef, ne pas risquer qu'elle soit insatisfaite. Comme si la possibilité de ne pas la contenter pouvait se traduire par un refus de l'accepter dans la BAC. Mais elle parvient très vite à un orgasme, ne s'arrête pas, continue, continue encore, les enchaînant l'un après l'autre. À la fin, elle se pelotonne contre lui, comme si elle cherchait quelqu'un pour la protéger.

Elle ne tarde pas à s'endormir, Ángel se lève avec précaution pour ne pas la réveiller. Nu, comme il est, il se rend au salon. Il regarde autour de lui : il n'y a pas de photos, il n'y a rien qui puisse faire penser au fils ou à la fille supposé de l'inspectrice. Tout a l'air de valoir très cher, le canapé en cuir, les meubles en bois précieux, il jurerait que les tableaux sont signés, rien de tout cela ne s'achète dans un centre commercial ou au marché aux puces. Il se penche à nouveau vers la plaza Mayor, presque déserte à cette heure de la nuit, seul un homme la traverse à grands pas. La caméra est là, avec son pilote rouge qui s'allume par intermittence.

— Tu n'arrives pas à dormir ?

L'inspectrice a enfilé un peignoir léger pour aller dans le salon.

— Pardon, je suis attiré par la Plaza la nuit.

— Je crois qu'il vaut mieux que tu t'en ailles.

— Je ne voulais pas te déranger.

— Tu ne me déranges pas, mais je n'aime pas que quelqu'un passe la nuit ici. En fait je n'aime pas que quelqu'un monte chez moi. – C'est sa tanière, seulement la sienne. – Ne le prends pas mal, je t'attends pendant que tu t'habilles.

— Juste une question ; qu'est-ce que c'est que cette lueur qui s'allume et s'éteint sur le balcon ?

— Rien d'important.

Elle ne lui donne aucune autre explication.

À la porte, pas de baiser, l'inspectrice lui tend la main.

— À demain, Zárate.

Une fois l'agent parti, Elena lutte entre le désir d'aller se coucher et dormir et ce qu'elle considère comme sa véritable obligation : scruter les photographies, les milliers qui ont été prises par l'appareil installé sur son balcon depuis la dernière fois qu'elle s'y est attelée, c'est-à-dire dimanche.

Elle a l'habitude, elle les regarde par vingt-cinq et les efface dans la foulée. Parfois elle en garde quelques-unes parce qu'il y a quelque chose qui lui plaît : un couple qui s'embrasse, un enfant avec un ballon, une femme au visage particulier…

Mais ce qu'elle cherche n'apparaît jamais : ce visage variolé qu'elle n'a vu qu'une seule fois, pendant quelques secondes, il y a huit ans. Elle a si peur de l'oublier, ce visage, de ne pas le reconnaître le jour où elle le croisera.

16

Zárate retrouve tous les jours son collègue Costa au bar La Reja, situé presqu'en face du commissariat de Carabanchel. Ils y prennent ensemble un café au lait avec des *churros* et se préparent pour la journée.

— J'ai cru que tu ne viendrais pas petit-déjeuner.

— Je crois que je ne vais pas venir pendant quelques jours, l'inspectrice Blanco m'a proposé de rejoindre la brigade d'analyse de cas le temps de l'enquête sur la mort de la fille et le commissaire a accepté.

Zárate suppose que Costa va se mettre en rogne, qu'il va se sentir écarté ; mais non, ce dernier sourit et lâche en guise de commentaire :

— Super, comme ça tu seras au courant de tout ce qu'on découvre. Tu sais qui était en charge de l'enquête sur l'assassinat de la sœur ? Salvador Santos…

Zárate acquiesce en entendant le nom de son mentor. Il n'y a rien à craindre, Salvador Santos était un bon policier, un des meilleurs, l'enquête a certainement été bien instruite et les preuves qui ont envoyé un condamné en prison devaient être concluantes. Salvador Santos a été un collègue de Costa mais, bien des années auparavant, il travaillait avec Eugenio Zárate, le père d'Ángel. Et il se trouvait avec lui le jour où celui-ci est mort dans une fusillade. C'est Salvador qui a appelé sa mère pour lui annoncer la nouvelle. Depuis lors, il a toujours été proche d'eux, et a joué pour lui le rôle d'une sorte de second père. C'est lui qui, lorsque Zárate termina son droit et se sentait perdu, lui conseilla d'entrer dans la police, lui traça le chemin et lui trouva les meilleurs préparateurs. Grâce à Santos, il a commencé en faisant équipe avec Costa, son collègue. Et depuis son départ à la retraite, il y a sept ans, Zárate est invité à manger tous les dimanches la délicieuse paella que prépare Ascensión, son épouse. Dimanche après dimanche, il est témoin des ravages de la maladie d'Alzheimer sur les souvenirs de l'homme qu'il admire et apprécie le plus. Salvador le reconnaît encore lorsqu'il arrive, il sourit toujours en le voyant, certains jours on a même l'impression que la maladie s'est arrêtée et qu'il est à nouveau l'homme brillant qu'il était, mais en général sa conversation est chaque semaine plus incohérente. Zárate sait qu'il reste peu du Salvador Santos qu'il a connu…

— Quelque chose t'inquiète, Costa ?

— Aujourd'hui, on remarque la maladie de Salvador, mais elle traînait depuis longtemps, bien avant qu'il ne prenne sa retraite, lui répond Costa comme s'il lisait dans ses pensées. Je ne suis pas tranquille, rien de plus. Ne laisse personne salir son nom, Zárate. Tu sais que c'était un grand policier, le meilleur, bien meilleur que cette inspectrice qui semble tout droit sortie d'un film.

Elena Blanco ne regarde pas Zárate dans les yeux quand il arrive dans les bureaux de la BAC, elle fait comme si elle n'avait plus aucun souvenir de la nuit antérieure. Ils sont tous en train d'entrer dans la salle de réunion. Zárate commence à connaître leurs noms : Buendía est le médecin légiste ; Mariajo, l'experte en informatique ; Orduño et Chesca, les agents chargés de presque tout ; Elena, la chef. C'est une petite équipe qui semble fonctionner comme une machine bien huilée.

Le premier à prendre la parole est Buendía. Il a déjà le dossier complet de l'autopsie dont il passe une copie à chacun d'entre eux. Personne ne le lit, tous attendent ses explications.

— Avant tout, je dois dire que le *modus operandi* de l'assassinat est identique à celui décrit lors de la mort de la sœur aînée de la victime. J'ai eu accès au dossier de l'autopsie de Lara Macaya et je n'ai pas trouvé de différences significatives.

— Le même assassin ?

Elena mène toujours la discussion, même lorsque c'est un autre membre de l'équipe qui présente ses conclusions.

— Ça, c'est à vous de le découvrir, mais j'ai tendance à penser que oui. Je vous ai glissé un résumé de l'autopsie de la sœur dans le dossier. La mort a été terriblement cruelle : myiases. Je vous explique ce que c'est. – Les images que Buendía veut montrer sont projetées au fur et à mesure sur le mur. La première montre un asticot. – Je vous présente le *Cochliomyia hominivorax*, une mouche inoffensive qu'on appelle aussi la *lucilie bouchère*, car, dans son étape larvaire, c'est un ver qui s'alimente de tissus vivants. Surtout de bétail, mais aussi humain.

Il sourit au groupe avec une expression suffisante. Il fait son travail de manière efficace et ne cherche pas un instant à savoir si ses trouvailles peuvent perturber ses collègues. Il parle avec enthousiasme, comme s'il était en train de recommander un magnifique restaurant découvert la nuit dernière.

— C'est une mouche tropicale, mais on en trouve en Europe, peut-être à cause des exportations de bétail d'un continent à l'autre. En France, par exemple, on a découvert des larves de cette mouche sur un chien qui avait une blessure à l'oreille.

— Ce même ver était aussi apparu dans le cadavre de Lara ? demande Blanco.

— Le même dans les deux cas.

— Quel est le processus ?

C'est Chesca qui pose la question. Mais malgré son envie d'apparaître comme une femme forte, elle ne peut éviter une grimace de dégoût.

— Il n'y a que deux façons, explique le légiste. Ou introduire une mouche femelle dans la tête de la victime pour qu'elle y ponde ses œufs, ce qui demanderait un temps d'incubation, ou placer directement des larves vivantes pour qu'elles commencent leur travail. Vu la destruction causée dans le tissu cérébral, je penche pour la deuxième hypothèse.

— L'assassin a introduit des vers vivants dans la tête de ses victimes ? demande Mariajo. J'ai bien compris ?

— Oui. Et ces vers sont voraces. On les appelle des vers cannibales. Ils bouffent tous les tissus qu'ils rencontrent sur leur passage.

— Je préfère les poux, se moque Chesca.

— On voit que tu n'as pas d'enfant, réplique Buendía.

Elena arrête la plaisanterie avant que ça n'aille trop loin.

— On peut élever ces vers ?

— Sans problèmes, dans des conditions déterminées d'humidité et de température, répond le légiste. Voici comment ils ont agi dans la tête de Susana.

L'image suivante montre ce qu'Elena a vu dans la salle d'autopsie : le crâne de la victime, de la fiancée gitane, ouvert. Dedans grouillent des centaines d'asticots qui ont dévoré tout son contenu.

— Putain, Buendía, c'est dégueulasse, se plaint Orduño.

— Si tu ne veux pas voir de trucs dégueulasses, mieux vaut te reconvertir dans la décoration d'intérieur ; tu es policier, nous sommes les ramasse-merdes de la société, se défend le légiste en blaguant. Les vers ou plutôt les larves ont été introduits dans le crâne à travers trois incisions faites avec une roulette de dentiste.

L'explication de Buendía continue, mélangeant des termes techniques avec des expressions à la portée du profane : les vers "cannibales" peuvent attaquer n'importe quel être au sang chaud, y compris le genre humain. Les larves commencent immédiatement à bouffer le tissu vivant en pénétrant dans la blessure, qui s'agrandit au fur et à mesure qu'elles s'alimentent.

— Et le plus cruel : nul besoin que l'hôte soit mort. Susana comme sa sœur il y a quelques années sont restées en vie pendant toute la torture à laquelle elles ont été soumises.

Sans exception, tous les visages reflètent dégoût et douleur, désirs de vengeance.

— Nous arrêterons le coupable, promet Elena.

Les intervenants suivants sont Orduño et Chesca qui ont ramené Raúl, le fiancé de la victime, à la brigade.

— On l'a installé dans la salle d'attente. Il est arrivé hier en se comportant comme un petit coq. Mais avoir passé la nuit sur ces chaises a dû l'adoucir, informe Chesca.

— Très bien. Y a-t-il quelque chose de plus que nous devons savoir sur lui ?

— Il a de l'argent à ne plus savoir qu'en faire. Une baraque avec vue sur El Retiro. Le mec sniffe de la coke. Ah, et il ne sait pas vraiment pourquoi il se mariait, il n'a pas lâché une larme depuis que nous lui avons dit que sa fiancée est morte.

— Son ordinateur est plus protégé que celui de Donald Trump, enfin, ce n'est pas un bon exemple parce que celui de Donald Trump l'est moins que celui de mes petits-enfants.

— Tu n'as pas de petits-enfants Mariajo, que je sache, se moque l'inspectrice. Tu ne vas pas réussir à le déverrouiller ?

— Mais si, bien sûr, mais ça va me prendre un peu de temps.

— Bon, allons lui parler. Zárate, tu viens avec moi. S'il y a du nouveau, vous me prévenez. Chesca, Orduño, je veux que vous potassiez le dossier que nous a donné Buendía. Vous avez trouvé des caméras près du domicile de Susana ?

— Il y en avait deux. On nous prépare un montage des images, nous allons les voir tout à l'heure, dit Orduño.

— Super. S'il y a quoi que ce soit qui apparaît, appelez-moi immédiatement.

Chesca lance un regard hostile à Zárate au moment où il sort de la salle avec l'inspectrice.

17

— Vous n'avez pas le droit de me retenir ici. C'est un abus. Je vais vous dénoncer.

L'inspectrice est habituée à la réaction des détenus, elle pense même qu'ils ont raison : elle aussi crierait, se plaindrait, menacerait de porter plainte. Elle n'aime pas ce qu'elle fait avec Raúl, surtout sachant que sa fiancée vient d'être assassinée, mais elle considère que c'est nécessaire.

— Personne ne vous a retenu, vous auriez pu partir quand vous le vouliez. Comme vous pouvez le voir, ceci n'est pas un commissariat, mais une dépendance de la police ; si on avait voulu vous arrêter, on vous aurait emmené dans une cellule. Ici les portes n'ont pas de clé.

— Je m'en vais.

— Si vous partez maintenant, vous allez nous faire croire que vous n'avez pas envie que nous retrouvions l'assassin de Susana. Et si nous croyons que vous avez envie de freiner notre enquête, nous allons vous soupçonner. Je vous conseille de rester assis et de répondre à nos questions.

Le ton de la voix de l'inspectrice a surpris Zárate : aimable mais ferme. Personne n'oserait quitter cette table.

— Vous ne m'avez rien dit sur la mort de Susana.

C'est la dernière chose contre laquelle proteste Raúl.

— Nous ne voulons pas que ça se sache. Je ne sais pas si vous étiez au courant de la mort de Lara, la sœur aînée de votre fiancée.

— Je sais qu'elle a été assassinée, je n'en sais guère plus.

— On dirait que vous n'entreteniez pas une relation très étroite avec la victime, alors que vous alliez vous marier…

— Tous les mariages ne se ressemblent pas.

Peu à peu, en dépit des réticences de Raúl, l'inspectrice extirpe l'information dont elle a besoin : ils ne s'appelaient pas tous les jours, ils se sont parlé pour la dernière fois vendredi après-midi, avant qu'elle ne parte célébrer son enterrement de vie de jeune fille avec ses amies, il pensait qu'à cause de la gueule de bois, elle n'avait pas cherché à le contacter depuis.

— Quand avez-vous vu Susana pour la dernière fois ?

— Mercredi ou jeudi, je ne m'en souviens pas, ah si, jeudi. Nous avons dîné à l'Amazonico dans la rue Jorge Juan, ensuite je lui ai proposé de boire un verre par là, mais elle a préféré que nous allions à la maison. Et donc nous sommes rentrés.

— Elle est restée dormir ?

— Non. Nous avons fait l'amour et elle est repartie chez elle. Elle n'aimait pas rester dormir. Et moi je devais travailler le matin, j'avais une réunion pour préparer le tournage d'une pub de yoghourt.

— Qu'avez-vous fait vendredi soir ?

Raúl devient encore plus nerveux.

— Je ne sais pas. Vous n'allez pas me considérer comme suspect ? C'est absurde…

Elena Blanco répète sa question, implacable.

— Qu'avez-vous fait vendredi soir ?

Raúl ne parvient pas à répondre, parce que Mariajo entre dans la salle.

— S'il vous plaît, inspectrice, c'est important.

Elena et Zárate sortent dans le couloir, Raúl se retrouve seul. Peut-être essaye-t-il de se souvenir de ce qu'il a fait vendredi, peut-être invente-t-il un mensonge ?

— J'ai réussi à pénétrer dans l'ordinateur du fiancé de la victime. Pour l'instant, j'en ai vu à peine dix pour cent. Devinez ce que j'ai trouvé en premier ?

Ils n'ont pas besoin de beaucoup insister pour qu'elle leur montre une série de photos : on y voit Susana et son amie Cintia, nues et dans des positions plus que révélatrices, dans le lit de l'appartement de Ministriles qu'Elena et Zárate ont visité la veille. Elles sont prises de loin, probablement avec un appareil doté d'un téléobjectif puissant.

— Orduño avait raison, elles sortaient ensemble. Demandeleur de faire venir Cintia pour que je lui parle ce matin même.

Avant de retourner dans la salle, l'inspectrice réfléchit et discute avec Zárate et Mariajo.

— Elles sortaient ensemble, Raúl s'en est rendu compte et a tué sa fiancée ? Ce n'est pas trop original, mais c'est peut-être aussi simple que ça.

— Avec des vers ? Je ne crois pas, répond Zárate.

Elena est d'accord, mais Mariajo a encore quelque chose à révéler.

— Dans l'ordinateur, j'ai aussi trouvé tout un dossier avec des coupures sur l'assassinat de la sœur aînée.

En fouillant à peine quelques minutes dans le Mac, Mariajo a découvert plus que ce qu'elle imaginait.

— Il a peut-être eu accès au dossier de la mort de la sœur et il lui a semblé que la tuer de la même façon permettrait d'écarter les soupçons.

— Mais non, moi non plus, je ne crois pas que l'on puisse tuer sa fiancée avec des vers après une dispute. Cela demande beaucoup trop de préparation. En plus, peut-être qu'il était au courant et que ça l'excitait.

— Ou peut-être que c'est Cintia la meurtrière. Elle était amoureuse de son amie qui allait se marier avec un autre… C'est une manière de l'en empêcher, s'aventure Zárate.

— Je peux t'apporter la même réponse. – Elena doute. – Avec des vers ? De manière si sophistiquée ?

— Peut-être. On parle à Raúl de ce qu'on sait sur sa fiancée et Cintia ?

— Non, laissons-le d'abord nous raconter ce qu'il a fait vendredi.

Lorsqu'ils reviennent dans la salle, Raúl est beaucoup moins agressif. Il se montre désormais abattu, nerveux.

— Vendredi je n'ai rien fait. Je suis resté chez moi.

— Quel dommage, dit sarcastique l'inspectrice. Vous ne me semblez pas être le genre de personne qui passe beaucoup de soirées à la maison.

— Ce vendredi a été une de ces soirées.

— Vous avez regardé la télé ? Commandé une pizza ?

— Non, je ne sais pas ce que j'ai fait. J'ai lu, écouté de la musique…

L'inspectrice prend constamment des notes. Ni Raúl ni Zárate ne savent ce qu'elle écrit. En réalité elle n'écrit rien d'important, c'est un truc : quand elle prend des notes, le suspect pense qu'elle en sait plus que ce qu'elle ne montre, que d'une certaine manière il a dit des choses qu'il n'aurait pas dû dire.

— Nous allons reparler de l'assassinat de Lara, la sœur de votre fiancée. Qu'en savez-vous ?

— Rien, je ne sais rien.

La dureté pointe dans la voix de l'inspectrice.

— Et pourtant il y a dans votre ordinateur un dossier avec les coupures de presse de l'époque.

Raúl se rend compte que sa position empire à chaque minute. Le moment est venu de dire la vérité.

— En vérité, Susana n'a jamais voulu en parler avec moi. Mais j'ai toujours rêvé d'être réalisateur de cinéma et j'ai pensé que ça pourrait faire un scénario…

Il y a une nouvelle interruption, cette fois, c'est Chesca.

— Inspectrice.

Ils sortent encore une fois tous les deux. Chesca leur montre une image sur une tablette.

— C'est sur une des caméras de sécurité de la plaza Tirso de Molina. On voit le fiancé de Susana, Raúl Garcedo, dans la nuit de vendredi à trois heures du matin.

Il est là, c'est lui sans aucun doute. Il marche vers la rue Ministriles, où habitait sa fiancée.

— Eh bien, il semble que finalement il n'est pas resté chez lui. Préparez le transfert, Raúl Garcedo est arrêté.

II

JE VOUDRAIS QUE CE SOIT DE L'AMOUR

Je voudrais que ce soit de l'amour, le véritable amour
ce que j'éprouve et qui me fait penser à toi,
Je voudrais pouvoir te dire je t'aime à en mourir
parce que c'est seulement ça que tu désires de moi.

L'enfant est assis sur le sol et regarde la blessure sur son pied. Elle n'est pas belle à voir. Il y a du sang coagulé au milieu d'une tache noire qui lui couvre tout le dessus du pied. La morsure de la jambe le fait aussi souffrir par vagues ; il ressent comme des décharges électriques qui lui parcourent le tibia puis s'en vont. Jusqu'aux prochaines.

Avec la lumière du jour, la grange redevient un lieu habitable. La machine à laver blanche, les caisses, alignées sous une longue étagère de chantier. Le chien mort, la langue pendante, comme s'il se moquait. La pelle appuyée sur le corps de l'animal. La pelle.

L'enfant se lève, prend la pelle. Il cogne avec contre la porte. La pelle pèse très lourd, c'est plus facile de l'utiliser comme un bélier. Un éclat saute et s'introduit dans son œil. L'enfant cligne des paupières. En colère, il frappe le bois plusieurs fois avec la pelle. La pelle lui échappe des mains et fait mal à son pied blessé. Il se laisse tomber et se pelotonne, le dos appuyé contre la porte. Il se frotte les yeux, il a une écharde à l'intérieur et il sent une brûlure insupportable. Il pleure.

Il pourrait explorer les caisses à la recherche d'outils qui l'aident à s'échapper, mais il ne le fait pas. Il est fatigué, n'a plus de force. À cette heure-ci, s'il était avec sa mère, il serait en train de prendre son petit-déjeuner. Un verre de lait et des biscuits. La sensation de faim devient tout à coup plus présente et prend le dessus sur le reste.

Il n'arrive pas à ouvrir l'œil droit en entier, il est borgne ; mais il regarde la fenêtre rectangulaire qui touche presque le plafond. Elle n'a pas de poignée, ce n'est pas une fenêtre de ventilation, elle existe simplement pour laisser passer un peu de lumière. Il y a de gros barreaux à l'extérieur, mais s'il casse la vitre il pourra crier et demander de l'aide. Il s'approche en boitant de la machine à laver, la traîne jusqu'au mur et monte dessus. Il n'arrive pas à la fenêtre. Il sort plusieurs livres d'une des boîtes en carton, il prend les plus épais. Il les empile et monte sur la tour. Maintenant, oui, il peut l'atteindre.

Il regarde autour de lui à la recherche d'un outil qui lui permette de casser la vitre. Il prend une de ses chaussures. Il frappe avec le talon, il frappe avec la pointe, il frappe avec force jusqu'à ce qu'une pluie de verre lui tombe dessus. Il a une coupure sur la main mais ça ne lui fait pas mal. Il retire les bouts de verre qui sont encore collés sur le châssis de la fenêtre et réussit à faire un trou pour s'accrocher aux barreaux et se hisser à la force de ses mains.

Il crie, appelle à l'aide. Désespéré, il demande s'il y a quelqu'un par ici. Devant ses yeux s'étend un champ sans fin. Il sait qu'il se trouve au milieu de nulle part.

Il descend de sa tour, il descend avec précaution de la machine à laver. Son pied lui fait très mal quand il l'appuie sur le sol, il boitille jusqu'à l'endroit qu'il a choisi pour s'asseoir et attendre.

Il y reste des heures, le regard fixé sur l'animal. Un gros bout de cerveau s'est échappé par la blessure de la tête. Cela rappelle à l'enfant un gant de boxe. Il pourrait cacher le cadavre avec une couverture, mais ça ne lui vient pas à l'esprit. Ou bien il ne veut pas. Le chien mort lui tient compagnie.

Il a toujours rêvé d'avoir un chien. Parfois, quand il l'entendait la nuit, il imaginait que c'était son chien.

18

La seconde réunion de la journée a lieu juste après le transfert de Raúl vers la cellule d'un commissariat habituel. De là, il peut être mis à la disposition de la justice, si l'inspectrice Blanco le décide.

— Bon, eh bien nous voilà encore réunis. Buendía, je suppose qu'il n'y a pas de nouveautés concernant l'autopsie ? Non ? On sait déjà à qui appartiennent les particules de peau sous les ongles ?

— Nous n'avons pas d'informations pour le moment.

— Autre chose ?

— Rien, à part un détail que je crois peu important. Les analyses sont arrivées : on a trouvé des doses importantes de diazépam dans le corps de Susana.

Cela choque Elena immédiatement.

— Du diazépam ? Ils voulaient l'endormir ? Cela ne colle pas : utiliser un système aussi cruel pour tuer tout en donnant, en même temps, un sédatif, comme si on voulait à la fois qu'elle souffre et qu'elle ne souffre pas. La sœur avait-elle aussi du diazépam ou quelque chose de similaire dans le corps ?

— Pas que je sache. À moins que le dossier toxicologique ne manque. Qu'a dit le fiancé de la victime ? Vous l'avez serré pour qu'il avoue ?

— Le fiancé a peu parlé et a surtout proféré des stupidités. De fait, je ne crois pas qu'il ait quelque chose à voir avec l'affaire.

La révélation de l'inspectrice les surprend tous.

— Il se trouvait près de chez Susana à l'heure approximative où elle a disparu, proteste Chesca.

— Oui. Et il nous a menti en disant qu'il n'était pas sorti de chez lui. Il avait en plus des photos de sa fiancée et de Cintia au lit. Sans compter les coupures de presse sur la mort de Lara.

— Alors pourquoi penses-tu que ce n'est pas lui, inspectrice ?

Zárate ose pour la première fois prendre la parole dans une de ces réunions. Il le regrette aussitôt quand il sent les regards des autres sur lui. Elena lui répond de manière cordiale.

— Les empreintes de la Quinta de Vista Alegre. As-tu regardé les pieds de Raúl ?

Zárate doit reconnaître que non, il n'y a pas fait attention. À chaque fois qu'elle lui pose une question, il se rend compte à quel point il n'est pas aussi observateur qu'il le voudrait.

— Il ne chausse pas plus que du quarante-trois ; les traces que nous avons trouvées sont de taille quarante-cinq, ce sont celles d'un homme grand, dont nous sommes convenus qu'il a porté la victime. Susana pesait environ cinquante kilos, et vu la profondeur des traces de pas, si on soustrait ce poids, l'assassin doit peser au moins cent kilos. Et donc continuons à travailler. Mariajo, quelque chose dans l'ordinateur ?

— Raúl aime les photos et les vidéos de lesbiennes. Il ne conservait pas seulement celles de sa fiancée et de son amie, il entrait presque tous les jours sur des pages de vidéos pornos et c'étaient ses favorites.

— Comme tous les mecs.

Ils se mettent à discuter et Buendía, Orduño et Zárate finissent par donner raison à l'inspectrice : oui, c'est une des sections favorites des mecs.

— Et dans l'ordinateur de Susana ?

— Il y a une zone dans laquelle je n'ai pas encore réussi à entrer. J'ai l'impression que cette fille avait éliminé beaucoup de choses de son ordinateur, comme elle l'avait fait avec son portable il y a quelques jours.

— Et avec son domicile ; il y a eu un nettoyage général. Je n'ai jamais vu un appartement contenant si peu d'objets personnels.

Zárate voudrait se réconcilier avec l'inspectrice, afin qu'elle ne pense pas qu'il ne remarque rien.

— Certainement, souligne celle-ci. Autre chose, Mariajo ?

— Oui j'ai réussi à tracer le portable par GPS. Peu après trois heures du matin, à trois heures dix-sept le samedi, Susana entre dans un véhicule, une voiture je suppose.

— Plus ou moins à l'heure où Raúl a été filmé.

— Et donc il aurait eu le temps. Le signal bouge à soixante kilomètres par heure de la rue de l'appartement de Susana jusqu'à la Quinta de Vista Alegre. On ne sait pas si elle est montée volontairement ou par la force. Et après son arrivée, le signal ne bouge plus.

— C'est donc là qu'ils ont tout fait, qu'ils lui ont trépané le cerveau et introduit les larves.

— Et où elle a subi son calvaire, Le gardien dit qu'en général il y a toujours des mendiants dans le parc. Aucun n'a rien remarqué ? Cela a duré près de quarante-huit heures, c'est long. Nous devons retourner à la Quinta, voir s'il n'y a pas une autre piste à suivre. Merci beaucoup, Mariajo, continue de chercher. Il y a un autre élément auquel nous n'avons pas pensé : qui a pris les photos de Susana et de Cintia ?

Ils les ont tous déjà regardées. Les deux filles sont au lit, en train de se faire des câlins. Il n'y a aucune équivoque possible, deux simples amies ne feraient pas la moitié de ce qu'on voit sur les photos. Celles-ci sont prises dans la chambre de Susana, depuis la fenêtre d'un immeuble qui doit se trouver sur le trottoir d'en face, et avec un bon appareil.

— Elles ne savent pas qu'elles sont photographiées, je pense que ça écarte Raúl comme photographe.

— Ou pas. On a vu des choses plus bizarres, rit Buendía.

— La seule éventualité qu'on peut écarter, c'est qu'ils aient formé un trio.

— Les photos semblent avoir été prises par un détective privé, s'aventure Orduño.

— Ce n'est pas un peu vieillot, le truc du détective privé ? Bon, personne n'a dit que les assassins étaient modernes, corrige d'elle-même Chesca. On peut retourner voir l'appartement avec la brigade scientifique et étudier d'où ont été prises les photos. Et peut-être rendre visite au voisin voyeur.

— On verra après. Je veux qu'Orduño et toi commenciez par interroger Cintia. Faites-le dans la salle des caméras, j'assisterai à l'interrogatoire.

— Elle peut être coupable ?

— Souviens-toi de l'empreinte de pas, Orduño. Taille quarante-cinq et un homme lourd. Ce n'est peut-être pas une preuve déterminante, mais il est probable qu'elle appartienne à l'assassin et donc que ce ne soit pas Cintia.

— Elle a pu charger un assassin de le faire, se défend l'agent.

— Elle aurait pu, mais ce serait le premier tueur à gages du monde à utiliser des asticots pour tuer quelqu'un, réfute Elena Blanco. La séance est levée, tout le monde à son poste.

19

Cintia regarde les photographies sur l'écran de l'ordinateur, préoccupée et honteuse. Elle est gênée, ça se voit, pas seulement parce qu'elle est nue sur les photos, mais aussi parce qu'elle a menti, et de se voir comme ça avec son amie.

— Tu ne nous avais pas dit que Susana et toi aviez une relation aussi intime.

— D'où ça sort ? Qui les a prises ?

Elle est au bord des larmes, ne sachant ni que faire ni que dire.

— Je crois que c'est à toi de nous l'expliquer. Tu dois avoir pas mal de choses à nous raconter. Je ne sais pas si tu te rends compte à quel point c'est gênant, pour tout le monde. Tu nous as inspiré confiance au début, tu paraissais être la plus affectée des amies de Susana et on se rend compte que tu nous mens…

— Je ne l'ai pas tuée, je ne pourrais pas…

Elena et Zárate assistent à l'interrogatoire depuis l'écran de l'ordinateur dans le bureau de l'inspectrice.

— Ils ne commencent pas trop tôt à faire pression ? demande Zárate.

— L'interrogateur sait à quel rythme mener l'affaire, défend Elena. Chesca et Orduño sont bons ; sinon ils ne seraient pas à la BAC. Laisse-moi écouter, je ne veux rien rater.

Zárate encaisse le coup, il y a les policiers de la BAC et il y a les policiers des commissariats de quartier. À la fin de cette enquête, il retournera à Carabanchel ; ses collègues de circonstance, eux, garderont leur statut de super-policiers. Sauf s'il parvient à mettre à profit le temps passé ici pour montrer qu'il mérite lui aussi de faire partie des privilégiés de la police.

— Nous sommes ensemble depuis trois ans, Susana et moi ; nous nous sommes connues à l'institut de mannequinat. C'est pour ça que j'ai quitté la fête vendredi, je ne supportais pas de la voir avec ces hommes nus qui la touchaient.

— Ça t'a rendue jalouse ?

— Ça m'a rendue jalouse et je l'ai tuée ? Non, j'étais juste dégoûtée de la voir ainsi… Jamais je n'ai été avec une femme avant de connaître Susana ; elle oui, mais on aurait cru le contraire : j'assumais notre relation, elle la cachait. Elle aurait fait n'importe quoi pour que personne ne découvre qu'elle était lesbienne.

— Qui d'autre le savait ?

— Dans notre entourage, personne, je pense.

Cintia ne cesse de pleurer ; pour la mort de Susana, parce que celle-ci n'a jamais voulu qu'on sache qu'elles étaient ensemble, parce qu'elle est interrogée par la police. Elle a des milliers de raisons pour pleurer. Toutes valables.

— Où avez-vous trouvé ces photos ? Pas chez Susana, elle me les aurait montrées.

— Dans l'ordinateur de Raúl. Parlons de lui.

Avant qu'elle ne puisse répondre, Chesca lui passe un mouchoir en papier pour sécher ses larmes.

— Susana n'était pas amoureuse de Raúl et lui ne l'était pas d'elle. Ils se mariaient parce que cela leur convenait. Susana allait avoir une noce, disait-elle, comme Dieu l'ordonne.

— Et lui ?

— Pur intérêt. Si vous êtes allés chez lui, vous devez penser qu'il est riche, il vit dans un des meilleurs quartiers de Madrid… et donc qu'elle se mariait avec lui pour le fric… C'est le contraire. Le père de Susana a bien plus d'argent que la famille de Raúl depuis des générations. Ou en tout cas il en a eu. Ces derniers temps ont été plus difficiles pour eux, je crois.

— Ils n'ont pas l'air riches.

— Il y a tant de choses qui ne sont pas ce qu'elles paraissent… Depuis que la sœur est morte, la famille n'est plus la même, c'est ce que me racontait Susana.

Zárate regarde Elena, il veut savoir comment elle a encaissé la révélation sur la fortune de la famille de Susana. Si elle est surprise, elle ne le montre pas.

— Et les photos ? Pourquoi Raúl les avait ?

— Je ne sais pas. Mais ces photos ressemblent à celles que font les détectives privés dans les films. Je suppose qu'il a dû en engager un.

— Pourquoi l'aurait-il fait ? Tu viens de dire qu'il n'était pas amoureux d'elle.

— C'est vrai. Je pense qu'il avait juste envie de se marier pour attendre que l'argent lui tombe du ciel. Mais ces photos dans son ordinateur montrent que je me trompais beaucoup.

À ces propos, Elena sourit.

— Trois suspects pour le prix d'un : l'assassin de la sœur, qui est hors de cause puisqu'il est en prison ; le fiancé, mais je n'y crois pas à cause de ses petits pieds et parce qu'il avait tout intérêt à garder Susana vivante ; l'amante lesbienne, mais nous ne voulons pas y croire parce qu'elle est douce et sympathique, personne ne peut affirmer cependant que ce n'est pas elle.

— Sur lequel pariez-vous, inspectrice ?

— Sur tous ou aucun, j'ai tendance à penser qu'aucun des trois n'est le coupable, mais je les en sens aussi tous capables. Il reste encore beaucoup de pistes à explorer. Personne ne tue une future mariée, peut-être deux, par trépanation et en introduisant des larves de vers cannibales dans son cerveau sans avoir tout minutieusement préparé. En tout cas il faut avoir réfléchi à tous les détails, pour ne pas faire partie du groupe des premiers suspects.

Chesca a gagné la confiance de Cintia ; c'est vers elle que la jeune femme se tournera quand elle voudra parler.

— Susana te parlait de sa sœur ? lui demande-t-elle encore dans la salle d'interrogatoire.

— Susana était obsédée par la mort de Lara. Vous n'avez pas vu les clichés ? Elle se faisait prendre en photo avec le même voile que sa sœur, le voile de la dernière séance photos que lui a faite cet homme, celui qui l'a tuée.

À cet instant précis, Elena réagit. Elle décroche le téléphone et demande à Mariajo de venir. L'informaticienne apparaît en quelques secondes. L'inspectrice s'adresse à elle sans perdre pour autant un seul mot de ce qui se dit dans la salle d'interrogatoire.

— Mariajo, je crois que je sais ce qu'il y a dans la partie de l'ordinateur à laquelle tu n'as pas encore pu accéder : des photos de Susana habillée en mariée.

— Je suis sur le point d'y parvenir, tu sais que tous les ordinateurs finissent, avec un peu de patience, par révéler leurs secrets. Autre chose, inspectrice, j'ai récupéré un *chat* entre Susana et son père. C'est assez fort : il la menace de toutes les formes possibles pour qu'elle ne se marie pas avec Raúl. Sans compter qu'il l'appelait quatre à cinq fois par jour. Susana ne répondait pas en général.

Zárate n'est pas d'accord. C'est impossible, on oublie la mort cruelle infligée aux deux sœurs. S'il pouvait parler avec Salvador Santos, si celui-ci retrouvait un moment de lucidité et lui disait tout ce qu'il a découvert pendant l'enquête sur la mort de Lara, peut-être qu'ils pourraient immédiatement écarter Moisés des suspects. La clé se trouve peut-être dans le cerveau malade de Salvador, mais il est difficile d'y accéder.

— Un père ne peut pas tuer sa fille d'une manière aussi barbare.

— Pour l'instant, je ne veux pas penser qu'il ait pu le faire, lui répond l'inspectrice.

— Il ne devrait pas, ajoute Mariajo. Mais ici on voit de tout. Je suppose que lors du premier crime, la presse n'a pas eu accès à toutes les informations. Par exemple, les trois trous dans le crâne, j'en suis presque sûre, n'ont pas filtré. Qui pouvait le savoir ? Seules les personnes ayant accès à tous les éléments du dossier lors du procès, c'est-à-dire des proches de la victime ou de l'assassin, la famille.

— Fais attention, Mariajo, il faut plus de preuves pour montrer du doigt un père, dit Elena. Et maintenant, veuillez m'excuser : moi aussi, j'ai des chefs et je dois leur rendre des comptes. Zárate, reste jusqu'à la fin de l'interrogatoire et apprends de tes collègues.

20

— Le crabe croustillant au sel et poivre de Sichuan est exquis. Je te le recommande.

Rentero serait meilleur critique gastronomique que commissaire de police. Mais il ne faut pas se tromper sur son compte : sous son apparence d'homme tranquille aux goûts de luxe, le chef de l'inspectrice Blanco est un bon policier. Comme elle, et comme tous, il a de bonnes raisons d'avoir choisi ce métier.

— Tu sais que je suis toujours tes conseils.

— Ensuite, je prendrais le bar sauvage à la vapeur au gingembre et à l'échalote fraîche, à moins que tu ne fasses un caprice et que tu ne préfères un canard laqué ?

— Je ne fais jamais de caprices, le bar, c'est bien.

— Parfait. Pour le vin nous ferons une concession au monde occidental, un Pesquera te convient ?

— Comme tu veux, du moment que je peux demander une grappa à la place du dessert, c'est parfait.

Elena et Rentero se sont retrouvés à l'Asia Gallery, le restaurant asiatique de l'hôtel Palace. Lui aime cet endroit parce qu'on y sert une des meilleures nourritures chinoises de Madrid ; elle, parce qu'il n'est pas trop loin des bureaux de la BAC.

— Dis-moi que tu tiens quelque chose, exige le commissaire.

— Des doutes, tout ce que j'ai, ce sont des doutes.

— On ne te paye pas pour avoir des doutes.

— Rien ne sert d'invoquer le fric avec moi, tu sais très bien que je ne vis pas de mon salaire, Rentero, cela m'est complètement égal. Je ne suis pas entrée dans la police pour l'argent, car j'en ai plus à ma disposition que ce que je gagnerais en trois vies de policière.

— Je connais mieux les finances de ta famille que toi. Tu n'es pas la seule à être là par vocation ou pour d'autres raisons. Et tu connais déjà mon opinion, il est temps de tourner la page, la vie ne se vit qu'une seule fois.

Elena ne répond pas, Rentero croit tout savoir, mais il ne sait rien, il n'a pas idée de ce qu'on peut souffrir, ni du pourquoi on fait les choses. Il n'insiste pas, parce que dans le fond, il est discret et parce que, bien qu'il n'en ait pas la moindre idée, il imagine la souffrance d'Elena Blanco, celle qu'elle n'évoque jamais.

— Je te parle salaire parce que c'est ce que l'on fait habituellement. Dis-moi où en est cette affaire.

— Elena résume la situation : la détention de Raúl, les similitudes entre les morts des deux sœurs à l'exception de l'ingestion de diazépam, la relation intime entre Susana et Cintia, l'apparition des photos des deux filles, les doutes concernant le père…

— C'est-à-dire que tu n'as rien.

— Absolument rien, reconnaît l'inspectrice. Mais, plus le temps passe, plus je suis près d'attraper le coupable…

— Avoir un innocent en prison serait préoccupant.

— Qui était chargé de la première enquête ?

— Salvador Santos, un bon flic. C'est une de ses dernières enquêtes avant sa retraite, sans doute la dernière plus importante. Mais je ne crois pas que tu réussisses à lui parler, il souffre d'Alzheimer.

— Si c'était un bon flic et que tu as confiance en lui, il n'y a pas lieu de penser que nous avons un innocent en prison.

— C'était un bon flic, mais ça ne veut pas dire que j'ai confiance en lui. Nous ne nous sommes jamais entendus, nos relations ont toujours été mauvaises. Mais ne changeons pas de sujet, je ne veux pas d'un innocent en prison. C'est fatal pour la presse.

Elena comprend Rentero, son problème n'est pas la résolution des cas, mais l'opinion publique : mieux vaut un assassin dans la rue qu'un innocent en prison, les médias se rueraient sur ce dernier.

— Combien de temps vas-tu pouvoir maintenir la presse éloignée de l'enquête ?

— Tu sais que je ne peux rien te garantir, Elena. De fait, je suis étonné qu'ils ne soient pas déjà dessus. Le temps dont nous disposons pour l'instant est un cadeau dont il faut profiter. Tu dois te consacrer à trouver l'assassin des deux filles jour et nuit.

— Je le fais toujours jour et nuit.

Rentero sait mettre à profit l'obsession d'Elena, même si, de façon tout à fait hypocrite, il n'arrête pas de lui demander de se détendre et de profiter de congés qu'elle ne trouve jamais le temps de poser.

— Tu as demandé un nouveau policier ?

— Ángel Zárate ? Je le prends à l'épreuve sur cette affaire. Il a de l'initiative, ce sera peut-être une bonne recrue pour la brigade.

Après le repas, pendant que Rentero boit un whisky Yamazaki japonais de dix-huit ans d'âge, Elena avale sa grappa, une Bressia dal Cuore, digne de l'hôtel de luxe qui les accueille, une grappa d'auteur, argentine, un distillat haut de gamme.

— Je ne comprends pas pourquoi tu aimes tant la grappa, J'imagine qu'on te donne, la plupart du temps, un marc de Galice qu'on te fait payer le double. Je pense d'ailleurs que le marc de Galice est bien meilleur que n'importe quelle grappa, sauf que les Italiens savent mieux se vendre que nous.

Il fait bon, l'été n'est pas complètement arrivé à Madrid et on a envie de se promener dans les rues avant que les températures ne deviennent, dans quelques semaines, un supplice. Elena en profite pour retourner au bureau à pied : aucun des touristes, étudiants, couples qui la croisent ne soupçonnerait qu'elle est une des inspectrices les plus prestigieuses des forces de l'ordre espagnoles, qu'elle vient de déjeuner avec le numéro deux de la police dans un des endroits les plus luxueux de la ville. Elena ose même acheter une glace à un vendeur ambulant, alors qu'elle a refusé un dessert à l'Asia Gallery. Ils sont rares, les moments où, malgré le travail, elle se sent bien et en paix.

Elle réfléchit aux prochaines étapes : envoyer Zárate et Orduño à la Quinta de Vista Alegre pour retrouver les mendiants ; rendre visite aux parents de Susana pour voir si Moisés leur apprend quelque chose de nouveau ; interroger une nouvelle fois Raúl et, possiblement, le laisser en liberté ; penser à la présence du diazépam : son intuition lui dit que ce détail a peut-être plus d'importance que ne le pense Buendía, bien qu'elle ne sache pas pourquoi ; étudier le cas de Lara Macaya et s'entretenir en prison avec celui dont tout le monde pense qu'il est son assassin, Miguel Vistas… Elle a du pain sur la planche et, comme d'habitude, tout est urgent. Il faut tenter de gagner le sommet avant que les journalistes ne s'immiscent dans l'affaire.

21

Damián Masegosa n'est pas un avocat commis d'office, il demande beaucoup d'argent pour s'occuper d'un client. C'est un avocat médiatique, de ceux qui apparaissent au journal télévisé dès qu'il y a un procès fameux. Les prisonniers l'évoquent souvent, pensant qu'être défendu par le grand Masegosa représenterait une chance inouïe ; pour cela, ils seraient même capables de laisser leurs familles s'endetter.

— Monsieur Vistas ? J'ai demandé à vous rencontrer parce que j'aimerais me charger de votre cas, lâche-t-il très direct.

— Mon procès a eu lieu il y a longtemps. J'ai été condamné.

— Je sais. J'ai lu votre dossier, ça fait sept ans que vous êtes enfermé dans cette prison. Vous ne voulez pas en sortir ?

— Évidemment ; bien sûr que je veux sortir, ces sept années ont été un cauchemar. La liberté me semble si loin que j'ai déjà cessé d'en rêver… Pourquoi vous intéressez-vous à l'affaire après tout ce temps ? Vous ne savez même pas si je suis innocent.

— Cela m'est bien égal, votre cas a été jugé et vous avez été condamné. Mais imaginez qu'un nouvel élément puisse faire douter de votre culpabilité, quelqu'un devra alors payer pour le temps que vous avez passé sous les verrous. Une plainte contre l'État permettrait d'obtenir une bonne indemnisation.

— Et vous pensez que ça peut marcher sept ans après ?

— Je vous assure que oui ; on apprendra bientôt une nouvelle très importante et vous réaliserez alors par vous-même combien la démarche sera facile. Mais ne laissez pas un avocat commis d'office vous défendre encore une fois, ne perdez pas l'opportunité que je vous sorte d'ici, de laver votre nom et de vous faire un petit pactole.

— Je n'ai pas d'argent pour vous payer.

— Je ne veux pas votre argent mais celui de l'État. Je prends la moitié de ce que nous obtenons de la plainte, d'accord ?

— La moitié, c'est beaucoup ; c'est moi qui suis détenu depuis tout ce temps. Ça me semble injuste que vous ayez autant que moi. Je vous donne quarante pour cent.

— Dans ce cas, pas de contrat, je reprends ma mallette et on ne se reverra plus. C'est la moitié ou rien.

Miguel serre les poings avec rage, il donne un instant l'impression qu'il va se lever et laisser en plan ce célèbre avocat. Mais il se calme et sourit.

— Je prends.

— Parfait, parlez-moi de vous. Et souvenez-vous que le secret entre un avocat et son client est plus fort que la confesse.

— Que puis-je vous raconter ? Je ne suis qu'un pauvre photographe de mariage qui n'a jamais imaginé qu'il pourrait être condamné. Ces sept ans ont été très durs, au début je me révoltais, je ne comprenais pas qu'on puisse mettre derrière les barreaux quelqu'un qui n'a jamais rien fait. Ça fait longtemps que j'ai cessé d'y penser, je me borne à survivre, à ne pas attirer l'attention et à faire en sorte qu'aucun autre prisonnier ne décide de me rendre la condamnation encore plus difficile.

— D'après le jugement, vous avez assassiné une des mariées que vous alliez prendre en photo. Et vous l'avez fait en lui introduisant des asticots dans la tête.

— Ce n'est pas moi. L'assassin est libre. Je ne suis coupable que d'avoir été le dernier à avoir vu cette fille en vie, excepté l'assassin bien entendu.

Miguel Vistas travaillait pour la boîte d'évènementiel de Moisés Macaya, le père de la fille assassinée. Il était chargé de prendre les photos du mariage, de l'église – Moisés avait subordonné pas mal de curés pour qu'ils lui donnent l'exclusivité et qu'ils empêchent l'entrée d'autres photographes – jusqu'au banquet. Parfois, à l'occasion, il faisait aussi un book de photos de studio de la mariée. Pour Lara, la fille du patron, il était même disposé à lui en faire cadeau.

— Vous souvenez-vous des photographies de Lara qui ont circulé lorsqu'elle a été assassinée ? C'était une merveille, une belle gitane, je vous l'assure, monsieur Masegosa… J'ai connu peu de femmes aussi belles que celle-là. La mariée voulait non seulement des photos où elle serait vêtue de la robe qu'elle porterait le jour de ses noces, mais aussi d'autres clichés, qu'elle voulait offrir à son promis. Vous savez, des photos qu'eux seuls pourraient voir.

— Vous les avez faits ?

— Oui, mais j'ai regretté et j'ai voulu les détruire. Moisés Macaya est gitan. Vous imaginez ce qu'il aurait fait de moi s'il avait appris que j'avais photographié sa fille nue ? Il m'aurait arraché les yeux de ses propres mains. Je me souviens de lui comme d'un homme très jaloux, pas avec sa femme mais avec ses filles.

Miguel continue de raconter. Lara avait discuté et exigeait les photos ; il refusait de les lui donner, il ne voulait pas qu'il reste des traces de ce qu'il avait fait, elle quitta le studio et plus personne ne la revit ensuite en vie.

— Quelqu'un a-t-il su que vous aviez pris ces photos ?

— Je ne sais pas. Peut-être bien. Je pense que c'est pour cette raison que son père s'est acharné contre moi au tribunal. Mais je n'ai pas tué cette fille : je ne ferais jamais de mal à un être aussi beau… – Miguel change de position sur le siège. – Écoutez, vous ne pouvez pas imaginer ce que j'ai vécu ici, dans cette prison… Vous devez me sortir de là. Je pense souvent au suicide. Si je ne l'ai pas fait, c'est parce que je veux prouver que je suis innocent. L'avocat qui m'a défendu, Antonio Jáuregui, n'a pas bien fait son travail, il s'est borné à les regarder me condamner.

— Oubliez cet avocat, c'est moi qui vous défends maintenant. Contentez-vous de faire ce que je vous demande.

— Vous ne m'avez pas dit pourquoi vous pensez que vous pouvez me faire sortir d'ici.

— Bientôt. Vous saurez pourquoi bientôt. Je ne peux pas encore vous donner beaucoup de détails. Je peux juste avancer que dans les cercles policiers, il est question d'un crime très similaire au vôtre. On ne sait pas encore grand-chose et ils veillent à ne rien ébruiter.

— Comment le savez-vous alors ?

— J'ai des yeux et des oreilles un peu partout. Avoir de l'argent coûte cher. En prison, les nouvelles courent aussi, ce ne serait pas étonnant si vous en saviez bientôt autant que moi sur ce crime dont je parle. Voilà pourquoi j'ai souhaité anticiper, avant que l'affaire ne soit entre les mains d'un avocat qui ne sache pas en tirer parti.

— Je vous l'ai déjà dit. À partir d'aujourd'hui, c'est vous mon avocat.

Damián Masegosa acquiesce de la tête.

— J'appellerai Jáuregui afin qu'il me passe toutes les informations sur votre affaire. J'aurai aussi besoin que vous me signiez quelques papiers. Un de mes collaborateurs vous rendra visite demain…

22

Raúl regarde Chesca avec incrédulité ; jamais il n'aurait imaginé – même dans le pire de ses cauchemars – se retrouver un jour face à une policière hurlant à quelques centimètres de son visage et, lui, priant pour que la deuxième, la plus âgée et la plus élégante, celle qui reste à l'écart, intervienne pour empêcher la plus jeune de continuer à le harceler.

— Tu t'es rendu compte que Susana avait une histoire avec son amie Cintia et tu l'as assassinée !

— Je n'ai pas assassiné Susana, mon Dieu, c'était ma fiancée, nous allions nous marier.

Il a passé la nuit là, dans ces bureaux, puis il a été transféré, menotté, dans la cellule d'un commissariat, et, quelques heures plus tard, il a été ramené à la BAC. Il est fatigué, désorienté, il a faim et il se sent sale. Sans compter ce besoin de sniffer un rail. Il pensait qu'il était capable de contrôler sa consommation, mais, en vérité, il est dépendant, comme n'importe quel junkie de la rue.

— C'était ta fiancée, mais elle était lesbienne ! Et toi t'es qu'un petit macho qui ne supporte pas que sa copine préfère les chattes ?

— C'est la vérité, je n'ai rien fait, gémit le fiancé désolé et désespéré.

— Calme-toi, Chesca…

L'autre policière est enfin intervenue ; à elle, c'est sûr, il va pouvoir tout expliquer calmement, elle le croira.

— Vous devez me croire, je n'ai pas tué Susana…

— Je veux bien te croire, mais tu te rends bien compte que c'est difficile. Tu m'as dit que tu n'étais pas sorti de chez toi vendredi et il se trouve que tu apparais sur une vidéo près du domicile de Susana à l'heure où elle a été enlevée. Que faisais-tu là-bas ?

— Je vous l'ai déjà dit… Ça n'a rien à voir avec elle. D'habitude, un dealer m'apporte tout ce que je veux chez moi, mais comme je lui devais de l'argent, il a refusé. Et il y en a un autre dans ce coin-là, que je connais depuis longtemps, qui pouvait m'avancer de la came.

— Il nous le confirmerait si nous le retrouvons ?

— Non, non, je ne l'ai pas trouvé. Et ces gens-là ne confirmeraient jamais quoi que ce soit à un policier.

— Je te crois de moins en moins… En plus de la caméra qui t'a filmé dans le quartier, et des photos de ta fiancée avec son amie, tu m'as dit que tu ne savais presque rien de la mort de Lara et voilà qu'on trouve dans ton ordinateur tout un dossier contenant les coupures de presse sur son assassinat… Revenons aux photos de Cintia et de Susana.

— On me les a envoyées. Je n'ai même pas dit à Susana que je les avais. Je m'en fichais pas mal, nous ne couchions pas ensemble, elle était lesbienne et ne le cachait pas.

— Encore un mensonge, tu m'as dit que jeudi vous aviez dîné à l'Amazonico et que vous étiez ensuite rentrés chez toi faire l'amour… S'il te plaît, Raúl, cesse de mentir, car cela va être de plus en plus difficile de te croire.

— Je ne sais pas qui m'a envoyé les photos. – Raúl est sur le point de fondre en larmes. – Elles sont arrivées par mail, mais l'expéditeur était un certain X, monsieur X, comme dans les films.

— Et tu ne t'es jamais demandé qui était la personne qui faisait des photos de ta fiancée avec une autre ?

— Bien sûr, je me le suis demandé, j'ai toujours pensé que c'était le père de Susana.

— Son père ?

— Moisés Macaya est bien plus tolérant que la plupart des gitans. Il a accepté, même souhaité, que ses filles aient une vie de gadji, mais il reste gitan. Il pouvait tolérer que sa fille se marie sans la cérémonie du mouchoir, mais qu'elle soit lesbienne, ça… Si quelqu'un a envoyé un détective pour nous suivre, je mettrais ma main à couper que c'est Moisés. Il s'en doutait, il avait menacé plusieurs fois sa fille de l'envoyer dans une clinique pour soigner ses vices. Comme si c'était possible…

Elena prend note de ce nouvel élément : il se peut que Moisés ne soit pas le père libéral qu'il semble être, celui qui a voulu que ses filles soient libres de décider, sans se soumettre aux rites des gitans.

— Moisés est venu me parler, il m'a menacé pour que je ne me marie pas avec sa fille. Il voulait qu'elle épouse un gitan… Mais je n'avais pas le choix, j'avais besoin d'argent. En plus, je savais que ce mariage ne représentait qu'une couverture pour Susana. Vraiment je le faisais pour l'argent, c'est tout.

— Tu ne manques pas d'argent, pourtant ! J'ai vu ton appartement, les meubles, les enceintes qui valent au moins trente-cinq mille euros.

Chesca s'énerve, elle parle plus que le suspect ; Elena doit la faire taire.

— Les enceintes ? Oui, mais ce n'est rien, ce n'est pas ce que j'appelle avoir de l'argent. J'ai des dettes autrement plus importantes, qu'on ne peut pas solder en vendant des enceintes.

— La famille de Susana a autant d'argent ?

— Vous ne savez pas encore qui sont les Macaya, je crois. Il ne s'agit pas d'eux directement, mais quiconque fréquente le monde de la drogue le sait ! Si tu veux qu'on allonge des échéances, qu'on te donne du temps… Si tu veux rester en vie, tu dois te tourner vers certains membres de la famille de Susana. Je vous l'ai déjà dit : je devais de l'argent au dealer et il ne me fournissait plus de drogue. Et maintenant, il n'y a plus rien à faire. J'espère que vous me croyez, je ne l'ai pas tuée.

Elena Blanco doit digérer tout ce qu'a dit Raúl. Et sermonner son équipe : elle ne peut pas entrer dans une salle d'interrogatoire les yeux bandés, exposée à n'importe quelle surprise. Quelqu'un aurait dû savoir et lui apprendre qui sont les Macaya. C'est la première fois qu'elle sent que sa brigade ne fonctionne pas comme il faudrait.

— Pourquoi Moisés t'aurait-il donné les photos ?

— Je ne sais pas si c'est lui. Mais il était opposé au mariage, je pensais qu'il voulait m'effrayer. Je ne sais pas si c'est vrai, mais c'est ce que j'ai cru sur le moment. Lui, par exemple, n'épouserait jamais une femme qui a ce genre de penchant.

— Et il pardonnerait à sa fille ?

— Sa fille est morte. Qui sait si c'est parce qu'elle n'a pas obtenu de pardon ?

Raúl a choisi de soupçonner celui qui aurait pu être son beau-père, peut-être parce qu'il le croit vraiment, peut-être juste pour dévier les soupçons qui pèsent sur lui.

— On va te laisser en liberté. Mais ne t'avise pas de quitter Madrid, on peut avoir besoin de toi à n'importe quel moment.

— Vous me croyez, inspectrice ?

— Je ne crois que ce que je vois, c'est-à-dire que Susana est morte et que sa sœur Lara l'est aussi.

Elena sort indignée de la salle, espérant se calmer avant de parler avec son équipe.

23

Dans la voiture avec Orduño, Zárate sent, pour la première fois, qu'il est en compagnie d'un policier qui lui ressemble, le seul de la brigade qu'il pourrait, en dépit de ses vêtements ringards, considérer comme un collègue, et ce, malgré leur véhicule, qui n'a rien à voir avec les utilitaires déglingués et banalisés habituels. Orduño conduit un puissant 4×4, une Volvo XC90, qu'ils ont sorti du parking situé sous la plaza del Rey. Il y en avait trois identiques, garés côte à côte, tous à la disposition sans doute de la brigade, même si Elena Blanco préfère conduire cette Lada de l'époque du mur de Berlin.

— L'inspectrice se mettra toujours en quatre pour toi, et ce, même si elle te chante les quarantièmes rugissants lorsque tu te trompes et qu'elle t'engueule parfois à te donner envie de demander un transfert immédiat à la circulation…

— Et Chesca ? Elle se croit la Capitaine America…

— Chesca est une excellente policière qui sacrifierait sa vie pour un collègue. Ne la sous-estime pas, tu ne sais pas quand tu auras besoin d'elle.

Ils sont en route pour la Quinta de Vista Alegre, dans la zone de Carabanchel, le territoire de Zárate. Il faut qu'il brille, qu'il trouve un mendiant ayant vu quelque chose, qu'il découvre une piste ignorée le jour de la levée du cadavre.

Arrivés à la Quinta, ils croisent d'emblée Ramón, le gardien qui a trouvé le cadavre.

— Vous avez découvert la morte lundi à l'aube, n'est-ce pas ? Mais nous avons des raisons de penser que la fille a été amenée ici dans la nuit de vendredi à samedi vers trois heures et demie.

— Je ne suis jamais là le week-end et la plupart des bâtiments officiels sont fermés. Il n'y a jamais personne à ce moment-là sauf les personnes âgées de la résidence qui se trouve de l'autre côté du parc et les mendiants.

— Vous m'aviez dit que cela faisait plusieurs jours que vous ne les aviez pas vus.

— Et ils ne sont toujours pas revenus. Ils ont été effrayés, peut-être qu'ils ont vu quelque chose… Vous devriez parler avec le Borgne : si quelqu'un a vu un truc il est forcément au courant. C'est lui le chef de la bande. Il a beau être à moitié aveugle, je l'ai vu se bagarrer à en étriper son adversaire.

Dans Carabanchel, Zárate se sent comme un vétéran. Ce quartier – qui fut longtemps indépendant jusqu'à son rattachement à Madrid des années après la guerre civile –, il le connaît comme sa poche. Il y avait alors deux municipalités, Carabanchel haut et Carabanchel bas. Cet ancien territoire, propriété d'Eugenia de Montijo, l'épouse de Napoléon III, forme aujourd'hui un des quartiers les plus populaires de la ville, comptant plus de deux cent cinquante mille habitants, issus pour la plupart de la classe ouvrière, et beaucoup d'immigrés. Le sous-inspecteur sait que pour localiser un clochard, il faut visiter les parcs et se balader dans les zones les plus pauvres : Pan Bendito, Los Altos de San Isidro, Via Carpetana, Cañorroto, l'ancienne prison de Carabanchel, qui fut, à son époque, une des plus célèbres d'Espagne.

— Tu vis par ici ? demande Orduño, en passant par les zones que Zárate préconise pour chercher le clochard borgne. Lui est curieux d'en apprendre plus sur l'inspectrice, la femme qui dirige une des équipes de police les plus prestigieuses d'Espagne, mais qui chante aussi des chansons italiennes dans les karaokés, boit de la grappa et met dans son lit un nouveau collègue le jour même où ils font connaissance.

— Oui, je vis par ici. Il y a de tout, des rues qui craignent pas mal, d'autres aussi où on vit très bien. Tu connais la zone sud de Madrid, celle qui est délaissée par tous les maires de droite.

— Et de gauche ?

— Pareil.

L'ancienne prison de Carabanchel a été construite à la fin de la guerre civile pour remplacer la prison Modelo, qui était située juste en face de la Moncloa et qui fut le théâtre de tels combats qu'au vu de son état déplorable il était inutile de la reconstruire. Celle de Carabanchel est vite devenue célèbre, car c'est celle qui accueillait les prisonniers les plus connus, de Jarabo, le dernier exécuté au garrot, jusqu'à tous les prisonniers du franquisme, y compris des écrivains comme Fernando Sánchez Dragó, des humoristes comme Gila ou des hommes politiques comme Miguel Boyer, Marcelino Camacho ou Ramón Tamames. Elle fut fermée en 1998, presqu'à la fin du siècle, et quasiment entièrement démolie quelques années plus tard. Depuis, les habitants du quartier et les autorités discutent du futur usage du lieu : hôpital, installation sportive, parc, logements… ; pour l'instant, c'est un immense terrain vague, désert et vide, très surveillé, bien que quelques mendiants l'utilisent pour y dormir.

— On cherche le Borgne…

— Je ne sais rien, mon ami.

Un groupe de gitans roumains est installé sous l'unique ombre alentour. Il n'y a pas de femmes parmi eux, elles doivent être dans le centre, en train de parcourir Madrid en mendiant sur les terrasses. Zárate sort sa plaque.

— Si vous me dites où je peux trouver le Borgne, je m'en vais et je ne vous emmerde pas ; sinon, je commence par vous demander vos papiers, puis j'appelle une voiture de patrouille, et je m'arrange pour qu'ils vous embarquent… Je sais bien que vous serez de nouveau dans la rue ce soir, mais cela vous fera passer un sale après-midi.

Un des Roumains qui le regardent décide de s'épargner les problèmes pour pouvoir rester tranquillement sous cette ombre bien agréable.

— Au cimetière. Il doit être par là, il vole les fleurs des tombes pour les revendre.

L'entrée du cimetière sud se trouve là où prend fin le quartier, accolée à Orcasitas. Ils découvrent l'homme dès la porte franchie.

— Borgne !

Il n'attend pas qu'ils arrivent près de lui et part en courant comme un dératé. Ils se mettent tous deux à le poursuivre. Orduño, devançant largement Zárate, réduit la distance avec le mendiant. Lorsque Zárate les rejoint, il l'a déjà rattrapé et Orduño doit attendre que Zárate et le mendiant reprennent leur souffle.

— Il faut te maintenir plus en forme, collègue, rigole Orduño. Et donc, Borgne, pourquoi courais-tu ?

— Dès que je sens des flics aux alentours, je me mets à courir. Raison de plus s'ils sont en civil.

— Raconte-moi ce que je veux savoir et tu n'auras pas de problèmes. Quinta de Vista Alegre ce week-end.

— Je n'y étais pas.

— Pourquoi ?

— Un homme m'a arrêté à l'entrée et m'a donné cent euros pour que j'aille dormir dans une pension. Et il m'a promis encore cent euros si je pouvais convaincre mes compagnons de ne pas y aller.

Zárate et Orduño se regardent. Ils ont trouvé une piste.

— C'était quand, ça ?

Zárate a enfin retrouvé son souffle.

— Jeudi il m'a donné mes cent euros et vendredi soir les cent autres, je n'y suis pas retourné, je ne sais rien.

— Tu n'as pas eu un brin de curiosité ?

— Je me suis payé une chambre, j'ai pris un bain pour m'enlever un mois de croûte, j'ai mangé un bout et j'ai payé vingt euros pour une passe complète à une blonde que j'avais remarquée sur la Colonia Marconi. Je me fous complètement de ce qu'ils allaient faire à la Quinta, du moment qu'ils me payaient.

— Et pourquoi tu n'y es pas retourné ?

— J'y suis retourné lundi, j'ai vu que c'était plein de flics et je me suis barré, vous n'apportez que des problèmes. Mieux vaut aller chez le médecin que vous parler, à vous autres.

— Eh bien tu n'as pas le choix. Tu dois nous aider à trouver cet homme. Tu serais capable de le reconnaître ?

— On m'appelle le Borgne parce qu'il me manque un œil. Et vous savez le pire ? C'était le bon œil. Avec l'autre, je ne distingue presque rien. Des formes, à peine plus.

— Et comment savais-tu que nous étions policiers ?

— Si tu ne sens pas les policiers, dans la rue, tu es mort. Et vous autres, vous puez le flic.

24

Ils sont à nouveau dans la salle de réunion et Zárate commence à trouver qu'il y a beaucoup de réunions et peu d'action, même s'il reconnaît que c'est peut-être la clé du succès de la brigade d'analyse de cas. Salvador Santos le disait toujours : il faut penser, le problème est qu'on préfère courir après les méchants que de réfléchir à ce qui s'est passé.

Il commence à connaître les habitudes de ses nouveaux collègues. Buendía a apporté un gâteau fait maison ; Chesca, du jus d'orange pressé ; Orduño a servi des cafés et a ouvert une boîte de biscuits danois… L'inspectrice ne l'a pas regardé de manière particulière, comme si la nuit de lundi ne signifiait absolument rien.

— Une fois par semaine, nous organisons un petit-déjeuner commun. La semaine prochaine, c'est mon tour avec Mariajo, joins-toi à nous, invite l'inspectrice.

C'est mercredi, deux jours ont passé depuis l'apparition du cadavre. La même sensation les étreint tous : il n'y a aucun suspect sérieux sur lequel se concentrer, et encore moins depuis que l'inspectrice Blanco a décidé de laisser Raúl Garcedo en liberté.

— Buendía, tu m'as dit que tu avais de nouvelles informations, dit la chef en ouvrant la réunion comme d'habitude.

— Nous avons reconstitué le processus de la mort de Susana et nous l'avons comparé avec celui de Lara. Cela nous a permis, en étudiant les deux crimes, de reproduire avec pas mal de fidélité ce qui a pu arriver. Je vais vous montrer les photos.

Sur les premières, on voit un simple édifice à moitié démoli, avec des graffitis, des détritus, des gravats. Il y a plusieurs marques faites par les policiers qui ont examiné le site ; les détails sont sur les images suivantes.

— Voici le lieu où est apparu le corps de Lara : une maison abandonnée à Usera, près de l'endroit où se trouvait, à une époque, le ranch d'El Cordobés. Pour ceux qui ne sont pas de Madrid, c'était une zone de bidonvilles avec beaucoup de trafic de drogue, où la police n'entrait alors que lourdement armée et avec beaucoup d'effectifs. Depuis, on a beaucoup construit par là et la maison de la photo n'existe plus.

Sur l'image suivante apparaît une jeune fille aux yeux fermés, morte, le voile de mariée taché de sang.

— C'est Lara. Comme vous pouvez le voir, elle est installée comme si elle posait. Regardez les marques au sol. À droite, on voit celles d'un trépied d'appareil photo ; les clichés qui sont supposés avoir été pris pendant le supplice n'ont jamais été retrouvés, mais les trois marques correspondent à un trépied identique à celui que possédait Miguel Vistas. Les quatre autres marques, à gauche, sont celles d'une chaise : l'assassin s'est assis pour voir le spectacle.

La photo suivante est celle de la Quinta de Vista Alegre et montre Susana. La position du corps est différente et il n'y a aucune marque au sol.

— Les premiers policiers qui se sont approchés du cadavre les ont peut-être effacées, suggère Chesca comme pour critiquer le comportement de ses collègues.

Tout le monde se tourne vers Zárate qui sent qu'il leur doit une explication.

— Elle était encore en vie, on a essayé de la sauver…

— Deux fautes : tu ne l'as pas sauvée et tu n'as pas préservé la scène du crime. Bravo !

Chesca ne perd aucune occasion de l'humilier.

— S'il y avait un trépied, c'est qu'il y a eu des photos ou une vidéo. Ces images ne sont jamais apparues, non ? Ni aujourd'hui, ni à l'époque, tranche l'inspectrice.

— Non, jamais.

La photo suivante montre le crâne de Lara, marqué par trois points.

— Nous avons déjà parlé des différences : la position du cadavre et les marques autour. Le diazépam aussi : il n'y en avait aucune trace dans le corps de Lara. Les analyses ont seulement révélé qu'elle prenait une pilule contraceptive. Voyons maintenant les ressemblances : voici les incisions faites dans la tête de Lara.

Changement de photos, mêmes marques.

— Et voici celles de Susana, au même endroit. Vous remarquerez que la coupure qui forme un cercle est postérieure, et n'a rien à voir avec les incisions.

— Une signature ?

— Qui sait ? C'est à vous de vérifier ! Par ailleurs, les premières incisions, celles de Lara, ont été faites avec une chignole ; les secondes avec une roulette de dentiste. Je n'y attacherais pas d'importance, sans doute une avancée technologique.

— Et la cruauté, souligne Elena Blanco. Si la victime était en vie pendant le supplice, je suppose que la roulette électrique permet plus de compassion.

— C'est possible. Dans le corps de Lara, les vers sont restés une semaine, une semaine à s'alimenter de tissus vivants jusqu'à ce que la victime meure ; dans celui de Susana, selon des essais faits en laboratoire sur la croissance des larves, le calvaire n'a duré que deux jours, poursuit Buendía. Encore une fois, la petite sœur a eu plus de chance.

— Ou l'assassin a été moins cruel. Tu crois que c'est le même ?

L'inspectrice pose la question que tout le monde a envie de formuler.

— Je ne sais pas, peut-être que oui, peut-être que non. Sur le cadavre de Lara on a trouvé un cheveu de Miguel Vistas. Ce cheveu, les traces du trépied d'appareil photo et le fait qu'il fut le dernier à la voir l'ont condamné.

— Le trépied peut être une preuve circonstancielle, le cheveu peut avoir été mis là par quelqu'un et il n'a peut-être pas été le dernier à la voir vivante, son assassin oui, ajoute l'inspectrice.

— Tu veux dire qu'il y a peut-être un innocent en prison ?

Zárate veut défendre le travail de Salvador Santos sans que personne ne se doute de sa relation avec lui, ce qui représenterait une raison suffisante pour l'écarter de l'enquête.

— Je veux dire que nous ne savons rien et que nous devons enquêter sur les deux crimes, celui d'il y a sept ans et celui d'aujourd'hui. Autre chose, Buendía ?

— Pour le moment, rien. J'avais pensé raconter la souffrance par laquelle ont dû passer les deux sœurs, perdant leurs facultés au fur et à mesure que les larves bouffaient une partie de leur cerveau. Ces choses-là me passionnent, mais je sais que ce n'est pas votre tasse de thé.

— Tu es notre joie de vivre ! dit Mariajo avec un frisson. Je me demande quelles histoires tu racontes à tes petits-enfants pour les endormir…

L'inspectrice jette un coup d'œil à sa montre : il ne reste plus que quelques minutes, il est temps qu'Orduño et Zárate parlent de leur rencontre avec le Borgne.

— Il nous a fourni une description de l'homme qui lui a donné le fric pour qu'il n'approche pas de la Quinta : plus grand que la normale, corpulent mais voûté, très nerveux, de peau et cheveux bruns…

— La description correspond à celle de Moisés. Souviens-toi qu'il avait mal à l'épaule lorsqu'il est venu apprendre la nouvelle de la mort de sa fille.

— Oui, le problème, c'est que le témoin ne pourra pas participer à une séance de reconnaissance : il est borgne et voit à peine de son seul œil.

S'ils ne trouvent pas comment utiliser ce témoignage, ils devront l'écarter. Mieux vaut aller de l'avant.

— Autre chose ? ajoute l'inspectrice. Que savons-nous des photos de Susana et Cintia ?

— Nous avons étudié l'angle à partir duquel elles ont été prises, répond Mariajo, depuis le troisième A de l'immeuble d'en face de chez Susana, dans la rue Ministriles même.

— J'ai contacté le propriétaire, complète Chesca, il m'a donné le nom du type qui lui a loué l'appartement pendant une semaine. Il lui a payé six cents euros. Il s'appelle Luis Soria, il est détective et ses bureaux sont situés Gran Vía.

— Merci Chesca. On va devoir aller parler avec Moisés, dit l'inspectrice. Zárate, tu viens avec moi. Chesca et Orduño, vous allez rendre visite au détective qui a fait les photos, ne le lâchez pas avant qu'il ne dise pour qui il travaillait.

25

Le quartier où ils se rendent est chic : La Piovera, accolé à Conde de Orgaz, près d'Arturo Soria.

— Nous allons devoir croire Raúl, il était plus intéressé par le fric des Macaya que par la beauté de leur fille. Ce quartier n'est pas bon marché…

La maison de la famille Macaya est grande et confortable, comme la plupart de celles construites dans cette zone dans les années 1970, loin des appartements étroits du centre. La maison a cependant un air décadent, qui ne passe pas inaperçu : elle aurait besoin d'un bon coup de peinture et d'un peu d'entretien – réparer les persiennes, couper la haie qui la sépare de la rue, refaire certaines parties du toit… La piscine, malgré la période de l'année, est vide. C'est sans doute l'absence des filles, car la maison, à l'image de la famille qui y habite, a connu des jours meilleurs.

À l'intérieur, le salon est lugubre, obscur, les stores sont presqu'entièrement baissés, comme pour éviter de laisser passer la lumière, et avec elle un peu de joie. Moisés apparaît accompagné de son épouse, qui a à peine la force de marcher. Elle est désorientée, absente, sur le point de se briser. Moisés l'aide à s'asseoir. L'inspectrice Blanco lui tend la main, une main à laquelle Sonia s'accroche avec force et qu'elle ne lâche pas.

— Ça y est, vous savez déjà comment ils ont tué ma fille ? demande la mère angoissée.

Elena sent le poids de la douleur et regarde Zárate. Comment vont-ils annoncer aux parents que l'assassinat de Susana est identique à celui de Lara ? Comment faire pour qu'une telle nouvelle fasse moins souffrir ? Existe-t-il un moyen ?

— Comme pour Lara, annonce-t-elle de manière directe, je ne crois pas qu'il faille s'arrêter sur les détails. – L'inspectrice veut leur épargner la crudité de la révélation. – Ce serait encore plus dur pour vous.

Le visage de la mère devient de pierre. Elle s'accroche à la main d'Elena et la serre, comme si c'était la seule chose qui pouvait la retenir, la sauver. Elena encaisse plus ou moins cette violence, les ongles de Sonia s'enfoncent dans sa peau. Moisés hurle, proteste, perd son sang-froid, fait face à l'inspectrice comme si c'était elle la criminelle.

— Vous avez libéré ce fils de pute ? Vous l'avez relâché ?

— Non, Miguel Vistas est toujours en prison, il n'est pas sorti et n'a eu aucune permission. Ça ne peut pas être lui.

— Cette ordure a tué Lara… Elle aussi était sur le point de se marier, elle aussi était une fille merveilleuse. Et maintenant c'est Susana.

Rien ne peut préparer des policiers à voir s'écrouler un homme comme Moisés, un colosse qui mesure près d'un mètre quatre-vingt-dix, l'air blasé, solide comme un roc. Effondré, Moisés pleure et Elena doit se contenir pour ne pas l'embrasser et lui dire que oui elle sait comment il se sent, qu'elle n'est pas seulement policière, qu'elle est une femme et qu'elle sait ce que signifie perdre un être cher. Elle doit aussi tenter de se recomposer et d'avancer, afin de réussir ce qu'elle s'est promis en voyant le crâne ouvert de Susana bourré d'asticots : arrêter le coupable, faire qu'on le punisse et empêcher qu'aucune autre jeune fille ne tombe entre ses mains. Elle ne doit donc pas se laisser infléchir par la peine et rester de marbre pour pouvoir réfléchir.

— Peut-être que ce n'est pas lui qui l'a tué, peut-être qu'il y a deux assassins. Je vous assure que nous faisons notre possible pour le découvrir. Pour cela, j'ai besoin de votre aide, ensuite on aura tout le temps du monde pour pleurer Susana. Quelqu'un lui voulait-il du mal ?

Le mari et la femme se regardent et l'inspectrice croit voir dans ce regard un doute, une supplique de Sonia pour pousser Moisés à parler.

— Non, pourquoi quelqu'un nous vouerait tant de haine ? avance le mari. Nous n'avons jamais fait de mal à personne, nos affaires sont modestes et légales : communions, baptêmes, ce genre d'événements. Ce n'est pas un monde de haine et de vengeance.

— Que pensez-vous de Raúl ?

— Je vous ai déjà dit qu'il ne me plaisait pas, un jouisseur, mais il serait incapable de faire ça à notre fille, reconnaît le père.

— Et le fiancé de Lara ?

— Ils ont enquêté sur lui à l'époque. Ça ne pouvait pas être lui, c'était un brave garçon, travailleur et sérieux, son professeur de danse flamenco… Il n'était même pas à Madrid le jour de sa mort, il dansait ce soir-là à Grenade. Nous sommes longtemps restés en contact, il nous appelait, nous rendait visite, il aimait Lara. Il est parti il y a trois ans vivre à l'étranger, aux États-Unis. Non, je suis sûr qu'il n'a rien à voir là-dedans. De plus, l'assassin de ma fille est en prison.

— Et si ce n'était pas lui ?

— C'est lui. Je l'ai regardé dans les yeux pendant le procès et je sais que c'est lui. Vous l'avez rencontré ? Tout en ayant l'air d'être quelqu'un de bien, il a le regard le plus froid que j'ai jamais vu. J'aurais dû agir, faire en sorte qu'ils le tuent… Tout ce qui m'arrive, c'est parce que j'ai refusé de faire ce qui aurait dû être fait.

— Ce qui aurait dû être fait ? – Zárate s'exprime pour la première fois.

Moisés le regarde comme s'il ne se souvenait pas qu'il était là, comme un invité qui n'est pas le bienvenu, le voyeur qui interrompt une partie de Mus.

— Ma famille n'a pas autant de scrupules que moi. Ils m'ont offert leur aide des dizaines de fois et je ne l'ai pas acceptée, estimant que la justice des gadjos était préférable. Et mes deux filles sont mortes maintenant.

— Où avez-vous passé le week-end ?

— Ne me dites pas que vous nous soupçonnez, inspectrice, dégaine immédiatement Moisés.

— Non, mais je vous assure que lorsque nous aurons découvert l'assassin de votre fille, vous serez contents que nous ayons posé ces questions à tout le monde. Nous voulons juste être sûrs de ne rien oublier.

— À la maison, se calme le père.

— Tout le week-end ? Vous n'êtes pas sortis du tout ?

— À part pour le pain, répond Sonia, nous ne sortons pas beaucoup, encore moins depuis ce qui est arrivé à Lara.

— Vous non plus ? Elena Blanco se tourne vers le père.

— Moi non plus, même pas pour le pain.

— C'est bon, merci. Une dernière question, monsieur Macaya. Vous connaissez Cintia, l'amie de Susana ?

— Une mauvaise fréquentation, aujourd'hui, c'est vraiment difficile d'éviter à ses enfants d'avoir de mauvaises fréquentations.

26

Le bureau de Luis Soria, directeur – et probablement unique employé – de Détectives Soria, se trouve sur la Gran Vía, dans un immeuble délabré reconverti en locaux professionnels. L'agence donne une franche impression de décadence ; l'espionnage demeure une activité très florissante de nos jours, mais il s'agit en général de renseignement industriel ou économique, traqué sur ordinateur et dans de grands immeubles corporatifs ; renifler des braguettes a perdu beaucoup de son intérêt, pour autant que cela en ait présenté un jour. La plupart des espaces de travail sont vides, mais Orduño et Chesca remarquent, en parcourant les couloirs, quelques bureaux d'avocats spécialisés en droit des étrangers, une agence de voyages d'aventure et un cabinet de massages qui ne donnerait envie à personne d'y confier son dos.

— Je promets la confidentialité à mes clients. Je ne répondrai à aucune de vos questions.

— Monsieur Soria, nous savons, nous comprenons que vous souhaitez être fidèle à votre éthique professionnelle, mais comprenez-nous aussi, nous enquêtons sur un crime, sur un assassinat, argumente Orduño, je suis certain que votre devoir de citoyen va l'emporter sur votre volonté de cacher le nom de votre client.

La répartition du travail entre bon et mauvais policier ne fonctionne pas seulement dans les films. Chesca et Orduño n'ont même pas besoin de se mettre d'accord pour assumer chacun leur rôle : lui incarne toujours le gentil, et elle la méchante.

— Je ne vois pas quel intérêt peuvent avoir des photographies montrant deux femmes dans un lit pour résoudre un crime.

Luis Soria a encore l'air sûr de lui, il n'est pas encore prêt à révéler ce que les policiers lui demandent.

— Ça, on ne peut pas vous le dire, vous comprenez que notre devoir de confidentialité l'emporte sur le vôtre.

— Dans ce cas, je vous prie de quitter mon bureau.

Ils lui ont donné gentiment une chance de collaborer. Maintenant c'est au tour de Chesca d'entrer en jeu.

— Mon gros Luisito – elle le traite sans aucun respect –, mon collègue t'a demandé quelque chose poliment. Nous voulons juste savoir qui t'a chargé de prendre des photos de la demoiselle Susana Macaya. Et je vais te confier un truc, je ne sortirai pas de ce bureau sans ce nom. Au besoin, je fouillerai tes papiers un par un…

— Vous n'avez pas le droit…

— Cesse de me couper, laisse-moi terminer. Je ne sortirai pas d'ici sans l'info que nous te demandons. Donc plus vite je l'aurai, moins je vais m'énerver.

— Je vous conseille de ne pas la laisser s'énerver, monsieur Soria, ajoute Orduño.

— Je ne me contrôle pas beaucoup quand je suis en colère. Et je ne m'arrêterai pas là, de retour au bureau, j'appellerai aussi mes amis du commissariat du Centre, et tu risques de te retrouver avec bien d'autres difficultés : ils te demanderont différentes autorisations, ils appelleront le propriétaire de l'immeuble pour savoir si tu remplis toutes les exigences requises…

— Moi aussi j'ai des amis, ose menacer le détective.

— Et bien, tu risques de te retrouver sans. Je t'assure qu'ils préféreront être amis avec moi plutôt qu'avec toi.

Orduño sourit : il a vu Chesca assumer ce rôle tant de fois. Il reconnaît le moment crucial, celui où Chesca sort son arme de l'étui et la pose sur la table. Le détective la regarde, apeuré.

— Vraiment, mon gros Luisito, il vaut mieux que nous soyons bons amis.

Luis Soria doute, il est persuadé qu'ils ne lui feront rien, mais mieux vaut ne pas prendre de risques.

— Moisés Macaya. Il m'a demandé de suivre sa fille, confesse-t-il.

— Tu vois que ce n'est pas si difficile de collaborer. Raconte-nous.

Le détective sort de ses dossiers la facture qu'il a remise au client pour ses services. Il raconte que l'homme connaissait parfaitement la relation de sa fille avec l'autre femme, car il lui a même dit où et quand elles se rencontraient.

— Il voulait juste que je prenne les photos.

— Tu les lui as toutes remises ?

— J'ai fait une sélection des moins choquantes. Je ne voulais pas non plus que cet homme se mette en colère et me passe à tabac. Les autres, je les ai effacées, je le jure. Ces deux filles faisaient des choses qui feraient rougir une actrice porno. S'il vous plaît, ne dites à personne que j'ai parlé. Dites que vous l'avez découvert d'une autre manière, je vous en prie.

— Pourquoi as-tu si peur ?

— Savez-vous qui est le cousin de Moisés Macaya ?

— Le Capi, répond Orduño, qui, après la colère de sa chef, a réuni toutes les infos.

— Exact. Le Capi, un des chefs du Clan del Sordo*. Et ceux-là n'y vont pas de main morte s'ils se rendent compte que tu as trahi l'un des leurs ; je peux me retrouver dans de sacrés problèmes.

Tout le monde sait qui est le Capi et qui sont les Sordos. Les journaux, la télé parlent régulièrement d'eux. On suppose que tout le trafic de drogue de Madrid passe par les mains du Capi, qu'il compte dans son équipe les meilleurs braqueurs d'Espagne, sans compter que c'est à travers sa boutique d'antiquités située dans le quartier d'El Rastro que seraient négociés la plupart des bijoux volés du pays.

— Moisés est mouillé dans ces affaires ?

— Je ne l'ai jamais vu avec eux, mais, bon, c'est un cousin germain. Et pour ces gens-là, c'est plus important que pour nous… Deux cousins sont comme des frères.

* El Sordo : le Sourd.

27

Blanco aurait préféré ne pas avoir à recevoir Cintia de nouveau. Elle respecte totalement la relation des deux filles, tout en ne comprenant pas pourquoi elles l'ont transformée en quelque chose d'aussi tortueux, même si Susana était gitane et que sa famille désapprouvait. Elle voudrait que Cintia se sente à l'aise et parle, et c'est pour cette raison qu'elle est entrée seule dans la salle d'interrogatoire et qu'elle a débranché les caméras, en faisant savoir à Cintia que ce dont elles allaient parler ne sortirait pas de ces quatre murs.

— Cintia, j'ai besoin que tu nous aides. Le temps passe et chaque découverte complique un peu plus la situation.

— Inspectrice, vous savez que je ferai tout ce qui est en mon pouvoir pour qu'on retrouve l'assassin de Susana.

— Pourquoi Susana avait-elle décidé de se marier avec Raúl ? Je sais que c'était une manière de cacher ses préférences sexuelles, mais son père ne supportait pas Raúl et elle n'était pas amoureuse de lui… Ce n'aurait pas été plus facile de choisir un homme que son père aurait accepté ?

— Susana était très complexe, rien n'était simple avec elle. Elle était capable de cacher ce qu'elle désirait vraiment pour ne rien faire dont son père pourrait avoir honte et en même temps elle ne pouvait éviter de l'affronter. Elle avait très fortement conscience de la souffrance endurée par ses parents à la mort de Lara.

— Tu nous as dit qu'elle te parlait de la mort de sa sœur.

Cintia hésite avant de continuer, elle se débat entre préserver l'intimité de ses relations avec Susana et la nécessité d'aider à venger sa mort.

— On en parlait beaucoup, elle était obsédée par le sujet, par cet assassin, par la façon dont il l'avait tuée.

— Raúl nous a dit que c'est un sujet dont elle ne voulait jamais parler.

— Raúl n'était pas important pour elle, la vraie Susana est celle qui couchait avec moi. Certaines nuits, nous parlions jusqu'au petit matin de Lara, de ses parents, de tout. Elle voulait aller à la prison rencontrer Miguel Vistas.

Elena est surprise, elle ne sait que dire, que demander ; Mariajo vient opportunément à son aide en passant une tête à la porte.

— S'il te plaît, Elena, j'ai besoin de te montrer quelque chose.

La hacker de la brigade a finalement réussi à ouvrir la zone de l'ordinateur qui semblait si protégée. Elle avait beau s'y attendre, Elena ne peut croire ce qu'elle voit : ce sont les mêmes photos que celles que Buendía a montrées du dossier de Lara, à ceci près que la protagoniste n'est pas Lara mais Susana… Comme le lui avait dit Cintia, Susana se faisait prendre en photo depuis des années dans la position exacte où l'assassin avait abandonné sa sœur morte, avec le même voile, et même, pour les premières, au même endroit, jusqu'à ce que cette maison, près du Ranch d'El Cordobés, soit détruite.

— Tu sais que j'ai pénétré des milliers de fois sur le *Deep Web*. Je connais bon nombre de perversions et certaines sont autrement plus graves qu'on ne peut l'imaginer, mais celle-là est pas mal dans le genre. Comme si cette fille cherchait à suivre les pas de sa sœur.

— Eh bien, elle y a réussi…

Elena n'entre pas immédiatement, elle a besoin de respirer et d'ordonner dans sa tête tout ce qu'elle a entendu pendant ces dernières minutes. Elle regarde Cintia à travers les volets semi-ouverts ; elle est silencieuse, le regard lointain, souffrant. Son travail lui paraît si souvent cruel : elle a, devant elle, une jeune fille qui a probablement perdu l'amour de sa vie et, au lieu de la consoler, elle doit l'interroger, demander, creuser la blessure. Elle décide de s'octroyer une minute de pause. Elle se rend dans la petite cuisine, boit un verre d'eau, regarde la rue par la fenêtre… Et c'est seulement une fois qu'elle a vaincu son désir de cesser les questions et d'embrasser Cintia qu'elle retourne dans la salle, pour que la jeune fille continue de parler de l'obsession de Susana.

— Tu me disais qu'elle voulait connaître l'assassin.

— Oui, mais elle savait qu'on ne lui donnerait pas d'autorisation de visite. Elle disait qu'elle allait attendre qu'il ait une permission ou qu'on le relâche pour l'aborder dans la rue et lui demander tout ce qu'elle voulait savoir.

— Tu crois qu'elle voulait mourir comme sa sœur ?

Cintia montre un visage indigné, comme si elle ne pouvait pas comprendre ce genre de question.

— Non ! Bien sûr que non ! Qui voudrait mourir de cette façon ?

Cintia ne révèle pas grand-chose de plus, non pas parce qu'elle n'y est pas disposée, plutôt parce qu'Elena ne sait plus quoi demander. Rarement une enquête l'a affectée à ce point. Les photos de Susana imitant la mort de sa sœur la laissent perplexe, surtout en sachant que les deux événements se sont déroulés de la même manière.

Dehors, elle retrouve Chesca et Orduño qui l'informent sur la famille de Moisés. Elle connaît le Clan del Sordo de nom, mais ignore quel peut être son lien avec la mort de Susana. En réalité, plus le temps passe, moins elle a l'impression d'en savoir sur l'affaire. Rentero va l'appeler, se plaint-elle, et elle aurait préféré qu'on laisse l'enquête aux agents du commissariat de Carabanchel, Même s'ils n'auraient jamais découvert l'assassin.

— Je veux interroger Miguel Vistas dès demain. Organisez-moi l'entretien avec la direction de la prison d'Estremera. Quelqu'un sait où est fourré Zárate ?

— Il a dit qu'il devait rendre visite à quelqu'un de sa famille qui est malade.

— Il fait chier. De la famille malade ? Personne ne lui a dit que dans la brigade nous n'avons pas de famille et que si on en a, elle va toujours bien ?

Il n'est pas encore très tard, mais Elena s'en va. Ses collègues ne disent rien, cela arrive de temps en temps. Buendía, qui la connaît depuis tant d'années, sait qu'elle sera facile à trouver, il est certain qu'elle va passer la nuit au Cher's à chanter des chansons de Mina Mazzini.

28

Zárate ne sait pas s'il aime rendre visite à Salvador Santos, l'inspecteur qui l'a pris sous son aile au moment où il faisait ses premiers pas dans la police, l'homme qui a joué, en quelque sorte, le rôle d'un père pour lui, après la mort de son véritable géniteur. Au tout début de sa retraite, ça lui faisait vraiment plaisir ; Salvador le recevait avec de grandes claques dans le dos et l'après-midi passait à toute vitesse entre les whiskys et les papotages. Puis, très vite, l'homme est devenu distrait, le confondant parfois avec le fils qu'il n'avait jamais eu, à coups d'effusions sentimentales. Était-ce la raison pour laquelle Santos le traitait avec tant d'affection ? Zárate se fichait bien que leur relation soit imprégnée de cette nostalgie pour le père perdu et le fils non né. Il n'oubliait pas la protection qu'il avait reçue dans les moments d'apprentissage, ni, lorsqu'il avait commis des erreurs, les sages conseils et la patience. Il n'oubliait pas non plus les encouragements. Salvador avait été son premier chef. Le meilleur. Et lui, c'était la moindre des choses, avait été un élève appliqué ; Salvador avait été son père et lui son fils.

— Comment allez-vous don Salvador ? Ça va ?

Cela fait déjà cinq ans que la maladie d'Alzheimer avance. Au début, la tête de Salvador tentait de résister. Mais depuis le jour où un médecin avait mis un nom sur la maladie, leurs conversations avaient commencé à se remplir de contraintes, de précautions et finalement de tristesse. Zárate entrait en général de bonne humeur dans la maison de la Colonia de los Carteros, le quartier des postiers, construit il y a cent ans et où vivait le malade. Il en sortait quelques heures plus tard, plongé dans une grande mélancolie. Son chef, son maître, son père imaginaire perdait de son essence jour après jour.

Salvador est assis dans un fauteuil bleu. Dans la pénombre de la chambre, il montre une image paisible. Il sourit en voyant Zárate. Un sourire qui illumine d'amour son visage.

— Fils !

Zárate s'assied en face de lui et lui prend la main.

— C'est Ángel.

— Je le sais. Je ne suis pas idiot. Mais je t'appelle fils.

Zárate sourit. Il lui demande comment il va : Salvador fait un geste spasmodique, comme s'il devait faire fuir une mouche.

— N'en parlons pas où je me mets à pleurer. Il me manque des mots. Et je ne tiens déjà presque plus debout. C'est la fin. Comment vas-tu, toi ?

— Je suis très occupé comme d'habitude. J'enquête sur un assassinat.

— Celui de la sœur de Lara.

— Comment le sais-tu ?

— Je suis encore vivant. Je me tiens encore au courant. Fuentes, le légiste qui a vu la fille, m'a appelé car il suppose que les deux morts ont un lien.

— Tu te souviens de l'enquête sur la mort de Lara ?

— Bien sûr que je m'en souviens, c'est moi qui l'ai menée. Je rêve encore d'asticots parfois. Mais le coupable a été capturé, et c'est le devoir d'un bon policier.

— Pourtant cet assassinat est identique et Miguel Vistas est en prison. Ça ne peut pas être lui.

Salvador rumine quelque chose. Un ronflement, d'animal, sort de sa gorge.

— Y avait-il un autre suspect ? demande Zárate. Quelqu'un qui n'est pas dans les dossiers parce que tu l'avais écarté au tout début de l'investigation ?

— On a parlé avec beaucoup de gens. Je soupçonnais le frère de la fille.

— Comment ? Elle n'a pas de frère. Salvador ?

— Le frère. Le chanteur.

— Il n'y avait pas de frères. C'était deux filles.

— Je le sais ! s'exclame Salvador.

Il s'est énervé tout à coup et ne veut plus regarder son élève en face. Se soustrayant de sa vue, il tourne le visage vers la fenêtre, découvrant ses rides dans le cou ainsi que la petite masse qui lui pend au menton, tel un fruit accroché à une branche. Zárate prend conscience qu'il a énormément vieilli depuis la dernière fois qu'il l'a vu.

— On cherche quelqu'un qui marche courbé. Et qui chausse du quarante-cinq.

— Un homme bossu. Je me souviens qu'il y en avait un.

— Qui ?

— Tu lui frottais le billet de loterie sur la bosse et ça te portait chance. Je ne me souviens plus du nom…

Il reste pensif, comme cherchant vraiment ce nom dans sa mémoire. Il délire et Zárate le sait. Il lui caresse la main et prépare son départ.

— Adieu Salvador. Prends bien soin de toi.

Il lui baise le front. Il se dirige vers la porte sans faire de bruit, comme s'il s'agissait maintenant de protéger le sommeil du vieillard. Avant d'ouvrir la porte, il entend la voix de Salvador :

— Tu ne cherches pas un bossu.

Zárate se tourne vers la voix. Salvador le regarde avec les yeux injectés de sang.

— Ne te trompe pas, fils. C'est le démon que tu cherches.

29

— *Se vuoi andare, ti capisco. Se mi lasci ti tradisco, sì… Ma se dormo sul tuo petto, di amarti io non smetto, no…*

Ancora, ancora, ancora est une des chansons favorites d'Elena Blanco, mais elle ne la chante que rarement, pour certaines raisons. Peut-être est-ce à cause des paroles : je veux plus de ton corps, plus de tes bras… Elena n'est pas disposée à donner plus, et encore moins à en demander plus.

Elle est au Cher's depuis deux heures et a déjà bu plusieurs verres de grappa. Elle ne sait pas pourquoi, la grappa ne lui monte pas à la tête ; un whisky, même un demi, la rendrait complètement ivre, alors que la grappa l'aide à dormir et elle ne la sent que le lendemain au réveil. En deux heures, elle a chanté quatre fois : *Acqua e sale*, *Ma che ci faccio qui*, *Se mi ami davvero* et *Ancora, ancora, ancora*, la dernière. Elle a aussi écouté les meilleurs : Adriano qui chante des arias ; Nati qui brode sur les chansons de Mocedades ; Perico qui, lorsqu'il monte sur scène, se prend pour Frank Sinatra et chante mieux que l'Italo-Américain. Mais, parmi ce groupe de chanteurs assidus, c'est elle qui a mis le plus d'émotions dans son interprétation et qui a reçu le plus grand nombre d'applaudissements.

— Joaquín, je m'en vais. Note ce que je te dois.

Au moment de sortir, elle l'aperçoit au bar.

— Que fais-tu ici ?

— Je suis venu t'écouter.

Elle n'aime pas ça. Elle n'aime pas que quelqu'un s'immisce dans sa vie sans y avoir été invité. Et l'invitation d'un jour ne s'étend pas forcément à d'autres.

— Eh bien j'ai fini de chanter, tu peux partir, Zárate. De l'air.
— J'ai pensé que nous pourrions boire quelque chose.
— Et ensuite aller chez moi, baiser…
— Oui, j'y ai pensé.
Zárate tente de plaire, il ne s'est pas rendu compte du ton de l'inspectrice, de son humeur qui n'est pas à la plaisanterie, de sa voix dure. Il devrait avoir plus d'empathie, deviner ce que pense l'autre au-delà de ses paroles. Tant qu'il n'y arrivera pas, il ne sera pas un bon policier.
— Eh bien ma réponse est non. Si un jour j'ai envie de t'inviter chez moi, je t'appellerai pour te le dire. Adieu.
— Pardon. Si c'est parce que ton fils est chez toi… je ne voulais pas être importun…
L'excuse paraît bien pire que l'offense.
Elena perd son sang-froid un bref instant.
— Que sais-tu de mon fils ? Qui t'en a parlé ?
Elle s'est approchée à quelques centimètres de son visage, a haussé la voix plus que nécessaire. On pourrait imaginer qu'elle est sur le point de le frapper.
— Pardon, je ne sais rien. J'ai juste vu la cicatrice de la césarienne et…
— Ne me reparle jamais de lui. Mon fils est mon affaire, et celle de personne d'autre. Je t'interdis de reparler de mon fils…

Zárate reste seul, il la voit partir, entre à nouveau au Cher's et commande un Mahou en bouteille de trente-trois centilitres. Une fois qu'il est certain qu'Elena est arrivée chez elle, il marche jusqu'à la plaza Mayor. Il n'est pas tard et il y a encore des touristes de différentes nationalités, mais il n'y a pas autant d'animation qu'à la Puerta del Sol, tout près. Comme si la place avait perdu de son importance à l'époque où l'Inquisition cessa de brûler hérétiques et convertis ; en l'observant à cette heure-ci, on a cependant du mal à imaginer que ce genre de chose ait pu arriver ici, un lieu plus approprié à un marché de fruits et légumes.

Du centre de la place, il regarde vers les balcons de l'appartement de l'inspectrice. Il n'avait pas de mauvaise intention en lui parlant de son fils, il pensait simplement que celui-ci devait passer quelques jours chez elle et d'autres chez son père, peut-être était-il en garde alternée.

Il s'était dirigé vers la porte de sa chef, puis de là vers le karaoké, pour tenter sa chance, disposé à lui parler de Salvador Santos, lui dire que celui-ci avait été un grand policier et qu'il fallait faire respecter son nom, quoi qu'on découvre en analysant son travail dans l'enquête sur Lara. Il voulait qu'elle en ait la même image que lui : celle d'un policier qui a pu commettre des erreurs, mais qui a toujours été honnête et a travaillé dur pour le bien de la ville. Il s'aperçoit maintenant que l'inspectrice n'est pas aussi proche qu'il l'a cru en partageant son lit. Il pense qu'il sait d'où vient cette dureté : il doit découvrir pourquoi elle a réagi ainsi lorsqu'il a mentionné son fils. Il se demande s'il pourrait en trouver la trace dans les archives de la police. Et aussi si ce serait intelligent ou dangereux de le faire.

Elena rentre seule, sort sur le balcon, retire la carte mémoire et l'échange contre une vierge. Elle ouvre l'ordinateur et télécharge les photographies de son système de surveillance. Elle les regarde. Il y en a des milliers, comme tous les jours lorsqu'elle rentre. Aucune n'attire son attention, elle les efface au fur et à mesure jusqu'à ce que le disque soit à nouveau vide. Des gens sont entrés et sortis sous l'arche, mais il n'y a pas de trace du visage qu'elle recherche. Elle pense parfois que c'est absurde, que ce visage ne reviendra jamais et que peut-être elle ne le reconnaîtrait même pas s'il passait par là. Elle est sur le point de s'effondrer, cela lui est arrivé des dizaines de fois cette année ; elle a même cassé l'appareil un soir et a dû en installer un nouveau le lendemain. Pourquoi n'arrive-t-elle pas à surmonter cette situation, comme elle le conseille elle-même aux personnes auxquelles elle annonce la mort d'un être cher ?

— Merde, qu'est-ce qui lui a pris de venir me chercher ?

Elles sont nombreuses, trop, ces nuits où elle boit de la grappa et oublie de dîner. Elle doit se forcer, enfourner des lasagnes congelées au micro-ondes, allumer la télé pour engourdir son cerveau avec une émission où il est question de la vie sentimentale de gens dont elle n'a que faire. Elle ne doit pas boire un seul verre ; elle en a envie, mais si elle boit avec cette rage, elle finira par faire une folie.

Elle interrogera Miguel Vistas demain. Verra-t-elle le mal en le regardant dans les yeux ? A-t-il été aussi cruel que l'ont estimé les juges, les policiers, le jury ? L'expérience lui a appris qu'il ne suffit pas de regarder quelqu'un dans les yeux pour savoir s'il est coupable ; il faut réunir plusieurs preuves, irréfutables, pour en être convaincu.

30

Sonia est allée ouvrir – pas coiffée, pas en forme, en chemise de nuit – et trouve derrière la porte la dernière personne qu'elle s'attendait à voir : Cintia, la meilleure amie de sa fille, son amoureuse. Ces choses-là n'échappent pas à une mère… Elles ne se sont saluées qu'une seule fois, en se croisant dans un centre commercial pas très loin de la maison, l'Arturo Soria Plaza. Elle les a vues à travers une vitrine, en train d'acheter un sac. Un regard a suffi pour qu'elle comprenne leur relation, même s'il n'y a eu alors aucun geste, qu'elles ne se sont même pas effleurées. Elle l'a vu dans leurs yeux, dans leurs regards. Susana regardait cette jeune fille comme elle-même regardait Moisés le jour maudit où ils se sont rencontrés. Elle les avait attendues dans le couloir, Susana avait présenté Cintia comme une amie, mais c'était impossible à dissimuler. L'amour est impossible à cacher. Ce jour-là, elle avait prié pour que Moisés ne l'apprenne pas.

— Que fais-tu ici ? Si mon mari te voit, il te tuera.

Cintia tente de l'embrasser, mais Sonia s'écarte. Elle ne veut pas embrasser la femme qui embrassait sa fille, elle ne veut pas de sa compassion.

— Je veux juste vous dire que Susana représentait le meilleur de ma vie. Depuis que je l'ai perdue, je sens que plus rien n'a d'importance.

— Il vaut mieux que tu t'en ailles.

— S'il vous plaît, dites-moi au moins quand aura lieu l'enterrement, j'ai besoin de lui dire au revoir.

— Nous ne savons pas. Quand la police le permettra. Et n'imagine même pas y apparaître, il y a déjà assez de morts comme ça.

— Pourquoi avez-vous payé un détective pour nous suivre ?

— Quel détective ?

— J'ai parlé avec Raúl, c'est lui qui me l'a dit.

— Je ne sais pas de quoi tu parles.

Cintia se rend compte que Sonia n'est pas au courant, que cette question est du seul ressort de Moisés.

— Laissez tomber, cela n'a pas d'importance.

Sonia comprend, elle n'a pas besoin d'en savoir plus. Elle se rend compte que rien n'est plus comme avant : elle a vécu les yeux fermés, Moisés n'est plus l'homme dont elle est tombée amoureuse, ses filles sont mortes, il ne reste rien de leur beauté, il ne reste rien du foyer qu'ils ont construit, elle et son mari, à une autre époque. Elle voit soudain combien les murs sont tachés, combien les tapisseries ont pâli, combien ses cernes sont plus marqués que jamais.

— Va-t'en.

Elle ferme la porte et fond en larmes, elle ne veut pas chasser cette jeune fille, mais elle ne veut pas prendre de risques non plus, car si Moisés rentrait et la voyait, tout irait en empirant.

Au bout de quelques minutes, elle regrette sa réaction et sort pour voir si Cintia est encore là, mais non, elle est partie. Au loin, Sonia reconnaît tout à coup la fourgonnette blanche qui arrive. Moisés en descend et bavarde un moment avec le conducteur. Sonia continue d'observer la conversation jusqu'à ce que le véhicule redémarre. Moisés se retourne et voit Sonia.

— Tu es encore en contact avec ces gens-là ? tente-t-elle de reprocher à son mari.

— Ces gens que tu méprises représentent ma famille. Que fais-tu en chemise de nuit au milieu de la rue ?

— Tu as fait suivre ta fille par un détective ?

— Rentre à l'intérieur.

— Je ne te reconnais pas, tu me mens depuis tant d'années, je ne sais plus ce qui est vrai, ce qui est faux. Je suppose que tout est mensonge.

31

Rentero n'a pas un gramme de trop pour son âge – cet âge auquel les hommes prennent du poids. Il vient d'avoir soixante-quatre ans, il est sans doute sur le point de prendre sa retraite, même si Elena ne le voit absolument pas vivre dans son appartement de Marbella et se consacrer à jouer au golf : il aime beaucoup trop être dans le coup et mettre son grain de sel dans ce qui se passe.

— Je me demande comment tu fais pour ne pas peser deux cents kilos.

Ce matin, alors qu'elle était sur le point de sortir de chez elle pour aller rue Barquillo préparer sa rencontre avec Miguel Vistas à la prison d'Estremera, Rentero a téléphoné et lui a demandé de venir le retrouver à l'hôtel Ritz. Elena se sert juste quelques fruits dans une assiette, et demande en plus un café au lait. Rentero a mangé des œufs brouillés, une tartine aux tomates et au jambon, et il déguste maintenant un de ces croissants dont on dit qu'ils sont les meilleurs de Madrid.

— Je ne grossis pas parce que je fais de l'exercice. Je cours à six heures tous les matins, sur le tapis roulant, en regardant CNN pendant une heure, à dix kilomètres par heure. Je ne sais pas combien de gens de mon âge en sont capables. Ensuite, je fais une demi-heure de poids et haltères. Je peux manger ce que je veux.

Elena le sait, Rentero ne l'a pas convoquée à cette heure-ci pour le plaisir de petit-déjeuner ou de parler de sa discipline sportive. Il a quelque chose à lui communiquer concernant l'affaire Susana Macaya.

— Je ne peux plus retenir la presse, tout est sur le point de sortir, la prévient le commissaire.

— Tu les as informés de quelque chose ?

— Je crains qu'il n'y ait eu des fuites. Tu sais bien que tout ce que fait ta brigade est complètement confidentiel.

— D'où ça vient,

— De ton équipe, accuse Rentero.

— Impossible.

— D'après mes sources, ta brigade compte un élément nouveau, que tu as décidé seule d'intégrer, sans demander d'information et sans lui faire passer aucun test.

— Zárate ? Malgré sa mauvaise rencontre de la veille, Elena a confiance en lui. Elle ne va pas changer d'avis. Elle attendra. Elle est certaine que personne de son équipe, y compris Zárate, n'est responsable de ces fuites.

— Ça te gêne si je demande une grappa ?

— Il est tôt, mais je suis surpris que tu aies mis tant de temps à la demander.

C'est agréable de petit-déjeuner au restaurant du Ritz. Car même si on ne prête pas attention aux reflets dorés des lampes ou des miroirs, le luxe s'impose dans chaque détail, dans l'éducation des serveurs, dans l'exquise discrétion des autres convives, dans la voûte silencieuse qui semble prendre possession du lieu. Elena bouge avec langueur, un geste hérité de sa mère, qui dans les ambiances somptueuses devient plus douce et plus lente. Comme elle aurait aimé la voir là, bavardant parmi les millionnaires, et pas avec ses compagnons rustres de la brigade. Elle écarte d'une gorgée de grappa les souvenirs de la grande dame.

— Comment va l'enquête ? demande Rentero.

— Lentement. Tu crois que nous devons soupçonner Moisés, le père des filles ?

— Le gitan ?

Rentero, qui représente le comble de l'élégance et est un ardent défenseur du langage politiquement correct dans les communiqués du ministère, n'a aucun scrupule quand il s'agit de parler, comme ils l'ont toujours fait, entre policiers.

— Je préférerais l'appeler par son nom, corrige l'inspectrice.

— Pourquoi crois-tu qu'il peut être impliqué dans le crime ?

— Il y a un témoin qui a vu rôder un homme voûté dans la zone quelques jours avant l'assassinat.

— Tu crois qu'il préparait la zone du crime ?

— Je ne sais pas.

— C'est un indice bien faible. Il y a peu de gens qui marchent en se tenant droit. Moi aussi, j'avance toujours un peu courbé, je devrais d'ailleurs suivre un traitement.

— Tu te fais vieux.

— Dis-moi que tu as autre chose pour soupçonner le père, dit Rentero en éludant le commentaire d'un air vaniteux.

— Il chausse du quarante-cinq. On a recueilli une trace de pas de cette taille. Bon, tu vas me dire que beaucoup de gens ont de grands pieds, mais je t'assure que ce n'est pas vrai. Nous allons perquisitionner son armoire, bien que je ne pense pas y trouver quoi que ce soit. Tu ne te serais pas débarrassé de tes chaussures ?

— Ça me semble faible.

— Il a une attitude très étrange.

— Ses deux filles ont été assassinées brutalement. C'est une attitude normale qui serait suspecte.

— Ça te gêne si nous enquêtons sur Moisés ? Tu subis des pressions de la communauté gitane ?

— Tu sais que les pressions ne m'inquiètent que lorsqu'elles proviennent de grands groupes de communication. J'essaye juste de comprendre tes soupçons.

— Je ne soupçonne pas, je voulais juste te sonder. Il me semble inconcevable qu'un père tue ses filles d'une forme si atroce. En leur fourrant des vers cannibales dans la tête.

— Bon, cesse donc de sonder et bosse, Elena. Cette affaire est une bombe à retardement ; capturer l'assassin devient urgent.

— C'est toujours urgent d'attraper un assassin.

— Celui-ci encore plus. Tout semble montrer qu'il y a peut-être un innocent en prison, ce qui donne une très mauvaise image de la police.

— Je vais le voir en prison tout à l'heure. Je t'enverrai un rapport.

— Je suppose que son avocat ne tardera pas à demander sa remise en liberté.

— Tant que les détails de l'affaire ne deviennent pas publics, il n'a pas de raisons de le faire. Mais combien de temps pouvons-nous garder le secret ?

— Je te l'ai dit, ce n'est déjà plus un secret, je peux me retrouver avec des journalistes à la porte du ministère à tout moment. Et si ça se trouve, à l'heure qu'il est, un rédacteur d'un média numérique est justement en train de mettre en ligne un titre fracassant. – Les craintes du commissaire cessent d'être abstraites. – J'aimerais que le jour où Miguel Vistas sortira de prison, l'assassin le remplace. Cela apaiserait la tempête.

— C'est bon. Je t'assure que personne de l'équipe n'est en train de bayer aux corneilles.

Rentero lance un regard dans le vide.

— Il y a sept ans, le travail a été très mal fait, tu sais ?

L'inspectrice vide son verre de grappa. Et savoure la dernière gorgée de liqueur.

— Concernant l'enquête sur l'assassinat de Lara ?

Rentero acquiesce.

— Je préférerais ne pas être là lorsque le scandale va éclater, mais il faudra bien que je l'affronte. L'investigation n'a pas été bien menée. Et tu dois m'aider.

— Comment ?

— En attrapant ce putain de tueur le plus vite possible.

— J'ai besoin de plus de temps. On est encore en train de tirer des coups en l'air, comme tu dis. Mais cette fois-ci on travaille correctement.

— On verra ce qui sort dans les journaux. Si tu ne nous donnes rien à nous mettre sous la dent, j'aurai du mal à croire que vous travaillez correctement, Elena.

32

Le directeur de la prison d'Estremera n'a pas pu recevoir Elena Blanco. À sa place, la sous-directrice tâche, depuis deux heures déjà, d'apporter à Zárate toutes les informations dont l'inspectrice pourrait avoir besoin avant son entretien avec le prisonnier.

— Ce n'est pas un détenu qui pose des problèmes. Son comportement a toujours été exemplaire.

La prison d'Estremera, de son nom officiel centre pénitentiaire Madrid VII, est une des dernières prisons construites en Espagne, avec une capacité de mille huit cents prisonniers, hommes et femmes, et des installations modernes, pensées pour les loger dans un certain confort. Cela reste cependant une prison, qui connaît ces derniers temps un regain d'agressions.

— Miguel Vistas a été la cible de certaines de ces attaques, mais jamais rien d'important, il n'a pris que quelques coups. Les gardiens ont même eu plusieurs fois l'impression qu'il pouvait s'agir de lésions qu'il s'était infligées lui-même dans le but de passer la nuit à l'infirmerie.

— Des problèmes avec des détenus d'origine gitane ?

— Au début, mais c'est fini depuis longtemps.

Pendant qu'Elena l'accompagne dans les couloirs en direction de la salle où ils rencontreront l'assassin condamné, Zárate l'informe de ce qu'il a appris. Il ne se permet aucun commentaire personnel, ni aucune allusion à la rencontre ratée de la veille.

— Miguel Vistas est un type solitaire. Pendant les sept années qu'il a passées enfermé, il n'a eu qu'un seul ami, libéré il y a un an et demi et qui est retourné en Colombie. Depuis quelque temps, il s'en est fait un autre, un jeune, qu'il protège d'une certaine façon, et qu'on appelle Caracas. Vistas participe aux ateliers de photographie et est un grand consommateur de livres de la bibliothèque, Il ne pratique aucun sport et il n'a jamais obtenu ni demandé aucune visite intime.

— On ne dirait pas un prisonnier.

— Non, mais je suis sûr qu'il n'est pas ici par hasard. Même si les gardiens le décrivent comme un type faible et inoffensif, incapable de faire du mal à une mouche…

— Et pourtant, il a tué cette fille en lui remplissant la tête de vers… Ou alors ce ne serait pas lui ?

Assis à côté de Miguel Vistas se trouve Masegosa. Elena connaît cet avocat comme tout le monde, elle l'a vu à la télé. Elle est étonnée : dans le dossier, elle a lu que Vistas avait été défendu par un certain Antonio Jáuregui, un avocat commis d'office. Elle comprendrait si la découverte du cadavre de Susana avait été rendue publique, mais le secret a été maintenu jusque-là. À part si Moisés a informé sa famille : dans ce cas la nouvelle a pu arriver à la prison à toute vitesse.

— Vous êtes le nouvel avocat de Miguel Vistas ?

— Oui et je vous préviens que je suis en train de préparer les papiers pour demander la libération immédiate de mon client.

— Puis-je en connaître la raison ?

— Ne me prenez pas pour un imbécile, inspectrice. La raison nous la connaissons vous et moi. Tout semble indiquer que l'innocence de mon client est prouvée. Nous allons apprendre très vite que le véritable assassin se balade dans les rues, qu'il fait des siennes, et que vous avez mis un innocent derrière les barreaux.

Elena ne veut pas se précipiter, l'agressivité des avocats médiatiques est normale, elle et lui ne sont pas du même côté de la loi, mais ils ont tous deux leur utilité.

— N'allez pas si vite en besogne, monsieur Masegosa. Pour l'instant, rien n'est prouvé.

Elle s'assoit et regarde ses papiers, bien qu'en réalité elle analyse Miguel Vistas. Il n'est pas comme elle s'y attendait : il est difficile de voir dans cet homme entre deux âges, grassouillet, mal rasé, au regard baissé et portant un chandail bon marché, un diable, capable de faire souffrir une jeune fille de cette manière.

— Monsieur Vistas, vous affirmez que vous êtes innocent. Pourquoi donc avez-vous été condamné ?

— Lors de mon procès, l'avocat chargé de ma défense s'en fichait totalement. Et le père de la fille, Moisés Macaya, s'est obstiné à penser que j'étais l'assassin. C'est lui et cet inspecteur Salvador Santos qui ont tout comploté pour me faire mettre en prison.

Elena a senti un léger geste de tension chez Zárate à l'évocation de Salvador Santos. Peut-être n'est-ce qu'une fausse impression, mais Zárate n'a pas semblé apprécier que le prisonnier se réfère au policier qui a mené l'enquête sur la première morte.

— Je n'ai jamais fait de mal à personne, et encore moins à Lara. Je l'adorais, je l'ai vue grandir, je lui ai appris à développer des photographies, nous avions fabriqué une chambre obscure avec une boîte à chaussures... Je suis innocent, ils avaient juste besoin d'un coupable et ils m'ont désigné parce que j'étais dans le coin.

Miguel regarde l'inspectrice Blanco dans les yeux, tentant d'y trouver de la compréhension. Elle doute : s'il ment, c'est un des meilleurs menteurs qu'elle ait jamais vu.

— Je sais que le monde est divisé entre le bien et le mal, la lumière et l'obscurité et encore plus depuis sept ans que je vis au quotidien avec le mal entre les quatre murs de cette prison. Mais je suis du côté de la justice, de la lumière et j'ai besoin d'aide.

33

"SEPT ANS DE PRISON POUR UN CRIME QUE JE N'AI PAS COMMIS."

Le titre interpelle Moisés avec force, le journal tremble dans ses mains et ses tempes se mettent à battre furieusement. Au fur et à mesure de sa lecture, il sent que sa tête va exploser.

"Les similitudes entre les deux assassinats font penser à un même auteur, ce qui laisserait supposer que la première affaire s'est soldée par la désignation d'un faux coupable."

Une larme tombe sur le texte et l'encre se brouille. Moisés ne comprend rien. Il ne s'est même pas rendu compte de ses larmes, mais elles sont là, elles ont émergé de sa rage, de son indignation, de sa haine. Lorsque Sonia entre dans le salon, le journal est sur le sol, éparpillé, feuille par feuille, comme si Moisés s'était amusé à faire des cases pour un jeu d'enfant. Replié sur lui-même, il s'est couvert le visage des deux mains et se balance doucement.

— Que s'est-il passé avec le journal ?

Elle n'obtient pas de réponse. Elle rassemble les feuilles, les remet en place, cherche l'article qui a pu provoquer la colère de son mari. Moisés lève la tête. Elle remarque qu'il a les yeux humides et les lui sèche avec le dos de la main.

— La police ne fait pas son travail, dit-il.

— Pourquoi dis-tu cela ?

— Ils n'enquêtent pas pour trouver l'assassin de Susana et ils veulent relâcher celui qui a tué Lara.

Sonia donne peu de crédit aux paroles de son mari. Elle continue à chercher l'article. Elle le trouve. Elle le lit. Et ça ne lui plaît pas non plus.

— Ils vont relâcher Miguel Vistas ? Mais les preuves contre lui étaient solides.

— Ils vont le relâcher. C'est sûr, hurle-t-il. Qu'allons-nous faire ? Si cette ordure est libérée, je me le fais, je te le jure.

— Calme-toi, Moisés. Tu vois bien que ça ne fera qu'aggraver encore plus la situation.

— Au point où on en est. Tout m'est bien égal.

Cette phrase la laisse muette. Elle l'entend comme une accusation frontale : tu n'es plus une partie importante de ma vie. Sans mes filles, la vie n'en vaut plus la peine.

— Si tu n'avais pas tant cherché à les éloigner de moi…, ajoute-t-il.

C'en est trop pour Sonia. Elle craint la mauvaise humeur de son mari et ses accès d'agressivité, mais elle ne peut accepter qu'il lui fasse porter la culpabilité de ce qui est arrivé.

— Qu'est-ce que tu veux dire ?

Moisés ne répond pas. Il se lève d'un coup, traverse le salon, furieux.

— C'est de ma faute, c'est ça ?

Il se retourne très vite. Il est livide, son visage ne semble plus humain.

— Si tu les avais laissées avec moi, cela ne serait pas arrivé.

— Je ne t'ai pas retiré tes filles. Tu étais avec elles autant que moi.

— Tu me comprends.

— Oui je te comprends. Si tu les avais éduquées comme des gitanes. Avec tes rites, tes coutumes et ton clan. Eh bien je n'en ai pas eu envie.

— Eh bien elle est réussie l'éducation que tu voulais leur donner. Comment disais-tu ? Comme des personnes normales.

— Je croyais que tu étais d'accord avec moi !

Le silence vibre sous l'écho du cri. Moisés regarde sa femme avec tristesse, une tristesse qui s'empare de lui. Sonia craint un instant de le voir se jeter sur elle, mais elle se rend compte très vite que c'est un homme vaincu.

— Tu m'as éloigné des miens, murmure-t-il.

Sa voix se casse, on dirait qu'il va se mettre à pleurer comme un enfant. Mais non.

— Personne ne t'a obligé à m'épouser.

— J'ai tourné le dos à ma famille pour toi, pour me marier avec toi et avoir des enfants. Et regarde ce qui s'est passé. Tout a été une erreur. Un désastre.

Sonia hoche la tête avec un geste d'infinie tristesse. Elle ne trouve pas de mots pour effacer l'énorme injustice proférée par Moisés. Ce n'est pas vrai que tout a été une erreur. Ce n'est pas vrai que leur mariage a été un désastre. Moisés a été heureux à ses côtés, c'était un soulagement pour lui de s'éloigner de son clan, de son frère, de son oncle, de la promiscuité de la vie de gitan. Dans les moments d'euphorie, il l'appelait "ma gadji préférée" et la couvrait de baisers. Ils ont monté ensemble cette affaire d'organisation de mariages et d'autres événements, et ça commençait à bien marcher, même très bien. Jusqu'à la mort de Lara. Le point d'inflexion, le moment où tout a commencé à basculer. Les affaires, mal gérées, ont commencé à aller mal. Une fissure s'est ouverte au sein de leur couple, petite, presque imperceptible au début ; devenue un abîme avec le temps.

Ce n'est pas juste, songe Sonia. Elle regarde son mari, son visage terrible, sa chevelure mal coiffée, et sent le vertige du dégoût. Elle voudrait être seule, penser en silence, passer la journée entière à pleurer. Elle n'a pas l'intention de se disputer avec lui. Mais la phrase lui sort de l'âme.

— C'est de ta faute, Moisés. Tu n'as pas su protéger tes filles. Tu n'as jamais accepté qu'elles soient plus gadjis que gitanes. Tu disais que oui, que c'était ce que tu voulais, mais dans le fond tu enrageais de ne pas les éduquer selon tes normes. Tes normes d'un autre siècle, d'une discipline absurde… Tu en avais les tripes retournées de voir Lara se marier avec un gadjo. Tu ne le disais pas, mais ça se voyait. Et pour le mariage de Susana, c'était la même chose.

— Tu es folle.

— Reconnais-le. Aie au moins le courage d'admettre que tu n'aimais pas tes filles, parce qu'elles n'étaient pas comme toi.

— Je voulais qu'elles prennent des cours de flamenco. Est-ce monstrueux ?

— Ça non. Mais les espionner pour voir si elles vivaient avec décence, c'est de la folie. Et tu l'as fait.

— Susana était dévoyée, tu ne voulais pas t'en rendre compte.

— Elle souffrait parce que sa sœur avait été assassinée.

— Parfait. Mais la tâche d'un père est de tenter de remettre sa fille sur le droit chemin lorsqu'elle en sort.

— En embauchant un détective privé ?

Moisés plonge un regard sauvage dans ses yeux.

— Par tous les moyens.

— Oui. Je vois. Je crois que tu as raison. Notre mariage est un désastre.

Moisés acquiesce. Il avance vers elle et, à nouveau, Sonia se prépare à recevoir une raclée. Mais il ne fait que passer devant elle. Quelques secondes plus tard, elle entend la porte claquer.

34

— D'où vient la fuite ? demande Chesca, le journal dans les mains.

Buendía le lui arrache. Il a déjà lu l'article, mais il veut souligner les parties qui l'ont le plus irrité :

— “Il y a des similitudes entre les deux crimes”, dit ce connard, mais il ne dit pas lesquelles. Ce n'est pas une manière de faire du journalisme.

— Il s'agit surtout de foutre la merde dans le travail de la police, proteste Orduño.

Elena reste calme. C'est naturel chez elle, lorsque les choses se compliquent, elle sait conserver son sang-froid

— Nous ne soupçonnerons personne, Chesca. Je suis certaine que les fuites ne viennent pas de chez nous. J'en mettrais ma main au feu.

— Pas de ceux qui sont ici, bien sûr que non, dit Chesca. Son regard est lourd d'intention.

— Que veux-tu dire par là ?

— Que je ne réponds pas de Zárate.

Elena nie de la tête ; encore la même accusation, comme avec Rentero.

— Ça ne peut pas être Zárate, ce serait absurde. Pourquoi voudrait-il que la presse file un coup de massue à l'enquête d'il y a sept ans ?

— Je ne sais pas, mais juste le jour où l'info sort, il n'est pas là. Quelqu'un l'a vu ce matin ?

— Ici personne n'a d'horaire, je ne peux pas lui demander de pointer.

— Oui, au mieux il a la grippe et il est resté chez lui. Justement aujourd'hui, insiste Chesca. Je n'ai pas confiance en lui.

— J'ai confiance en vous tous, jusqu'à ce qu'on me prouve le contraire, coupe l'inspectrice.

Mariajo, qui est restée concentrée sur son ordinateur pendant que les autres parlaient des fuites dans la presse, attire tout à coup leur attention.

— Les enfants, nous avons du nouveau.

Elle tourne l'écran afin que tout le monde puisse voir.

— Les images d'une caméra de sécurité dans le quartier de Moisés. Une caméra pour la circulation.

— Ils ne laissent pas un mètre à découvert, dit Orduño. Histoire de pouvoir multiplier les contraventions.

— Si tu ne fais rien d'illégal, ils ne t'en mettront pas, rétorque Elena. Montre-nous les images, Mariajo.

— J'ai eu l'idée de demander à la circulation qu'ils nous envoient les images du week-end près de chez les Macaya. Je pensais que j'allais passer des heures à les visionner. Et regardez, du premier coup, explique Mariajo pendant que tout le monde observe l'écran.

L'enregistrement est assez flou. Mais on devine un homme corpulent qui traverse la rue, monte dans une fourgonnette blanche délabrée. La date coïncide avec celle de la disparition de Susana.

— C'est Moisés ? demande Buendía.

— Bien sûr que c'est Moisés, répond Elena. Je lui ai demandé ce qu'il avait fait ce week-end et il m'a assuré qu'il n'était pas sorti de chez lui.

— Oui, c'est bien lui. Il t'a menti. Et on ne ment jamais pour une bonne raison. Peux-tu agrandir l'image pour qu'on en soit certains ?

Quand l'image est agrandie, les traits sont moins nets. Mais ils permettent à Buendía de dissiper ses doutes. Mariajo donne plus d'informations.

— La fourgonnette est une Fiat Fiorino très vieille, je jurerais qu'elle est de 1996. On ne voit pas très bien la plaque. Le premier numéro est un 9 et le second sans doute un 4.

— Tu peux faire une vérification de plaques d'immatriculation pour savoir qui est le propriétaire de cet engin ? demande Chesca.

— J'ai déjà demandé le relevé à la circulation, ils vont nous répondre dès que possible. Il faut un peu de patience.

— "Patience" est un mot interdit à partir d'aujourd'hui, dit Elena. Rentero craignait le moment où les médias seraient informés et nous y voilà.

Buendía répond à un appel sur son téléphone. Ils l'observent tous, attentifs. À voir son visage, ils s'attendent à une révélation.

— D'accord, dit le légiste de la BAC. Envoyez-moi le dossier préliminaire, s'il vous plaît. C'est déjà fait ? Merci.

— Que se passe-t-il, Buendía ? le presse Elena.

— C'était Clara, la fille du laboratoire.

— Ils ont trouvé des traces d'ADN ?

— Oui. Je vous avais dit qu'il y avait des particules dans l'échantillon que j'ai extrait des ongles du cadavre. Ç'aurait pu aussi être des bouts de peau de la victime, si elle s'était grattée. Les résultats ont tardé, mais on a déjà une réponse : ce ne sont pas les siens. On m'envoie un mail avec plus de détails. Tu me prêtes l'ordinateur, Mariajo ?

— De qui, alors ? demande Chesca.

— Ce ne sont pas les siens, c'est déjà une grande nouvelle, divague Buendía pendant qu'il ouvre sa boîte mail et cherche le message. Ça veut dire que Susana s'est défendue face à son agresseur. Elle l'a griffé et lui a arraché un bout de peau.

— La première hypothèse en voyant la position du cadavre, c'était qu'elle ne s'était pas défendue, rappelle Elena.

— Et ceci démontre le contraire. Ah, le voilà. – Buendía regarde ses collègues d'un air tragique, conscient de l'effet que vont faire ses paroles. – Ils ont déjà fait le recoupement. L'ADN des particules de peau trouvées sous les ongles de Susana correspond à Moisés Macaya, son père.

Ils restent tous un instant silencieux. Impressionnés par la nouvelle.

— Moisés…, dit Mariajo. Je refuse de le croire.

— Nous venons de voir qu'il est sorti de chez lui cette nuit-là.

— La description du témoin du parc coïncide avec celle de Moisés, ajoute Orduño.

— Et il a un mobile très clair, dit encore Buendía.

— Ah oui ? Lequel ? demande Mariajo, cherchant une faille permettant le doute.

— Ses filles voulaient se marier avec des gadjos et non des gitans, répond Chesca. Elle a ôté les mots de la bouche de Buendía, mais celui-ci ne s'en offense pas. Il hausse les épaules, acquiesce.

— Et les asticots plein la tête ? S'il les avait tuées à coups de poing, je pourrais y croire, mais comme ça, de cette façon si cruelle… j'ai du mal à le croire.

— Personne ne veut imaginer qu'un père est capable de ce genre de choses, mais c'est possible, affirme Orduño.

Il s'exprime comme s'il cachait un secret de famille, mais personne ne relève. Ils sont nerveux, sur le point d'obtenir une preuve qui leur permettrait d'effectuer une arrestation.

Tous se tournent vers l'inspectrice Blanco, la seule qui n'ait rien dit, celle qui doit donner son opinion et montrer la voie.

— On l'arrête ? demande Chesca, désireuse de passer à l'action.

Elena ne sait pas quoi penser. Elle a du mal à croire qu'un père puisse tuer ses filles d'une manière aussi effroyable, mais c'est vrai, comme le dit Orduño, tout au long de sa carrière de policière, elle a été confrontée à des cas effrayants. De plus, une arrestation calmerait Rentero, c'est sûr. Et ça lui donnerait un formidable hameçon à lancer à la presse.

III

GRAND, GRAND, GRAND

Je te hais puis je t'aime puis je t'aime
Puis je te hais puis je t'aime
Ne me laisse jamais plus
Tu es grand grand grand.

Il n'y a pas d'eau dans l'évier.

L'enfant a soif.

Il cherche dans les cartons et il trouve deux boîtes de conserve. Une de viande en sauce, l'autre de pêches au sirop ; mais il n'y a pas d'ouvre-boîte. Il doit les ouvrir avec la pelle. Il examine la forme pointue de l'outil. Il serre la boîte de pêches entre ses genoux, tient la pelle par le bout en acier avec les deux mains, la positionne sur le bord de la boîte et appuie avec force. La boîte de conserve roule sur le sol. Il répète la manœuvre plusieurs fois, sans succès.

Il tente de maintenir la boîte entre ses pieds. Il prend la pelle par le manche et frappe fort sur le couvercle. Qui ne cède pas. À la série de coups suivants, la boîte de conserve lui échappe et il frappe son pied blessé. Il lâche un gémissement de douleur, s'approche de la porte et s'y pelotonne, puis il s'assied et pleure.

En colère, il saisit encore la boîte de conserve et essaye à nouveau. Rien. Il la jette avec force contre le sol. La boîte de conserve s'est bombée. Il essaye avec les dents. Il se fait mal et recommence à pleurer. Le chien a l'air de se moquer de ses intentions, il lui tire la langue qui est devenue bleue.

Il saisit encore une fois la pelle et appuie la pointe contre la boîte. Par une incision, une goutte de sirop coule. L'enfant l'avale avec anxiété. Il retourne la boîte contre sa bouche. Deux gouttes tombent et plus rien. Il met la pointe de la pelle dans l'incision et réussit à élargir l'ouverture d'un centimètre. Il avale ce qu'il peut, comme un homme des cavernes qui lutterait pour sa vie. Il enfonce le couvercle pour faire un trou où il puisse passer le doigt, il y plonge son doigt et tire vers le haut. Il se coupe mais réussit à lever le couvercle pour boire tout le sirop et sortir enfin les pêches une par une.

Après avoir mangé, il se repose un moment, assis sur le sol, l'épaule appuyée sur le mur. Sa blessure au pied recommence à saigner. Il a encore faim, mais il lui semble impossible pour l'instant de s'occuper de la boîte de viande. Il s'oblige à le faire. Après plusieurs tentatives, il réussit à l'ouvrir. Il y met la main, sort des bouts de viande grasse, comme des viscères, et les porte à sa bouche. En moins d'une minute il a tout mangé.

Il regarde le chien et il a la sensation que celui-ci lui rend son regard. Ses pupilles bougent. Il note une poussée de terreur. Il s'approche et voit qu'il y a des vers qui sortent de ses yeux. Il y en a aussi dans les bouts de cerveau qui sortent par les oreilles. Des gouttes brillantes en mouvement.

L'enfant a la nausée. Il vomit sur le chien. Il s'en éloigne, et s'assied à l'autre bout de la pièce. Il a mal au cœur. Il tombe par terre. Et peu à peu, comme s'il était en train de jouer, il commence à prendre la posture du cadavre. Les deux corps forment un même dessin.

On entend un pleurnichement plaintif. L'enfant s'est mis à imiter les pleurs de l'animal blessé.

35

La boutique d'antiquités de Capi contient tant de meubles qu'ils peinent à y entrer tous. Certains débordent sur les trottoirs de la rue Ribera de Curtidores, comme si, de leur propre volonté, ils avaient envahi l'espace extérieur pour mieux respirer. Moisés aperçoit son cousin qui vernit une commode. En le voyant entrer, Capi laisse entendre un claquement de langue caractéristique.

— Content de te voir, gitan.

Mais il ne se lève pas pour le saluer. Moisés avale sa salive, il étouffe ici.

— On peut parler ?

Capi pose son pinceau sur la table et observe l'effet du vernis, plutôt satisfait. Il se redresse et embrasse Moisés. Une accolade prolongée, accompagnée de grandes tapes dans le dos et d'un baiser sur la joue.

— Viens à l'intérieur, gitan.

Moisés le suit dans l'arrière-boutique, Là aussi les meubles et les objets s'amoncellent. Des chaises, des tables, des fauteuils, des tableaux, des plateaux et des chandeliers.

— Tu as lu la presse ?

Capi acquiesce.

— On me l'a apportée. Je savais que tu venais pour ça.

— Ils vont relâcher l'assassin de ma fille.

— Tu fais trop confiance à la justice des gadjos, je te l'ai toujours dit.

Moisés ne veut pas entrer dans cette discussion. Il s'est séparé de sa famille parce qu'il n'aimait pas le chemin qu'elle prenait. Vendre des meubles dans le quartier du Rastro est une chose, c'est un moyen honnête de gagner sa vie. Mais s'associer au Clan del Sordo revient à passer une ligne très dangereuse. Et il est convaincu que les gitans doivent respecter la loi encore plus scrupuleusement que les autres, car c'est la seule manière d'arriver un jour à s'intégrer vraiment dans la société. Mais Capi est cynique, amer, il ne croit qu'à la loi des gitans. Il se fiche de l'intégration, au mieux les gadjos l'indiffèrent, et quand il a un peu bu, il les méprise. Mais aujourd'hui, Moisés a besoin de lui.

— Tu me l'as toujours dit et je n'ai jamais su t'écouter.

Capi acquiesce, content. Il sort une Ducados et l'allume. Il pose un cendrier sur une chaise. Il en offre une à Moisés qui refuse d'un geste.

— Comment va Sonia ?

— Mal.

— Elle va toujours mal, il me semble.

— On a tué sa fille, Capi, comment veux-tu qu'elle aille ?

Capi n'a jamais accepté la relation de son cousin avec une gadji. Il n'a même pas assisté à son mariage. Une désapprobation flagrante qui avait condamné son amitié avec Moisés à un silence de vingt ans. Lorsque la boîte d'évènementiel s'effondra, les deux cousins se rapprochèrent. Cela avait beaucoup coûté à Moisés d'aller frapper à la porte de Capi. Mais, affligé par la tragédie et ruiné, c'est ce qu'il avait fait. Son cousin l'avait aidé, l'avait introduit dans sa combine et Moisés s'était vu vendre des antiquités qui n'en étaient pas, transportant de la drogue dans des cadres de tableaux. Le tout sans un mot à Sonia, qui n'a jamais demandé d'où venait l'argent. Peut-être que le malheur la maintenait assommée, peut-être qu'un sens pratique brillait dans l'obscurité de son âme. Elle ne posa jamais la moindre question, ce qui n'empêcha pas Moisés d'avoir l'impression de la trahir.

— Pourquoi nous as-tu reniés ? lui lance Capi.

Sept ans auparavant, à la mort de Lara, il lui avait posé exactement la même question, quand Moisés était venu le voir, désespéré. La reposer est cruel. Une sorte de rite d'humiliation, comme ramper sous la table après avoir perdu au babyfoot. Une redevance que lui fait payer son cousin avant de lui tendre la main.

— Je ne sais pas. Tout s'est mal passé, cousin.

— Appelle-moi gitan.

— Bien sûr, gitan. Mal. Je n'ai pas su protéger mes filles. C'est le plus grand échec de ma vie.

— Ton échec, c'est de ne pas les avoir éduquées comme des gitanes. Si seulement tu m'avais écouté ! Mais tu étais comme un fou avec cette gadji.

— Que veux-tu, gitan ! J'étais amoureux.

— Ça arrive. J'ai été amoureux, amoureux fou. Nous le sommes tous. Regarde comment Loren se comporte avec la fille des Moncada. Mais pas au point de te laver le cerveau. Pas aussi longtemps. Ça fait combien de temps que tu es avec elle ? Trente ans ?

— Tu as raison.

— Elle n'a pas le droit de t'empêcher d'éduquer tes filles à ta manière. Et avec l'orgueil des gitans.

— Elles étaient toutes les deux rebelles. Que veux-tu, je n'y arrivais pas avec elles, regrette Moisés.

— Tu t'es laissé faire par cette gadji et c'est ça qui me fait honte. Mais tu es de la famille. Tu es de mon sang, gitan. Et je ne t'abandonnerai pas. Jamais, tu entends ?

— Merci, tu ne sais pas combien j'apprécie.

— Ni toi, ni Sonia. Ce n'est pas parce que je ne l'aime pas que je ne la protégerai pas. C'est ta femme. La mère de tes gitanes. Elles sont mortes, elles sont parties auprès de Dieu. Mais elle t'a donné deux gitanes et ça je le respecte.

Capi embrasse l'anneau qu'il porte au majeur.

— Et maintenant dis-moi ce qu'on fait de l'assassin qu'ils veulent relâcher.

— Je ne sais pas.

— Ne fais pas l'innocent ; tu n'es pas venu me voir pour rien.

— Je suis au fond du trou. Je n'arrive pas à penser.

— Tu veux que je t'aide ? Oui ou non ?

Il se penche vers lui. Moisés le regarde, effrayé. Il fait très chaud dans l'arrière-boutique, il commence à transpirer à grosses gouttes.

— Tu dois me le demander, gitan, c'est ma seule condition.
— Aide-moi, cousin.
Capi lui donne une tape sur la cuisse et traverse la boutique à grands pas. Lorsque Moisés sort dans la rue, il le voit parler à d'autres gitans. L'un d'eux le regarde avec pitié, mais il a l'impression que c'est avec mépris. Ils montent dans une vieille fourgonnette blanche, une Fiat Fiorino de 1996.

36

Elena Blanco accompagne Sonia à l'Institut médico-légal. Les enquêteurs ont terminé leur travail et il est l'heure de remettre le corps à la famille. C'est un moment difficile, Elena le sait, elle ne devrait pas être là, pas à ce moment critique. Elle ne devrait pas accompagner la mère accablée, mais elle le veut. Elle a besoin d'informations, certes, mais elle suit surtout son instinct. Elle a pitié de Sonia, de cette mère qui a perdu ses deux filles en sept ans. Sonia marche dans le long couloir comme une somnambule. Elle n'est déjà plus mère, même si elle n'est pas encore parvenue à cette terrible conclusion.

— Nous n'avons pas réussi à localiser Moisés. Il ne répond pas au téléphone, prévient l'inspectrice.

— Je n'arrive pas non plus à le joindre. Je ne sais pas où est mon mari.

Elena la prend par le bras pour la faire tourner vers la droite. Sonia n'oppose pas la moindre résistance, elle se laisse guider telle une marionnette.

— C'est normal qu'il disparaisse comme ça ?

Sonia s'arrête, comme si répondre à cette question était au-dessus de ses forces.

— Rien de ce qui nous arrive ces jours-ci n'est normal.

Elles repartent. Elena cherche à tâtons, dans sa tête, la formule qui lui ouvrira une porte vers la vérité.

— Il attendait qu'on lui remette le corps de Susana, il n'en pouvait plus d'attendre. Et au moment où on finit par l'appeler, il ne répond plus.

Sonia serre les lèvres et un flot de larmes envahit son visage. Elle tente de les contenir.

— Nous nous sommes disputés. Nous nous sommes dit des choses terribles.

— Des choses terribles ? Que s'est-il passé, Sonia ?

— Nous sommes très nerveux. Tous les deux. C'est trop dur, inhumain. Personne ne pourrait le supporter.

— Mais tu as une idée de l'endroit où il pourrait être ?

Intuitivement l'inspectrice a commencé à la tutoyer. Elle a besoin d'être plus proche pour adoucir, ne serait-ce qu'un peu, la bombe qu'elle va être obligée de lâcher ensuite.

— Vous pensez que l'idée d'affronter cela toute seule me plaît ? explique Sonia. Je suis la première à souhaiter qu'il soit là. Mais il n'est pas là. Il est parti, comme toujours lorsqu'il y a des problèmes. Il doit être en train de se bourrer la gueule quelque part, qu'est-ce que j'en sais, moi ?

Elena se demande s'il faut interrompre la conversation pour l'instant. Dans quelques pas, elles entreront dans la morgue. Sonia va fondre en larmes sur le cadavre de sa fille, elle signera un ou deux papiers et prendra le numéro de téléphone de quelque employé de pompes funèbres qui lui proposera de lui faciliter les procédures de deuil et, alors, elle ne pourra plus rien en tirer. Ce n'est pas agréable, mais elle doit profiter de ce moment.

— Sonia, il y a une vidéo qui montre Moisés sortant de chez vous le soir du crime.

— Ce n'est pas possible, nie-t-elle. Il était à la maison.

— Tu étais avec lui ? Tu peux affirmer avec certitude qu'il n'est pas sorti de toute la nuit ?

Sonia flanche. Il est évident qu'elle ne peut pas l'affirmer. La cohabitation de deux personnes mariées reste un mystère, il y a plusieurs façons d'esquiver la compagnie de l'autre, des stratégies qui s'affinent au fil des ans.

— Non, concède-t-elle. Je ne peux pas en être sûre.

— Les caméras qui surveillent la circulation montrent Moisés s'engouffrant dans une fourgonnette blanche. Tu sais à qui elle pourrait être ?

— Peut-être à son cousin. Mais ça m'étonne, ça fait des années qu'ils ne se parlent pas.

— Quel cousin ?

— Capi. Celui qui a un magasin d'antiquités dans le Rastro.

Elena acquiesce lentement. Elle prend note de l'information, mais sans abandonner sa posture de femme sensible qui accompagne une amie en un moment tragique.

— Où est ma fille ? Je veux la voir, demande Sonia.

Il n'y a plus aucune marge de manœuvre. Il faut lâcher la bombe et ramasser ensuite les morceaux de cette pauvre femme. Elena avance deux pas de plus en prenant le bras de Sonia, mais elle s'arrête à nouveau, presque déjà à la porte de la morgue.

— Sonia, nous avons trouvé des traces de l'ADN de Moisés sur le corps de Susana.

Il ne se passe rien pendant quelques secondes. Comme si le temps s'était arrêté. Sonia devient pâle, le sang ne lui arrive plus au visage et sans doute pas plus aux jambes, car, soudain, elle chancelle. Elena la retient.

— L'ADN de Moisés sur le corps de ma fille ? Je ne comprends pas.

— Moi non plus, je ne comprends pas, Sonia, et j'ai besoin que tu m'aides. Est-il possible que Moisés ait vu Susana le soir du crime ?

— Non ; il me l'aurait dit.

— Quelle était la relation de Moisés avec ta fille ?

— Normale. Celle d'un père et de sa fille

Sonia est assommée et ne se rend compte ni de ce qu'elle dit, ni de ce qu'on lui dit.

— Ce n'est pas possible, Sonia. Ça ne pouvait pas être une relation normale. L'ADN a été retrouvé sous les ongles de Susana. Il est clair qu'ils se sont bagarrés et qu'elle l'a griffé.

Sonia bouge la tête d'un côté à l'autre, de manière spasmodique.

— Ils avaient une relation... Ils se disputaient parfois. Elle était rebelle et lui, très autoritaire. Mais... Je ne comprends pas, qu'est-ce qu'il se passe, inspectrice ? Pourquoi ne me rendez-vous pas le corps de ma fille une fois pour toutes ?

— Sonia, je voudrais te parler avant de faire une chose qui me coûte beaucoup.

— De quoi parlez-vous ? Je veux voir ma fille, laissez-moi tranquille, je vous en supplie.

— Nous pensons que votre mari en sait plus sur l'assassinat de Susana que ce qu'il nous a dit.

— Et pourquoi pensez-vous ça ? Moisés est parfois agressif, mais seulement en paroles.

— Nous devons l'arrêter pour qu'il nous raconte certaines choses.

— Quoi ?

— Nous voulons juste l'interroger. Qu'il nous aide à éclaircir certains points.

— N'arrêtez pas mon mari, supplie-t-elle. Vous voulez me laisser seule ou quoi ? Ce cauchemar ne se terminera donc jamais ?

— Parfois une détention parvient à éclaircir tous les doutes. Je ne veux pas que tu souffres plus qu'il ne faut, Sonia. Je sais par quoi tu passes.

— Non, vous ne pouvez pas comprendre. Vous ne savez pas ce que c'est de perdre une fille.

Elena la regarde en silence. Elle avale sa salive et se mord la langue, parce qu'un instinct la pousse à consoler cette femme. Elle ne le fait pas. Elle travaille, elle doit vérifier ses soupçons concernant Moisés. Elle ne souhaite pas l'arrêter ; cependant la conversation avec Sonia n'a pas permis de démêler le possible malentendu.

— Nous devons l'arrêter, Sonia. Mais ne t'inquiète pas. Tout va bien se passer, j'en suis sûre. Et tu l'auras de nouveau très vite à tes côtés.

Sonia ne répond pas, parce qu'elle ne peut pas. Elle a fondu en larmes. Entre sanglots et hoquets, elle réussit à lancer son ultime défense.

— Moisés n'a pas tué nos filles. C'est impossible…

Elena a envie d'embrasser cette femme, mais elle se retient. Elle se borne à acquiescer. Elle la conduit jusqu'à la morgue, où se trouve le cadavre de Susana, maquillé, retouché, attendant l'arrivée de sa mère, avant sa sépulture.

— Mes filles sont mortes parce que je n'ai pas su les protéger.

Voilà ce qu'elle dit. Elle le dit au moment où son flot de larmes s'accorde une pause miraculeuse avant de reprendre aussitôt ; puis elle s'effondre. Elena appelle un employé et lui demande un verre d'eau. Sonia se rassérène peu à peu, reprend des forces pour se recueillir sur sa fille.

L'inspectrice reste dans le couloir, à réfléchir aux dernières paroles prononcées. Elles sont mortes parce que je n'ai pas su les protéger. Elle se demande jusqu'où va la responsabilité d'une mère, à quel moment il faut laisser les enfants voler de leurs propres ailes, sans regard vigilant, ni tutelle obsessive. Il n'y a pas de trêve, ni de repos, dit-on. Il faut protéger les enfants tout le temps, même lorsqu'on n'est pas avec eux. Un fil d'argent doit maintenir la communication, un fil sur lequel tirer si le danger survient, si les alarmes intérieures s'allument. Si le fil se casse, l'enfant est perdu pour toujours. Et il n'y a pas de pardon pour la mère qui n'a pas su rester attentive.

37

Miguel verse le liquide dans l'évier tout en expliquant le processus de révélation à Caracas, son unique élève, plutôt tête en l'air. Personne d'autre n'est venu ce matin à l'atelier. Peut-être devrait-il s'étonner de cet absentéisme général ? Mais les pensées du prisonnier sont confuses et rien de particulier n'attire son attention.

— Qu'est-ce que voulait cette policière ?

Deux rideaux noirs permettent de délimiter un espace qui forme la chambre noire. Ils attendent que les images se révèlent. Miguel veut parler de son métier, du soin artisanal apporté à chaque photographie, mais Caracas ne s'intéresse qu'aux ragots policiers.

— Je crois qu'ils vont réviser mon cas, dit Miguel.

— Et s'ils te sortent d'ici, qui va s'occuper de l'atelier photo ?

— Si tu en as envie, je peux proposer que ce soit toi.

— Je suis incapable de m'occuper de quoi que ce soit.

Il fait un geste avec ses mains, comme pour illustrer l'absurdité de cette idée. Sans le vouloir, il frappe la cuvette et le révélateur se renverse. Une flaque se répand sur la table et Miguel regarde fixement, comme hypnotisé, la petite cascade qui mouille une de ses chaussures.

— Tu vois ? dit Caracas. Je suis un désastre.

Miguel l'attrape par le cou, sa main devient un garrot qui presse la trachée de Caracas, celui-ci balbutie des excuses sans rime ni raison. Miguel le pousse contre le fond noir. Un des rideaux s'enroule comme un moule autour de son visage, lui donnant l'air d'un moine grotesque.

— Lâche-moi, s'il te plaît, dit-il, la voix rauque, étouffant.

Miguel le relâche. Pendant quelques secondes, il a honte de s'être énervé ; avant d'entrer en prison, jamais il ne s'était énervé. Il ne sait pas comment sortir de sa mauvaise humeur. Il ramasse la cuvette, secoue quelques gouttes de ses doigts, qu'il sèche sur son pantalon. Il sait qu'il n'aurait pas dû se laisser aller de cette façon et encore moins avec quelqu'un d'aussi innocent.

Caracas est en prison par bêtise, pour avoir transporté dans sa valise de la drogue qui n'était pas à lui – ce qui ne lui confère pas beaucoup de prestige –, mais il arrive un moment où le délit pour lequel tu es enfermé importe peu. Comme pour les mensonges d'un CV : une fois que tu es engagé, on les oublie, ils ne servent plus à rien.

— Excuse-moi. Toute cette histoire de révision de mon procès me rend fou.

Caracas se palpe le cou et respire un bon coup. Il a peur mais il s'approche de la table et aide Miguel à remettre en ordre les photographies.

— Je crois que c'est une bonne policière, qu'elle prend les choses au sérieux. Pour une fois.

Miguel esquisse un sourire ambigu, qui peut sembler ironique. Un geste inutile, car Caracas ne capte pas l'ironie.

— Mais il faudrait qu'ils attrapent le coupable avant de te relâcher.

— Ce n'est peut-être pas un problème, nie Miguel. Moi, ils m'ont bien accusé sans preuves.

— J'accuserais bien quelqu'un, dit Caracas en riant sans raison. Pour le mettre dans la merde.

— Si je connaissais le coupable, je le ferais volontiers. Mais je n'en ai pas la moindre idée.

— Le fiancé. Il a certainement découvert sa copine avec un autre. Si ça m'arrivait, je la tabasserais à mort.

— Non, Caracas, il faut un minimum de sang-froid. Sinon, tu ne survivras pas dehors plus de dix minutes.

Caracas hausse les épaules. Il n'est pas très intéressé par l'apprentissage des choses de la vie.

— Ici tout le monde dit que c'est toi.

— Je sais. Parce que je l'ai raconté à ma manière.

Caracas le regarde fixement. Si fixement qu'il finit par mettre Miguel mal à l'aise.

— Qu'est-ce qu'il y a ?

— Je veux te poser une question.

— Tu veux savoir pourquoi je me suis vanté de l'avoir tuée si ce n'est pas moi ?

— Non. Je veux savoir si tu faisais des photos de nu de la gitane. Lorsque j'aurai appris à faire des photos et à les développer, je ferai des photos de nu du plus grand nombre de filles que je pourrai, rit Caracas.

Deux coups frappés à la porte : c'est ainsi que le gardien signale la fin de l'atelier. Caracas salue Miguel et retourne dans sa cellule, déçu. Miguel traverse la première galerie, celle des trafiquants, en évitant tout contact visuel avec les détenus. Cette méthode défensive marche en général. En prison, mieux vaut ne pas attirer l'attention. Dans le réfectoire, c'est plus difficile, car il y en a toujours un pour se montrer agressif envers ceux qui préfèrent faire profil bas. Au début, il avait toujours des problèmes. Mais il est un vétéran désormais. Il sait quelle attitude adopter, ni trop dure ni trop tendre.

La conversation l'a remué. Il pense à Moisés, à Sonia, aux deux filles qu'il a vues grandir pendant quelques années. Moisés avait beau être un peu rude, il l'a toujours traité comme un membre de la famille. Miguel a commencé comme assistant, mais il est vite devenu le photographe principal de l'entreprise pour la plupart des événements qu'ils organisaient. Et il en était fier.

Cette époque de sa vie lui manque.

Le gardien qui le précède s'arrête devant une grille ouverte. Ils sont déjà arrivés devant sa cellule. Miguel marche lentement, il n'a pas très envie d'aller au réfectoire et l'heure approche. Il entend résonner l'écho de ses pas dans le couloir désert et décide soudain de prétexter une douleur aiguë au foie pour sauter le déjeuner. Il a envie de s'étendre sur son lit et de penser un moment à Lara, elle était si belle… Et, oui, il a bien fait des photos d'elle nue, pour répondre à la question de Caracas.

Quelqu'un sort de sa cellule. C'est un jeune détenu, brun, qui marche avec assurance. Miguel se demande pourquoi cet homme se trouvait dans sa cellule, mais il n'a pas le temps de trouver une réponse convaincante. D'un mouvement rapide, l'homme sort un poinçon de sa manche et le lui enfonce dans l'abdomen ; puis il le bouge d'un côté à l'autre comme si c'était un tournevis. Miguel croit voir son estomac déborder par la blessure ouverte ; mais c'est une illusion d'optique, c'est l'arme bleuâtre qui sort. Il couvre la blessure avec ses mains, qui, en quelques secondes, sont tachées de sang. Il chancelle, tente de s'appuyer sur le mur, tombe. L'homme s'éloigne et Miguel n'entend même pas l'écho de ses pas.

38

Elena Blanco et Ángel Zárate parcourent d'un pas rapide le chemin qui mène à l'infirmerie de la prison. Un gardien les empêche d'entrer : Miguel Vistas est dans un état grave et on ne peut pas le voir, pas maintenant. L'inspectrice n'a pas fini de protester que la porte s'ouvre, laissant sortir un homme aux cheveux blancs et aux cernes sous les yeux qui se présente comme le directeur de Madrid VII. Sans préambule ni politesse, il balance le diagnostic médical.

— Le patient présente une plaie pénétrante et contuse de plusieurs centimètres de profondeur, avec une perte abondante de sang.

Il le dit de cette manière, comme un chirurgien tout juste sorti du bloc opératoire. Combien de péripéties de ce genre a-t-il déjà vues ? se demande Zárate.

— Pouvez-vous nous expliquer ce qui s'est passé ? demande Blanco.

— Il a été poignardé dans le couloir de son module, au moment où il entrait dans sa cellule. Il n'y a pas de surveillance dans cette zone.

— Et pas de caméras ?

— Il a été attaqué sous un point aveugle. L'agresseur savait ce qu'il faisait, juste à l'endroit où nous ne pouvions pas l'en empêcher et où sans doute nous allions prendre le plus de temps pour le découvrir.

— Une idée du responsable ?

Normalement, c'est à Elena de mener les interrogatoires. Mais l'anxiété pousse Zárate à la devancer.

— L'agresseur vient du module des gitans, lié au Clan del Sordo. Nous avons ouvert un dossier disciplinaire.
— Où est-il ?
La question de Zárate sonne comme un avertissement.
— Bouclé.
Les deux policiers échangent un regard déconcerté. Le directeur de la prison se voit obligé d'être plus clair.
— Dans la cellule d'isolement.
— Nous voulons lui parler.
— Comme vous voulez. Mais vous n'en tirerez rien. C'est difficile de tirer des informations à ces gitans.
Ils parcourent le couloir, longent le module des gitans, traversent un patio, entrent dans une galerie et descendent quelques marches. La cellule d'isolement se trouve dans un sous-sol lugubre. Un gardien se lève immédiatement en voyant le directeur et étire la veste de son uniforme.
— Ouvre la porte, ordonne le directeur.
Le gitan est recroquevillé dans un coin, les mains serrées sur ses genoux. Il ne lève même pas les yeux pour voir qui entre.
— Ces deux policiers veulent te parler.
Maintenant, oui. L'homme les regarde. Blanco remarque des pupilles qui brillent dans l'obscurité, comme le reflet d'une lumière dans un puits.
— Tu obéis à qui ? demande Zárate.
L'homme ne répond pas.
— Qui t'a demandé de faire ça ? Il insiste.
— Je n'ai rien fait.
Zárate lui donne un coup de pied dans les jambes.
— Laisse-le moi, intervient Elena.
Le directeur se racle la gorge.
— Je vous attends dehors.
— Nous savons que c'est toi et tu peux en prendre pour longtemps. Mais si tu collabores, tu peux obtenir des avantages.
— Quels avantages ?
— Nous pouvons les négocier. Le directeur de la prison est derrière la porte.
— C'est bon, j'accepte. Que voulez-vous savoir ?

Blanco lance un regard fugace de victoire vers son compagnon, fière de montrer que ses méthodes sont plus efficaces.

— Qui t'a demandé de poignarder Miguel Vistas ?

— Ce n'est pas moi, mais je crois bien savoir ce qui s'est passé.

— Et qu'est-ce qui s'est passé selon toi ?

— Il s'est poignardé tout seul.

Il se moque d'elle.

— Tout seul ? Une blessure auto-infligée ?

— Je ne sais pas de quoi vous parlez. Mais il s'est fait ça tout seul, ça lui arrive souvent. Et il n'est pas le seul. Il fait partie de ces mauviettes qui ne supportent pas l'ambiance ici et qui ont besoin de passer par l'infirmerie.

Inutile, pour Blanco, de se tourner vers Zárate pour sentir son regard moqueur. Le prisonnier se fiche bien d'eux.

— Tu ne veux pas collaborer ? Tu préfères pourrir dans ce trou ?

Zárate approche sa bouche de l'oreille du prisonnier.

— Dis à ceux du Clan del Sordo qu'ils vont avoir des policiers aux trousses pour le restant de leurs jours.

— S'ils sont sourds, ils ne m'entendront pas, les défie l'homme.

Ils sont bien obligés de se rendre à l'évidence : ils ne tireront rien de lui.

Le directeur les raccompagne à la sortie. Dans le couloir, le commissaire Rentero les intercepte, le front perlé de sueur, les lèvres gercées, sûrement à cause du stress.

— Qu'est-ce qui s'est passé, putain ? hurle-t-il. Il est vivant ?

C'est le directeur qui répond.

— Il est vivant. Le pronostic est réservé, mais le médecin est optimiste. Ce genre d'agression est assez fréquent par ici.

— Que Dieu t'entende, Laureano, que Dieu t'entende.

Zárate est surpris par cette familiarité. Elena Blanco, non, car c'est toujours comme ça avec Rentero, il connaît tout le monde et tout le monde lui doit des services.

— Si vous avez besoin de quelque chose, vous savez où me trouver.

Rentero n'attend pas que le directeur s'éloigne. Il prend l'inspectrice par le bras et l'écarte de son compagnon.

— Tu sais ce qui se passerait si Miguel Vistas venait à mourir ? La nouvelle est dans tous les journaux, tout le monde attend la libération de cet oiseau. On ne peut pas le sortir d'ici les pieds devant.

— Compris. Et maintenant tu nous laisses travailler ?

— Bien sûr. – Rentero tente de se rasséréner. – Allez-y. Je vous raccompagne à la porte.

Ils se dirigent vers la sortie. Sous le portique détecteur de métaux, un homme bloque le passage. Quelque chose sonne chaque fois qu'il tente de passer et deux personnes attendent derrière lui. L'homme est large d'épaule et semble plus âgé qu'il ne l'est en réalité. Comme s'il portait le poids de la vie sur son dos.

— Oh putain !

Rentero grimace en le voyant.

— Tu le connais ? demande Blanco.

— C'est Antonio Jáuregui, l'avocat qui avait défendu Miguel lors du procès.

— Qu'est-ce qu'il fait là ? – La surprise de Zárate est naïve. – Miguel n'a pas changé d'avocat ?

— Rentero le regarde comme s'il était stupide.

— C'est évident : il vient remettre le dossier au nouvel avocat. C'est qui, d'ailleurs ?

— Damián Masegosa.

— Putain, se lamente Rentero. Le spectacle ne va pas tarder à commencer. On aura de la chance s'il n'emmène pas Miguel Vistas jusqu'à l'île des célébrités.

Jáuregui a vidé ses poches sur un plateau, mais le portail continue malgré tout de sonner. L'homme recule en grommelant et se dispose à enlever sa ceinture. Un policier s'approche et lui dit que ce n'est pas nécessaire. Rentero parle avec une résignation profonde.

— La machine à rouvrir le procès de Miguel Vistas est en marche. On va avoir besoin d'un coupable très vite.

39

Sonia est seule chez elle et passe la pire nuit de son existence. L'après-midi au funérarium a été longue et douloureuse. Quelques amies, qui se comptent sur les doigts de la main, sont venues lui faire leurs condoléances et l'accompagner dans son deuil. Un succédané face à une absence inexcusable : celle de Moisés. Elle n'a toujours pas de nouvelles de son mari. Elle l'a appelé au moins quinze fois sur son portable, en vain. Elle aurait dû rester pour veiller le corps de sa fille, mais elle n'en peut plus. Elle a décidé de dormir chez elle, même si elle sait que le sommeil ne viendra qu'à l'aube, au moment de la relaxation finale des insomniaques. Elle ne veut pas enterrer Susana avant que son mari n'apparaisse. S'il ne tenait qu'à elle, elle la ferait incinérer. Mais elle ne veut pas contrarier Moisés. Pourtant, à l'heure des décisions, quels sont ses droits ? Si on prend en compte les derniers soupçons de la police : aucun. Et sachant qu'il a disparu au moment où elle a le plus besoin de lui, aucun. Pourtant, alors qu'elle réfléchit à la meilleure sépulture pour Susana, elle sent la présence permanente de Moisés, comme une haleine collante qui l'empêche de penser librement.

Elle sait que de dures journées l'attendent et essaye de résister à l'aide d'un cocktail à base d'anxiolytiques et d'alcool. Elle voudrait être hors de combat, mais son chagrin est plus fort que tout ce qu'elle a avalé. Elle a les yeux très ouverts, l'impression de pouvoir résister encore plusieurs heures. Elle allume la télévision. Sur une chaîne, ils parlent de l'assassinat de sa fille, des erreurs policières, des dernières fuites qui évoquent la piste du père des filles comme suspect des deux crimes. Bien que la curiosité l'étreigne à l'intérieur, elle décide d'éteindre le téléviseur.

Elle ne peut pas croire que Moisés a tué ses filles. Et en tout cas, pas de cette façon. Elle comprend que la confusion mentale dans laquelle l'a plongée le mélange de whisky et de médicaments qu'elle a ingurgité fait dangereusement dériver ses pensées. Si les crimes n'avaient pas été commis avec des vers, oui, elle pourrait douter de son mari. Elle essaie d'éteindre ses pensées comme elle l'a fait avec la télévision il y a une minute, mais ce n'est pas si facile.

Elle entend des bruits qui proviennent du vestibule. Régulièrement, dès qu'elle est seule, elle croit entendre des bruits, imagine que quelqu'un essaie d'entrer dans la maison. Mais cette fois, c'est vrai. Une clé farfouille dans la serrure. L'assaut de la porte contre le mur indique que l'intrus est entré finalement. Moisés apparaît dans le salon peu après. Il n'y a pas de dissimulation possible : il est ivre.

— Une journée idéale pour aller dans les bars, accuse-t-elle. Avec le corps de ta fille au funérarium.

— J'ai fait d'autres choses pour elle, répond-il.

La phrase semble mystérieuse à Sonia, mais elle n'a pas envie de creuser. Elle a eu envie de serrer son mari dans ses bras toute la journée, mais maintenant, il n'y a de place que pour les reproches, les accusations, la guerre.

— Où étais-tu l'autre nuit ?

— Quelle nuit ? De quoi tu parles, putain ?

— Du jour où ils ont emmené ta fille. C'est de ça que je parle. Où étais-tu ?

— Nulle part.

— Ne me mens pas. Ça suffit, les mensonges. La police sait que tu es sorti cette nuit-là dans la camionnette blanche de ton cousin.

Moisés va dans la cuisine. Sonia craint qu'il ne se serve encore un verre, mais elle entend le bruit du robinet ; un verre d'eau va peut-être lui suffire. Elle hésite à le suivre et décide qu'il vaut mieux attendre que son mari se calme. Il ne tarde pas à revenir. Il tente d'avoir l'air digne, mais titube légèrement.

— Je suis allé faire des courses. J'espère que cela ne t'embête pas, ma reine.

— Ce qui me dérange, c'est que tu me caches des choses.

— Je te demande pardon. Si je te cache des choses, c'est pour ne pas t'impliquer.

— De quoi tu parles ? Je suis ta femme, tu peux me raconter tout ce que tu veux.

— Avec tout mon respect, je ne pense pas.

Il ponctue sa phrase d'un hoquet ivre.

— La police est venue aujourd'hui. Ils disent qu'il y a ton ADN sur le corps de Susana.

Elle fait une pause, attendant une réaction. Moisés tente désespérément de se maintenir debout.

— Comment est-il possible qu'ils aient trouvé des traces de ta peau sur le corps de notre fille ? Veux-tu bien m'expliquer ?

— J'ai été la voir cet après-midi-là. Puisque tu veux tout savoir, je te raconte. J'ai été la voir et on s'est disputés.

— Pourquoi es-tu allé la voir ?

— Pour lui dire ses quatre vérités. Comme sa mère ne les lui avait pas dites, c'était à moi de le faire.

Sonia se lève, s'approche de lui, et sans savoir comment, le gifle. Moisés est stupéfait et ne réussit pas à réagir.

— Pourquoi es-tu allé discuter avec ma fille ? Raconte-moi tout où je te tue ici même.

Il recule par pur instinct. L'ivresse l'a anesthésié, il n'a pas de réflexe. À cet instant, sa femme est devenue un animal qui peut le dévorer d'une bouchée.

— Je voulais juste lui demander pourquoi elle me mentait.

— Et en quoi elle te mentait ?

— Elle m'avait dit qu'elle prenait des cours de flamenco et ce n'était pas vrai.

— Des cours de flamenco ?

— Elle m'avait dit qu'elle allait se marier selon le rite gitan et elle se fichait de moi.

Sonia ne peut croire ce qu'elle est en train d'entendre.

— Le rite gitan ? Tu es fou ? Tu as rêvé. Susana n'a jamais pensé se marier selon le rite gitan.

— Si. Elle l'a pensé.

— Tu mens !
— Et cette fille, Cintia…
— C'est ça, c'est la seule chose qui te préoccupait.
— Je me suis rendu compte qu'elle se fichait de moi et je suis allé la voir. Et on s'est disputés, parce que notre fille est colérique, tout comme toi. Et elle m'a griffé. J'ai encore la marque.
Il montre son bras, qui porte la trace d'une égratignure presque cicatrisée.
— Tu veux dire que tu as essayé de laver le cerveau de notre fille derrière mon dos ?
— Non. Je te dis que je l'ai vue cet après-midi-là. Et que le même soir, je suis sorti faire une course avec mon cousin quand tu étais déjà couchée.
— Je te déteste, dit Sonia.
Moisés tend le doigt et cherche une réponse qui ne vient pas. On sonne à la porte. Il ne réagit pas, mais elle, si. Elle regarde sa montre, il est très tard, et va ouvrir.
— Police. Votre mari est là ?
Orduño et Chesca montrent leurs plaques et entrent dans la maison, en écartant Sonia qui se comporte comme si elle avait attendu ce moment toute la journée. Ce qui est vrai, car l'inspectrice Blanco le lui avait annoncé ce matin.
Les policiers entrent dans le salon.
— Où est votre mari ? demande Orduño.
Sonia ne comprend rien. Son mari est dans le salon, ivre, sans défense, sans réflexes. Rien de plus facile que de prononcer les formules adéquates et de lui passer les menottes. Pourtant, les deux policiers lui demandent son aide pour le trouver. Sonia pénètre dans le salon et voit les portes qui donnent sur le jardin ouvertes. Les rideaux bougent doucement et forment comme le ventre de deux cuisinières enceintes. À travers le jardin, on entend le bruit d'un moteur qui démarre. Orduño et Chesca courent vers la rue, sautent dans la voiture de patrouille et tournent au coin. Ils arrivent à temps pour voir une camionnette disparaître vers la droite. Ils informent la centrale que le suspect fuit dans un véhicule en direction du sud.

40

Un homme sort de la plaza Mayor, tenant un enfant par la main. On les voit de dos. Elena Blanco regarde la photo avec attention. Elle l'agrandit, cherche les clichés précédents, les suivants. Elle examine l'expression de l'enfant au moment, le seul moment, où il tourne la tête. L'angle ne permet pas de capter une attitude de peur ou d'angoisse. Elle regarde maintenant les mains entrelacées. Elle a l'impression de détecter une pression excessive. La grande main de l'homme serre la petite main de l'enfant. Un père protecteur ? Une façon d'insinuer au fils qu'il ne court aucun danger à ses côtés ? Peut-être.

Et cependant, Elena voit quelque chose de suspect. Elle analyse la photo pendant plusieurs secondes. Elle croit voir l'enfant tirer sa main, comme s'il voulait qu'on le lâche, puis non, elle n'en a plus l'impression. Elle doit enlever cet appareil photo et mettre une caméra vidéo à la place. Elle devient folle. Elle a la nausée.

La nuit, elle a toujours du mal à dormir. Quand elle ferme les yeux, le défilé de gens traversant la place commence. L'incroyable variété du genre humain se concrétise dans chaque sourire, doux, en sueur, édenté, vieux. Un manège interminable de gens qui chantent, dansent et rient. Lorsqu'elle est sur le point de s'endormir, certains de ces passants la réveillent par à-coups. Ils sont amicaux, ou ils sont terribles, ils éloignent le sommeil.

La grappa aide parfois à s'endormir ; mais pas aujourd'hui ; aujourd'hui, elle la fait plonger quelques heures de plus dans ses dossiers. Elena a posé sur sa table les déclarations et les photos de l'assassin d'il y a sept ans. Lara Macaya, vingt-trois ans, yeux noirs, cheveux bruns. Une magnifique jeune fille. Le cadavre a été découvert dans une maison abandonnée, près du ranch d'El Cordobés, un quartier longtemps synonyme à Madrid de trafic de drogue, de bidonvilles, de violence. Au début de l'enquête, la police avait donc plutôt cherché des pistes dans le monde des trafiquants.

Le cadavre présentait plusieurs incisions sur le crâne, toutes circulaires, et il grouillait d'asticots. Pas de blessures par balle, ni par arme blanche, mais un coup sur la tête qui n'avait pas provoqué la mort. Lara avait été tuée par les vers dévoreurs introduits dans sa tête par l'assassin. Le meurtre causa un choc. La presse lui consacra une bonne place pendant les quatre semaines qui menèrent à la détention de Miguel Vistas. Elle ne s'en souvient pas car, il y a sept ans, elle était encore perdue dans ses problèmes personnels.

Lara devait se marier ce mois de juillet-là, avec Juan López Cabello, un homme de quinze ans son aîné, qui avait été son professeur de flamenco. L'interrogatoire du futur marié ne présentait aucune particularité. Le soir du crime, il se trouvait en tournée avec sa compagnie dans le Sud de l'Espagne.

L'ex-petit ami de la jeune fille avait lui aussi été soupçonné : un camarade de classe de l'institut de la rue Amaniel, où Lara étudiait la musique et la danse. On avait enfin interrogé Miguel Vistas qui, dans l'après-midi, avait reçu Lara dans son studio pour réaliser des photos d'elle en robe de mariée. Elena lut l'interrogatoire avec intérêt. Miguel admettait avoir été avec elle, il assurait qu'il avait noté qu'elle avait l'air triste, sans y attacher beaucoup d'importance, avait-il dit, car il pensait qu'il était normal que les gens aient l'air tristes. Son rôle dans l'entreprise familiale l'empêchait, de plus, de s'immiscer dans les problèmes personnels des uns et des autres. Il n'était qu'un simple photographe et devait se montrer discret.

La police découvrit la robe de mariée chez Miguel. Il déclara qu'elle l'avait enlevée après la session de photos juste avant de partir. Il s'était montré surpris qu'elle la laisse étalée sur le sol, tel un grand crachat blanc.

Il avait compris qu'elle le traitait comme un serviteur et qu'il devait la ramasser et la ranger. Les enquêteurs avaient trouvé cette attitude étrange pour une future mariée, qui, normalement, prend soin de sa robe, la chose la plus précieuse au monde, jusqu'au jour de la noce en tout cas.

Le cadavre de Lara était apparu nu et recouvert de son voile de mariée. Où se trouvaient ses vêtements ? Pourquoi l'avait-on déshabillée ? Il n'y avait pas de traces d'agression sexuelle. Il était facile d'imaginer Miguel Vistas devenu fou d'amour en faisant des photos de la jeune gitane en robe de mariée. Il la tue, lui enlève la robe et la transporte dans une maison éloignée du monde pour exécuter cet horrible rituel des vers.

Le jury estima que l'alibi de Miguel Vistas la nuit du crime était vraiment faible : il serait resté chez lui pour regarder la télé, la pire des excuses lorsqu'on se trouve au centre d'une enquête pour crime. Surtout, un cheveu de Miguel avait été trouvé dans les doigts de la morte. Il avait expliqué que pendant la session de photos il s'était approché d'elle pour arranger le voile de la robe. Elle se moquait toujours de lui, lui touchait les cheveux, lui faisait des mamours. Il n'y avait rien de bizarre à ce qu'un de ses cheveux se soit détaché. Le procureur avait cependant décrit à grands traits la scène de l'attaque : Miguel était un fou, aliéné par la beauté de son modèle, et Lara, une victime qui s'était défendue comme elle avait pu, en tirant les cheveux de l'agresseur.

Elena cherche dans le dossier une transcription de l'interrogatoire de Moisés. Elle ne la trouve pas. Elle ne trouve aucune mention du père de Lara. Comment est-ce possible ? Elle sait qu'ils lui ont fait un test ADN, ce qui signifie qu'ils avaient besoin de comparer avec des traces présentes sur le cadavre ou sur le lieu du crime. Peut-être avec le cheveu trouvé dans les doigts de Lara Macaya ? Mais pourquoi ont-ils soupçonné le père ? Elena sait qu'il faut toujours enquêter sur l'entourage familial lorsqu'il y a une mort violente : les interrogatoires des Macaya devraient se trouver dans les archives.

Cette lacune-là lui semble vraiment agaçante. Les preuves sont telles, dans le cas de Susana, qu'elle est obligée d'arrêter Moisés, mais elle pressent aussi, sans raison évidente, qu'elle ne devrait pas s'acharner sur cette famille qui a déjà tant souffert. Elle n'arrive pas à croire qu'un père puisse se délecter d'une manière aussi perverse de l'assassinat de ses filles. Elle a apporté le dossier d'instruction du procès de Lara chez elle parce qu'elle veut trouver la preuve à décharge. Elle cherche à tâtons, regarde les photos, les interviews et il n'y a rien. L'omission signifie aussi sans doute quelque chose. Rien ne vise Moisés dans le récit de cette investigation. Et cependant, ils l'ont soupçonné. Racisme ? Quelqu'un a-t-il pu considérer qu'il était le monstre capable de cette horreur uniquement parce qu'il était gitan ?

Elle se dit qu'elle aurait dû suivre cette piste jusqu'au bout avant d'ordonner une détention qui pouvait détruire pour toujours le peu qu'il restait de la famille Macaya.

Un appel trouble sa concentration. C'est Chesca : le suspect a pris la fuite, ils l'ont poursuivi un moment, sans succès. Le mandat d'arrêt va se transformer en un mandat de recherche et d'arrêt.

41

Capi est sur le point de vendre une malle à un couple de touristes lorsque la police débarque dans sa boutique d'antiquités du Rastro. Elena reste calme. C'est Zárate qui se montre le plus énergique. Il brandit un papier muni d'un sceau officiel et arrive avec des envies d'en découdre.

— Police ! Nous avons un mandat judiciaire pour fouiller cet établissement.

— Je suis à votre disposition, un instant, dit Capi, discipliné.

Il a l'intention de terminer sa négociation avec les touristes, mais Zárate l'en empêche.

— Fermez la boutique immédiatement ou on vous embarque au commissariat.

Les touristes s'en vont. Il est probable que le fait de perdre une affaire déjà presque conclue ait mis Capi de très mauvaise humeur, mais, de plus, il souffre d'une allergie à la police qui vient de loin. Il est donc sur la défensive, sourcils froncés, regard lançant des flammes, donnant l'impression que sa peau cireuse devient plus foncée.

— C'est la troisième visite de la police, vous voulez vraiment saccager mon affaire, je n'ai pas l'intention de vous montrer mes papiers encore une fois.

— Et si je vous le demande ? dit Zárate.

— Cherchez dans les WC, je me suis torché le cul avec.

Zárate serre les poings. L'inspectrice Blanco, qui est délibérément restée au second plan, se sent obligée d'intervenir.

— Nous n'avons pas besoin que vous nous montriez quoi que ce soit, on veut juste bavarder un peu.

— Et pourquoi ? Qu'est-ce que j'ai fait ?

— Le nom de Miguel Vistas ne vous dit rien ?

La question sort de la bouche de Zárate sous forme d'accusation. Capi fait un effort pour maîtriser un tremblement de paupière. Peut-être n'est-ce qu'un tic nerveux ou une réaction de colère ?

— Dites-moi ce que vous cherchez et barrez-vous. Je suis très occupé.

— Nous pensons que votre cousin a fait poignarder Miguel Vistas en prison.

C'est à nouveau Blanco qui parle d'un ton conciliant. Elle sait que le gitan est rustre et pense qu'elle peut adoucir son manque d'éducation par un peu de douceur. Elle se trompe. Capi ne la regarde même pas, il semble ne répondre qu'à l'autorité de Zárate, à qui il fait face.

— S'il est vrai qu'ils ont découpé ce rat, vous m'en voyez l'âme réjouie. Pour ma part je ne sais rien et vous perdez votre temps ici.

— Savez-vous où se trouve votre cousin ?

La nouvelle tentative de Blanco d'établir un contact visuel avec Capi se heurte encore au refus du gitan, qui répond les yeux fixés sur le sol.

— Aucune idée. Mais je crois qu'il avait beaucoup de choses à faire. Préparer l'enterrement de sa fille par exemple.

— Il y a un mandat d'arrêt contre lui.

— Vous avez déjà de quoi vous occuper. Recherchez, coffrez, mais arrêtez d'emmerder les gens, parce que, moi, je n'ai aucun compte à rendre à la police.

Zárate se tourne vers les deux policiers qui les accompagnent.

— Au travail, les gars. Retournez-moi la boutique, vous pouvez la mettre sens dessus dessous. On cherche de la drogue, du matériel de contrebande, je ne sais quoi, allons-y.

Les hommes commencent à déplacer les meubles.

— Il n'y a rien ici. Je ne trafique ni drogue ni objets de contrebande. Vous feriez mieux d'aller voir en banlieue.

— Si vous souhaitez que nous arrêtions la perquisition, mieux vaut collaborer, dit Zárate.

— Faites attention à ce secrétaire, il est fragile, s'inquiète Capi, en s'approchant des policiers. Je vous ouvre les tiroirs. Ils n'ont pas de butée.

Il les manipule en faisant très attention. Blanco s'approche de lui.

— Quand avez-vous vu votre cousin pour la dernière fois ?

— Je ne me souviens pas, on n'échange pas trop, dernièrement.

À nouveau, Capi répond en regardant Zárate, comme si la question provenait de lui. Cette fois-ci, l'inspectrice ne peut se contenir. Elle attrape le gitan par le bras et le tire vers elle, brusquement, pour l'avoir face à face.

— On peut savoir pourquoi vous ne me regardez pas dans les yeux ? Parce que je suis une femme et que je vous excite ?

— Ne me tirez pas le bras, ou je ne réponds de rien, prévient Capi en la regardant avec une colère contenue.

— Moisés nous a raconté qu'il a passé la nuit de vendredi avec vous.

— Je ne m'en souviens pas, répond Capi en détournant le visage, continuant de refuser son regard à Blanco.

— Dommage, car vous êtes son seul alibi. Et vous êtes le seul à pouvoir le confirmer.

— Alibi ? Moisés est un saint, un brave crétin dans le bon sens du terme. Bien incapable de tuer une mouche.

— La police ne le prend pas pour un ange, lâche Blanco. On le suspecte aussi de la mort de Lara.

— L'assassin de Lara est sous les verrous. Et je jure par Dieu que le jour où il mettra le pied dehors, la malédiction lui tombera dessus.

— Il semble que quelqu'un s'est déjà chargé de la malédiction, dit Zárate.

— Moisés se trouvait-il avec vous oui ou non la nuit de vendredi ? insiste l'inspectrice.

— Vous savez, je n'ai pas de mémoire. Mais s'il a dit que nous étions ensemble. Ainsi soit-il.

— Et qu'avez-vous fait ?

— Qu'est-ce que j'en sais ? On a bu du vin, on a joué aux cartes.

— Il dit qu'il vous a aidé à faire quelques courses avec la fourgonnette.

L'inspectrice Blanco tient son cap avec le mensonge qu'elle vient de lâcher. Ce n'est pas si facile, car Capi la regarde maintenant fixement. Elle lit de la haine dans ses yeux, de la rage accumulée pendant des années, ainsi que son stupide sentiment de supériorité.

— Il m'a aidé à ranger des meubles.

Sa voix sort étrangement rauque, comme si tout à coup sa gorge manquait d'air.

— Pour les ranger où ?

— Je ne m'en souviens pas.

— C'est impossible que vous ne vous en souveniez pas. Où avez-vous transporté les meubles cette nuit-là ?

— Je ne sais pas, certains ici, d'autres là. J'ai perdu l'agenda.

Capi la méprise.

— Avez-vous remarqué quelque chose d'étrange chez Moisés cette nuit-là ?

— Moisés est étrange depuis qu'il a rencontré cette gadji. Ça fait trente ans déjà.

— Je vous demande si vous l'avez trouvé changé.

— La gadji lui faisait la vie dure. Et les petites gadjis aussi. C'est ce qui arrive quand tu te laisses mener par le bout du nez, je le lui ai dit cent fois.

— Qui le menait par le bout du nez ? Sa femme ? Ça vous gêne qu'ils aient éduqué leurs filles comme des gadjis ?

— Ça le gênait, lui. Moi, je me fiche bien de ce qu'il fait avec ses filles.

L'inspectrice Blanco le regarde presque avec gratitude. Malgré ses manières brusques et en lui jetant son haleine à la figure, le gitan finit par délivrer des informations.

— Où pensez-vous que Moisés puisse se trouver ?

— Je n'en ai pas la moindre idée. Mais pas ici en tout cas. Dites à vos gens d'arrêter de tripoter mes meubles.

Zárate regarde Elena, cherchant une confirmation.

Elle acquiesce.

— Ça suffit, les mecs. Merci.

Les policiers arrêtent de perquisitionner. L'inspectrice Blanco insiste.

— Où avez-vous transporté les meubles la nuit du crime ?

Capi la regarde en silence. Son visage creusé de rides transmet à la fois de la peine et du mépris.

— Répondez à la question, insiste Zárate.

— C'est égal, dit-elle. On s'en va.

À peine sortie de la boutique, Elena remarque la Fiat Fiorino garée devant la porte. Elle caresse la carrosserie, comme si elle était un acheteur potentiel admirant une relique.

— Pourquoi ne m'as-tu pas laissé insister un peu plus ? demande Zárate.

— Tu es très jeune et tu as encore beaucoup à apprendre. Ces gens-là ne collaborent pas avec la police.

— Et c'est une raison pour les laisser tranquilles ? Peut-être que ce type a commandité l'assassinat de Miguel Vistas. Et peut-être même qu'il planque Moisés quelque part.

— Moisés n'est pas l'assassin.

— Et pourquoi dis-tu ça, maintenant ? Et l'ADN sur le cadavre de sa fille ?

— Je ne sais pas. Mais ce n'est pas l'assassin. L'ADN, c'est important, mais ça ne suffit pas.

— Pourquoi fuit-il la police s'il n'a rien à cacher ? insiste Zárate.

— Je veux un mandat de surveillance pour cette fourgonnette.

Elena l'ignore.

— Tu ne me réponds pas ?

Elle s'éloigne, vers le bout de la rue.

— Où vas-tu ?

— J'ai quelque chose à faire. Demande le mandat de surveillance, ordonne-t-elle.

Zárate regarde longuement la Fiat Fiorino. Il note l'immatriculation. Elle commence par 94.

42

Ascensión n'aime pas du tout voir la police rendre visite à Salvador, mais l'inspectrice Blanco a insisté, expliquant qu'il s'agissait d'une affaire importante.

— Importante pour vous, rétorque-t-elle. Pour moi, l'important, c'est que mon mari soit tranquille.

— Nous sommes sur le point d'arrêter un homme accusé de l'assassinat de sa fille et je crois qu'il est innocent.

— Et qu'est-ce que mon mari a à voir là-dedans ?

— Peut-être beaucoup. Il a enquêté sur la mort de Lara Macaya et sait des choses qui ne sont pas dans le rapport de police. Laissez-moi lui parler s'il vous plaît. Juste quelques minutes.

Salvador Santos est assis dans un fauteuil près de la porte du jardin. Il a le regard tourné vers un citronnier qui offre une belle ombre. Ascensión entre avec une attention exagérée, comme si le moindre bruit pouvait bouleverser le malade.

— Salvador ? dit-elle avec douceur.

Le policier ne se retourne pas vers elle, elle s'approche donc et lui prend la main.

— Dis à ce policier d'entrer.

Ascensión le regarde sans comprendre. Elle était disposée à exposer la situation avec délicatesse, mais son mari a trouvé un raccourci, comme pour régler cette affaire le plus vite possible.

— Et laisse-nous seuls.

Sa voix a revêtu un ton autoritaire. Des restes de vieux policier. Elena, qui est restée un moment sur le pas de la porte, entre décidée.

— Bonjour Salvador.
— Soyez brève s'il vous plaît, prie Ascensión avant de sortir.
Elena parcourt d'un regard le salon à la recherche d'un siège qui lui permettrait de parler face à face avec le malade. Le tabouret du piano lui semble approprié. Elle l'attrape avec désinvolture et s'assoit face à Salvador.
— Je m'appelle Elena Blanco, j'enquête sur la mort de Susana Macaya.
— La fiancée gitane.
— Comment dites-vous ? s'étonne l'inspectrice.
Salvador sourit devant sa réaction.
— C'est ainsi que nous appelions sa sœur. Elle aussi allait se marier ?
— Oui. Ces deux assassinats sont pratiquement identiques.
— Aussi avec des vers ?
— Je vois que vous suivez les infos.
— Je lis de moins en moins. Ça me fatigue beaucoup, à présent. Mais j'ai encore de l'imagination.
— J'ai cru comprendre que cet assassinat constitue votre dernière grande enquête ?
— Je crois me souvenir qu'il y en a eu d'autres après. Mais j'ai commencé à avoir des problèmes de santé et je me suis écarté peu à peu. Vous qui êtes jeune, profitez de la vie.
— C'est ce que j'essaye de faire tous les jours.
— Vous faites bien. Même si, quand on doit attraper un assassin et qu'il court toujours, on ne peut profiter de rien. Ça ôte le sommeil à n'importe qui. Ça vous ôte le sommeil, à vous ?
— Oui. Je dors très mal.
— Alors vous êtes une bonne policière.
— Ne me vouvoyez pas, s'il vous plaît. Nous sommes collègues.
— Et donc toi non plus.
Elena sourit sans envie. Elle voudrait dissimuler son impatience, elle voit bien que le vieux n'est pas contre un petit brin de causette. L'idée de sa femme le maintenant séquestré, sous son contrôle, lui passe par la tête.
— Salvador. Tu as dirigé en personne l'enquête sur la mort de Lara.

— En personne, non. Le travail policier se fait en équipe.

— Oui, je sais, mais tu étais le chef, comme moi maintenant. J'ai besoin de savoir quelque chose d'important.

— Voyons si je peux t'aider. Les souvenirs vont et viennent de manière capricieuse, je ne sais jamais ce qui va fleurir ou non sur le cimetière de ma mémoire.

Il sourit, content de l'image qu'il vient de créer. Elena s'incline vers lui, dans l'espoir que cette proximité montre plus de chaleur que de véhémence.

— Pourquoi as-tu soupçonné le père des filles ?

— Le père ? Non, j'ai soupçonné le photographe de la famille. J'étais certain que c'était lui l'assassin.

— Mais le père a été soumis à un test d'ADN. Et ça, on ne le fait que lorsqu'il y a un soupçon fondé, lorsqu'il y a un lien avec le crime.

— Mmmmm…

Salvador se frotte le menton, comme s'il cherchait le fil à tirer pour retrouver un souvenir concret.

— On avait trouvé quelque chose sur le cadavre, dit-il soudain.

— Un cheveu ?

— Ça se peut. Mais c'était celui du photographe, évidemment. C'est ce garçon qui l'a tuée.

— Mais tout semble montrer que c'est le même assassin qui a tué. Et Miguel Vistas est en prison.

— Je parle de Lara. Cette fille a été assassinée par Miguel Vistas. Je ne connais pas Susana. Mais elle a peut-être été tuée par un imitateur.

— C'est une piste à suivre, mais elle me semble un peu étrange vu les circonstances de l'affaire.

— Je n'ai jamais rencontré d'imitateur en vérité.

— Pourquoi as-tu demandé un mandat judiciaire pour tester l'ADN du père ?

— Pour dissiper des doutes, je suppose.

— Dans le rapport concernant Lara, je n'ai trouvé aucune déclaration du père. Il n'y a pas eu d'interrogatoire formel ?

— Je suppose que si.

— Il n'est pas dans le rapport.

— Il a dû se perdre. Tu serais surprise du nombre de papiers importants qui disparaissent chaque année dans la police.

— Salvador, il y a un mandat d'arrêt délivré contre Moisés Macaya. Et je pense qu'il est innocent.

— Pourquoi ?

— Parce qu'un père ne peut pas tuer ses filles avec cette cruauté.

— Un père normal, non. Mais nous traitons avec des assassins, pas avec des gens normaux. Et Moisés Macaya était gitan.

— Que dis-tu ?

Le ton d'incrédulité d'Elena n'est pas feint. Salvador la regarde un moment dans les yeux et elle voit la peur gagner ses pupilles. Cela ne prend qu'une seconde, pas plus, au vieux policier, pour s'éloigner du regard de l'inspectrice et se distraire en regardant le citronnier, le lilas, le jasmin dont les odeurs enivrantes pénètrent par la porte entrouverte.

— Moisés a été soupçonné seulement parce qu'il était gitan ?

L'inspectrice prend un ton ferme, tout en tentant d'atténuer l'intimidation par un geste doux. Salvador Santos est soudain tendu et semble maintenant très mal à l'aise. Sa gorge, séparée en deux monticules, comme deux petites amygdales, tremble de façon significative.

— La police n'est pas raciste, mademoiselle. Elle ne l'a jamais été.

— Et vous ? Vous êtes raciste à titre personnel ?

— Vous me vouvoyez maintenant pour que l'insulte soit plus élégante.

— Pourquoi avez-vous soupçonné Moisés Macaya ?

— Au début de l'enquête, je soupçonnais même mon ombre. J'ai demandé l'ADN pour restreindre le nombre de suspects au fur et à mesure.

— Pourquoi ses déclarations ne sont-elles pas dans le rapport de police ?

— Je ne me souviens pas.

— Votre manque de mémoire a bon dos.

— Sors de chez moi !

— Que s'est-il passé lors de cet interrogatoire ? Avez-vous frappé Moisés ? L'avez-vous insulté parce qu'il était gitan ?

— Pourquoi me le demandez-vous, si vous avez la réponse ?

— Vous avez égaré la déclaration, parce qu'elle vous faisait apparaître comme raciste ?

— Ascensión ! se met à crier le vieux. Ascensión !

Il bouge les mains avec fureur. Elena a l'impression qu'il cherche une cloche pour la faire sonner. Ascensión arrive, inquiète.

— Qu'est-ce qu'il se passe ? Ça va mon chéri ?

— Ça ne va pas du tout. Cette femme me torture avec ses questions.

Elena prend le tabouret et le remet à sa place. Elle tente de ne pas croiser le regard de censure d'Ascensión.

— Que lui avez-vous fait ? Ne vous avais-je pas demandé de faire attention ?

— J'ai fait très attention, je vous assure.

Elena se retire sans dire au revoir au policier. Personne ne l'accompagne à la porte. Elle a donc le temps de s'arrêter un instant dans l'entrée, où quelque chose attire son attention. Une série de photographies encadrées est posée sur un meuble ; sur l'une d'elles, on voit Salvador Santos qui sourit et désigne la poitrine d'un jeune policier qui pose avec lui. Ce policier, c'est Ángel Zárate.

43

Elle avait imaginé qu'elle accepterait l'invitation de Salvador Santos de rester à déjeuner et qu'ils seraient à cette heure-ci détendus, plongés dans une conversation truffée d'anecdotes policières et de potins sur tel ou tel commissaire. Mais l'entretien avec l'inspecteur à la retraite s'est révélé être un désastre et Elena Blanco n'a pas d'autres solutions que de se rabattre sur un sandwich dans son bar habituel, en entamant une discussion avec Juanito, le serveur roumain, qui forcément, au bout d'un moment, se met à parler football.

— Je vous sens très distraite, inspectrice.

Elle acquiesce, tout en mastiquant avec indolence son sandwich aux calamars, un délice, dans ce bar populaire situé près de la plaza Mayor et rempli de touristes et d'habitués.

— Vous avez toujours quelque chose à dire d'habitude, et aujourd'hui pas un mot. Que vous arrive-t-il ? Vous avez des soucis au commissariat ?

— Il y a toujours des soucis au commissariat, Juanito.

— Maintenir l'unité dans un vestiaire est difficile…

— Surtout avec les derniers transferts.

Juanito la pointe du doigt et sourit. Il adore quand elle renchérit sur ses métaphores footballistiques.

— Et donc un petit match hors compétition permettrait d'apaiser les esprits. Je vous le dis, je sais de quoi je parle.

— Réponds-moi, toi qui es si philosophe : que se passe-t-il quand tu dois faire une chose dont tu n'as pas envie, et que tu cherches des excuses pour la retarder ?

— Erreur de débutant, inspectrice. Retarder les choses, c'est maintenir la boule au ventre plus que nécessaire.
— Et donc je devrais me lancer ?
— Avant un match important, les footballeurs passent une semaine de grand stress. Mais une fois que le sifflet de début de match retentit, les angoisses disparaissent dès qu'ils commencent à jouer. C'est pareil. Plus vite vous ferez ce dont vous n'avez pas envie, plus vite vous vous sentirez mieux. Il faut prendre le taureau par les cornes.
— Ne mélange pas métaphores de football et de corrida ; c'est insupportable ! De plus, les Roumains ne connaissent rien aux taureaux.
— Mais vous comprenez ce que je veux dire ou pas ?
Bien sûr qu'elle comprend. Et Juanito avec ses manières brusques l'aide souvent à voir les choses plus clairement. La sagesse populaire a ça de bon qu'elle simplifie les problèmes et les réduit à leur juste proportion. Sur ces réflexions, Elena se dirige vers le quartier de La Piovera, où vivent les Macaya.

Sonia la reçoit, le visage émacié. Elle est pâle, pas coiffée, maigre comme un cadavre. Mais elle ne se détourne pas en voyant l'inspectrice sur le pas de la porte. Elle ne donne aucun signe de contrariété. Elle semble même presque la remercier de la visite.
— Vous avez du nouveau ? demande-t-elle en s'effaçant pour laisser passer la nouvelle venue.
— Je crains que non. C'est la question que je voulais moi-même te poser, Sonia. As-tu des nouvelles de Moisés ?
— Non.
— Où crois-tu qu'il peut se cacher ?
— Je ne sais pas, c'est la vérité. Il semble que mon mari avait une vie cachée, ce qui fait qu'il peut être n'importe où. C'est incroyable comme nous connaissons peu les gens qui nous sont les plus proches.
— Sonia, pourquoi penses-tu que Moisés a fui la police ?
Sonia hausse les épaules comme si la question la dépassait beaucoup trop.

— Tu crois qu'il a quelque chose à cacher ?
— S'il était en affaire avec son cousin et le Clan del Sordo, il avait sûrement beaucoup à cacher.
— Tu crois qu'il commettait des délits avec son cousin ?
— Je ne veux pas parler de Capi, je ne veux rien dire que je pourrais regretter ensuite. Excusez-moi mais je n'en peux plus. Je ne tiens même pas debout.
Sonia s'assied sur un tabouret dans l'entrée, tout près de la table basse du téléphone fixe. L'endroit idéal pour parler à un parent éloigné pendant deux heures, au temps où il n'y avait pas de portable. Elena l'observe quelques secondes et se mord la lèvre inférieure.
— Sonia, j'aimerais que tu m'accompagnes quelque part.
— Au commissariat ? Tu vas m'interroger aussi ?
— Non, cela n'a rien à voir avec l'enquête. Je veux juste t'aider.
— Où ça ?
— Accompagne-moi, aie confiance en moi.
Sonia la regarde, elle a les yeux secs d'avoir tant pleuré. Elle se demande si elle peut lui faire confiance.

Le Centre d'attention du deuil est situé au premier étage d'un immeuble du quartier de Chamberí, tout près de Moncloa. C'est un lieu austère, aux murs blancs, décorés avec des tableaux très simples. Des paysages côtiers, verdoyants, des estampes avec des fleurs. De grandes baies vitrées donnent sur une cour intérieure. L'inspectrice Blanco sait que Sonia n'a pas la force de remarquer quoi que ce soit, mais elle se fie au pouvoir relaxant de ce lieu.
Une réceptionniste joyeuse, proche de la soixantaine, sourit en voyant entrer les deux femmes.
— Ça fait si longtemps, Elena ! Quelle joie !
— Bonjour Maité. Comment ça va par ici ?
— Très bien. Tu nous as déjà oubliés, ou c'est parce que tu es très occupée ?
— Occupée, comme d'habitude. Je suis venue avec une amie.

La réceptionniste salue chaleureusement Sonia, qui répond d'une voix quasi inaudible. Elle commence tout doucement à capter les détails de l'endroit et se rend compte qu'elle ressent quelque chose comme de la curiosité. Pourquoi salue-t-on l'inspectrice avec tant de cordialité ?

Un homme fier sort d'un couloir avec un verre en plastique fumant de café.

— Je suis content de te voir, Elena. La réunion va commencer. Tu y participes ?

— Pas aujourd'hui Ramón. Un autre jour.

— Tu viens peu ces derniers temps.

— C'est que je vais mieux. Mais je participerai à d'autres réunions, ne serait-ce que pour voir tout le monde.

— Fais-le, Elena.

Ramón s'engouffre dans une salle et laisse la porte ouverte. Sonia incline un peu la tête et réussit à voir une douzaine de personnes assises en cercle. Elena lui explique qu'ils ont tous perdu un être cher et qu'ils ont besoin de partager leur douleur avec des gens qui sont dans le même état. C'est comme une thérapie de groupe qui l'a aidée, elle, à se sentir accompagnée dans le monde.

— Et toi ? Pourquoi es-tu venue ? demande Sonia.

— C'est une très longue histoire. Mais c'est bon, je vais bien, ne t'inquiète pas pour moi.

Elena Blanco n'aime pas mentir, mais que peut-elle faire ? Si elle avait du courage, elle se planterait au milieu de la réunion pour confesser la réalité. Elle dirait que lorsqu'elle rentre chez elle, elle n'arrive pas à se coucher, elle se met à regarder des photos de gens qui passent sous l'arche de la plaza Mayor et elle pleure, seule, consciente de cette recherche sans fin. Le seul fait d'y penser l'oppresse immédiatement et elle ressent le besoin de sortir. Elle demande à Maité de s'occuper de Sonia, à laquelle elle assure qu'elle est entre de bonnes mains, puis elle descend les escaliers quatre à quatre pour enfin sortir dans la rue.

Une fois dehors, elle aspire l'air à grandes bouffées. Elle marche sans but, avec l'impression que la ville veut la dévorer. L'image d'un enfant de cinq ans surgit entre les passants, près de la vitrine d'un magasin de chaussures. En un clin d'œil, l'enfant disparaît. Elena s'empêche de pleurer, serre les lèvres dans un geste d'orgueil et décide de diriger ses pas vers le parc de l'Ouest. Là, elle se laisse tomber entre les arbres pour regarder le ciel de Madrid. Elle reste ainsi étendue, sans bouger un muscle, jusqu'à ce que la nuit tombe.

44

Lorsque Zárate arrive à Los Carteros, il trouve Ascensión bouleversée, impuissante à contrôler l'accès de colère de Salvador. Le sol est jonché de verres et d'assiettes brisés, une jarre renversée est restée entière par miracle, et des coussins que le vieillard a fait voler quand il commençait à se remettre de sa crise de nerfs sont éparpillés de-ci de-là.

— Une inspectrice est venue et lui a posé un tas de questions. Il a été très stressé pendant tout l'après-midi et a refusé de prendre ses médicaments. Et tout à coup il s'est mis à tout casser.

— Laisse-moi lui parler.

Zárate entre dans le salon. Avant même qu'il n'ait ouvert la bouche, Salvador se dirige vers lui d'un pas incertain.

— Tu es venu m'arrêter ?

— Personne ne va t'arrêter, tu n'as rien à craindre.

Il tente de tranquilliser le vieillard.

— Sors de ma maison, je ne veux pas de policiers, j'en ai assez des policiers…

Il bute contre un des coussins qu'il a jetés sur le sol et tombe brutalement.

— Salvador ! – Ascensión s'approche de lui précipitamment. – Tu t'es fait mal ?

— Ne me touche pas. Dis-lui de s'en aller.

— Il est venu t'aider, essaye de te calmer. Relève-toi mon chéri.

— Je ne veux pas me lever.

Ascensión lui met un coussin sous la nuque, en guise d'oreiller. Zárate s'assied sur le sol près de lui.

— Raconte-moi ce qui s'est passé s'il te plaît.

— Ne le lui fais pas revivre, Ángel, je t'en supplie, défend Ascensión.

— J'ai besoin de savoir ce que lui a demandé l'inspectrice Blanco – ce doit être elle.

— Ils vont venir me chercher, je l'ai compris, proteste Salvador

— Qui va venir te chercher ?

— Rentero. Cet homme me déteste, pas un jour ne passait sans qu'il tente de me faire un croche-pied. Et maintenant, avec les gitanes, il croit voir le ciel s'éclaircir.

Zárate échange un regard avec Ascensión, qui se signe avant de parler.

— Vous ne pouvez pas rouvrir cette affaire, Ángel, supplie-t-elle, il ne le supporterait pas.

— L'affaire Lara Macaya est bouclée, crie Salvador. Et l'assassin est en prison.

— Personne ne va rouvrir le dossier de Lara Macaya, je t'assure.

— Et alors pourquoi me pose-t-on des questions ?

— Parce qu'il y a un lien entre les deux crimes et c'est toi qui as enquêté sur le premier, c'est normal. Ne t'inquiète pas.

— Je suis vieux, je perds la mémoire et j'ai peut-être les jambes qui flanchent, mais pas l'instinct. Je sais que Rentero et cette inspectrice en ont après moi.

— Écoute, Salvador. Moi aussi j'enquête sur l'affaire Susana Macaya. Et je ne permettrai pas qu'on rouvre celle de Lara.

— Tu es capable d'arrêter ça ? demande Ascensión avec espoir.

— Il ne peut pas, brame Salvador. Il est trop jeune, c'est le petit dernier de l'équipe.

— Ils ne réviseront pas ton enquête, tu m'entends ? Ils devront me passer sur le corps.

Zárate s'efforce d'être convaincant, mais il sait que son mentor a raison. Il est le dernier arrivé dans la brigade.

— Merci, fils, cède-t-il, aide-moi. Je n'ai plus de forces déjà.

— Allez, lève-toi. Allons sur le canapé. Je suis sûre qu'Ascensión va nous apporter une boisson fraîche.

— Je t'aide à le relever. Il faut le faire avec précaution.

— C'est bon Ascensión. Laisse-moi seul avec lui quelques minutes.

Ascensión n'aime pas qu'on s'occupe de son mari à sa place, mais elle accepte. Elle va à la cuisine et pendant que Zárate aide le vieillard à se relever, ce qui prend malheureusement beaucoup de temps, on entend le bruit des glaçons qui tintent. Ils marchent à petits pas vers le canapé et s'assoient.

— Tu te souviens de ce que tu me disais lorsque j'ai commencé à travailler au commissariat ?

— J'ai dû t'en dire des stupidités ! Tout ce qui me passait par la tête.

— Tu m'as dit qu'un policier devait être actif. Tu m'as conseillé de ne jamais rester assis trop longtemps, de bouger. Et donc, tu ne peux pas rester comme ça, il faut bouger un peu.

— Je ne suis plus capable de bouger.

— Moi, je n'arrête pas. Et tu sais pourquoi ? Parce que je suis, et à la lettre, un autre des conseils que tu m'as donnés.

— Quel autre conseil t'ai-je donné ? Je ne m'en souviens plus.

— Tu m'as dit de ne faire confiance à personne à l'intérieur du commissariat, tout le monde y est à couteaux tirés et c'est chacun pour soi.

— Certains ont un couteau entre les dents.

— Tu m'as aussi dit qu'il faut mettre l'assassin sous les verrous par tous les moyens. Que la justice passe très souvent après le travail policier.

— Comme personne ne nous entend, je répète que c'est la vérité, dure comme fer.

— Tu te souviens de ma première affaire ? Une saisie de drogue dans un appartement à Usera. Je voulais un mandat de perquisition pour entrer dans l'appartement et le juge a beaucoup tardé avant de l'émettre. Lorsque je suis entré, l'appartement du chef ressemblait au foyer d'une sœur carmélite. Ils avaient eu le temps de tout sortir, ces connards. Mes collègues au commissariat m'ont chambré pendant deux mois.

— Il fallait entrer sans mandat.

— C'est ce que tu m'as dit à l'époque. On entre d'abord. Et s'il y a quelque chose d'intéressant, on demande le mandat. Comme ça, on ne se fait pas avoir.

— Je t'ai vraiment dit ça ? Tu parles d'une formation !

— Tu as fait plus, Salvador. Un jour, je me suis battu à coups de poing avec un imbécile qui se moquait de moi. Et toi, tu m'as invité dans un restaurant de fruits de mer de la plaza de España. Ensuite, tu m'as emmené jouer au billard. Je ne sais pas qui t'avait raconté que j'aimais les fruits de mer et le billard, mais cette nuit-là, je me suis couché heureux alors que ç'aurait pu être le pire jour de ma vie.

Le regard de Salvador erre à travers la pièce.

— Ne me dis pas que tu ne t'en souviens pas ?

— Je me souviens que tu étais un désastre au billard. Il est clair que j'étais mal informé.

— Eh bien je ne me suis pas beaucoup amélioré.

— Et comme policier non plus ?

— Tout ce que je sais du métier, c'est toi qui me l'as enseigné. Depuis le premier jour, lorsque tu m'as tendu la main. Tout.

Ascensión entre avec deux boissons et un bol contenant des olives. Elle est soulagée de voir son mari tranquille, presque placide. Et lance à Zárate un regard empli de gratitude.

45

Le serveur du Cher's annonce au micro du karaoké le nom d'Elena. Elle monte sur la scène. Les accords de *Tintarella di luna** résonnent, c'est sans doute la chanson la plus célèbre de Mina.

— *Tintarella di luna, tintarella color latte, tutta notte sopra al tetto, sopra al tetto come i gatti, e se c'è la luna piena, tu diventi candida.*

Elena tente de se concentrer sur la chanson, elle se rend compte qu'elle est un peu ivre, mais pas encore assez pour ne pas donner le meilleur d'elle-même. Elle a bu deux verres, plus quelques gorgées d'un troisième, mais elle est déjà montée sur scène bien plus fracassée.

Elle aime chanter avec émotion, allonger les voyelles finales, sentir la chaleur du timbre de sa voix comme une corde imprégnée de bière. Un trentenaire blond, étranger apparemment, la regarde, extasié. Elle le remarque et lui dédie un refrain, sourit, charmeuse après une inflexion et s'incline vers lui avec provocation. Lorsque la chanson s'achève sous les bravos, tout le monde applaudit sauf l'étranger. Elena s'approche de lui.

— Tu n'applaudis pas, toi ?

— Ça m'a laissé sans voix.

— Pas besoin de parler pour applaudir.

— Ça m'a aussi tétanisé.

— Tu as une grosse voiture ?

— Un 4×4, s'étonne le blond. Pourquoi ?

* Texte de Franco Migliacci, musique de Bruno De Filippi.

L'étranger n'est pas étranger, c'est juste un Espagnol blond qui vient draguer dans un karaoké. Il semble être venu seul, sans amis, sans fiancée pour s'approcher, moqueuse, en voyant qu'elle l'aguiche. Au son métallique du micro, on entend le serveur prononcer le nom de Luis. Le blond monte sur scène et interprète une chanson de Rosana. Il le fait sans quitter Elena du regard, comme s'il chantait pour elle. Elle boit son verre, à petites gorgées pour commencer, puis plus rapidement à mesure qu'avance la chanson, car elle sait qu'à la fin elle entraînera le blond dans le parking de Didi. De nouveau les applaudissements, le show était bon, le blond salue très fier et s'approche d'Elena.

— Ça t'a plu ?

— Sans mots, dit-elle en guise d'éloges.

— Elle lui donne un baiser sur les lèvres, le prend par la main et l'entraîne dans la rue. Ils tombent sur Zárate.

— Tu t'en vas déjà ? demande-t-il.

L'inspectrice le regarde avec une grimace moqueuse.

— Qu'est-ce que tu en penses ?

— Je suis venu au cas où tu serais là. Je voulais juste boire un verre avec toi.

— Dommage que tu ne sois pas arrivé dix minutes plus tôt. Mais entre donc, prends un verre de ma bouteille, au nom de Mina. Et demande une chanson, le public est bon ce soir.

Zárate acquiesce et s'installe au bar. Il le fait par fierté, pour ne pas avoir l'air de l'idiot qui s'est fait voler sa fiancée et qui part la queue entre les jambes. Deux femmes braillent sur scène une chanson de Pimpinela. Le tripot est plein à craquer. Zárate s'approche du bar et demande une Mahou en bouteille de trente-trois centilitres. Il n'aime pas boire seul, mais il a envie de laisser passer le temps avant de rentrer chez lui. Il n'a pas bu deux gorgées qu'il se rend compte qu'Elena est en train de le regarder.

— On y va ?

— À trois ?

— Quels trois ?

Elena ouvre les bras pour montrer l'incongruité de la question. Il n'y a pas trace du blond, ni dans le bar, ni dans la rue. Elle l'a renvoyé parce qu'elle préfère passer la nuit avec lui. Zárate a du mal à retrouver sa gaillardise, il se dirige vers chez l'inspectrice avec un air soupçonneux, comme s'il s'attendait à découvrir la blague cruelle qu'elle est en train de lui préparer. Mais il n'en est rien. Elena a envie de sexe, elle se montre fougueuse et il se laisse faire. Ils restent enlacés un long moment, jusqu'à ce qu'il se risque à rompre le silence.

— Pourquoi bois-tu autant ?

— Qu'est-ce que t'en sais ?

— Rien d'autre que ce que je vois. Tu es en plein milieu d'une enquête importante, tu ne devrais pas lui consacrer toute ton énergie ?

Elena ne répond pas. Il sait qu'il doit s'habituer à ces silences s'il veut rester avec elle. Il a envie de lui poser des questions sur la cicatrice de césarienne qu'il a revue dans la pénombre ; lui demander où est son fils, ce qu'il s'est passé. Mais il pressent que ce serait franchir une ligne rouge. Il voudrait connaître son passé, comprendre cette étrange fixation pour les chansons de Mina. Il serait heureux de l'entendre raconter pourquoi elle conduit une Lada, cette vieille bagnole plutôt rare dans les rues. Elle lui caresse le sexe et lorsqu'elle sent l'érection, elle s'assied sur lui et ils font l'amour encore une fois. Après l'amour, elle ne tarde pas à s'endormir.

En se levant, il remarque le dossier de Lara Macaya étalé sur la table du salon. Dans une enveloppe, il y a une annexe concernant Salvador Santos, son mentor. Il le lit en vitesse, contenant sa respiration, comme craignant qu'elle se réveille. Il trouve le rapport avec les résultats du test ADN du cheveu trouvé entre les doigts de Lara. Un test signé par un agent de la brigade scientifique.

Zárate retourne dans la chambre. Il s'habille avec précaution, modulant les bruits inévitables au moment d'enfiler sa chemise et son pantalon avec la respiration d'Elena. Elle dort profondément. Il a envie de lui donner un baiser sur les lèvres, mais il ne le fait pas. Il sort de la chambre sur la pointe des pieds, range la feuille avec le test ADN dans sa poche et s'en va.

46

Le lendemain matin, Elena est impeccable. Vêtue d'un pantalon de soie bleu marine et d'une chemise blanche, elle déambule pleine d'assurance et de vivacité dans la salle de réunion de la brigade. Zárate admire l'effet d'une douche et de quelques tasses de café. Personne n'imaginerait que cette femme a passé une nuit d'alcool et de sexe.

— J'ai eu Rentero qui me charge de vous dire qu'il est très préoccupé.

— Quelqu'un se souvient-il d'un moment où Rentero n'était pas préoccupé ? se moque Mariajo.

— Il s'inquiète parce que, d'après lui, nous ne faisons pas bien notre travail, nous avons laissé de côté des éléments importants et nous sommes incapables de trouver Moisés Macaya.

Chesca gigote sur sa chaise en signe d'impatience. Orduño, qui la connaît bien, anticipe et s'explique.

— Nous avons passé l'après-midi et la soirée à suivre la Fiat Fiorino. Je vous assure que ce n'est pas très amusant. Nous sommes allés jusqu'à Tolède, et avons assisté à une vente aux enchères d'une boutique de meubles. Les gitans ont acheté une commode, un buffet et un rocking-chair.

Évidemment, aucune trace de Moisés.

— Raconte ce qui s'est passé cette nuit, demande Chesca. Cette fourgonnette ne s'arrête jamais. Elle parcourt la ville à la recherche de meubles abandonnés dans des containers. Ils emportent des chaises dont ne voudrait pas le fouille-merde le plus minable de Madrid.

— Les meubles sont arrangés dans l'atelier de la Ribera de Curtidores. Quelques clous par ci, quelques baguettes par-là, un coup de vernis et ils les mettent en vitrine. Les gens pensent qu'ils font une bonne affaire.

— Continuez à la surveiller, ordonne Elena. C'est la seule piste que nous avons pour trouver la planque de Moisés. Quoi d'autre ?

Buendía consulte ses notes.

— J'ai passé mon samedi à comparer les autopsies des deux sœurs. Il y a des différences subtiles.

— Lesquelles ?

— Le crâne de Lara a été complètement rasé avant qu'on ne lui fasse les incisions. Il ne restait des cheveux qu'autour des oreilles. Pour Susana, seules ont été rasées les zones où on a fait les trous.

— Il semble que l'assassin soit devenu un expert avec les années.

— Ou qu'il soit devenu plus paresseux, ajoute Chesca.

— Ou qu'il ait eu plus de pitié.

Tous regardent Buendía afin qu'il leur explique cette dernière considération.

— Peut-être a-t-il eu de la peine à l'idée de la raser totalement. Comme s'il voulait causer le moins de dégâts possible.

— Faire trois trous avec une perceuse pour injecter des vers cannibales dans le cerveau ne me semble pas très miséricordieux, dit Mariajo.

— C'est atroce, je le sais. Mais il y a des détails qui différencient un crime de l'autre. Lara est nue, Susana a gardé les vêtements de sa fête d'enterrement de vie de jeune fille. Lara n'a pas de traces de diazépam dans le sang, Susana oui. Et puis il y a ce détail du sac en plastique. Je suis sûre que l'assassin a mis ce sac sur le visage de Susana pour ne pas la voir souffrir.

— Et pourquoi ne l'aurait-il pas fait avec Lara ?

— Il l'a peut-être cachée aussi, avec le voile de la robe ou avec un sac qui n'a pas laissé de traces. Il se peut aussi que la brigade scientifique ait mal recueilli les éléments de preuve lors du premier assassinat.

Zárate ressent une douleur d'inquiétude.

— Qu'est-ce qui te le fait penser ? demande-t-il. Tu es scientifique, j'ai toujours pensé que c'était mal vu de lancer des accusations contre ses collègues.

— Je me borne à donner mes impressions, je n'accuse personne.

— On ne dirait pas.

L'attitude de Zárate est excessivement hostile et on voit qu'il est sur la défensive. Il s'en rend compte de lui-même et regrette de ne pouvoir mieux dissimuler, mais la conversation tourne autour de ce qui l'inquiète le plus : l'implication possible de Salvador Santos pour négligence.

— Calme-toi, Zárate, intervient l'inspectrice Blanco. Nous sommes arrivés à un moment clé, et c'est ce qui intéresse le plus Rentero.

— Nous en sommes où ? demande Chesca. Je suis étonnée de t'entendre dire ça, moi j'ai l'impression d'être au point mort depuis le début.

— Rentero ne pense pas comme toi. Il pense que le test ADN désigne Moisés comme l'assassin de Susana. Et il est convaincu qu'il avouera aussi l'assassinat de Lara.

— Et pourquoi croit-il que c'est lui ? demande Zárate.

— Il ne le croit pas. Il veut le croire. Il préfère libérer Miguel Vistas au moment où il arrête l'assassin.

— Personne ne peut penser que Moisés a tué ses filles de cette manière.

Elena est contente d'entendre Zárate partager son opinion. Mais quelque chose lui dit que ce n'est pas pour les mêmes raisons qu'elle.

— Pourquoi dis-tu cela ?

— J'ai étudié l'affaire Lara Macaya et les preuves contre Miguel Vistas sont écrasantes. Je suis certain que c'est lui l'assassin.

— Moi aussi j'ai étudié le cas et je ne suis pas d'accord.

Tous se tournent vers Mariajo, qui a prononcé ces mots, avec la plus grande assurance.

— Tu as étudié le dossier de Lara ? s'étonne Elena. Pourquoi ?

— Parce que j'en avais marre de suivre à la trace des messages de portables et de réseaux sociaux. Je connais par cœur la vie du fiancé de Susana et celle de Cintia, son amante, et je peux vous assurer que ce sont les vies les plus ennuyeuses que vous pouvez imaginer. J'ai demandé une transcription du procès de Miguel Vistas.

— Et pourquoi donc as-tu fait ça ? demande Zárate, qui ne peut cacher son étonnement.

— Pour voir s'il y avait eu des irrégularités, je voulais savoir s'il s'était passé quelque chose de bizarre.

— Et alors, tu as trouvé quelque chose ? demande Buendía.

— Selon moi, oui.

Mariajo garde le silence avec une pause un peu théâtrale.

— Qu'est-ce que c'est, Mariajo ? s'intéresse Elena.

— Miguel n'est accusé que sur des indices. Il était solitaire, il connaissait Lara, la jeune fille était dans son studio de photographie le jour où elle a été tuée, il n'avait pas d'alibi.

— Ils ont quand même trouvé un cheveu lui appartenant sur le cadavre de la victime, rappelle Zárate. Et les traces d'un trépied d'appareil photo à côté d'elle, qui correspondait à un de ceux de Miguel Vistas.

Son ton est légèrement accusateur. Mais Mariajo reste calme.

— Ce n'est pas ce qui m'étonne dans le procès. Je crois qu'on peut expliquer qu'il y ait un cheveu du photographe sur le corps de la fille, s'ils avaient eu une session de photos dans l'après-midi.

— Ce n'est pas ce que le jury a pensé.

— Non, le plus étrange, c'est que l'avocat de Miguel n'a pas interrogé Moisés. Celui-ci a été appelé à la barre, le procureur lui a posé des questions sur l'attitude du photographe et il a déclaré qu'il n'aimait pas du tout la façon dont ce dernier regardait ses filles. Mais quand est arrivé le tour de la défense, l'avocat a dit qu'il n'avait pas de questions à poser à ce témoin.

— Ce n'était pas un témoin pertinent pour lui, dit Zárate.

— C'est justement ce que je ne comprends pas. Pendant l'enquête on a soupçonné le père, on lui a fait un test ADN pour comparer avec le cheveu trouvé sur le cadavre.

— Et le résultat a été négatif.

— Mais il aurait dû lui poser des questions. Son obligation, en tant qu'avocat de la défense, est de dévier les soupçons vers d'autres personnes, et le père était une bonne option. Pourquoi ne lui a-t-il rien demandé ?

— Qu'est-ce que tu en penses ? demande Buendía.

— Je n'ai pas d'explication.

— Il y a un autre élément qui m'étonne, dit Elena. La déclaration de Moisés ne figure pas non plus dans le rapport de police.

— Trop de coïncidences, lance Orduño.

— Ou beaucoup de travail bâclé.

C'est Chesca qui l'affirme en posant ses jambes sur la table.

— Je crois que le moment est venu de parler avec Jáuregui, l'avocat de Miguel Vistas, dit Elena. Il y a beaucoup de choses que je ne comprends pas dans ce procès.

Zárate se lève d'un seul coup, déambule dans la pièce, pensif. Son attitude intrigue et tout le monde le regarde, en attendant qu'il s'exprime.

— Qu'est-ce qu'il y a, Zárate ?

— Je ne comprends rien.

— Il faut lui expliquer les choses lentement à celui-là.

Zárate évite la provocation de Chesca. Il concentre son regard sur Elena.

— Je ne comprends pas pourquoi nous enquêtons sur l'assassinat de Lara qui est bouclé depuis sept ans déjà.

— Parce qu'il y a des points obscurs qui peuvent nous aider dans le cas présent.

— Non, inspectrice. Nous devons nous concentrer sur Susana, sur son entourage, son fiancé, Cintia, les gitans, le Clan del Sordo. On ne peut pas perdre de temps à s'embrouiller avec une vieille affaire.

— Je veux juste discuter avec son avocat. Rien de plus. Ça ne va pas nous faire perdre beaucoup de temps.

Zárate est tenté de faire du forcing, il sait que le moment est venu d'apporter des arguments incontestables, mais aucun ne lui vient à l'esprit. Il sent le cercle se resserrer autour de son mentor et il n'est plus aussi sûr d'être capable de le protéger.

47

L'inspectrice Blanco et Zárate garent la voiture près du rond-point de Cuatros Caminos. Ils s'engagent, à pied, dans la rue Bravo Murillo et cherchent l'adresse de Jáuregui dans une zone où alternent maisons modestes et nouveaux immeubles de trois étages maximum. C'est un quartier contrasté, où cohabitent plusieurs nationalités, notamment beaucoup de Latino-américains, mais où on peut trouver une onglerie flambant neuve gérée par des Chinois, à côté d'un très traditionnel bar espagnol.

Une voix rauque répond à l'interphone. Blanco se présente et annonce qu'elle veut parler de Miguel Vistas. Le timbre qui ouvre la porte résonne immédiatement. Ils montent les escaliers jusqu'au troisième étage. Les murs sont remplis de bibelots et une odeur de chou bouilli flotte dans l'atmosphère. Jáuregui les attend sur le pas de la porte. C'est un homme gros et affable qui transpire à grosses gouttes. À peine les a-t-il fait entrer que Blanco et Zárate comprennent pourquoi : il fait très chaud à l'intérieur, il n'y a pas d'air climatisé, pas même un misérable ventilateur. Et la fenêtre ouverte qui donne sur une arrière-cour ne laisse pas passer un souffle de vent.

— Ça a été, la montée ? Moi, ça me tue. Ça fait des années qu'on me promet un ascenseur, mais rien. Je me demande bien à quoi sert d'approuver des putains de trucs pendant les réunions de copropriété.

Jáuregui se déplace lentement et maladroitement, on dirait un hippopotame qui boite. De temps en temps, il pose les mains sur ses reins et se masse un peu. Zárate et Blanco observent le désordre qui règne dans l'appartement. Depuis le salon, on aperçoit, dans la cuisine, une pile d'assiettes sales. La table est remplie de papiers, certains jonchent le sol. Ils cohabitent avec une serviette tachée de sauce tomate qui a dû tomber un jour quand il débarrassait. L'étagère est un bric-à-brac de livres tellement serrés entre eux qu'on ne pourrait y glisser aucun autre volume. D'ailleurs, il y a encore deux piles de livres au pied du meuble. Elena remarque que ce sont surtout des ouvrages de droit ou d'autoassistance. Et aussi d'histoire. Pas mal de romans, pas tous commerciaux. Jáuregui donne l'image d'un homme fini, mais peut-être qu'il se console certaines nuits en lisant Flaubert ou Calvino.

— Nous enquêtons sur la mort de Susana Macaya, la sœur de Lara. On nous a dit que vous aviez été l'avocat de Miguel Vistas.

— Oui, le pauvre, il a dû se contenter de moi. Je suppose que la vie est une question de chance et cet homme n'en a pas eu.

— Pourquoi dites-vous cela ?

— Je n'ai pas bien fait mon travail, ce n'était pas le meilleur moment de ma vie. Je sais bien que ce n'est pas une excuse, mais j'ai eu des problèmes avec l'alcool.

Sur l'étagère, ainsi que sur le meuble de l'entrée, des photos montrent une femme âgée, l'air sévère. Peut-être sa mère.

— Vraiment, vous admettez ne pas avoir été un bon avocat ? lance Zárate.

— Disons que j'ai connu des jours plus glorieux au cours de ma carrière.

— C'est rare qu'un avocat reconnaisse ses fautes.

— Laissons ces vanités aux jeunes juristes. Je suis déjà un dinosaure.

— Et en quoi vous êtes-vous trompé ? demande Elena.

— En tout.

— Personne ne se trompe complètement. À quel moment du procès pensez-vous ne pas avoir été à la hauteur ?

— Vous voyez, Miguel était un photographe solitaire qui adorait son travail. Rien de plus. Il n'y avait rien de définitif contre lui. À peine des indices. Lara avait posé pour des photos dans son studio le jour où elle a été tuée, elle y a laissé sa robe de mariée. Ce qui a semblé être un indice énorme au procureur. Et je n'ai pas su démonter sa stratégie. Il l'a présenté comme un fou, malade de luxure à cause de la beauté de la gitane. Qui était très belle, c'est incontestable.

— Je crois qu'on a soupçonné le père de la fille.

— Balivernes, le père était gitan, on l'a soupçonné par pur racisme, la police a aussitôt reculé et ils ont choisi le coupable. Le père, en revanche, a été dressé pour déclarer contre Miguel.

— Monsieur Jáuregui, ce que vous insinuez est très grave, dit Zárate.

— Laisse-le parler. Pourquoi dites-vous qu'il a été dressé ? Par la police ?

— Après sa déposition, il a changé d'attitude et a commencé à dire que Miguel se comportait de manière bizarre avec ses filles. Surtout avec Lara. C'était un mensonge. Miguel était timide, ça oui, mais être timide n'a rien de bizarre. Et il aimait son métier. Il était heureux de travailler pour Moisés. Et vous savez quoi ? Le sentiment était réciproque. Moisés venait de lui renouveler son contrat.

— Vous êtes en train de dire que la police a négocié avec Moisés ? lâche Zárate. Qu'ils ont enlevé les charges qui pesaient contre lui s'il désignait Miguel comme coupable ?

— C'est exactement ce que je dis.

— Vous avez des preuves de cette coercition ?

— Aucune, reconnaît Jáuregui avec simplicité.

Zárate a les nerfs à fleur de peau. Il n'aime pas l'air grotesque de cet homme, qui transpire à profusion et halète en parlant, comme s'il avait besoin d'air entre chaque phrase. Elena fait un geste à son compagnon pour qu'il se calme. Elle préfère prendre elle-même les rênes de la conversation.

— Il y a quelque chose que je ne comprends pas. Vous avez dit que Moisés venait de renouveler le contrat de Miguel dans l'entreprise d'évènementiel. Ce qui pouvait démonter la fiction du procureur, selon laquelle il l'avait pris en grippe.

— C'est ça.

— Et pourquoi n'avez-vous pas posé la question à Moisés lors du procès ?

— Parce que ça ne valait pas la peine.

— Ça ne valait pas la peine ? C'était une bonne façon d'attaquer la stratégie de l'accusation, il me semble.

— Je vous ai déjà dit que je n'étais pas au mieux de ma forme et je reconnais que j'ai pu me tromper. Mais je ne supporte pas les témoins manipulés. Il ne me semblait pas utile d'interroger le père de la fille alors que je savais que chacune de ses réponses allait montrer du doigt mon client. J'ai donc décidé de ne pas lui donner cette opportunité. Je pensais que renoncer à l'interroger montrait clairement qu'il n'était pas un témoin fiable.

Zárate pense que cette attitude est lâche et injuste, on ne doit pas accuser la police de coercition de témoin, sans preuves, et encore moins renoncer à exposer des soupçons dans le seul cadre où ils peuvent être exprimés : devant un tribunal. Mais il se mord la langue, car il sent poindre la mauvaise humeur et ne veut pas s'énerver devant l'inspectrice. Il est mal à l'aise, il a chaud, l'appartement est en fouillis et sent mauvais. Une mouche tourne autour de son visage et il en a assez d'essayer de la chasser.

— Vous suivez les informations de l'affaire Susana Macaya ? demande Elena.

— Je les suis à distance, mais avec intérêt. J'essaie de rester éloigné, mon cœur ne va pas bien.

— Vous ne pensez pas que ce deuxième crime prouve l'innocence de Miguel ?

— Je crois que si. J'espère que son nouvel avocat va solliciter sa mise en liberté immédiate. Moi, je ne peux plus rien faire.

— Au-delà de votre prestation d'avocat de la défense, qu'est-ce qui a condamné Miguel selon vous ? L'ADN du cheveu ?

— Ce qui a condamné Miguel ? C'est de ne pas avoir l'air normal. La société ne le supporte pas. C'était un homme introverti, solitaire, qui n'avait pas d'amis. Son appareil photo était le seul moyen qu'il avait trouvé pour établir des relations avec les autres. Je sais qu'il aimait vraiment ces jeunes filles. Il a fait des photos de Lara le jour où elle est morte, ce qui explique qu'un de ses cheveux ait pu apparaître sur le cadavre. Le procureur a évoqué aussi les marques d'un trépied. Mais, pardieu, il s'agissait d'un trépied extrêmement commun, facile à trouver dans le commerce. N'importe quel photographe amateur aurait le même. Lara est sortie vivante de son studio.

— Pourquoi en êtes-vous si sûr ?

— J'ai souvent parlé avec lui.

— Mais il est très réservé, vous avez dû avoir du mal.

— Je crois en son innocence. J'y croyais à l'époque et j'y crois maintenant, avec plus de raisons encore, vu les événements. Il est clair que l'assassin est en liberté.

— Pourquoi vous êtes-vous rendu à la prison d'Estremera, l'autre jour ?

— Pour voir Miguel et lui souhaiter bonne chance. Et aussi pour remettre à son nouvel avocat tout le dossier concernant son procès. C'est une politesse élémentaire entre collègues.

Elena commence elle aussi à transpirer. Il est temps de terminer cette visite. Avant de sortir de l'appartement, elle observe avec plus de détails la bibliothèque et remarque une photo de Jáuregui, jeune, beaucoup plus mince et avec une jeune femme, au cours de ce qui semble être une excursion champêtre. Elle pense que les moments de plaisir sont éphémères dans cette vie.

48

Dans la salle des visites, Damián Masegosa, le nouvel avocat de Miguel Vistas, tient dans ses mains les documents remis par Jáuregui. Miguel a minci, il est épuisé. Le médecin a beau dire qu'il a eu de la chance car la lame n'a touché aucun organe vital, il ne se sent pas bien. Son traitement médical consiste en un cocktail d'antibiotiques et d'analgésiques qui lui donnent sommeil. La fièvre remonte pendant la nuit et il a perdu l'appétit. Sa blessure cicatrise très lentement. Il a l'impression que ses poumons vont s'ouvrir dès qu'il change de position, respire profondément, ou encore s'il tousse.

— J'ai vu le juge des affaires pénitentiaires et notre affaire avance bien, informe Masegosa.

— Quand allez-vous me sortir d'ici ?

— Bientôt. Mais ayez un peu de patience. Un mandat d'arrêt a été émis contre le père des filles. Ce qui pourrait nous arriver de mieux, c'est que les policiers le trouvent vite, qu'ils l'arrêtent puis qu'il confesse l'assassinat de ses deux filles.

— Et s'il ne le fait pas ?

— Nous avons d'autres atouts en main. Tu n'as pas à t'en faire. Il est évident que les deux morts sont l'œuvre du même assassin, et ça, n'importe qui peut le comprendre. Aucun juge ne refusera de rouvrir le procès.

Miguel regarde son avocat avec dégoût, il l'a vu tant de fois à la télévision qu'il sait qu'il est le plus apte à convertir son affaire en spectacle. Mais cet homme d'âge mûr et bien coiffé, qui parle sur un ton affecté, lui déplaît.

— J'ai étudié tout le dossier et je dois avouer que tu n'as pas eu droit à une bonne défense.

— Ça, je le sais déjà. Mon avocat s'est révélé être un désastre.

— Je suis d'accord avec toi. Mais je t'assure que s'en prendre à un collègue est très désagréable.

— Où s'est-il trompé, exactement ?

— La présomption d'innocence, à laquelle tu avais droit, comme tout le monde, a été largement bafouée, sur la base d'indices très faibles. Et le tout, sous le regard impavide de ton avocat. Son comportement au procès est inexplicable. Il a renoncé à interroger des témoins essentiels, il a admis le test ADN du cheveu, alors qu'il aurait pu être annulé pour vice de forme.

— Quel vice ?

— Ce cheveu apparaît tard et comme par magie. Très pratique pour le procureur, évidemment. Personne ne peut y croire. Ton avocat aurait dû demander la nullité de la preuve et il ne l'a pas fait.

— Si c'est aussi évident, pourquoi pensez-vous qu'il ne l'a pas fait ?

— Demande-le-lui, moi, je ne sais pas. Peut-être bien que ton cas ne l'intéressait pas ou qu'il te pensait coupable. Je connais des avocats qui ne préparent pas bien leurs dossiers quand les affaires coïncident avec un tournoi de golf.

Miguel se frotte les mains nerveusement.

— Avec ce seul élément, nous pourrions alléguer une atteinte aux droits de la défense et le juge pourrait ordonner la réouverture du procès.

— Et pourquoi ne le faites-vous pas ?

Masegosa sourit avec malice.

— Parce que c'est encore mieux de s'en prendre à l'État.

— Je veux sortir d'ici. Choisissez le moyen le plus rapide de me faire sortir, je n'en peux plus.

— Ce n'est pas la bonne attitude Miguel, dit l'avocat en levant l'index. Il y a beaucoup d'argent en jeu.

— Je suis à bout de forces.

Ce que je vais te dire va t'en redonner : si l'on réussit à prouver que l'État a envoyé en prison un innocent, tu auras une sacrée indemnisation, des millions. Il y a un barème qui dépend du temps que tu as passé en prison. Et ça fait sept ans, Miguel. Tu pourras passer le restant de ta vie à te tourner les pouces.

— L'argent m'est bien égal.

— Souviens-toi que, selon notre accord, la moitié me revient. Et moi, ça ne m'est pas égal, l'argent, c'est même la seule raison de ma présence ici : ma part, les cinquante pour cent ; car pour le reste, que tu sois coupable, innocent ou qu'apparaissent de nouvelles gitanes mortes, je m'en fiche éperdument.

Miguel sent une pointe dans l'estomac. Il souffre beaucoup depuis son agression. Il sent une déchirure à l'intérieur qui s'agrandit peu à peu. Il n'aime pas donner des preuves de faiblesse, mais une grimace de douleur lui échappe. Son avocat montre à chaque phrase le peu de cas qu'il fait de la justice.

— Nous devons rendre l'État responsable. C'est notre meilleure base. Et nous le tiendrons par les couilles. Mais attention, l'administration n'aime pas admettre ses erreurs, et donc tu dois te comporter de manière irréprochable : ne te fourre dans aucun problème, ne réponds pas aux provocations. Il faut vraiment que tu fasses attention.

L'avocat n'exprime absolument aucun intérêt pour Miguel, il ne pose aucune question personnelle. Masegosa ne lui a même pas demandé comment il va, quels médicaments il prend ou s'il doit faire de la rééducation. Il ne pense qu'à l'oseille qu'il tirera de cette affaire.

— Comme vous voudrez, dit Miguel d'un air soumis.

— La prochaine fois que je viendrai te voir, nous aurons de bonnes nouvelles, j'en suis sûr. Et donc, tiens bon, nous touchons au but. Fais-moi confiance.

Un fonctionnaire annonce la fin de la visite et Miguel sent comme un soulagement. Il retourne dans sa cellule en regardant le sol, la tête baissée, posture qu'il a signalée à Caracas comme étant celle à éviter à tout prix si on ne veut pas être la proie facile des gros durs.

49

La Fiat Fiorino est garée sur la Ribera de Curtidores. Pour une femme d'action comme Chesca, il n'y a rien de plus ennuyeux qu'une planque. Elle aime les sports extrêmes. Elle fait du *base jump* pour se sentir voler comme un oiseau, elle participe aux ultra-marathons pour explorer les limites de la résistance humaine. Elle est entrée dans la police parce qu'elle voulait de l'adrénaline. Ce qu'elle préfère dans ce travail, c'est poursuivre un délinquant, participer à un coup de filet, faire irruption dans un local l'arme au poing. Avoir à passer toute la journée dans une voiture en attendant qu'une fourgonnette bouge lui paraît mortel.

Un gitan sort de la boutique, les clés du véhicule tintent entre ses doigts. Il ouvre la portière et la referme avec fermeté. La fourgonnette démarre, ce qui est loin de suffire à réjouir Chesca. Son équipier et elle suivent le véhicule, qui se dirige vers l'avenue d'Arcentales, puis s'arrête devant un portail. Le gitan se débrouille pour décharger seul un bureau et un fauteuil en s'aidant d'une brouette. Une simple livraison de meuble.

Le trajet inclut d'autres adresses. De nouvelles livraisons à domicile. Ensuite, retour à la Ribera de Curtidores. Il est déjà midi, la boutique ferme dans trois heures, les gitans partent déjeuner, peut-être qu'il y en a qui restent à l'intérieur pour faire la sieste.

Ce serait le moment de faire un petit somme, Orduño peut prendre la relève : l'un continuerait de surveiller pendant que l'autre se reposerait un peu. Mais Chesca ne fait jamais la sieste, ça lui semble une perte de temps. Pour elle, la sieste représente l'équivalent d'un moment d'inaction puissance trois, comme si l'être humain avait décidé de jeter aux ordures ce moment de la journée.

Orduño supporte mieux la planque. Dans sa jeunesse, il a fait de la gymnastique en compétition. Il a transpiré goutte par goutte dans des centres d'entraînement de haut niveau, loin de ses parents, sous les ordres d'entraîneurs peu aimables. Jusqu'à ce qu'un jour il décide d'arrêter le sport professionnel et de devenir policier. Cette expérience l'a rendu patient. Il aime le calme, vivre sans exigence ni urgence, parler tranquillement de tout et n'importe quoi avec l'interlocuteur qui se trouve devant lui. Mais quand Chesca a le diable au corps, elle n'est pas de bonne compagnie, et il ne faut pas compter sur elle pour soutenir une conversation détendue. Elle est d'une humeur de chien, s'exprime avec des sarcasmes et des pointes d'amertume. Elle en a assez de surveiller les gitans et ça se voit.

À sept heures du soir, la Fiat Fiorino se remet en marche. Elle descend de la porte de Tolède jusqu'à la M-30, puis prend la Nacional-IV et tourne pour entrer dans une zone industrielle proche de Parla. Il y a une casse de voitures, un bazar chinois, plusieurs boutiques de meubles… La fourgonnette s'arrête près d'un hangar sans enseigne, le gitan descend, ouvre la porte métallique du hangar et sort des meubles qu'il met dans la fourgonnette. Il y en a un qu'il n'arrive pas à charger seul, une commode qui a l'air de peser des tonnes. L'homme essuie la sueur qui perle de son front, tente de contrôler le volume et le poids, cherche la meilleure option pour monter le meuble dans la brouette. Un second type, grand, corpulent, sort du hangar pour l'aider.

C'est Chesca qui l'aperçoit la première. Elle donne un coup de coude à son compagnon, qui sort de sa somnolence et se met en garde.

— C'est lui ! signale la policière.

Orduño cligne des yeux pour mieux le voir. Oui, c'est lui. C'est Moisés Macaya, le père des gitanes assassinées, l'homme le plus recherché de la ville. L'agent empêche Chesca d'agir trop vite, il sort son portable et compose un numéro.

L'inspectrice Blanco est au siège de la BAC, en train de discuter avec Mariajo, lorsqu'elle reçoit son appel. Orduño veut savoir s'ils doivent arrêter Moisés immédiatement.

— Tu es sûr que c'est lui ?

— Certain.

— S'il tente de fuir, tu l'arrêtes ; sinon, attendez que j'arrive. Je veux parler avec lui.

En prononçant ces derniers mots, elle attrape les clés de la voiture et sort de l'immeuble. Les mots restent suspendus aux lèvres de Mariajo, mais elle a compris par la conversation que la chasse est finie. Elle se demande quelle sera l'attitude d'Elena quand elle sera face à Moisés. Elles ont parlé de lui. Elle a enquêté sur les rituels et les malédictions ancestrales des gitans au cas où il serait question de larves de mouches dans le cerveau ; mais rien. Ces assassinats, en tout cas selon ce *modus operandi*, n'ont rien à voir avec la culture gitane, dans aucun de ses aspects. Ce n'est pas lui. Les derniers mots prononcés par Elena avant de recevoir l'appel résonnent maintenant dans la tête de Mariajo. Ce n'est pas lui. Moisés Macaya n'a pas tué ses filles. Mais il y a un mandat d'arrêt et Elena court maintenant vers sa voiture avec la mission inévitable d'arrêter cet homme pour le livrer à la justice.

Orduño et Chesca sortent à sa rencontre lorsqu'elle arrive dans la zone. La Fiat Fiorino est repartie avec son chargement de meubles. Le volet métallique du hangar est baissé. Ils ont exploré l'extérieur du hangar et découvert une porte arrière qui peut être défoncée d'un coup de pied.

Elena préfère frapper à la porte, appeler Moisés, lui dire qu'elle veut lui parler ; mais rien ne bouge. On n'entend ni pas ni voix de l'autre côté. Elle recommence, et toujours aucune réponse. Elle soupire avec un geste de résignation et regarde Chesca, qui attend le signal pour intervenir. La porte, qui semblait faite d'une simple tôle, est plus résistante que prévu. Elle cède au troisième coup de pied et Orduño et Chesca entrent pistolets au poing.

— Police !

C'est le cri lancé pour que Moisés se rende ou se lance dans une fuite désespérée. Mais l'irruption de la police dans le hangar n'entraîne pas plus de réaction. L'endroit est humide et obscur. Les derniers rayons du soleil filtrent par une petite lucarne. Elena sort sa lampe de poche, éclaire les coins du hangar, qui est rempli de meubles, de quincaillerie et de bibelots. Certains sont recouverts de draps, d'autres gisent en désordre. Un bruit métallique se fait entendre, de plus en plus fort, le bruit d'un ressort actionné par quelqu'un. Moisés se trouve entre deux piles de caisses et il s'amuse à ouvrir et refermer un couteau automatique. Chesca et Orduño sont tendus. D'un geste, Elena leur demande de rester calmes.

— Moisés… Je voudrais qu'on parle.

Le fil du couteau surgit de la poignée avec un claquement. La lame brille dans l'obscurité du dépôt. Le gitan semble hypnotisé par la blancheur de l'arme et le coup sec avec lequel elle apparaît, menaçante.

— Je sais que tu n'as rien fait de mal et je veux t'aider.

— Rien de mal ?

La voix de Moisés sonne amère et gutturale.

— Rien de mal. Et même si tu penses le contraire, ce n'est pas vrai. C'est normal de se disputer avec sa fille. Tous les pères le font.

— Tous les pères engagent un détective privé ?

— Plus que tu ne le crois, je t'assure.

— Tous les pères tentent d'éviter le mariage de leur fille ?

— Rien de tout ça n'est grave, Moisés. Il n'y a pas de raison que tu te caches.

— Je l'ai giflée. Le jour de son enterrement de vie de jeune fille, je suis allé la voir et je l'ai giflée. Je lui ai dit que ça suffisait les conneries, les flirts avec les filles, la frime perpétuelle. Je l'ai frappée. Et elle m'a griffé comme une chatte enragée. Et elle m'a dit qu'elle me détestait.

Le claquement du couteau a cessé soudain, comme si le souvenir de la bagarre l'avait laissé sans force ou trop mélancolique.

— Ce sont des mots que l'on dit sans les penser, tu ne dois pas t'inquiéter, tente de relativiser Blanco.

— Elles sont mortes toutes les deux, et c'est ma faute, je le sens.

Sur la peau mate de Moisés, quelque chose brille, des larmes peut-être.

— Pourquoi as-tu fui la police ?

— Parce que je n'en peux plus. Je ne veux pas qu'on m'arrête devant ma femme. C'est humiliant. Même elle, elle n'est pas complètement certaine que je ne les ai pas tuées.

— Sonia ne doute pas de toi, Moisés, elle n'a jamais douté de toi, à aucun moment.

— On dirait que vous n'avez pas vu son regard de reproche. Elle s'est rendu compte que j'étais en affaire avec mon cousin et elle m'a regardé avec mépris. Je ne souhaite à personne de voir sa femme le regarder comme ça.

— Sonia a besoin de toi. Je le sais parce qu'elle me l'a dit.

— Elle ne sera pas près de moi. On va me mettre les assassinats sur le dos et m'envoyer au trou.

— Non. Il n'y a aucune preuve contre toi, excepté l'ADN, et tu viens d'expliquer que ta fille t'avait griffé le jour de sa mort.

— Il faut dire à ma femme que je l'ai vraiment aimée, que j'étais fou amoureux d'elle.

— Tu vas le lui dire toi-même.

— J'ai été un mauvais père, je le reconnais. Je suis tombé dans les griffes de Capi alors que j'ai toujours voulu écarter les gitans de la délinquance… C'est sans doute mon plus grand échec, ne pas avoir réussi ça.

— Viens, Moisés, relève-toi. Nous allons au commissariat, tu vas faire une déposition et je t'assure que tu dormiras chez toi demain.

— Mais mon véritable échec, le plus grand, c'est de ne pas avoir su protéger mes filles. Telle est la triste réalité.

— Je vais t'aider. Je ne vous laisserai pas seuls, ni Sonia ni toi. Et on va trouver l'assassin de Susana.

— Promets-moi que tu feras tout ce qu'il faut pour le trouver.

— Je te le promets.

— Merci. Fais-le. Et tire-lui une balle dans la tête de ma part.

— Je me contenterai de l'arrêter. Maintenant, il faut y aller.

Moisés ne répond pas. On entend le claquement du couteau suivi d'un glouglou. Puis un bruit effroyable, comme un aggloméрat de boue qui commence à bouillir, le ronflement d'un monstre. Elena, qui ne voulait pas l'éclairer directement, dirige maintenant la lanterne vers le visage du gitan, qui s'est ouvert le cou et se noie dans son sang.

— Une ambulance ! Vite !

Elena sort un mouchoir de sa poche et le place sur la blessure au cou pour tenter d'arrêter l'hémorragie. En une seconde le mouchoir est imbibé et s'avère totalement inefficace. Chesca est sortie du hangar pour demander de l'aide. Orduño déniche dans les bibelots un torchon poussiéreux qui peut servir de bouchon. Il le tend à Elena. Elle reste plusieurs minutes à faire compression sur le corps de Moisés. Orduño ne cherche plus rien parce qu'il s'est rendu compte que l'homme est mort. Mais il comprend qu'Elena a besoin de plus de temps pour réaliser et la laisse œuvrer et faire des efforts inutiles pour sauver la vie du gitan.

50

On n'entend plus âme qui vive dans le quartier de La Piovera, comme si en un soupir le deuil s'était étendu de maison en maison. Il n'y a pas de voisins aux fenêtres, même si celles-ci renvoient le reflet bleu de la voiture de police. Dans la cuisine de la maison des Macaya, on distingue une lumière vacillante. Il est tard, mais Sonia est peut-être encore éveillée et a besoin d'un whisky pour s'endormir. Ce soir, dans une émission de télévision, ils ont évoqué l'assassinat de Susana. Certains des intervenants ont accusé Moisés d'avoir tué sa fille. A-t-il vu cette émission ? Y avait-il un téléviseur dans le hangar ?

L'inspectrice Blanco, paralysée sur le fauteuil du passager, a le regard perdu. Elle a du mal à descendre de la voiture.

— Tu veux que j'aille lui parler ? propose Orduño.

Elena ne répond pas, parler à Sonia est son devoir. Elle ouvre la porte et sort. Chesca aussi, qui préfère attendre à l'air libre. Elle reste appuyée contre le véhicule et suit du regard les pas lents de l'inspectrice vers la porte de Sonia.

Il y a des étoiles dans le ciel, c'est un soir d'été chaud et enivrant. La vie continue, loin du drame des Macaya. Les intervenants de la télévision sont rentrés chez eux, comme si de rien n'était, comme si leurs paroles étaient aseptisées ou irréelles et n'avaient aucun effet sur les destinées des êtres humains. En dépit des cadavres qui attendent d'être enterrés et de la certitude qu'un assassin se cache dans ces rues.

IV

LA VILLE VIDE

Les rues bondées, la foule autour de moi
qui me parle et qui rit et ne sait rien de toi
je vois autour de moi, qui passe et s'en va
Mais la ville, je le sais
me semblera si vide, si tu ne reviens pas.

L'enfant court dans la campagne, il monte sur un arbre et contemple l'horizon depuis une branche très haute. Ensuite il cherche un champ agréable pour s'étendre un moment et regarder les nuages. Il s'endort avec le vent frais de l'après-midi.

Lorsqu'il ouvre les yeux, il voit une canalisation qui court sur le plafond du hangar. Il croit voir un raccord et à cet endroit justement, il distingue une goutte d'eau. Il se lève comme un somnambule, grimpe sur la machine à laver, monte sur la pile de livres et lèche le tube. Un mauvais goût de rouille lui descend dans la gorge. Il lui semble soudain impossible de sauter de la machine à laver sur le sol. Il n'a plus de forces. La seule chose qu'il ait mangée ces derniers jours, c'est son propre vomi. Cette goutte métallique lui permet de résister un peu plus.

Les premiers jours, il se débrouillait pour monter jusqu'à la fenêtre et crier, et demander de l'aide. Il ne le fait plus. Il n'essaye plus d'ouvrir la porte à coups de pelle. Il ne fait simplement plus qu'attendre.

Il a inspecté le lieu de gauche à droite et de bas en haut : il n'y a plus une seule boîte de conserve. Les seuls qui bouffent ici, ce sont les vers. Le cadavre du chien en est recouvert.

Au début ça le dégoûtait, mais maintenant il prend ça comme un jeu : il est fasciné par le processus de décomposition du cadavre. Il est capable de déterminer l'amincissement progressif de la viande, des oreilles, de la langue du chien.

Un chatouillis sur le pied le fait sursauter. Des asticots sont en train de s'introduire dans sa blessure. Ce sont de minuscules larves qui bougent, entrent et sortent chacune à leur tour, comme si elles perçaient un tunnel. Il envisage la possibilité de manger les vers. Il plonge un doigt dans sa blessure et le laisse là quelques secondes. Puis il l'approche de ses yeux. Quatre ou cinq vers se meuvent distraitement sur le bout de ses doigts. Il les observe. Ils bougent dans toutes les directions, comme des fous. De temps en temps, ils se cognent entre eux, créant un instant de confusion jusqu'à ce que chacun retrouve son chemin. Il souffle sur son doigt pour les enlever.

Il reste appuyé contre le mur, sans forces. Il décide de laisser les vers s'occuper de son pied. Il n'agira que s'ils s'aventurent au-delà de son genou. Son instinct infantile lui dit qu'il s'agit d'une espèce évoluée, qui n'a pas besoin de chercher des boîtes de conserve pour s'alimenter. Il regarde alors le cadavre du chien. Il s'approche de la fenêtre et attrape un bout de verre effilé qu'il trouve sur le sol.

Il l'utilise comme un couteau pour séparer un bout de viande d'une des pattes du chien. Il le porte à sa bouche. Il mastique avec dégoût. Il crache le bout de viande et est pris de nausée. Ensuite il découpe une tranche de viande un peu plus fine. Il la mastique lentement. Il se concentre, s'attache à extraire du jus de la charogne qu'il a dans la bouche.

51

Les quatre tours de l'avenue de la Castellana deviennent de plus en plus petites à mesure que la Lada rouge s'éloigne de la ville. Dans la voiture, la radio diffuse *Città vuota* de Mina. Elena essaye de chanter pour combattre la fatigue, mais elle n'a pas la tête à ça. Elle comprend qu'il lui faut conduire en silence, la tristesse collée au corps. Cette parenthèse d'un peu plus de deux heures de calme ne lui déplaît pas, le temps qu'il faut pour arriver à Urueña, le village de Valladolid où son ex-mari a déménagé il y a quelques années.

La maison se trouve en dehors du village, mais, pour arriver jusque-là, il faut parcourir ses rues pavées, ses murailles, les grandes maisons impeccables. C'est une offense pour Elena qu'Abel ait choisi un bel endroit pour commencer sa nouvelle vie. Elle pense qu'il y a du sacrilège à s'entourer de beauté après ce qui leur est arrivé, mais elle reconnaît que la plaza Mayor est belle, elle aussi, sauf qu'elle ne la voit pas comme ça, car c'est là qu'est arrivé ce qui a marqué sa vie. Elle ne dira rien à son ex-mari, le temps des reproches est passé.

Elle n'a pas annoncé sa visite, mais Abel la reçoit comme s'il l'attendait. Il la connaît bien, il sait qu'une impulsion peut emmener Elena n'importe où et que les normes élémentaires de la courtoisie n'ont jamais cadré avec son tempérament. Il ouvre la porte avec une surprise et une joie qui ne semblent pas feintes et lui demande ce qui l'amène dans ce coin perdu.

— J'avais envie de te voir, répond-elle.

Il reçoit la réponse avec naturel. Il connaît Elena, sait qu'aucun but concret ne motive ses actions ; elle bouge par instinct ou par caprice. Il a toujours aimé cette part irréfléchie de son caractère.

— Entre, entre, Gabriella est en train de préparer à manger. Tu veux boire quelque chose ?

Gabriella est sa fiancée brésilienne, de quinze ans sa cadette. Elle sort pour saluer Elena, s'approche avec un sourire et l'embrasse chaleureusement. Gabriella est pieds nus, elle est petite et musclée. Elle travaille dans une des nombreuses librairies du village.

— Tu aimes la fricassée ? demande-t-elle avec un fort accent.

Abel explique en quoi consiste le plat. Du poulet à la crème, du riz et des cœurs de palmiers. Ça sent très bon. Elena ne montre pas un grand enthousiasme, mais elle se laisse divertir. Elle est venue pour ça, pour se reposer un moment, pour qu'on s'occupe un peu d'elle, même si ce n'est que quelques heures. Personne ne le fait mieux que son ex-mari.

Le repas est bon, la conversation est agréable, légère. Le rire de Gabriella résonne comme une cascabelle. Ils boivent le vin d'Abel, qui exploite quelques vignes pour produire une mixture dont il est très fier. Elena trouve son goût âpre et désagréable, le vin d'un amateur qui vient de se lancer, en somme. Mais elle boit quatre verres sans rechigner.

Après le repas, Gabriella salue Elena. Elle doit aller travailler. Ce n'est peut-être pas vrai. Peut-être les laisse-t-elle juste pour qu'ils puissent parler seuls. Elle lui demande aussi si elle va rester dormir. Elena répond qu'elle ne sait pas encore.

Ils font une promenade parmi les vignes, Abel lui montre la cave. Il parle avec enthousiasme de sa nouvelle passion et, de nouveau, elle pense qu'il y a quelque chose qui n'est pas naturel dans cette manière de reconstruire sa vie comme si rien n'était arrivé.

— Tu te souviens de ton fils ?

La question est si brusque qu'il s'arrête et la regarde un instant.

— Bien sûr que je m'en souviens, s'exclame-t-il avec véhémence.

— Je ne sais pas, tu sembles si heureux que j'ai l'impression que tu l'as oublié.

— Je pense à lui tout le temps. Mais je ne reste pas bloqué au jour de sa disparition.

— Ne dis pas “disparition”. Le jour où on l’a enlevé, où on nous l’a volé.

— Le jour où il a disparu, Elena. Le jour où il a cessé d’être avec nous. Mais la vie doit continuer…

Ça y est. Il l’a dit. Il ne voulait pas se disputer avec elle, il s’était préparé à résister aux piques et aux provocations. Il est heureux et fier de l’être, fier d’avoir su profiter des traits positifs de son caractère pour continuer. Elle n’est pas capable de regarder la vie en face. Le bonheur s’est converti en une chimère. Il n’y a pas de repos, il n’y a pas de trêve, il n’y a pas de dissimulation possible. La vie est une merde depuis que son fils Lucas a été enlevé. C’était il y a huit ans, déjà.

— Et moi ? Je suis restée bloquée ?

C’était Noël, ils se trouvaient sur la plaza Mayor – en bas de la maison – en train de choisir les décorations du sapin. Lucas a lâché sa main et elle s’est approchée pour regarder un Père Noël sculpté en bois, quelques secondes à peine. Elle s’est retournée ensuite vers son fils et, soudain, il n’était pas là. Elle l’a cherché dans la foule. La place était bondée. Elle eut l’impression de le voir sortir par l’arche avec un homme qui avait le visage variolé ; mais même ça, elle n’en est pas sûre. Elle n’est sûre de rien. Aujourd’hui encore elle est incapable de comprendre ce qu’il s’est passé. Un enfant de cinq ans peut-il s’éloigner de sa mère, sans protester, entraîné par un inconnu ? Peut-il donner la main à n’importe quel homme et sortir de sa vie pour toujours ? Comme ça, sans crise, sans caprice, sans le moindre drame ?

— Parfois il me semble que oui, que tu es restée bloquée.

Elena pense que ce n’est pas juste de lui dire ça. Elle a continué à travailler. Lui, il a abandonné sa carrière de journaliste pour commencer une nouvelle vie dans un petit village avec des vignes ridicules qui produisent un horrible vin.

— Je ne me cache pas, moi, et je ne me suis pas mise à la retraite…

— Je ne suis pas à la retraite, j’ai juste changé de vie.

— Tu auras beau changer de vie et t’enfuir le plus loin possible, ton fils reste séquestré.

— On n'en sait rien.

— Moi je le sais. Il est vivant. Et il attend que nous le retrouvions.

— Ça fait huit ans, ma chérie, huit ans !

Voilà l'immense abîme qui les a séparés. Au bout d'un an, Abel a renoncé, il n'a plus cherché l'enfant. Elle si, elle continue à le chercher. Mais c'est une recherche désespérée, ses collègues le lui ont répété des milliers de fois. Elle a remis en cause le protocole de la police. Cinq minutes après avoir perdu l'enfant de vue, elle avait alerté le commissariat. Ils ne l'ont pas vraiment crue. L'enfant allait réapparaître, tous les jours on voit des enfants se perdre dans un centre commercial ou dans un parc d'attractions. Elle avait appelé dix fois, demandé un cordon policier de sécurité autour de la plaza Mayor. C'était Noël, il y avait un flot continu de gens descendant par la calle Mayor, par Arenal. Ç'aurait été une folie de restreindre ce périmètre. Elle fit faire un portrait-robot de l'homme qu'elle avait vu : stature moyenne, corpulent, brun, le visage marqué par la variole, des sourcils fournis, un blouson vieillot avec un col en peau de mouton. Elle avait distribué le portrait à tous les postes. Elle s'était mise en colère en apprenant qu'on ne montait pas les opérations policières nécessaires. Ils la regardaient avec patience et compassion, lui disant que la plainte pour enlèvement était déposée, qu'on faisait tout ce qui était possible. Elle s'énervait. On lui suggérait de rentrer se reposer. Elle bouillait de rage.

Une policière et un journaliste qui perdent leur fils et ne sont pas capables de le retrouver, c'est inédit. Abel résista un an et demi et abandonna le journal. Deux ans plus tard, il la quitta. Une année passa encore et il trouva cette maison à Urueña et Gabriella. Il changea d'air. Elena, elle, n'a pas cessé un seul jour de chercher Lucas. Elle a installé un appareil photo dans son appartement pour photographier les gens qui passent sous l'arche de la plaza Mayor. Elle est sûre que l'homme au visage marqué par la variole repassera au même endroit pour emmener un autre enfant. Elle s'accroche à ce fil parce qu'elle n'en a pas d'autre. C'est la seule possibilité de retrouver son fils.

— Il y a un suspect, ment Elena.

Il la regarde en réunissant toute sa patience. Il n'aime pas savoir qu'elle a installé un appareil photographique chez elle, et qu'elle passe ses nuits à observer les photos plutôt qu'à dormir. Il sait que si elle le fait, c'est pour se maintenir unie à la douleur. L'idée de refaire sa vie, comme lui, de tourner la page, de sentir sa blessure cicatrisée, saignant juste de temps en temps, lui fait horreur. Elena a choisi de souffrir. Elle n'acceptera aucun pacte avec le bonheur avant de retrouver son fils.

— Eh bien enquête donc sur lui. Tu me raconteras, tu me tiendras au courant. D'accord ?

— D'accord.

C'est bon. Elle s'est calmée. Il ne lui reproche pas de continuer à enquêter. Il ne lui lance pas à la figure l'obsession dans laquelle elle est tombée. Ils se promènent un bon moment en silence ; elle a l'impression que l'air de l'après-midi devient plus frais. Peut-être n'est-ce pas si bien d'être là, après tout. Elle décide de ne pas rester dormir, elle a encore beaucoup de travail. Abel lui fait cadeau d'une bouteille de vin qu'elle range dans la boîte à gants de la Lada. Ils mettent plusieurs secondes à se défaire de leur embrassade d'adieu.

Pendant qu'elle conduit de retour à Madrid, elle pense à la journée qu'elle a passée à Urueña. Elle se demande pourquoi elle a tant besoin de voir de temps en temps son ex-mari. Elle ne l'aime plus, même si cela lui plaît de sentir l'odeur si familière de sa peau et cet air maussade qu'il promène partout. Peut-être a-t-elle besoin de voir de ses propres yeux l'image de l'homme qui a surmonté la tragédie. Peut-être a-t-elle envie de se laisser séduire par cette vie facile et autonome, loin du bruit, un homme en paix malgré tous les malheurs du monde. Et c'est vrai qu'Abel semble heureux. Mais elle ne peut pas. À chaque fois qu'elle le voit, c'est la même chose. Elle commence par l'envier et termine convaincue que c'est lui qui se trompe. On ne peut pas vivre avec cette lâcheté. Il a jeté l'éponge trop tôt. Heureusement qu'elle ne l'a pas fait. Elle maintient la garde et ne la baissera pas, jamais. Lucas a perdu son père, mais il l'a, elle.

52

Il y a tant de monde à l'enterrement des Macaya qu'on a du mal à croire que toute cette foule connaissait les morts. La presse en a fait ses choux gras et la morbidité pousse les gens à passer la matinée au cimetière pour se trouver au moins pendant une ou deux heures au centre de la tragédie. Même la chaleur ne les en dissuade pas.

Il n'y a pas grand-chose à voir en réalité. Une veuve et mère désolée qui tient à peine debout. Un homme la soutient et un autre veille sur chacun de ses pas. Elena ne les connaît pas. Ce sont des parents de Sonia peut-être, où ces amis particuliers qui sont toujours là dans les moments tragiques. L'inspectrice s'est placée discrètement au second plan, avec Zárate, qui porte un blazer, sur une chemise noire qui doit le faire transpirer à grosses gouttes. Elena le trouve très beau.

Chesca et Orduño attendent un peu plus loin. Ils ne quittent pas des yeux les membres de la famille de Moisés, qui se trouvent presqu'au bord du tombeau. Ils reconnaissent Capi. Il est en train de parler à un homme qui porte d'innombrables bagues aux doigts. C'est El Sordo. Leur attitude transmet une étrange cordialité, ils pourraient se trouver dans un bar et faire exactement les mêmes gestes.

Elena jette aussi de temps à autre des regards à ce drôle de couple. L'outrecuidance d'El Sordo la surprend. La police le suit, cherche des pistes sur l'agression commise contre Miguel Vistas en prison. Mais rien n'apparaît jamais. Les gitans se couvrent avec une fidélité admirable. Trouver un mouchard qui témoignerait contre l'un d'entre eux relève de l'impossible. Et voici le patriarche, avec sa veste bleu foncé aux revers vraiment trop grands, qui s'expose à l'action de la police comme s'il savait que rien ne pouvait l'atteindre dans sa bulle.

Parmi l'assistance se trouvent aussi Cintia, Marta et d'autres amies de Susana. Elena, reconnaissant Raúl caché dans la foule, ne peut s'empêcher d'admirer la force qu'insufflent les rituels. Le fiancé a tenu à être là, en dépit de ses dettes envers le Clan d'el Sordo.

Un curé s'installe et récite sans la moindre émotion, après des raclements de gorge plus bruyants que ne l'impose la bienséance, des paroles qui semblent apprises par cœur. Des employés descendent les cercueils ; plusieurs hommes commencent à jeter des pelletées de terre sur celui de Moisés. Ils jettent aussi de l'argent, des billets, des pièces qui rebondissent et tintent dans la tombe. Au moment où ils vont faire de même avec celui de Susana, Sonia arrive près d'eux et les écarte. On l'entend leur dire qu'elle ne veut aucun rite, qu'il n'est pas question d'enterrer sa fille de cette façon. On sent une tension à couper au couteau. Les hommes cherchent El Sordo du regard, qui chuchote à l'oreille de Capi. Celui-ci acquiesce, reste un moment immobile avant de s'approcher enfin de Sonia. Elle tente d'opposer de la résistance, de lui manifester au moins un peu d'hostilité, mais elle se sent si faible que sa réaction se termine en un vague geste du bras que l'autre écarte sans effort. Capi lui parle à l'oreille et elle s'effondre en pleurs.

— Que lui a-t-il dit ? demande Zárate.

— Il lui dit qu'ils vont s'occuper d'elle, dit Blanco. Qu'elle n'aura aucun problème économique.

— Zárate la regarde, il admire l'assurance avec laquelle elle dit cela. Sur le cercueil de Susana, on ne jette que des pelletées de terre. Personne ne lance plus de pièces de monnaie. Les corps sont enterrés et la foule se dirige lentement vers la sortie. Sur les pierres tombales, les couronnes de fleurs et de branches convertissent le petit panthéon en un verger.

Elena s'écarte du groupe en voyant que Rentero cherche à la joindre sur son portable.

— L'enterrement est terminé ? demande le commissaire sans prendre le temps de la saluer.

— Tout juste.

— J'aurais aimé y être mais j'avais beaucoup de boulot. Tu as lu la presse ?

— Moi aussi j'ai beaucoup à faire et pas assez de temps dans une journée pour lire les journaux.

— Cela vaut mieux. Ils se défoulent. Ils parlent d'une enquête truffée d'erreurs, d'un faux coupable en prison, d'un assassin qui se suicide avant d'avouer…

— Un assassin ?

— C'est ce qu'ils disent. La presse a désigné le coupable. Et peut-être que nous devrions faire de même.

— Nous savons tous les deux que Moisés n'est pas l'assassin.

— Toi, tu le sais, moi pas. Moisés débarrasse le plancher, la conscience brisée par le remords, n'ayant pas supporté d'avoir tué ses filles, simplifie le commissaire en arrangeant les faits à son avantage. C'est raisonnable.

— J'aimerais tellement que ce soit vrai, Rentero. L'affaire serait bouclée et je pourrais prendre un peu de temps pour lire. Mais je pense que nous sommes encore loin du compte.

— J'ai eu le juge des libertés et de la détention. Il va rédiger la mise en liberté de Miguel Vistas.

— Parfait, non ? réplique l'inspectrice d'un ton moqueur. Tu détestes tellement cette idée de garder un innocent en prison.

— C'est vrai. Mais je n'aime pas que les délais soient dictés par les gros titres de la presse.

— S'il y a eu des erreurs pendant l'instruction, tu vas devoir le lâcher, tu le sais.

— Merci pour ton soutien. Je vais parler avec Laureano, le directeur de la prison. J'aimerais connaître son opinion et celle de ses gardiens.

Il raccroche sans lui dire au revoir, de la même manière qu'il a commencé à parler sans lui dire bonjour. Même Rentero est sous pression. Les personnes qui ont assisté à l'enterrement sont en train de partir. Elena regarde autour d'elle. Elle aime les cimetières, ça l'aide à réfléchir. Si Zárate n'était pas là, en train de l'attendre, elle se perdrait parmi les tombes, pour lire les épitaphes sur les pierres.

— Je crois qu'ils vont libérer Miguel Vistas, dit-elle à Zárate.

— On ne peut rien faire ?

— Résoudre l'affaire, faire notre travail.

53

Miguel Vistas se regarde dans le petit miroir de sa cellule et il a l'impression d'être de plus en plus mince, lui qui a toujours été un homme plutôt rondelet. Même en se laissant pousser la barbe, il n'arrive pas à dissimuler les nouveaux traits coupants de son menton et la pâleur de sa peau. Avec des mouvements lents, il enlève son pansement à l'abdomen pour voir l'aspect de sa blessure. Elle cicatrise, mais il a encore mal quand il marche, quand il se baisse, quand il change de position dans son lit. Il a mal presque toute la journée.

Un gardien ouvre la porte, il est de très mauvaise humeur.

— Inspection. Dehors.

Miguel remet son pansement, de manière exagérément lente pour irriter le fonctionnaire.

— Tu peux faire ça dehors. Ouste !

Poussé dehors, doucement mais fermement, Miguel termine de remettre son pansement. À l'abri des regards, il se montre bien plus adroit. Il reste dans le couloir, observant comment le fonctionnaire retourne tout dans la cellule. Il a un moment pensé que le juge avait signé sa remise en liberté, que l'heure était venue de reprendre les rênes de sa vie. Il a même été pris de vertige à cette idée. La peur de retourner dans la rue, d'abandonner la vie réglée, la paresse infinie et le privilège de passer toutes ses journées sans nul besoin de décider quoi que ce soit. Il veut sortir et il sent son sang bouillir. L'euphorie s'impose aux précautions initiales, l'urgence d'être libre.

Une inspection de routine. C'est rare, cela faisait longtemps qu'il n'y en avait pas. Ce n'est peut-être pas une simple perquisition. Il y a quelque chose de bizarre dans l'attitude du gardien. Il a déjà palpé le matelas à la recherche d'une fente qui pourrait héberger une cachette de drogue. Il a parcouru avec les doigts les jointures des carreaux pour voir si certains étaient descellés. Maintenant, il regarde les livres, les dessins, il décolle les photographies du mur pour voir s'il y a quelque chose derrière.

Ce n'est pas une inspection de routine. Il connaît des exemples de gardiens ayant placé un sachet de drogue dans la cellule, pour nuire au prisonnier, lui infliger une punition. Des petites rancœurs qui se règlent avec des ruses comme celle-ci. Il vaut mieux surveiller le gardien. Son avocat l'a prévenu clairement. Ils vont t'observer à la loupe. Tiens-toi bien, tu es sur le point de sortir. Ils s'en prendront à toi. L'État déteste avoir à reconnaître une erreur judiciaire.

Mais que peut-il faire ? Que peut faire un pauvre détenu quand le système complote pour le maintenir derrière les barreaux ? Il peut juste donner le meilleur de lui-même, faire preuve de bonne conduite pendant les entretiens, composer l'image d'un homme bien élevé qui veut être utile à la société, même si dans son for intérieur il désire surtout casser la gueule au psychiatre qui lui pose des questions aussi stupides. Mais non, il vaut mieux croiser les doigts, pour que la roue de la fortune ne se bloque pas sur son dossier.

Le gardien révise maintenant la couchette supérieure, qui est vide depuis le départ du dernier prisonnier avec lequel il a partagé sa cellule : le Colombien. Jour après jour, il a attendu un nouveau compagnon, mais personne n'est arrivé. Les prisons ne sont-elles pas bondées ? Les indices de délinquance ont-ils baissé au point qu'il peut jouir d'une cellule pour lui tout seul ?

Il suffit qu'il se pose ces questions pour ressentir une appréhension violente. Ce n'est pas un hasard si personne ne vient partager sa cellule. Ils veulent qu'il soit seul pour qu'il n'y ait aucune embrouille lorsqu'ils trouveront de la drogue planquée. Ça y est. Ils vont lui mettre quelques grammes de cocaïne, ils vont lui ouvrir un nouveau casier, et il ne pourra pas utiliser l'excuse que tout le monde oppose : la drogue n'est pas à moi, c'est peut-être à mon compagnon de cellule. C'est pour ça qu'il est seul. Obsédé par cette idée, il rentre dans la cellule.

— Je t'ai dit d'attendre dehors, dit le gardien.

— J'ai le droit d'être présent pendant la perquisition.

Le gardien met une main sur la porte.

— Dehors.

Miguel le regarde pendant quelques secondes. Il sait qu'il a le droit, son avocat le lui a dit clairement. Mais il ne veut pas provoquer une dispute. Il ne veut pas d'ennuis. Il préfère sortir. Et au moment où il se retourne pour dire quelque chose, on lui ferme la porte au nez. Il ne sait pas ce qu'il se passe là-dedans. Il entend des bruits, il entend le gardien souffler, il entend un gémissement de douleur. Il a dû se cogner avec un pied du lit. Bien fait pour lui.

Quand la porte s'ouvre enfin, le fonctionnaire sort avec une caisse en carton. Dedans, il emporte les livres de Miguel, les photos qu'il a développées pendant l'atelier et une lettre, la seule qu'il ait reçue pendant ces sept ans.

Le gardien s'éloigne dans le couloir et Miguel entre dans la cellule, qui semble bien dépouillée avec les murs et les étagères vides. Il s'assied sur le lit, conscient que cela n'avait rien d'une inspection de routine.

54

L'inspectrice Blanco marche à grands pas dans les couloirs de la brigade des homicides et disparus. Elle n'aime pas aller dans cet immeuble, elle sait qu'elle n'y est pas bien vue, qu'on la considère comme une voleuse d'affaires policières. Mais l'urgence passe bien au-dessus de ces considérations. Quelqu'un lui dit que le commissaire Rentero est en réunion, mais elle n'écoute pas l'avertissement et ouvre impétueusement la porte du bureau.

Rentero est en effet en train de parler avec un homme en costume, aux cheveux blancs, qui a bien l'air d'être un hiérarque du ministère.

— Inspectrice Blanco, ce n'est pas le moment, lui dit Rentero en la recevant d'un ton sérieux.

— Qui a demandé une perquisition dans la cellule de Miguel Vistas ?

Le commissaire prend son souffle, regarde l'homme aux cheveux blancs comme pour s'excuser de l'intromission. L'homme se lève.

— Nous parlerons plus tard, dit-il en saluant. Je suis au bureau jusqu'à deux heures.

L'homme s'en va. Rentero abandonne l'air soumis qu'il arborait jusque-là et montre Elena du doigt.

— Sais-tu qui c'était ?

— Masegosa, l'avocat de Vistas, m'a appelée. Il est indigné, il veut savoir pourquoi on retient Miguel Vistas en prison, pourquoi on perquisitionne sa cellule. Dis-le-moi, toi, Rentero. Tu ne voulais pas le relâcher ?

— Pourquoi tu ne te calmes pas ?
— Je suis très calme.
— Tu viens d'expulser de mon bureau le futur conseiller à la sécurité du gouvernement.
— Il n'est pas un peu vieux pour le poste ?
— Ça suffit Elena. C'est bon. Tu ne peux pas passer ta vie à faire chier le monde et à te faire des ennemis.
— Qui a envoyé faire cette perquisition dans la cellule de Miguel ?
Rentero se recule sur son siège. Il regarde l'inspectrice avec un air de compassion.
— Dans toutes les prisons du monde il y a des perquisitions de temps en temps.
— Quelle drôle de coïncidence ! Une perquisition dans la cellule de Miguel Vistas juste avant de le relâcher.
— Peut-être. Mais ce qu'ils ont trouvé n'est pas inutile.
Il la regarde sur un mode intrigant, avec un sourire à moitié suffisant. L'assurance d'Elena flanche pendant un moment. Rentero ouvre une armoire et en sort une caisse qu'il pose sur la table.
— Ce sont les affaires de Miguel ? Pourquoi sont-elles en ta possession ?
— Laureano me les a envoyées. Et je n'ai pas encore décidé si je les donnais à mes hommes ou si je les envoyais à la BAC.
— Tu n'as pas confiance en nous ?
— C'est à toi de répondre à cette question. Puis-je avoir confiance en vous ?
Elena serre les lèvres, ravale son indignation, la réserve pour d'autres batailles, qui pourraient s'avérer plus importantes que de fouiller le contenu de la caisse.
— Si je trouve une boulette de drogue dedans, je vais me bidonner, Rentero. Nous savons tous deux comment agissent les gardiens de prison pendant les perquisitions.
— Il n'y a pas de boulette de drogue.
Elena reste silencieuse, attendant une révélation sur le contenu de la caisse. Comme si elle avait peur de se plonger dans les affaires du détenu. Rentero l'encourage d'un geste. Elena met la main dans la caisse et sort une photographie.

Elle ne sait pas ce qu'elle représente : un cercle illuminé par un halo. C'est Rentero qui donne des explications.

— Il y a deux ans, Miguel Vistas a demandé la permission de photographier l'éclipse du Soleil. Il l'a obtenue, je t'en parle pour que tu puisses t'en prendre à la politique de réhabilitation des détenus.

Elena sort maintenant une autre photographie, qui s'avère être un chapelet d'images réunies. Des photographies de fleurs et de motifs végétaux.

— Ce sont celles de l'atelier de photographie. Il a eu envie de former les anneaux olympiques avec des fleurs, des épis et des choses comme ça. C'est si naïf que ça en est émouvant.

Elena continue à fouiller dans la caisse. Il y a des photos de plusieurs détenus. Elle sort une paire de livres. Une biographie de Gengis Khan, le conquérant de Mongolie. Et une autre d'Alexandre le Grand. De vieux volumes au papier jauni et fripé.

— Des lectures passionnantes, se moque Rentero.

— Je ne comprends toujours pas ce qu'il y a à tirer de cette fouille.

— Continue.

Elena sort une lettre.

— Je dois la lire ?

Rentero ne bouge même pas les paupières. C'est sa manière de l'encourager à le faire. Elena s'assied. Elle lit la lettre. Elle est envoyée par un certain Camilo Cardona. Elle n'a pas terminé le deuxième paragraphe qu'elle commence à suffoquer.

— Camilo Cardona, compagnon de Miguel Vistas en prison pendant plusieurs années, le candidat idoine pour copier ses méthodes, et vous ne l'avez même pas interrogé.

— On nous a dit qu'il était reparti en Colombie.

— Et tu l'as cru, sans vérifier. Vraiment, elle fonctionne ta brigade, Elena ?

55

Mariajo est euphorique parce qu'elle a réussi à placer une fausse nouvelle dans l'édition numérique d'*El País* : "Un homme expulsé d'un théâtre à cause de sa laideur". Le titre a circulé sur un de ses comptes Twitter avec un lien vers un serveur d'informations créé par elle-même pour donner plus de vraisemblance à l'histoire. Dans l'article, on explique que le spectateur souffrait d'une malformation congénitale qui lui grossissait le front de forme grotesque et qu'une actrice a stoppé la représentation parce qu'elle n'arrivait pas à jouer face à cet homme assis au premier rang. L'incident, selon le texte ourdi par Mariajo, a obligé un des responsables du théâtre à inviter l'homme à quitter la salle. Le tweet est devenu viral avant de passer dans *El País*.

— Le plus drôle, c'est que j'ai aussi inventé le titre de la pièce ! *La Macabre Ascension aux cieux de Lady Macbeth*. Une pièce qui n'existe pas… Ils n'ont même pas vérifié.

Buendía la regarde par-dessus ses lunettes. Il est absorbé dans la contemplation de plusieurs photos et il ne veut pas être interrompu. De plus, il ne comprend pas l'obsession de sa collègue à propager de fausses nouvelles sur les réseaux sociaux.

— C'est la première fois qu'un quotidien national me publie, nous devons fêter ça.

Mariajo déteste la frivolité dans laquelle est tombée l'information journalistique. Et sa manière de la dénoncer est de démontrer, grâce à ses mensonges, à quel stade en est arrivé le manque de rigueur de la profession.

— Il me semble que le manque de rigueur est plus commun qu'il n'y paraît, dit Buendía sans quitter du regard les photographies.

Mariajo le regarde en silence, attendant qu'il éclaircisse sa déclaration.

— Ce sont les photos du cadavre de Lara Macaya. Elles ont été prises le jour où ils ont trouvé le cadavre, sur la scène du crime.

— Je les ai vues mille fois, ce n'est pas la peine que tu me les montres.

— Ce qui est intéressant, ce n'est pas ce qu'on voit sur les photos, mais ce qu'on ne voit pas.

Maintenant oui, il lève le regard et enfonce ses lunettes sur son nez.

— Le cheveu. Il n'y est pas. Il n'apparaît sur aucune photographie.

— Le cheveu de Miguel Vistas ?

— Exactement, confirme Buendía. Le cheveu, la preuve définitive. Il est supposé être dans les doigts de Lara, mais on ne le voit pas.

— C'est un cheveu, peut-être est-ce un problème de résolution de l'image.

Buendía sort cinq photos d'une enveloppe. Il les étale sur la table.

— C'est exactement ce que je pensais. Mais j'ai demandé des photos d'autres cas pour lesquels on a trouvé un cheveu sur le cadavre. J'imaginais que cela revenait à chercher de la glace dans le désert, eh bien non, il y en a eu cinq ces trois dernières années.

— Ce qui montre combien la chute des cheveux est devenue un problème de santé publique.

— Regarde cette photo. On a trouvé un cheveu sur la poitrine du mort. Tu le vois ?

Mariajo se penche sur la photo.

— Oui, un cheveu blond, il est là.

— Un cheveu blond sur une chemise marron clair. Et on le voit parfaitement. Regarde les autres photos. Tu trouves le cheveu ?

— Il y en a un là, sur la joue du mort, dit Mariajo en montrant une des photos.

— Il t'en reste trois.

Mariajo commence à trouver le jeu divertissant. Elle ne tarde pas à localiser les autres cheveux sur différentes parties des cadavres.

— Bingo, tu as le droit de passer à la seconde phase. Et maintenant je te demande : où est le cheveu de Miguel Vistas ?

Il pose sur la table la photo de Lara Macaya. Mariajo a beau chercher, elle ne trouve pas.

— Tu pourrais passer la journée entière à chercher, à rester bloquée sur ces images. Parce qu'il n'y a pas de cheveu.

— Ces photos ont peut-être été prises avec un mauvais appareil.

— Avec le même appareil. J'ai demandé.

— Tu veux dire que la police a inventé une fausse preuve ?

— Tu commences à comprendre, Mariajo, il y a ceux qui inventent de fausses nouvelles et ceux qui inventent de fausses preuves.

— Ne compare pas, Buendía, se défend-elle. Mes canulars dans la presse sont inoffensifs.

— Il y a quelque chose de suspect dans cette affaire. J'ai révisé la chaîne de contrôle des preuves. Et sais-tu ce que j'ai trouvé ?

— Qu'ils ne l'ont jamais bien suivie ?

— Non, au contraire. Ils l'ont respectée scrupuleusement. Lis le dossier, on a l'impression que c'est l'enquête la plus exemplaire de toute l'histoire. Il est même écrit que le cheveu trouvé sur le corps de Lara n'a jamais été en contact avec la robe de mariée de la morte.

— C'est une précision qui a du sens. Miguel Vistas a touché la robe et l'ADN peut migrer d'une preuve à l'autre.

— Exact. Mais cela n'a pas de sens de donner cette précision alors même qu'on ne soupçonnait pas Miguel.

— C'est le dernier qui l'a vue en vie. Je suppose qu'il était soupçonné depuis le début.

— Ce n'était pas un suspect officiel.

— Tu veux insinuer que le dossier a été rédigé *a posteriori* ?

— Plutôt que d'insinuer, je vais vérifier.

Buendía attrape son portable, cherche dans son agenda et compose un numéro.

— Qui tu appelles ?

— L'agent Rivero. Il était déjà à la brigade scientifique à cette époque et je ne sais pas s'il a participé à l'enquête sur la mort de Lara.

— Espérons que non, je ne crois pas qu'il aime sortir des cadavres du placard.

Buendía lui demande le silence avec un doigt sur la bouche.

— Ismael ! Ça va, collègue ? C'est Buendía.

Il se lève et lance un geste ambigu à Mariajo, comme pour lui faire comprendre qu'il a honte de ce qu'il va dire.

— Écoute, je suis en train d'enquêter sur le cas Macaya et, en révisant le rapport de police du premier assassinat, j'ai eu quelques doutes. Tu as bossé sur cette enquête ?

Buendía ôte le portable de son oreille, surpris, et regarde sa collègue.

— Il a raccroché.

— Tu t'attendais à quoi ? Qu'il te déroule le tapis rouge ?

— Ce fils de pute m'a raccroché au nez, s'indigne-t-il.

— Voyons, c'est peut-être lui qui a inventé la preuve du cheveu pour incriminer Vistas.

Zárate est à la porte de la salle, pâle. Il n'aime pas ce qu'il vient d'entendre.

— Qu'est-ce que vous faites ?

— Nous avons des indices de mauvaise praxis dans l'enquête sur la mort de Lara.

Buendía parle d'un ton professoral, pour donner plus de poids à ses paroles.

— Des indices…

— Plutôt des preuves, Zárate. Cette enquête n'a pas été bien menée.

— Quelles preuves ?

Mariajo et Buendía échangent un regard de stupeur. Ni l'un ni l'autre ne comprend le ton tranchant de Zárate.

— Le cheveu duquel ils ont tiré l'ADN de Miguel Vistas n'est pas sur le cadavre. Regarde ces photos.

— Tu fais davantage confiance à des photos qu'au travail de la brigade scientifique ?

— Regarde les photos, Zárate. Le cheveu n'y est pas.

— Je n'ai pas besoin de regarder les photos. Lire le dossier de la brigade scientifique me suffit. Ce sont mes collègues et j'ai une confiance aveugle en eux.

— J'aimerais bien pouvoir en dire autant.

— Tu me dégoûtes Buendía, insulte Zárate.

— Pardon, qu'est-ce que tu as dit ?

— Toi, le médecin légiste qui a travaillé des années à la brigade scientifique, tu n'hésites pas à foutre la merde dans le département qui t'a nourri.

— Fais attention à ce que tu dis.

— Cesse de jouer au détective, si tu ne veux pas avoir de problèmes, lui lance-t-il en forme d'avertissement.

— Tu vas me frapper ? rit Buendía, en le provoquant.

— Je vais faire un rapport à Rentero sur ton attitude déloyale envers le travail de la police.

Buendía s'approche et le regarde fixement.

— Mais tu as donc déjà appris à écrire ?

Zárate l'attrape par la poitrine et froisse avec le poing un bout de la chemise de Buendía.

— Lâche-le ! crie Mariajo.

Zárate le lâche. Buendía étire sa chemise, prend sa veste et se dirige vers la sortie.

— Je vais parler directement avec Ismael Rivero pour voir si les policiers sont tous aussi loyaux que tu le prétends.

Il s'en va et on entend aussitôt une porte claquer. Zárate regarde dans le vide, soufflant de rage.

56

Lorsqu'Elena arrive à la prison d'Estremera, Masegosa l'attend devant la porte. Ils ne parlent pas du contenu de la lettre et se contentent de se saluer froidement. Masegosa semble vouloir se mettre l'inspectrice dans la poche, mais elle, à ce stade, ne sait pas où elle en est.

Ils passent le détecteur de métaux, puis les contrôles et doivent encore attendre quinze minutes avant de se retrouver, enfin, face à Miguel. Elena n'a pas apporté la lettre car Rentero ne le lui a pas permis. Mais elle l'a relue plusieurs fois et elle la connaît par cœur. Ce qui retient le plus l'attention, ce sont les coupures de presse que Camilo Cardona a ajoutées dans l'enveloppe. Ce sont des articles sur la mort de Susana Macaya.

— Miguel, il faut que tu m'expliques clairement pourquoi ce détenu t'a envoyé ces articles. C'est important.

Elena parle d'un ton grave pour montrer dès le départ à quel point la situation est délicate. Et c'est aussi pour cette raison qu'elle ne s'est pas opposée à la présence de l'avocat pendant l'entretien.

— Vous feriez mieux de le lui demander à lui.

— C'est à vous que je le demande.

— Il sait pourquoi je suis détenu. Pour l'assassinat de Lara Macaya. Je suppose qu'il a pensé que cette information pouvait m'intéresser, vu que cette fille a été tuée d'une manière très semblable.

Masegosa s'éclaircit la voix.

— Excusez-moi inspectrice, mais où voulez-vous en venir ?

— Je veux savoir si Camilo Cardona a pu tuer la sœur de Lara Macaya pour imiter un assassin qu'il admirait.

— Vous voulez dire un présumé assassin, précise l'avocat.

— Un assassin avec une condamnation ferme, insiste Blanco.

— Je n'ai pas tué Lara Macaya, inspectrice.

— Je vais vous poser la question sans détour, Miguel : est-il possible que Camilo Cardona ait tué la sœur de Lara seulement pour vous imiter ?

Miguel gigote sur son siège. Il cherche le regard de Masegosa, qui lui fait un geste d'assentiment, comme pour l'encourager à donner raison à l'inspectrice. Mais Miguel ne l'écoute pas et on a l'impression que l'ascendant de son avocat sur lui est presque nul.

— Je ne le connais pas à ce point.

— Il a partagé votre cellule pendant trois ans, dit Elena.

— Un compagnon de cellule n'est pas un ami.

— Vous ne parliez pas ? Il n'y a pas grand-chose à faire en prison, il y a forcément une sorte de relation qui s'établit.

— Vous savez, Camilo n'était pas très futé. Je lui ai dit pourquoi j'étais là et il a eu l'air intéressé.

— Vous lui avez raconté les larves de mouches dans le cerveau de Lara ?

— Je lui ai parlé de tout. C'est peut-être ma faute, en partie… Bon, je ne sais pas.

— Continuez, que voulez-vous dire ?

— C'est difficile à expliquer. Je n'ai pas tué Lara Macaya. Mais une fois condamné, une fois ici, derrière les barreaux, je me suis rendu compte qu'il valait mieux, pour moi, faire comme si j'étais coupable.

— Pourquoi ?

— Parce que ce type de crime donne du prestige. Vous allez sûrement penser que c'est stupide, mais la vie en prison n'a rien à voir avec la vie dehors. Les normes sont différentes, on gagne son statut d'une autre manière.

— Et donc ton compagnon de cellule pensait que tu étais l'assassin de Lara.

— Cela se peut.

— Et ça a renforcé votre amitié.

— Je vous ai déjà dit que nous n'étions pas amis.

— "Nos conversations me manquent, camarade. Tu es l'unique ami que j'ai eu de toute ma vie." C'est comme ça que Camilo termine sa lettre.

Elena regarde Miguel dans les yeux en lui rappelant cette phrase.

— Lui me considérait peut-être comme un ami.

— On dirait. Vous pensez que c'est courant qu'un ex-détenu écrive des lettres à son ancien compagnon de cellule ?

— Je n'en ai aucune idée.

— Moi non plus je ne savais pas, mais je me suis renseignée, dit Elena. Vous savez que les lettres qui arrivent à la prison sont lues avant d'être remises aux détenus.

— Elles sont "censurées", inspectrice, précise Masegosa. Employons le bon terme.

— D'accord. On les censure. On peut ainsi savoir de manière fiable qui écrit à qui et avec quelle fréquence. Et il s'avère qu'il est très rare qu'un ex-détenu, mis en liberté, se souvienne d'un de ses compagnons.

— Cela montre combien Camilo est lourd, dit Miguel.

— Vous ne semblez pas l'aimer beaucoup.

— Il ne brillait pas par son intelligence. Et il était un peu fou.

— Mais vous gardiez la lettre qu'il vous a envoyée.

Miguel baisse le regard, comme pris en faute. Masegosa décide d'intervenir.

— Est-ce un indice criminel de conserver une lettre ?

— Je cherche seulement à comprendre, maître.

— Les articles m'intéressent. Je connaissais ces deux sœurs, je les aimais bien, elles étaient belles et sympathiques. Que la petite soit retrouvée morte m'a donné l'espoir de pouvoir sortir d'ici. Et donc les nouvelles que m'a envoyées Camilo m'ont fait plaisir.

— C'est évident, inspectrice, on ne peut pas le nier, dit Masegosa.

— Que ça l'intéresse a du sens, qu'il les garde, non, lance Elena.

— Et on peut savoir pourquoi ?

Elena se tourne vers Masegosa, disposée à lui donner une leçon. Elle n'aime pas cet avocat.

— Parce que votre client est sur le point d'être remis en liberté. Et la dernière chose qui peut lui servir est qu'on trouve sur lui des coupures de presse sur l'assassinat de Susana Macaya.

— Cela prouve qu'il agit avec une totale innocence.

— Après sept ans de détention, il sait très bien qu'il y a des fouilles régulières. Pourquoi ne pas s'être débarrassé de cette lettre, Miguel ?

Elle le regarde, l'invite à remplir ce vide avec une explication solide et compréhensible.

— J'ai gardé la lettre, c'est tout. Je ne sais pas pourquoi. Peut-être parce qu'ici on n'a rien, peut-être parce que c'est la seule lettre que j'ai jamais reçue. On aime accumuler des choses, même sans aucune valeur. Je ne sais pas, inspectrice, je jure que je ne sais pas.

Elena acquiesce lentement. Elle comprend qu'elle n'en tirera rien de plus.

— Vous pensez que Camilo Cardona a pu tuer Susana Macaya ?

— Je ne crois pas. Camilo a passé trois ans ici pour avoir encastré une voiture dans la vitrine d'une bijouterie. C'était un braqueur, pas un tueur.

— Où puis-je le trouver ?

— En vérité, j'étais certain qu'il rentrerait en Colombie à sa sortie de prison. Mais vu le tampon de la lettre, il est clair qu'il est en Espagne.

— On dirait qu'il n'a pas d'adresse connue.

— C'est l'habitude avec les délinquants, Mais si vous voulez lui parler, je peux vous donner une piste. Il aime les courses de voitures. Illégales. Ça semble incroyable qu'il puisse conduire. Il est manchot.

Il sourit avec malice.

Lorsqu'Elena récupère son portable à la sortie, elle voit plusieurs appels manqués. Buendía l'informe dans un message qu'il a des problèmes avec Zárate. Et dans un autre, Zárate lui annonce qu'il a des problèmes avec Buendía. Et encore un autre où Mariajo dit qu'il y a des problèmes entre Buendía et Zárate.

Elena parle avec Buendía, qui la met au courant de tout ce qui s'est passé et appelle ensuite Mariajo pour lui demander un petit service. Il est essentiel d'obtenir un entretien avec Ismael Rivero, le policier de la brigade scientifique qui a enquêté sur la mort de Lara Macaya. Elle appelle ensuite à la BAC et demande à Orduño de préparer l'arrestation d'un ex-détenu : Camilo Cardona. Il doit intégrer Zárate à l'opération, elle leur enverra l'information dont ils ont besoin dès qu'elle sera dans la voiture.

57

Chesca conduit sur la M-30 à toute vitesse. Elle dépasse des véhicules par la gauche, puis par la droite, s'approche en les frôlant presque, prend les virages sans réduire la vitesse et, lorsque le véhicule dérape, elle laisse échapper un hurlement d'euphorie. Elle largue son adrénaline. Assis à côté d'elle, Orduño ne dit rien, mais on voit qu'il passe un mauvais quart d'heure. Zárate, sur le siège arrière, ne comprend pas à quoi rime cette démonstration de conduite.

— Tu pourrais rouler moins vite ?

— Tu te chies dessus ou quoi ? rit Chesca.

— Tu es plus puérile que je ne pensais.

Chesca riposte en accélérant et en poussant un nouveau cri de joie.

— Dis-lui quelque chose, Orduño.

Orduño se tourne vers Zárate.

— Ça ne sert à rien, mais vois le bon côté des choses : nous sortons dès la prochaine sortie.

— Si tu veux, on peut faire encore un tour, frime Chesca.

— On est en pleine opération, arrête tes conneries, dit Zárate.

Chesca sort de l'autoroute par Ensanche de Vallecas. Elle se gare à un croisement.

— Il y a des courses illégales par ici. La prochaine commence dans une heure. On trouvera peut-être quelqu'un qui connaît cet oiseau.

— Comment sais-tu qu'il y a des courses illégales par ici ? demande Orduño.

— J'ai mes sources. Et je connais le manchot que nous recherchons. Il s'est fait poser un crochet sur le moignon pour tenir le volant et avec son unique main, il change les vitesses. Il est hallucinant.

Chesca regarde d'un côté et de l'autre de la rue, comme si elle cherchait quelqu'un. Zárate s'impatiente.

— Qu'est-ce qu'on fait ici ? On a vraiment l'air de flics, là.

Une voiture tuner avec une boule de feu peinte sur un fond mauve s'arrête près d'eux. Un homme portant des lunettes de soleil et une chemise noire salue Chesca. Il est assis sur le siège du copilote.

— Qu'est-ce qui se passe, frangine ? Ça fait longtemps qu'on ne te voit pas par ici.

— Beaucoup de boulot, dit Chesca de façon cordiale. Comment ça va ?

— Bien. Tu participes aujourd'hui ?

— Je ne peux pas, je suis au boulot.

— Allez, tu ne vas pas nous faire chier pour la course ?

— Non, jamais de la vie. Je cherche Camilo Cardona.

— Camilo Cardona ?

— Le manchot, le Colombien, il est sorti de taule il y a un peu plus d'un an.

— Ces derniers temps, on le voit souvent avec son collègue dans le parc de Las Siete Tetas. Tu le trouveras sûrement par là, répond le conducteur.

— Merci. Et bonne chance pour ce soir.

— Le parc de Las Siete Tetas ? demande Zárate.

— C'est un endroit magnifique pour admirer le coucher de soleil. Si on se dépêche, on arrivera à temps.

Chesca démarre sur les chapeaux de roue. Elle conduit vers le parc. Zárate, fâché contre Chesca, a décidé de rester silencieux. Mais la curiosité est plus forte.

— Tu participes à des courses illégales ?

— Oui, mais ne le dis à personne. C'est un secret.

Chesca répond par une boutade. Comme si elle se fichait des conséquences de ses actes. Zárate se tait. Il comprend que ça vaut mieux, puisqu'il est impossible de parler normalement avec elle. En plus, il n'en a aucune envie. Il ne sait pas ce qu'il fait avec eux, il ne devrait pas faire partie de cette opération.

Le parc de Las Siete Tetas offre un magnifique point de vue sur la ville. Quand le soleil se couche, le ciel s'illumine de mille couleurs. Le crépuscule attire beaucoup de gens qui viennent profiter du spectacle. Il y a aussi des sportifs, des coureurs, des cyclistes et des couples éparpillés sur les pelouses. Les trois policiers descendent de la voiture et fouillent du regard les environs. Ils voient un groupe de Latinos buvant de la bière sous un arbre.

Orduño leur demande s'ils connaissent Camilo Cardona. Ils ne le connaissent pas, disent-ils. Un homme, colombien, sorti de prison il y a peu. La description ne leur dit rien, mais dès qu'il précise qu'il est manchot, les regards se tournent d'un côté. Il y a un groupe de jeunes et quelqu'un qui en sort en courant. Orduño entame la poursuite. Il ne tarde pas à talonner le fugitif et ils tournent tous deux autour du terre-plein.

— Camilo ? Tu vas où, pressé comme ça ?

— Je n'ai rien fait.

— Et alors pourquoi tu cours ?

Camilo ne sait pas quoi répondre à cette question. C'est normal pour un délinquant de courir quand la police arrive. Maintenant qu'il l'a à portée de main, Orduño se rend compte que l'ex-détenu est un homme petit, mince, couvert de tatouages. Son bras gauche termine en moignon à la hauteur du coude. C'est déjà admirable qu'un homme dans cet état puisse conduire une voiture dans une course illégale. Il y a peu de chances qu'il ait pu tuer une jeune fille de la manière dont on a tué Susana Macaya. Il laisse Zárate l'interroger.

— Tu connais Miguel Vistas ?

— De la prison, oui. On a partagé la même cellule.

— Pourquoi lui as-tu envoyé des coupures de presse ?

— Parce que ça pouvait l'intéresser. Le cas des Macaya, vous me comprenez, non ?

— Comment savais-tu que cette mort avait un lien avec celle de Lara Macaya ?

— Parce que je l'ai lu.

— Où ça ? On n'avait encore publié aucun détail quand tu as envoyé la lettre.

— J'ai lu qu'il y avait des vers dans la tête. Et j'ai su que c'était un cas semblable. Lâchez-moi, s'il vous plaît, vous me faites mal.

— Laisse-le partir, demande Orduño.

— On a appris tout ce dont on a besoin, rajoute Chesca.

Zárate ne comprend rien, il ne comprend pas pourquoi ils veulent relâcher l'homme qu'ils sont venus chercher, sans même le transférer à la brigade. Il lui demande son adresse au cas où ils auraient besoin de lui parler à un autre moment et le relâche.

— Et pourquoi on ne l'a pas emmené ? demande-t-il étonné.

— Il est manchot. Comment un manchot pourrait-il avoir tué Susana Macaya ? C'est tout pour aujourd'hui.

— C'est pour ça que nous sommes venus ? demande Zárate.

— Tu ne vois pas que le coucher de soleil est magnifique ? répond Chesca.

Zárate la regarde avec stupeur. Il comprend qu'il a été victime d'un guet-apens. L'inclure dans cette opération était une façon de l'éloigner de la BAC.

— Où se trouve l'inspectrice Blanco à l'heure qu'il est ? demande-t-il.

Orduño et Chesca haussent les épaules.

58

Ismael Rivero est un homme de grande taille, à la constitution plutôt épaisse. Pendant qu'il marche jusqu'au bureau, il observe les installations de la rue Barquillo.

— C'est donc ça, le fameux siège de la BAC, dit-il. Je pensais que c'était un mythe, que cette brigade n'existait pas vraiment.

— Je vous assure que nous sommes bien réels, monsieur Rivero, se vante Elena.

Elle l'invite à s'asseoir. Mariajo, face à son ordinateur, ne perd pas une miette de la conversation, mais elle n'y participe pas directement. Buendía si, qui entre lorsque tout le monde est déjà assis et qui tend la main à Rivero. Un peu honteux, vu les derniers événements, Rivero se prête mollement à la poignée de main.

— Comment vont les choses au département Homicides ? demande Elena. Le laboratoire est submergé ?

— Je vous prie d'aller droit au but, inspectrice. J'ai laissé un boulot sur le feu et vous connaissez Rentero. Il peut devenir très nerveux si les résultats n'arrivent pas à temps.

— On aurait pu résoudre tout ça par téléphone, ou lorsque j'ai été te chercher chez toi, dit Buendía.

— Je te prie de m'excuser, mais je ne suis pas habitué à ce qu'on m'interpelle de manière si directe, comme si j'étais un criminel qu'on vient arrêter pendant une descente.

—'Si je suis trop directe, vous me dites, nous aussi nous avons une enquête en cours et le temps joue contre nous.

— Allez-y, s'il vous plaît.

— Elena sort les photos du cadavre de Lara.

— Ce sont les photos de la scène du crime, le jour où on a trouvé la victime.

Rivero les regarde avec indifférence, sans faire attention aux détails.

— Je les connais, je me suis occupé de l'affaire.

— Vous souvenez-vous d'avoir recueilli un cheveu sur le cadavre de Lara Macaya ?

— Je ne m'en souviens pas.

— Vous souvenez-vous si quelqu'un l'a fait ?

— Je n'ai vu personne le recueillir, mais il y avait un cheveu.

— Un cheveu duquel on a extrait une preuve d'ADN qui s'est avérée coïncider avec celui de Miguel Vistas.

— Exactement.

— Ne devrait-on pas distinguer ce cheveu sur ces photos ?

— Ça, je ne le sais pas. Parfois non, cela dépend de la lumière ou de la qualité de l'image.

— Les photos sont nombreuses et ont été prises sous divers angles. Est-il normal qu'on ne distingue le cheveu sur aucune d'entre elles ?

— Je ne suis pas spécialiste en photographie, inspectrice.

— Je vois que vous n'avez pas envie de collaborer.

— Je réponds à toutes vos questions, répond-il, hautain.

Buendía ramasse les photographies et les repasse une par une.

— Ismael, on se connaît depuis des années. Je t'ai vu faire les relevés sur les scènes de crime plein de fois. Tu es soigné et méthodique. Pour moi tu es l'un des meilleurs.

— Merci.

— Est-il possible qu'il y ait eu un cheveu sur ce cadavre et que tu ne l'aies pas vu ?

— Une autre équipe est retournée le lendemain sur la scène du crime. Je suppose que ce sont eux qui l'ont récolté.

— Mais donc le cheveu n'était pas sur le cadavre.

— Il a pu se détacher du cadavre lorsqu'on a procédé à la levée du corps.

— Et dans ce cas, pourquoi dit-on dans le rapport qu'on a trouvé un cheveu entre les doigts de la morte ?

— Le rapport était peut-être un peu exagéré.

— Qui a rédigé le rapport ? demande Elena.

— Je ne sais pas.

— Les rapports sont toujours signés, le rapport scientifique de Lara Macaya ne porte que le tampon du département. Pour quelle raison l'auteur du rapport se cache-t-il derrière un tampon ?

— Je n'en ai pas la moindre idée.

Rivero s'essuie la sueur qui perle de son front avec un mouchoir.

— D'autres questions ?

— Mariajo…

C'est le signal d'Elena qu'attendait l'informaticienne. Elle s'assied alors à la table avec son ordinateur portable dans la main. Elle introduit une clé USB et montre son contenu.

— Comme je m'ennuyais, je me suis mise à naviguer un moment sur vos réseaux sociaux. Je le fais toujours, ne vous braquez pas, je suis un peu malade. Et voilà ce que j'ai trouvé.

Elle montre sur son ordinateur plusieurs captures d'écran d'une page de contact, d'un site de rencontres sur Internet. Des chats de Rivero avec plusieurs filles. Certains dialogues sont très explicites et ne laissent aucun doute.

— C'est quoi ça ? Un chantage ?

— Nous on appelle ça une "négociation", dit Mariajo. Tu collabores avec nous et en échange tu pars avec cette putain de clé pour que ta femme ne se mette pas en colère.

Rivero acquiesce et regarde Buendía.

— C'est ça que tu es devenu, Buendía ? Tu es venu dans cette brigade enterrer ton prestige ?

— Nous poursuivons un assassin. Ce n'est pas un jeu, Ismael.

— On m'avait raconté beaucoup d'histoires sur la BAC, sur vos agissements illégaux. J'ai toujours pensé que c'était exagéré. Mais j'étais loin du compte en fait.

— Pourquoi un cheveu de Miguel Vistas s'est-il retrouvé dans le rapport concernant l'affaire ? coupe Elena, qui se fiche bien de l'opinion de Rivero sur ses méthodes.

— Je ne sais pas, moi. Ils me l'ont donné et j'ai fait le recoupement ADN.

— Qui te l'a donné ?

— Je ne vois pas en quoi ça peut vous être utile dans votre enquête.

— Tu nous accuses de petits arrangements avec la loi, mais, toi, tu couvres bien un policier corrompu ?

— Moi, je ne suis qu'un employé. On me demande de faire un test en laboratoire et je le fais.

— Mais tu as dû être bien étonné de voir apparaître un cheveu que tu n'avais pas vu ?

— Bien sûr que j'ai été surpris. Mais mon boulot est scientifique. J'apporte des résultats objectifs, je n'ai pas à me poser de questions, ni à faire des conjectures qui ne font que retarder le travail et ne mènent nulle part.

— Qui t'a demandé de faire le test d'ADN avec ce cheveu ?

Ismael respire profondément. Il hoche la tête pour montrer son indignation, mais répond :

— Salvador Santos. Il est malade, qu'allez-vous lui faire ? Lui gâcher le peu qui lui reste à vivre ?

— Tu ne te rends pas compte qu'un homme est en prison depuis sept ans à cause de ce test d'ADN ?

— J'insiste, je me contente de faire mon travail. Les condamnations sont dictées par d'autres que moi.

— Mais tu as bien un avis sur cette affaire. Ou tu veux nous faire croire que les scientifiques agissent juste comme des robots ?

— Vous voulez savoir mon opinion ? Je vous la donne : Salvador a toujours soupçonné le père, mais on l'a accusé d'être raciste et il a dû reculer. Il était obligé de trouver un autre coupable, et, oui, peut-être qu'il a exagéré en fabriquant une preuve. Mais votre enquête est bouclée, vous avez l'assassin, il y avait un mandat d'arrêt contre le gitan et l'homme s'est suicidé. Parfait. Il se charge de ses filles et quand il est acculé, il se suicide. Affaire bouclée. Cessez de tourner autour du pot comme des chiens en cage. Sortez le photographe de prison et laissez le vieux tranquille. Donnez-moi cette putain de clé, s'il vous plaît.

Mariajo la lui tend. Rivero la range dans sa poche, se lève, défroisse les pans de sa veste et s'en va sans dire au revoir.

59

Il fait nuit noire dans le quartier de Los Carteros lorsqu'Elena Blanco gare sa voiture à côté d'un véhicule de police où l'attendent deux agents. Dans sa poche, elle a le mandat d'arrêt contre Salvador Santos. Zárate l'aborde avant qu'elle n'entre dans la maison. Elle n'est pas étonnée de le trouver là.

— C'est ce que tu voulais ? l'accuse-t-il. – Il semble épuisé, comme sans forces. – Tu m'éloignes pour pouvoir agir à ta guise ?

— Zárate, ceci n'est agréable pour personne. Tu aurais dû me dire que vous étiez amis.

— Il est malade, tu pourrais au moins attendre jusqu'à demain.

— Ça change quoi ? Je ne dois pas attendre une minute. Je dois prendre sa déposition. Et je vais le faire dans les installations de la police, la complaisance est terminée.

— Mais s'il ne sait pas où est sa tête, quelle sorte de confession crois-tu pouvoir lui arracher ?

— On verra ça. Pour le moment je dois l'emmener. Laisse-moi passer.

— Tu sais sûrement que Rentero veut la tête de Salvador depuis des années.

— Je ne me mêle pas des intrigues de bureaux. Ça m'ennuie souverainement.

— Tout le monde connaît les ambitions politiques de Rentero. Il a besoin d'une tête de turc pour ne pas avoir à trinquer à cause d'une enquête mal faite.

— Mal faite ? se contente de sourire l'inspectrice.

Elena fait un geste aux agents, qui sonnent à la porte. Ascensión sort. Elle porte une robe de chambre et elle est décomposée en comprenant ce qui lui tombe dessus.

— Ángel, ne les laisse pas l'emmener, je t'en supplie.

— Je ne peux rien faire. Je t'assure que j'ai tout essayé.

— Un peu de compassion. – Elle se tourne vers l'inspectrice. – Il est malade.

— Je suis désolée, dit Elena. Je dois prendre sa déposition. J'espère que tout va s'éclaircir très vite.

— Vous n'êtes pas du tout désolée, ne soyez pas hypocrite, sanglote Ascensión. Je vous ai repérée dès le premier jour : on voit bien pour qui vous travaillez.

Sur un geste d'Elena, les agents pénètrent dans la maison. Ascensión les suit. On entend ses cris suppliants, le bruit d'une chaise qui tombe sur le sol au cours d'une empoignade. Elena et Zárate se regardent en silence. C'est un regard lourd de tristesse.

Visage amaigri et regard vague, Salvador Santos semble beaucoup plus atteint que la dernière fois qu'Elena l'a vu. L'inspectrice se demande s'il feint ou non. Mariajo est à son ordinateur, prête à prendre la déposition du détenu.

— Comment allez-vous, Salvador ? Voulez-vous boire quelque chose ?

— Mon médicament. Je dois prendre mon médicament.

— Je peux vous offrir un verre d'eau.

Salvador se tourne vers Mariajo.

— Ascensión, j'ai pris mon médicament ?

— Je ne suis pas Ascensión, mais je vais vous donner un verre d'eau.

Mariajo se lève et le sert. Le regard de Salvador passe d'un côté à l'autre, sans jamais se fixer nulle part. Elena l'observe, en silence.

— Savez-vous où vous êtes ?

— Dans le petit salon de musique, mais il n'y en a pas. Les piles de l'appareil doivent être usées.

Elena et Mariajo échangent un regard. Mariajo lève un sourcil, un geste de scepticisme que l'inspectrice connaît bien.

— Vous souvenez-vous de Lara Macaya ?

— Lara Macaya… Ça me dit quelque chose. Ascensión, n'était-ce pas le nom de l'employée que nous avons eue un moment ?

Il parle en se tournant à nouveau vers Mariajo.

— Non, elle s'appelait Svetlana, elle était russe.

— Ah…

Le vieux acquiesce.

— Salvador, qu'est-ce que vous faites ?

— Je suis policier. Depuis toujours.

Il répond comme si tout cela était très naturel.

— Vous souvenez-vous avoir enquêté sur la mort d'une gitane ?

— La fiancée gitane, bien sûr que je m'en souviens. Ça ne s'oublie pas facilement.

— Parfait. Vous souvenez-vous qui l'a tuée ?

— Le père, c'était clair depuis le début.

— Le père ?

— Non, attendez. Ce n'était pas le père, c'était le photographe. Il y avait un jeune homme qui faisait des photos pour l'entreprise familiale. C'est lui qui l'a tuée.

— Mais il y avait des preuves contre lui ?

— Des tas. Des tas de preuves. Un cas d'école. Je m'en souviens comme si c'était hier.

Elena acquiesce en silence. Elle observe la conduite de l'homme qui se tient devant elle. Elle a du mal à croire que la maladie ait pu avancer à ce point en si peu de jours. Mais elle a aussi lu quelque part que le stress est préjudiciable à la stabilité des patients.

— Vous souvenez-vous d'un cheveu trouvé sur le cadavre ?

— Un cheveu ? Non, non… Ah, oui, bon… le cheveu, c'était un truc à moi. On l'a mis pour donner plus de poids à l'accusation. Ça fait partie des petites triches que nous faisons dans la police.

Il se justifie comme s'il s'agissait d'une bêtise innocente et sourit complaisamment en révélant ses trucs.

— Je ne fais pas ce genre de triche et je suis aussi policière.

— Non ? Bon, vous êtes très jeune, vous allez apprendre.

Mariajo tape sur son ordinateur la déposition. Le bruit des touches s'entend à peine.

— Il n'y avait donc pas tant de preuves solides contre le photographe. Et c'est pour ça que vous avez dû ajouter le cheveu.

— Les juges étant ce qu'ils sont, s'il n'y a pas de preuve décisive, ils sont capables de relâcher l'accusé. C'est pour ça que je l'ai mis.

— Salvador, vous rendez-vous compte qu'en faisant ça, vous avez peut-être envoyé un innocent en prison ?

— Innocent ? Mais pas du tout, c'est bien ce garçon qui a tué, il n'y a aucun doute. Mais cela ne suffit pas d'avoir une conviction, il faut pouvoir prouver les choses, sinon le jury s'en fiche.

— Et vous aviez la conviction que c'était Miguel Vistas ?

— Évidemment. Une conviction absolue.

— Si je peux me permettre, Salvador, pourquoi en étiez-vous si convaincu ?

— Parce qu'il me l'a dit.

Elena le regarde, surprise. Le dialogue est fluide, elle a l'impression que le vieillard parle comme pendant une trêve de sa perte de mémoire ; mais ça ne le décompose pas.

— Comment ?

— Il me l'a dit, confirme-t-il. Il m'a dit qu'il l'avait tuée.

— Il a confessé le crime ?

— Oui. Et avec une sournoiserie qui m'a donné envie de lui casser la gueule.

— Et pourquoi cette confession ne figure pas dans la déposition ?

— Eh bien, parce qu'il est très sournois et qu'il me l'a dit quand j'ai éteint la caméra et que je suis resté seul avec lui.

— Pourquoi avez-vous éteint la caméra ?

— Bon, vous savez. Stratégie du métier. L'interrogatoire peut durer longtemps et si tu n'obtiens aucun résultat, ça ne fait pas de mal de rester un moment seul avec le détenu, sans caméras ni témoins, pour lui faire un peu peur.

— Je comprends. Vous êtes en train de l'interroger et, soudain, vous éteignez la caméra et vous demandez à l'agent qui prend les notes de sortir pour rester seul avec lui. Et vous le corrigez, c'est-à-dire vous le frappez.

— Quelque chose comme ça, reconnaît le vieillard.

— Et qu'est-ce qu'il s'est passé ?

— Il a changé d'attitude. Le petit agneau s'est transformé en démon. Et il m'a dit qu'il l'avait tuée.

— Avec ces mots ?

— Plus ou moins. – Il fait un effort pour se souvenir et semble avoir trouvé quelque chose : Non, il l'a dit d'une façon très étrange.

— Vous souvenez-vous des mots qu'il a employés ?

Salvador se penche vers l'avant. Ses pupilles bougent très vite. Puis s'arrêtent. L'homme hausse le menton et parle en récitant comme s'il était un acteur de théâtre interprétant un monologue.

— Je n'ai pas tué Lara. Je l'ai aidée à renaître.

— À renaître ?

— C'est ce qu'il a dit.

— On dirait la phrase d'un messie ou d'un gourou.

— Ou du démon. – Il se reprend. – Ce garçon était le démon. J'ai allumé la caméra et je lui ai demandé de répéter la phrase. Mais le démon s'était envolé. Il n'y avait plus que le petit ange qui n'avait jamais cassé une assiette de toute sa vie.

— Salvador, vous êtes certain de ce que vous me racontez ?

— Absolument. Il a prononcé cette phrase. Et j'ai su que c'était lui. C'est pour cette raison que j'ai mis le cheveu, pour qu'il n'y échappe pas. Qu'est-ce que c'est ?

Il signale le plafond. La moulure en plâtre. Le mur qui est plus sale qu'il ne devrait.

— Rien, le mur.

— Non, je parle des petits hommes qui se promènent par ici.

— Mariajo, tu vois des petits hommes sur le mur ?

— Moi, non.

— Il n'y a pas de petits hommes, Salvador.

— Ascensión ! Ascensión !

— Ascensión est à la maison, calmez-vous.

— C'est ici ma maison. Je veux que ma femme vienne.

— Vous pourrez parler avec elle demain, d'accord ?

Salvador regarde vers la porte avec une inquiétude manifeste ; mais il finit par s'apaiser.

— D’accord.

— Vous nous avez beaucoup aidés en vous souvenant de l’interrogatoire de Miguel Vistas. Vous savez qu’ils vont quand même le sortir de prison ?

— Comment, Miguel Vistas ? Non, ce que je vous ai raconté, c’était avec le gitan, avec le père.

— Le gitan ? C’est Moisés qui a dit que Lara allait renaître ?

— Oui, c’était le gitan. Il a dit cette phrase. C’est pour ça que j’étais si sûr que c’était lui.

— Allons Salvador ! Vous venez de me raconter que l’assassin, c’était Miguel Vistas et que vous en étiez convaincu.

— Miguel Vistas ? Je ne sais pas, peut-être. Je ne me souviens plus. L’un des deux m’a dit cette phrase. Mais si vous me laissez consulter mes notes…

— Ne vous inquiétez pas. – Elena se désespère. – Essayez de vous reposer un peu. Pour le moment c’est suffisant.

60

La bouteille de grappa est quasi vide. Les images de gens qui passent sous l'arche de la plaza Mayor commencent à tourner dans la tête d'Elena. Elle est épuisée. Elle voudrait se mettre au lit, mais elle a la sensation que ses pieds ne pourront pas la porter jusqu'à sa chambre. Si elle continue à visionner les photos de l'appareil, l'homme au visage marqué par la variole pourrait apparaître. Dès qu'elle arrête de regarder, elle craint qu'il n'apparaisse sur le cliché suivant. Elle décide donc de regarder un peu plus. Et tisse ainsi la boucle de son réseau de connexion vers l'infini.

Elle est habituée à voir ce défilé de visages pendant qu'elle somnole. Les petits hommes qu'a entrevus Salvador dans la salle des interrogatoires de la BAC. Elle ne souffre pas d'hallucinations, les petits hommes sont à l'intérieur d'elle depuis de longues années. Sur le manège de toutes ses nuits, l'arrière-goût de l'alcool dans la bouche, ils prennent les traits familiers des personnes qu'elle connaît. Le regard vague de Salvador Santos, les gestes aimables de son ex-mari à Urueña, si béats qu'ils ne peuvent être qu'irréels, l'orgueil souillé d'Ismael Rivero, l'angoisse attendue de Miguel Vistas en prison. Mais au premier plan de ces souvenirs, celui qui surgit avec le plus de force est le regard triste et vaincu de Zárate pour n'avoir pas su défendre son maître.

On sonne à la porte. Elena se demande si elle va réussir à se lever, si elle trouvera la force de pousser le verrou. À cette heure-ci, elle est sûre que c'est Zárate. Et quelque chose lui dit que ce n'est pas si mal de le recevoir ainsi, dans cet état désastreux.

Cela mettra leurs forces à égalité dans la discussion qu'ils ne manqueront pas d'avoir. Mais c'est Rentero qui rentre.

— Il est très tard ? dit-il en guise de salut.

Elena s'efface pour le laisser entrer. Elle ne prend même pas la peine de lui répondre par l'évidence, à savoir que l'heure de rendre visite à qui que ce soit est passée depuis longtemps.

— Comme tu ne m'appelles pas pour me raconter l'interrogatoire de Santos, je viens en personne écouter ton récit.

— Tu veux boire quelque chose ?

— Moi non. Et toi tu as assez bu.

— Tu as tout à fait raison.

— Qu'est-ce qui s'est passé avec lui ? Il a confessé ses péchés ?

— Entre deux délires, oui, il les a confessés.

— Tu lui as soutiré d'autres informations ?

— Tu sais pourquoi je suis bourrée ? Parce que j'ai de la peine pour cet homme. Qu'allez-vous lui faire maintenant ?

— Falsifier des preuves est un délit, mais ne t'inquiète pas. Cette maladie qui te fait tant de peine est sa meilleure protection. Il n'ira pas en prison.

— Même sans prison à la clé, il n'est pas en état d'affronter un procès.

— S'il a supporté ton interrogatoire, il pourra tout supporter, je t'assure.

— Ça ne me fait pas plaisir.

— C'est pour ça que tu es ivre.

Elena se laisse tomber sur le canapé. Rentero approche une chaise pour s'asseoir en face d'elle.

— J'ai parlé avec le juge d'application des peines Ils vont relâcher Miguel Vistas demain.

— Et tu ne feras rien pour l'en empêcher ? suggère-t-elle presqu'en suppliant. Un petit subterfuge de dernière heure ?

— Je me conforme au pacte auquel nous sommes parvenus. Il sortira en liberté surveillée. C'est une bonne manière de savoir s'il a des contacts avec un possible imitateur.

— Tu ne crois pas que pour cet accord tu aurais pu consulter la BAC ?

— Je ne crois pas. Mais il me semble juste que tu le saches, c'est pour ça que je suis venu.

— Tu es venu parce que tu veux savoir si ton ennemi juré a signé une confession. Tu veux juste une tête de turc.

— C'est l'image que tu as de moi ?

— Si à un moment, je te réponds en ronflant, ne le prends pas mal. Il est très tard.

— Je m'en vais. Nous parlerons demain.

Il se lève, se cogne contre un verre renversé sur le tapis.

— Ta mère sait-elle que tu vis encore ici ?

Elle répond par un ronflement.

— Quand vas-tu déménager, Elena ? Tu ne peux pas vivre comme ça, sans avancer…

Un nouveau ronflement dissuade le commissaire de continuer à poser des questions. Lorsqu'elle entend la porte claquer, Elena ouvre les yeux et regarde le plafond.

61

Elle gare sa Lada rouge dans la Piovera, devant la maison de Sonia Macaya. Elle veut lui annoncer en personne la libération imminente de Miguel Vistas, avant qu'elle ne l'apprenne par la presse. Elle se sent groggy après la cuite, la tristesse collée au corps. Elle pressent que la conversation ne va pas être agréable.

En sonnant à la porte, elle remarque combien sa gorge est sèche, bien plus que la normale. Elle a besoin d'un verre d'eau. Elle a besoin d'un bonbon à la menthe. Elle a besoin de se mettre au lit et de dormir plusieurs heures d'affilée. Personne n'ouvre. Elle imagine très bien Sonia hors de combat, étendue sur le canapé ou déjà au lit, sous médicaments.

Elle sonne à nouveau et attend. Elle entend des pas de l'autre côté. Elle entend le bruit de la clé dans la serrure. Elena a du mal à imaginer un visage autre que celui de Sonia, les cernes marqués, les joues enfoncées. Mais c'est Capi qui ouvre et qui la regarde avec sérieux, depuis le plus profond de ses yeux noirs. Son silence transmet beaucoup plus d'hostilité que n'importe quelle phrase plate qu'il aurait pu prononcer pour dire bonjour.

— Je voudrais parler avec Sonia, je peux entrer une minute ?

— Sonia n'est pas là.

Elle le regarde sans comprendre. Elle ne peut concevoir Sonia faisant une course ou revenant du marché. Elle doit être à la maison, traînant les pieds dans le couloir, attrapant avec des mouvements lents une tasse pour se préparer une infusion, recroquevillée sur le tapis, le dos appuyé sur le canapé et le regard perdu dans l'infini.

— Où est-elle ?

— Pourquoi voulez-vous le savoir ?

— Je dois parler avec elle, c'est important.

— Cessez de l'ennuyer, s'il vous plaît.

— Dites-moi où elle est, insiste Elena avec autorité.

Une lueur d'impatience brille dans les pupilles de Capi. Elena peut sentir les notes âcres de son haleine.

— À Moncloa. Je l'ai accompagnée là-bas ce matin. Je vais la chercher dans une heure. Vous pouvez revenir plus tard.

Capi ferme la porte. Elena conduit jusqu'au quartier de Moncloa, elle suppose que Sonia est dans le groupe de deuil. La présence de Capi dans la maison accentue son mal-être. Que fait-il là, s'appropriant la maison, la maison d'une gadji qu'il avait lui-même répudiée ?

Lorsqu'elle arrive devant l'immeuble, Sonia, en train de bavarder avec un groupe de participants aux sessions de thérapie, esquisse une grimace en la voyant s'approcher.

— Inspectrice…

Elle sourit maintenant avec langueur, mais elle est très pâle et est entourée d'un hâle de tristesse impossible à dissimuler.

— Je dois te dire quelque chose, Sonia. On peut parler seule à seule ?

Elles pénètrent dans une pièce quasi vide où seules quelques chaises ont été installées de manière à former un grand cercle.

— Il y a du nouveau ? demande Sonia.

Elena se souvient pendant une seconde de Juanito, le serveur roumain, l'homme qui donne des conseils. Quand on doit annoncer de mauvaises nouvelles, il vaut mieux aller droit au but. Sonia la regarde avec désolation.

— Ils vont libérer Miguel Vistas.

— Mais pourquoi ?

— La preuve qui a servi pour le condamner s'est révélée fausse. Ils vont le relâcher aujourd'hui, je voulais que tu le saches avant que l'information ne sorte dans les journaux.

Sonia se tait.

— Il va être surveillé constamment jusqu'à ce que se tienne un nouveau procès.

— Encore ? Un nouveau procès ? Je ne sais pas si je pourrai le supporter.

— Je sais que c'est difficile à accepter, mais si la justice croit qu'il y a un innocent en prison, son obligation est de le libérer.

— Tu crois qu'il est innocent ?

— Je crois qu'on l'a condamné sans preuves, admet l'inspectrice.

— Mais alors, tout le monde va croire que c'est Moisés l'assassin des filles.

— Sonia, je mettrai ma main au feu pour ton mari. Je sais que Moisés ne leur a fait aucun mal.

— Aide-moi, alors, supplie-t-elle. Ne permets pas qu'on accuse Moisés de les avoir tuées.

— Je te promets que je vais faire tout ce qui est en mon pouvoir pour trouver l'assassin.

Sonia acquiesce très lentement.

— Je dois y retourner. Une réunion va commencer. Merci de m'avoir avertie.

Elle se lève. C'est le moment de lui dire au revoir poliment et d'oublier pour toujours cette pauvre femme. Mais Elena ne peut s'empêcher de la retenir un instant de plus.

— Sonia... Je suis allée chez toi et c'est Capi qui m'a ouvert la porte.

— Oui, il m'aide beaucoup.

— Mais tu ne voulais rien avoir à faire avec eux. Ça m'étonne que tu aies changé d'avis.

— Je me suis trompée. Je n'aurais pas dû écarter Moisés de sa famille. Je crois que ça a été une des grandes erreurs de ma vie.

— Alors tout va bien ?

— Oui, oui, ça va. Capi ne va pas me laisser tomber. Il va s'occuper de moi. Et qu'est-ce que je peux faire d'autre ? C'est la seule famille qui me reste.

En conduisant vers la BAC, Elena pense à Sonia, au rejet viscéral qu'elle éprouvait pour Capi, à l'opportunité qu'elle aurait eue de commencer une nouvelle vie sans les regards accusateurs du clan de son mari. Il est impossible qu'il ne la culpabilise pas pour toute cette tragédie. Pourquoi ne s'enfuit-elle pas en courant ? Pourquoi ne coupe-t-elle pas pour toujours tous ces liens ? Elle ne comprend pas. Les êtres humains sont complexes et fragiles, c'est ce qu'on dit. Sonia a besoin d'un soutien pour continuer à avancer et elle l'a trouvé en Capi.

62

À dix heures, c'est la promenade : quarante minutes à tourner en rond dans la cour. Et c'est comme ça depuis quasiment le premier jour de son incarcération. C'est son seul exercice, pas comme certains de ses compagnons qui font de la musculation nuit et jour. La vie est tellement ennuyeuse ici, tout le monde devrait faire des exercices quotidiens, s'inscrire à un atelier, lire un moment dans l'après-midi et passer du temps à la bibliothèque pour étudier une nouvelle discipline. Pourtant, personne ou presque ne le fait. Le grand ennemi du détenu est l'apathie, qui s'étend jusqu'à tout contaminer.

Miguel Vistas a été un détenu exemplaire. Il sait que ce sont ses dernières heures en prison. À n'importe quel moment, un gardien peut apparaître et lui annoncer, enfin, la nouvelle de sa mise en liberté notifiée par le juge d'application des peines. Il aimerait être en train de marcher dans le patio, mais sa blessure au couteau l'élance et il doit se reposer. L'anxiété qu'il ressent en ce moment cohabite mal avec l'inactivité. Il tente de suppléer l'exercice physique par de la méditation.

Il sait faire. Cela fait sept ans qu'il consacre une demi-heure quotidienne à méditer. Au début ce n'était pas facile, ses pensées volaient librement, se posant sur n'importe quelle branche. Plus maintenant. Il parvient désormais à ne penser à rien, à décharger toute énergie, tout mouvement, tout poids. Il prend plaisir à cette légèreté. Il sait aussi sélectionner un détail proche et se concentrer sur lui, complètement. Une écaille de peinture sur le mur. Le bruit régulier d'une goutte sur le linoléum.

Mais c'est son dernier jour de réclusion et il n'arrive à se concentrer sur rien. Il est incapable de penser à quoi que ce soit. S'il avait un professeur de yoga, celui-ci le reprendrait pour avoir oublié aussi vite tout ce qu'il a appris. En sept ans de méditation, les essences de la vie se distillent. Miguel a acquis une nouvelle philosophie qui pourrait l'aider à avancer une fois la liberté recouvrée ; mais il se rend compte que rendre concrètes des pensées jusque-là abstraites ne va pas être évident. Il ne pensait pas qu'il aurait une seconde opportunité. Et maintenant qu'elle est là, il sent un vertige immense, proche de la peur.

Il devrait peut-être, pour ce dernier jour, essayer de méditer de façon plus légère. Revoir ces sept années passées ici. Dire au revoir à beaucoup de choses, remercier ce que la providence lui a permis de vivre. On passe sa vie à dire au revoir, à porter le deuil d'une époque, d'une personne, d'une activité qu'on veut abandonner. Miguel veut revoir chacune de ses expériences, il veut avoir un souvenir de tous les visages qu'il a connus pendant sa réclusion, il veut faire ses adieux à tout, il veut remercier.

Caracas est le seul auquel il veut vraiment faire ses adieux. Une fois terminée sa méditation, il se dirige vers l'atelier de photographie. Les détenus ont tendu un tissu noir entre deux poteaux et font des portraits avec ce fond. Miguel est ému de voir que c'est Caracas, un homme de peu d'initiatives, qui mène le jeu pendant cette session de photos. Comment doivent être les autres pour se laisser diriger de cette manière ?

— Je viens te dire au revoir. Ils me libèrent aujourd'hui.

Caracas acquiesce, ébauche un sourire rapide et se retourne vers les deux élèves de l'atelier pour leur donner des instructions. Comme si Miguel, en entrant sans prévenir, avait interrompu quelque chose d'important.

— Il faut faire confiance à la justice, ou au temps, comme tu préfères. Tôt ou tard il te donne raison.

— Tu marches sur la toile, tu vas la faire tomber, crie Caracas à un des détenus.

Miguel comprend qu'il est de trop. Il s'était imaginé des adieux très émouvants, mais c'est évident que Caracas l'a oublié, qu'il a déjà trouvé une nouvelle compagnie par pur instinct de survie. Il se fiche déjà de ce que peut lui dire Miguel, qui a cessé d'être sa référence morale, la bouée qui le maintient à flot. Il a l'air d'être un autre, plus sûr de lui.

— Je veux que tu saches que si je peux sortir de prison aujourd'hui, c'est grâce à toi, confie-t-il.

Caracas le regarde un instant, surpris par cette déclaration.

— Tu as été un soutien constant.

— Oviedo, c'est à toi de faire les photos. Cadre, ne place pas la figure au centre, réfléchis avant.

Caracas s'est tourné de nouveau vers ses compagnons de l'atelier comme si la présence de Miguel le mettait mal à l'aise. Il est clair qu'il a envie d'écourter les adieux le plus possible.

— Fais-moi une photo avec mon ami, demande Vistas. – Il s'approche de la toile de fond. – Toi, sors, dit-il au détenu qui cherchait la meilleure position pour poser.

Le détenu s'en va. Miguel appelle Caracas qui semble déconcerté.

— Je veux que tu gardes une photo souvenir de ton grand ami Miguel. Allez, viens.

Caracas se met à côté de Miguel. Il dit au photographe d'appuyer. Miguel lui passe le bras sur les épaules. Le flash les illumine.

C'est bon, il a fait ses adieux. Une fois dans sa cellule, il ôte son pansement et le jette dans la corbeille. La blessure doit encore finir de cicatriser.

À dix heures du soir, il commence à songer que le juge l'a oublié. Masegosa lui a assuré que sa libération serait notifiée aujourd'hui. Son avocat ne lui inspire pas grande confiance, plus intéressé par la plainte qu'ils vont déposer ensuite que par sa mise en liberté. Peut-être est-ce aussi un truc du juge, le magistrat veut le faire souffrir. Le sadisme caché des gens s'exprime aux moments où on s'y attend le moins. À minuit moins le quart, il entend des pas qui s'approchent. Collantes, le gardien qui lui montre le moins de sympathie, ouvre la porte et le regarde avec sérieux.

— Va voir dehors si j'y suis ! C'est l'heure de ramasser tes affaires.

Sa libération lui est annoncée comme ça, sans plus de formalité, comme si c'était une blague, sauf que personne ne rit.

Miguel n'a rien à ramasser. Cela fait dix heures qu'il attend et ses affaires sont prêtes.

Masegosa l'attend dehors. Il lui demande s'il sait où loger.

— Oui, j'ai un appartement. Mais avant, emmenez-moi au centre, dit Miguel. J'ai envie de voir des gens normaux.

63

— Je t'ai cherché dans le bar de karaoké et tu n'y étais pas, dit Zárate.

— Je n'ai pas envie de chanter.

Elena le laisse sur le pas de la porte et entre dans le salon. Elle ne l'a pas invité à entrer, mais elle ne lui a pas non plus fermé la porte au nez. Zárate le prend comme une permission. Il la suit jusqu'au salon. La table est couverte de photos de l'enquête. Les cadavres des deux sœurs gitanes, les images confisquées à Miguel Vistas dans sa cellule, les déclarations des suspects, les preuves. Il y a aussi une bouteille de grappa à peine commencée et une autre sur le sol, vide.

Elena s'assied à la table, prend la photo de Lara, puis celle de Susana. Elle les compare. Elle agit comme si elle était seule. Zárate remarque que les images tremblent dans ses mains. Ce n'est sans doute pas le meilleur moment pour parler avec elle. Mais on ne peut pas toujours choisir.

— Tu ne vas pas me regarder ? défie-t-il.

L'inspectrice pose les photographies et note quelque chose dans un cahier.

— On voit que tu as mauvaise conscience, insiste Zárate.

Il réussit cette fois-ci à ce qu'Elena le regarde.

— Es-tu sûr de vouloir cette conversation ?

— Pourquoi as-tu défendu les intérêts de Rentero ?

— Je n'ai rien fait de tel.

— Alors pourquoi cette fixation sur Salvador Santos, pourquoi couvrir de merde un pauvre vieillard malade ?

— Parce qu'il a mal fait son travail, parce qu'il a falsifié une preuve, parce qu'une enquête policière, il faut la faire convenablement si on veut que le système fonctionne.
— Qu'est-ce que tu gagnes en démontrant qu'il a commis une erreur ? Dis-le-moi, maintenant que tu étudies les pistes de l'enquête. Ça t'aide à avancer au moins ?
— Pourquoi défends-tu cet homme, Zárate ?
— Parce qu'il a été comme un père pour moi. Parce qu'il m'a tout appris.
— Y compris les mauvaises pratiques.
— De quoi parles-tu ?
— Tu m'as volé une enveloppe contenant une information dans le cadre de l'enquête Lara. Tu crois que je ne m'en suis pas rendu compte ?
— Je pensais la remettre dans le dossier.
— Tout ce que tu as fait, c'est me montrer la voie. Je savais qu'il y avait quelque chose qui clochait dans l'enquête sur la mort de Lara, mais je ne savais pas quoi. Quand j'ai vu que tu avais emporté le rapport de la police scientifique, j'ai compris que je devais me concentrer sur ça.
— Et donc tu m'as tendu un piège.
— Tu es plus naïf que je ne pensais. Mais non, je ne suis pas si futée. C'est le hasard.
— Et la séduction, cette nuit-là, faisait partie du jeu ? Tu devais coucher avec moi, pour ensuite faire semblant de dormir et me laisser le chemin libre. C'est ça ?
Elena le regarde avec froideur.
— Je pensais que je te plaisais un peu, dit Zárate avec peine.
— Ne te flagelle pas, ça m'a plu de coucher avec toi. Une chose et l'autre n'ont rien à voir.
Il ébauche un sourire sarcastique. Il commence à la connaître, il sait qu'elle n'essayera pas de relancer leur relation. Peut-être même qu'au contraire, son humour autodestructeur ajoutera un peu de sel sur la blessure.
— Tu aurais pu au moins être sincère avec moi.
— Et alors je n'aurais pas trouvé le point noir dans l'enquête sur Lara.

— Je veux dire que tu aurais pu me parler de tes doutes sur Salvador Santos. On aurait pu réfléchir ensemble à la meilleure manière de résoudre le cas.

— Tu m'aurais écoutée ? Tu ne pensais qu'à protéger Santos.

— Au moins, ça m'aurait épargné une arrestation absurde juste pour m'éloigner de la brigade.

— Aucune arrestation n'est absurde.

— Celle de Camilo n'est pas absurde ?

Il prend une photographie sur la table qui montre Camilo Cardona en prison. Zárate signale le moignon du bras gauche.

— Il a un bras amputé, putain. Comment pourrait-il tuer Susana de la manière dont elle a été tuée ?

Elena observe la photographie de Camilo avec ses tatouages. Elle remarque celui qu'il a sur la poitrine.

— S'il conduit des voitures de course, il est capable de tuer.

— En perçant des trous dans un crâne ? Impossible de le faire d'une seule main.

— De toute façon tu te fiches bien de ça. Tu es écarté de l'affaire.

— Quoi ?

— Tu as bien entendu, maintient fermement Elena. Tu peux retourner à ton commissariat de Carabanchel. Je suis sûre que tu leur manques.

— Tu ne vas pas m'écarter de l'enquête juste parce que ma présence te gêne.

Elena se lève d'un coup, et, dans le mouvement, une mèche de cheveux se balance devant son visage.

— Va-t'en, ne remets plus un pied chez moi ni dans la brigade.

— Je ne partirai pas sans que tu me dises pourquoi tu me chasses.

— Tu as volé un élément de l'enquête pour protéger un policier corrompu. C'est une faute grave.

— Je l'ai fait pour des raisons personnelles que je t'ai expliquées.

— Il y a huit ans, mon fils a été enlevé. La police n'a pas activé le protocole de recherche à temps, elle n'a pas diffusé le portrait du suspect que je leur avais remis moi-même, ils n'ont pas révisé le fichier de pédophiles qui est enregistré, et tout ça par paresse, par négligence et par manque de professionnalisme. Depuis, je me suis juré à moi-même que je ne tolérerais pas une seule irrégularité dans mon travail. Et donc ne me demande pas de regarder de l'autre côté et d'agir comme si rien n'avait d'importance ou comme si tout était égal. Parce que ça ne l'est pas.

Zárate la regarde en silence. Elena s'essouffle de rage. La mèche de cheveux oscille lentement. Sans rien dire, il se retourne et s'en va.

L'inspectrice se sert un verre de grappa et le vide d'un trait. Elle s'assied. Elle fixe la photographie du prisonnier. Quelque chose attire son attention. Un serpent enroulé sur lui-même.

Elle prend maintenant les autres photographies des autopsies. Elle regarde les incisions dans le crâne. Elles sont très semblables. Elles sont circulaires mais n'ont rien de particulier.

Elle localise les photos confisquées dans la cellule de Miguel et les dispose une par une. Et soudain, elle voit ce qu'elle n'avait pas vu. Des cercles. Des cercles partout. Miguel Vistas a photographié l'éclipse du Soleil, des fleurs ou des bouquets qui forment les anneaux olympiques, le tour d'une tasse de café sur une table et la poitrine de Camilo avec un serpent qui s'enroule sur lui-même.

Elena regarde les incisions sur le crâne des gitanes.

Des cercles.

64

Camilo Cardona vit dans un appartement du quartier de Vallecas avec deux autres Colombiens. Les murs sont remplis d'affiches sur la Colombie ou de voitures de sport. Il reçoit Elena avec méfiance, mais se détend quand il voit qu'elle connaît les modèles de voitures. Elle lui demande de s'approcher de la fenêtre et lui montre la Lada Riva garée dans la rue. Une voiture soviétique, de collectionneur. Celle qu'elle utilise pour bouger dans Madrid.

— Je ne la connais pas, dit Camilo. Elle n'a pas l'air d'aller très vite.

— Je n'ai pas besoin d'aller vite. Je ne participe pas à des courses illégales.

Camilo recommence à se méfier. Lorsqu'elle a sonné à la porte et s'est présentée comme inspectrice de police, il a pensé qu'on venait l'arrêter en raison de sa passion pour les courses. Ensuite il s'est détendu, en observant l'enthousiasme avec lequel elle regardait ses posters. Et tout à coup, cette référence au côté illégal de son penchant pour la vitesse. Elle joue avec lui ? Que veut-elle ?

Elle remarque qu'il se renferme et tente de le tranquilliser.

— Raconte-moi pourquoi tu t'es fait un tatouage sur la poitrine.

— Le serpent ? C'est un truc de la prison, c'est mon compagnon de cellule qui m'a convaincu. Mais maintenant je regrette et je voudrais bien me l'enlever.

— Pourquoi veux-tu l'enlever ?

— Mes amis ne l'aiment pas. Ils disent qu'on m'a lavé le cerveau.

— Pourquoi n'aiment-ils pas ton tatouage ? Moi, il me semble joli.

Camilo la regarde quelques secondes, pensif.

— Je vais vous montrer quelque chose.

Il la conduit par un couloir étroit qui débouche sur une grande chambre matrimoniale. Il y a deux lits individuels séparés par un petit autel avec des images de la Vierge. Il y a une sculpture polychrome, des tableaux bibliques partout, des crucifix sur les têtes de lit.

Mes compagnons dorment ici, mieux vaut qu'ils ne se rendent pas compte qu'on est entrés. Mais comme vous pouvez voir, ils sont très religieux.

— Et toi, tu dors où ?

— Je dors ici.

Il ouvre une porte située à la hauteur où le couloir forme un coude. Elena dissimule le choc que lui cause la pièce. Elle est décorée avec des dessins et des gravures qui représentent tous la forme du cercle. Il y a un dessin encadré qui montre un homme attaché à un pieu avec un rat qui lui sort des tripes.

— J'ai changé de religion. Et ça ne plaît pas à mes amis.

— Quelle est ta religion ?

— Le mithraïsme, vous connaissez ?

— Non.

— C'est antérieur au christianisme.

Elena sent un frottement sur ses jambes. Elle reste paralysée par la terreur en voyant un énorme serpent qui s'enroule sur son mollet.

— Ne vous inquiétez pas, il ne vous fera aucun mal, on lui a enlevé son venin.

— C'est légal d'avoir un tel serpent dans un appartement ?

— Aucune idée. – Camilo se penche, attrape le serpent avec son unique main et le met dans un terrarium qui se trouve dans un des coins de la chambre. – Je le lâche de temps en temps, pour qu'il me nettoie la chambre des insectes.

Elena tente de surmonter sa peur.

— Le serpent a à voir avec cette religion ?

— C'est un symbole. Mes amis ont la Vierge et moi j'ai le serpent.

— Mais alors pourquoi dis-tu que tu regrettes le tatouage ?

— Parce qu'ils ont cessé de me parler. Ils disent que je suis devenu fou. Et qu'est-ce que vous voulez que je vous dise ? Entre cette merde et mes amis, je préfère mes amis.

— Bon, tu n'es pas un cas complètement perdu, alors. Et qui t'a parlé de cette religion ?

— Mon compagnon de cellule. C'était un fanatique.

— Miguel Vistas ?

— Oui. Tous les jours il se mettait à méditer et à réciter des phrases à voix haute ; je vous jure que ça me donnait la chair de poule.

— Je croyais que tu l'admirais et qu'il était ton meilleur ami.

— Il l'était, en prison. Et après aussi, même si le temps dehors passe d'une autre façon. J'admirais Miguel Vistas et il m'a beaucoup appris. Sans lui, peut-être que je n'aurais pas survécu. Mais quand il commençait avec ses phrases…

— Qu'est-ce qu'il disait ?

— Je ne comprenais rien, c'était une langue étrangère.

— Et il te parlait de cette religion ?

— Tout le temps. Il disait que c'était la seule religion qui comptait. Il me parlait des symboles, du serpent et de je ne sais combien d'autres choses. Je n'ai pas tout compris, mais il m'a convaincu.

— Et il t'a demandé de te tatouer un serpent ?

— C'est lui qui m'a fait le tatouage. Je ne sais pas d'où il a sorti les aiguilles et l'encre, mais je ne lui ai même pas demandé.

Elena marche dans la pièce. Elle sursaute en entendant le sifflement du serpent, mais il est enfermé dans un bocal en verre. Elle remarque un parchemin avec les commandements du mithraïsme. On ne meurt pas, on renaît. Il n'y a pas d'effort inutile. Tout peut être sacrifié. La mort d'un être est l'aliment d'un autre. L'obscurité est lumière et la lumière obscurité.

Elle observe le dessin du rat, un long moment, dégoûtée.

— Il aimait ça aussi. Les tortures qu'on faisait dans l'Antiquité.

— Et donc il aimait les tortures, dit Elena pour elle-même.

— Je fais encore des cauchemars en me souvenant de ce qu'il me racontait.

Elena acquiesce pendant qu'elle regarde le dessin.

— Je dois m'en aller. Tu m'as beaucoup aidé.

Pendant qu'elle emprunte le couloir, elle sort son téléphone portable et fait un numéro. Mariajo répond.

— Mariajo, c'est urgent. Je veux que tu enquêtes sur une religion antique qui s'appelle mithraïsme. Et sur le serpent comme symbole.

— Qu'est-ce qui t'arrive ? dit la voix de Mariajo à l'autre bout du fil. Tu as l'air très agitée.

— J'ai mes raisons, ma chérie. Je crois que nous avons relâché l'assassin.

65

— Le mithraïsme est une religion perse qui voue un culte à un dieu solaire, explique Mariajo. Elle est antérieure au christianisme, qui reprend certains de ses éléments.

— Par exemple ?

— Par exemple le salut ; ou la célébration de la naissance du Christ le 25 décembre. La Bible ne donne pas de date. Il est, en revanche, établi que le dieu Mithra est né ce jour-là.

— Établi par quoi ? Il n'y a aucun document, Mariajo, parlons avec précision.

C'est Buendía qui introduit la nuance. Il était lui aussi au siège de la BAC lorsqu'Elena a appelé pour leur demander cette recherche urgente et il a passé la matinée à se documenter sur Internet.

— Il n'y a pas d'écrits sur cette religion, seulement des traces sculpturales ou archéologiques. Des tables de pierre trouvées en Turquie il y a cent ans.

— On parle du ve siècle avant Jésus-Christ, précise Mariajo.

— Il y a quelque chose dans cette religion qui peut nous faire penser aux assassinats des gitanes ?

— Il faudrait être fou pour faire une telle association. L'animal sacré est le taureau, Mithra le capture et le sacrifie pour donner la vie.

— Le taureau ? Je pensais que c'était le serpent.

— Non, mais le serpent qui se mord la queue symbolise bien la principale croyance de cette religion. Le serpent se mange lui-même pour s'alimenter. Il détruit la vie pour la régénérer.

— Je ne l'ai pas tuée, je l'ai fait renaître, murmure Elena pour elle-même.

Mariajo acquiesce en reconnaissant la phrase. Buendía les regarde fixement.

— Salvador Santos m'a raconté que cette phrase lui a été dite par un suspect dans l'affaire Lara.

— Quel suspect ?

— Il ne se souvient pas si c'est Vistas ou Macaya.

— Ça doit être Vistas, cette phrase cadre avec ses obsessions pour le mithraïsme, dit le légiste.

— Ce que je ne comprends pas, c'est comment quelqu'un peut pratiquer une religion qui a disparu il y a plus de quinze siècles, s'étonne Mariajo.

— Plus. Tu n'as pas dit que c'est antérieur au Christ ?

— Mais elle a pénétré dans l'Empire romain et a compté des fidèles jusqu'à ce que l'empereur Théodose bannisse tous les cultes religieux, à l'exception du christianisme.

— N'importe qui peut prêcher une religion morte, dit Buendía. Il suffit d'avoir complètement perdu la tête !

— Camilo, le dernier compagnon de cellule de Miguel Vistas, dit qu'il était complètement fou.

— Mais tu as parlé avec lui plus d'une fois et tu n'as pas eu cette impression, signale Buendía.

— Non, mais les fous peuvent être très intelligents.

— Ce que nous n'avons pas trouvé, c'est le lien entre le mithraïsme et les vers.

— Les vers se nourrissent d'un cadavre, c'est ça qui a à voir avec ce que vous me racontez, dit Elena.

— Il y a un lien possible, ajoute Buendía. – Il se met à taper dans le moteur de recherche jusqu'à trouver quelque chose. – Le "scaphisme", c'est une méthode de torture de l'Antiquité. Utilisée par les Perses. Ça vous dit quelque chose une caisse avec cinq trous ?

Mariajo et Elena nient avec une grimace, comme anticipant un récit répugnant.

— On mettait le prisonnier dans cette caisse. La tête sort par un trou et les bras et les jambes par les quatre autres. On le couvre de miel pour attirer les mouches. Les insectes s'introduisent dans une blessure ouverte, pondent des œufs et les larves mangent le pauvre diable vivant.

— Quelle merveille, ironise Mariajo.

— Mais c'est exactement ce qu'a fait l'assassin avec les vers.

— Oui. Je crois bien que notre assassin connaît le scaphisme.

— Et pourquoi ne m'en as-tu pas parlé avant ?

— J'ai lu ça ce matin, quand tu nous as demandé de chercher des infos sur le dieu Mithra. Cela m'a mené en Perse et au scaphisme. Et je pense que c'est ce qui est arrivé à l'assassin. Il s'est rendu d'un site à l'autre et s'est bâti une religion à sa mesure avec les tortures, la mort comme renaissance et les serpents qui se mordent la queue.

— Mais pourquoi faire une chose pareille ?

— Je ne sais pas. Mais il aime les cercles, n'est-ce pas ? L'ouroboros. – Il se rend compte qu'Elena est perdue. – Le serpent qui se mord la queue. C'est un symbole très vieux, ce cercle s'appelle ouroboros, répète-t-il.

Il montre un dessin sur l'ordinateur. Elena voit un cercle épais de deux couleurs. En observant bien, elle découvre qu'il s'agit d'un serpent enroulé sur lui-même.

— J'ai déjà vu ce symbole quelque part.

— Le tatouage de Camilo, signale Mariajo.

— Dans la maison de Jáuregui, réalise Elena. Il y avait un livre qui portait ce symbole sur la tranche. Je n'y ai pas fait attention parce que je ne savais pas de quoi il s'agissait.

— Pourquoi l'avocat de Vistas aurait-il un livre sur le mithraïsme ?

— Je ne sais pas. Au pire, il s'est rendu compte que son client était obsédé par cette religion et il a eu envie de s'informer au cas où le thème serait abordé pendant le procès.

— J'ai vu ce symbole ailleurs, dit Buendía.

— Où ça ?

— Sur les cadavres. Je ne sais pas pourquoi je ne m'en suis pas rendu compte avant. Pour introduire une larve de mouche dans le cerveau, une seule petite incision suffit.

— Et ce sont des incisions circulaires, des ouroboros, conclut Elena. La marque de l'assassin.

66

Chesca et Orduño sont les premiers à arriver dans le quartier de Cuatro Caminos. Ils ont reçu l'ordre de l'inspectrice Blanco et se limitent pour l'instant à surveiller la porte. Elena arrive vingt minutes plus tard, accompagnée de Buendía.

— Restez là, de garde, au cas où l'avocat voudrait s'échapper. Nous allons monter, Buendía et moi.

Elena note que le légiste s'essouffle en montant les trois étages à pied. Il est en moins bonne forme qu'elle ne le pensait. Ils sonnent et attendent. Personne n'ouvre. On n'entend rien de l'autre côté de la porte. Elena tente de ne pas penser à Zárate. Il trouverait le moyen d'entrer dans la maison sans mandat judiciaire et se chargerait plus tard de l'obtenir, au cas où ils trouveraient un élément intéressant à verser au dossier. Mais elle ne peut pas céder à ses impulsions. Elle doit s'en tenir au respect scrupuleux de la loi.

Ils ont presque abandonné quand Jáuregui ouvre la porte. Il transpire à torrents et a vraiment mauvaise allure : le visage pas rasé, les vêtements tachés de nourriture, un pan de chemise en dehors du pantalon.

— Inspectrice, dit-il pour saluer.

Il sourit avec un air nerveux. Elena se tient sur ses gardes, elle reconnaît cette attitude, proche de l'explosion émotionnelle.

— Vous allez bien ?

— Parfaitement bien, entrez, s'il vous plaît.

Le sol du salon est un monceau de papiers, livres, vêtements, cintres et coussins. Sur un séchoir pendent deux caleçons.

— Je ne vous attendais pas, s'excuse Jáuregui qui les suit en traînant ses pieds nus, comme si un boitement l'empêchait de marcher normalement.

Elena localise le livre qui les intéresse. Effectivement, le dessin d'un ouroboros se trouve sur la tranche.

— Vous savez qu'on a relâché Miguel Vistas ?

— J'en suis très content. C'est une nouvelle extraordinaire.

— Je peux jeter un coup d'œil à ce livre ?

— Quel livre ?

— Elena le lui montre. C'est Buendía qui le prend et le lui tend. *Les Cultes à mystères dans l'Antiquité*, de Walter Burkert.

— Vous vous intéressez à ces thèmes ?

— Aux religions antiques en général, dit l'avocat. C'est intéressant.

— Je crois que Miguel Vistas s'y intéressait aussi.

— On en a parlé quelques fois, oui.

Buendía prend le livre, le feuillette. Il s'arrête sur l'illustration d'un serpent qui se mord la queue.

— Ce dessin me paraît familier.

— C'est un ouroboros, explique Jáuregui. Un symbole mystérieux vieux de plus de trois mille ans.

Trois ou quatre mouches volettent dans la pièce. L'une d'elles se pose sur le visage de Jáuregui, mais il ne la chasse pas.

— Si vous le permettez, je vais mettre des chaussures.

Il se perd dans le couloir et entre dans sa chambre. L'inspectrice et le légiste se regardent et avalent leur salive. Elena prend un autre livre, *Les Masques de Dieu*, de Joseph Campbell. Ils observent une image du dieu Mithra sacrifiant le taureau. Des semences de blé jaillissent de la blessure de l'animal. Buendía trouve un autre volume intéressant, un essai sur le paganisme en Occident.

— Notre avocat est un expert sur ce thème. Ces livres sont rares. Je suppose qu'il a dû avoir du mal à les trouver.

— Ou quelqu'un les lui aura commandés, doute Elena.

Jáuregui revient au salon. Il a enfilé des chaussures de sport, sans doute la première paire qu'il a trouvée dans l'armoire.

— Je dois sortir faire une course. Vous pouvez rester là si vous voulez, regardez bien partout.

Elena cache la stupeur que lui cause cette proposition.

— Monsieur Jáuregui, avant que vous ne partiez, nous aimerions vous poser quelques questions. Il y en a pour quelques minutes.

— Nous parlerons plus tard. Mais restez ici et remuez tout. Dans la cuisine il y a des choses.

— Comment pouvons-nous rester chez vous si vous vous absentez ?

Buendía est pensif.

— Que voulez-vous dire par "il y a des choses dans la cuisine" ? demande-t-il.

— Que vous pouvez prendre ce que vous voulez.

Jáuregui se dirige vers la porte. Elena fait mine de le suivre, mais Buendía l'attrape par le poignet. Une fois l'autre parti, elle fait face à son collègue.

— Qu'est-ce que tu fais ? On ne peut pas rester ici sans mandat.

— Il nous a donné l'autorisation.

— Ça, personne ne le croira.

— Il nous a donné une piste, Elena. Il nous a dit de regarder dans la cuisine.

Elena prend son portable et cherche un contact dans l'agenda en s'approchant de la fenêtre du salon.

— Orduño, le suspect est en train de sortir par la porte. Ne le quittez pas d'une semelle, je veux savoir où il va.

Elle raccroche. Elle entend Buendía chercher dans la cuisine.

— Tu vas te préparer un café ?

— Je veux en avoir le cœur net.

Buendía ouvre tiroirs et armoires. Dans l'une d'elles il trouve ce qu'il cherchait. Un bocal rond en verre avec un couvercle. Dedans, il y a des restes d'œufs et de bouts de viandes posés sur une base en métal.

— C'est là, Elena.

— Qu'est-ce que c'est ?

— C'est une boîte de Petri. Un outil de laboratoire qu'on utilise pour analyser des cultures et aussi pour élever des champignons, des bactéries et d'autres organismes.

— Des larves, par exemple ?

— Par exemple. Regarde.

Il montre un petit réfrigérateur avec un régulateur de température.

— C'est un incubateur. Réglé sur trente-cinq degrés de température et soixante d'humidité relative. Exactement ce dont a besoin le ver cannibale.

— Le ver qu'on a trouvé sur les cadavres ? Tu en es sûr ?

— Absolument. Et ces mouches qui volettent partout proviennent de ces vers.

— Putain…

Elena sort de la cuisine, et compose un numéro sur son portable.

— J'allais t'appeler maintenant, Elena.

— Changement de plans, Orduño. Arrêtez-le. Arrêtez Jáuregui immédiatement.

— On ne peut pas.

— C'est lui, Orduño, on a trouvé l'élevage de vers. Arrêtez-le immédiatement.

— Il s'est rendu.

— Comment ?

— Il est entré dans un commissariat.

— Et comment sais-tu qu'il s'est rendu ?

— Chesca est à l'intérieur. Attends…

Elena attend quelques secondes qui lui semblent être des heures, elle s'impatiente.

— Orduño ?

Personne au bout du fil.

— Que se passe-t-il ? crie-t-elle.

Elle a envie de jeter le portable contre le mur, mais elle se retient. Buendía sort de la cuisine, alerté par les cris d'Elena.

— Elena ?

— Oui, Orduño.

— Pardon, j'étais en train de parler à Chesca. C'est confirmé, Jáuregui vient de se rendre au commissariat de Tetuán. Et il dit qu'il est l'assassin des deux sœurs Macaya.

V

ET SI DEMAIN… ?

Et si demain
et je souligne le "si"
à l'improviste
tu te perdais
j'aurais perdu le monde entier,
non seulement toi…

L'enfant est en train de mourir. Son corps est rempli d'asticots. Lorsqu'il en sent un qui bouge au bord de ses lèvres, il sort la langue pour le mettre dans sa bouche. Il aime sentir le chatouillis que fait le ver, avant de l'avaler. De temps en temps, il écarte les larves qu'il a sur le pied pour voir où en est leur travail de destruction. Il y a déjà un gouffre avant le gros orteil. Quelques jours de plus et les vers parviendront à l'os.

Il ne s'intéresse plus au chien, comme quelqu'un qui se lasse de son meilleur ami. S'il tend l'oreille, il a l'impression d'entendre un murmure extasié des bestioles sur ce corps ; mais ça lui est égal. Il est maintenant fasciné par ce qu'elles font à son propre pied. Il commence à avoir de l'affection pour les vers. Les observer est devenu son seul passe-temps.

Il perd la tête et ne distingue plus le rêve de la réalité. Il est sûr qu'il a fait un tour dans la campagne ce matin, mais il a seulement rêvé. Des souvenirs heureux lui parviennent, comme les quatre jours qu'il a passés à la plage avec ses parents. Et soudain il se retourne d'un côté et de l'autre, cherchant dans le hangar la ligne de l'horizon, le point exact où celle-ci se confond avec la mer.

Dans une des caisses en carton, il a trouvé une bouée dégonflée avec un serpent vert dessiné. Il rêve beaucoup de ce serpent. Il est convaincu que c'est la mère de tous les vers qui parcourent son corps. Une mère généreuse qui leur a demandé d'aller faire des chatouilles à l'enfant malade.

Il est en train de mourir, mais il ne le sait pas. Il est encore capable d'évoquer des moments de joie, de penser à ses parents, d'ébaucher un sourire de bonheur ; mais à chaque minute qui passe, il s'éteint un peu plus.

Sa respiration est faible et de plus en plus espacée. Ses paupières se ferment. Les muscles se relâchent et le peu d'énergie qui lui reste s'échappe par les pores de sa peau. Il s'évanouit.

C'est bon. Il a résisté autant qu'il a pu. Il a mangé de la chair de chien, son propre vomi, les vers. Il a léché les canalisations à la recherche d'eau.

C'est encore un enfant.

Il s'accroche à la vie avec le peu de forces qui lui restent et convertit l'évanouissement en somnolence. C'est au milieu de ce sommeil léger qu'il entend quelqu'un ouvrir la porte et aussi des pas qui résonnent dans le hangar. Il ouvre les yeux avec un immense effort. La lumière ténue lui permet de deviner une ombre.

C'est la silhouette d'un homme corpulent.

L'enfant s'évanouit avant de voir son visage.

Où est Victoria ? Où est Victoria ?

Il tente de le dire, mais les mots ne sortent pas de sa bouche. Il est resté inconscient une journée entière. On lui a donné de l'eau, des infusions, du lait. On l'a hydraté. On a nettoyé sa blessure.

Où est Victoria ?

Il bouge les lèvres, mais il ne peut pas parler. Il est très faible. Il distingue les silhouettes d'un homme et d'une femme de taille moyenne. L'homme porte une soutane noire.

Où est Victoria ?

La femme dit qu'il y a une ambulance en chemin, elle lui prend la main et la couvre de baisers, elle lui promet qu'il va aller bien. L'enfant veut leur dire qu'ils n'auraient pas dû nettoyer sa blessure, que les chatouilles des vers sur tout son corps lui manquent.

67

Cela n'a pas été difficile de faire avouer Antonio Jáuregui ; l'inspectrice a l'impression qu'il avait envie de le faire, et que plutôt que de s'inculper, il se libérait de sa culpabilité par un torrent de paroles. Elle est seule avec lui, même si elle sait que les caméras enregistrent toute leur conversation, ainsi que leurs mouvements. Ses collègues écoutent et observent l'interrogatoire sur un écran. Ce que raconte Jáuregui, mais aussi ses gestes et ses doutes, la façon dont il regarde droit devant lui, ou vers ses mains. Ils analysent tout et avec talent. Si un détail lui échappait, ils le lui diraient dès qu'elle quittera la pièce.

— Je les ai tuées, toutes les deux, Lara aussi. J'étais obsédé par elle, je l'avais vue danser le flamenco dans une académie près d'Antón Martín. Savez-vous combien elle était belle ? Depuis le premier jour où je l'ai vue elle m'a obsédé. Je la suivais, je l'espionnais, j'osais chaque jour m'approcher un peu plus, parfois j'aurais même pu la toucher. Mais je n'ai jamais osé lui parler, seulement la regarder. J'ai rôdé plus d'une fois dans son quartier, je me tenais sur le trottoir d'en face et je la voyais se déshabiller à contre-jour par la fenêtre de sa chambre… Jusqu'à ce que je la voie sortir du studio de Miguel Vistas… Elle avait son voile de mariée dans la main. Elle allait se marier ! Je ne pouvais pas supporter qu'elle le fasse avec un autre homme…

— Et Susana ? Vous l'avez tuée pour les mêmes raisons ?

Elena se sent mal à l'aise, elle est en train d'obtenir une confession, cela suffirait à archiver le dossier et à donner une médaille de plus à la brigade d'analyse de cas, mais elle ne croit rien de ce que raconte l'avocat. Elle est sûre qu'il est bien l'assassin de

Susana, les indices sont suffisants : la trace de chaussure de taille quarante-cinq, la déclaration du Borgne qui parlait d'un homme corpulent, le matériel trouvé dans son appartement et, en plus, cette confession. Tout cadre et, cependant, elle ne peut oublier les différences certaines qu'il y a entre la mort de Lara et celle de Susana, assez pour penser que le responsable n'est pas la même personne. Elle doit trouver les preuves qui confirment ses impressions et elle doit surtout découvrir le pourquoi, le pourquoi des mensonges et le pourquoi de la mort des deux gitanes.

— J'ai attendu qu'elle grandisse, qu'elle ressemble à sa sœur. Susana ne ressemblait pas à Lara, mais c'était la seule femme au monde qui pouvait me faire penser à elle, à la femme que j'aimais. Et, lorsqu'elle a été sur le point de se marier, j'ai pensé qu'il était temps qu'elle suive les pas de Lara. Je l'ai espionnée pendant sa fête d'enterrement de vie de jeune fille, je l'ai suivie lorsqu'elle s'est séparée de ses amies et je l'ai mise dans ma fourgonnette. Ensuite je l'ai emmenée à la Quinta de la Vista Alegre. Le reste, vous le connaissez…

Elena se tait, étudie les papiers devant elle, tous les dossiers que lui ont donnés ses collaborateurs. Elle va bousculer Jáuregui, elle va lui faire réviser tous les pas, point par point, jusqu'à ce qu'il commette une erreur.

— Nous savons tout, mais nous voulons le corroborer avec vous. Les incisions du crâne… Il y en avait trois ?

— Trois, en forme d'ouroboros, un serpent qui se mord la queue, répond Jáuregui, tandis qu'Elena a la sensation qu'il a tout appris par cœur.

— Trois, ça pourrait être un simple triangle, ça dépend comment on regarde, suggère Elena.

— C'est un ouroboros, un des symboles du mithraïsme.

— Je ne sais pas grand-chose du mithraïsme. On en parlera après. Si vous m'expliquez, je deviendrai peut-être aussi une adepte. Mais revenons aux incisions. Vous les avez faites avec une roulette de dentiste, comme pour Lara ?

— Non, pour Lara, elles ont été faites avec une vrille, je n'avais pas de perceuse.

Jáuregui n'est pas tombé dans le premier piège que lui a tendu Elena, elle doit continuer.

— Il y a quelque chose qui me frappe : pourquoi leur avez-vous donné du diazepam ? Pour leur épargner la douleur ? J'ai une question : si vous ne vouliez pas qu'elles souffrent, quel est le sens d'une mort si cruelle ?

— Ce n'était pas pour leur éviter la souffrance, mais pour les maintenir immobiles.

Bouge-t-on beaucoup pendant que les vers "cannibales" vous bouffent le cerveau ? Qui sait ? Parle-t-on lorsqu'on est en train de mourir ? Peut-on se rendre compte de ce qui vous arrive ? se demande Elena.

— Il est remarquable que vous ayez donné du diazepam aux sœurs.

— J'ai appris avec Lara, elle bougeait tant...

— En réalité, c'est un détail, mais un détail important... qui va peut-être nous permettre de savoir si vous dites la vérité ou si vous mentez.

Jáuregui reste silencieux, il regarde par terre, ne se vante pas, ne semble pas fier de les avoir assassinées. Blanco regarde vers la caméra, elle ne dit rien, mais ses collègues ont compris qu'elle avait trouvé ce qu'elle voulait.

— On n'a pas administré de diazepam à Lara, se rend compte immédiatement Buendía.

Tout le monde acquiesce, Jáuregui n'est pas tombé dans le premier piège, celui de la perceuse, mais dans le second, celui du diazepam, si.

— Bravo inspectrice ! Elle l'a eu. Il n'est pas l'assassin de l'aînée, seulement de la plus jeune. Il ne connaît de la mort de Lara que ce qu'on lui a raconté, se félicite Chesca.

— Il sait tout ce qui a été dit au procès, en plus de ce qu'on lui a raconté. On n'a pas parlé du diazepam alors ? s'étonne Orduño.

— Lors d'un procès on ne parle pas de ce qu'on ne trouve pas. Mais tais-toi, je connais Elena, elle va sûrement lui poser aussi la question du sac.

Buendía se concentre de nouveau sur l'écran.

Elena n'a pas changé d'expression face à Jáuregui. Elle est prête à continuer à lui arracher toutes les incohérences de son discours une par une.

— Dans les deux cas tu leur as caché le visage avec un sac en plastique. – Elena frime devant Jáuregui, comme si elle avait pu entendre les battements de cœur accélérés de Buendía. – Ça, seul l'assassin pouvait le savoir, car nous n'en savions rien nous-mêmes. La découverte du sac nous avait fait croire que nous tenions quelque chose, une différence dans la manière de tuer les deux filles qui faisait donc penser à des assassins distincts. Puis, en analysant les photos de la mort de Lara, nous avons trouvé un sac à moitié caché dans un coin. Les enquêteurs de l'époque ne lui avaient pas accordé d'importance et ne l'avaient pas ramassé, mais c'était la preuve : un seul assassin.

Jáuregui se tait, perdu, ne sachant que répondre. Elena est consciente que, de l'autre côté de la caméra, ses compagnons savent ce qu'elle cherche avec ce mensonge.

— Tu ne veux pas me dire pourquoi tu leur as caché le visage ?

— Je ne voulais pas voir leur expression changée par la souffrance, je voulais me souvenir de leur beauté, dit l'avocat en dévoilant la vérité sur la mort de Susana, une preuve supplémentaire qu'il n'était pas responsable de la mort de Lara.

Elena n'a pas besoin d'en entendre davantage, mais seulement de collecter plus d'indices qui pointent la culpabilité de Miguel Vistas.

— Et comment as-tu réussi à faire mettre en prison Miguel Vistas ?

— C'est une question de chance. J'étais sur la liste des avocats commis d'office, ils allaient donner le cas à un camarade et je lui ai demandé de me le céder. J'ai tout organisé pour qu'on le condamne. Ils voulaient se débarrasser de l'affaire, même sans preuves évidentes. Un bon avocat aurait obtenu qu'il reste en liberté.

— Pauvre homme…

— Oui, je n'en suis pas fier, mais c'était le mieux pour moi. À chaque visite en prison, il allait un peu plus mal. Les gitans lui ont fait passer de très mauvais quarts d'heure.

— Et donc vous l'avez connu après qu'il a été détenu et accusé de la mort de Lara.

— Oui, enfin, je l'avais vu aussi le jour où il a fait les photos en robe de mariée. Peut-être l'avais-je croisé d'autres fois quand j'espionnais Lara, il travaillait avec son père, mais je ne m'en souviens pas.

— Revenons au mithraïsme, si ça ne vous dérange pas. C'est vous qui avez initié Miguel Vistas à ces croyances, non ?

— Pour que ça l'aide pendant son séjour en prison. Je me sentais coupable, je savais qu'il était innocent. Même si vous ne le croyez pas, il me faisait de la peine, cet homme, il n'était pas fait pour la vie en prison.

— Ça va, vous allez finir par m'attendrir. Mais ne changeons pas de sujet, en quoi consiste le mithraïsme ?

— C'est une religion antique.

— Oui, ça je le sais, mais je suis sûre que vous pouvez m'en dire plus… En quoi croient ses adeptes ?

— Mithra est le dieu de la lumière, celui qui aide les justes à combattre le mal.

Jáuregui hésite, il ne s'était pas préparé à expliquer la religion…

Il en sait autant sur le mithraïsme que moi sur le criquet, observe Mariajo. Il a beaucoup de livres, mais il n'en a pas lu la moitié.

Ils suivent tous les explications balbutiantes de l'accusé. Il dit des phrases toutes faites, vides, sans aucun intérêt. Chesca est d'accord avec Mariajo.

— C'est sûr, il donne l'impression qu'il en sait moins que Miguel Vistas sur le mithraïsme. Je ne crois pas que ce soit lui qui l'ait initié dans ces croyances. On dirait plutôt le contraire.

— Quelle était la phrase que Vistas avait dite à Salvador Santos ? demande Orduño. Quelque chose à renaître.

— Qu'il n'avait pas tué Lara, qu'il l'avait seulement aidée à renaître, mais, selon Elena, il a lâché ça une fois la caméra éteinte, et elle n'est pas dans les retranscriptions, se souvient Buendía.

— Et Santos hésitait, il ne savait plus si c'était Moisés Macaya ou Miguel Vistas qui avait dit ça. Je ne sais pas si les souvenirs de cet homme ont une valeur quelconque.

— Ça ne peut être que Vistas. C'est une terminologie mithraïste, renaître pour être pardonné, etc. Je suppose que lorsque Salvador Santos l'a interrogé et qu'il a dit ça, il ne connaissait même pas Jáuregui, il n'avait pas encore d'avocat assigné, explique Buendía. Qui a initié qui au mithraïsme ? Jáuregui ment.

— Et donc nous en sommes au même point, la première sœur a été tuée par Miguel Vistas et la seconde par son avocat, résume Mariajo.

— Ce qu'il faut trouver, c'est pourquoi. Regardez, l'inspectrice est en train de sortir.

Ils lèvent tous la tête de l'écran pour la voir entrer dans la pièce.

— Vous avez déjà compris, cet homme n'a pas tué Lara. Il faut un nouveau mandat d'arrêt contre Miguel Vistas, immédiatement. Il doit être présenté à la cour dans quelques heures et il ne doit pas sortir de là en liberté.

68

Miguel connaît Elena depuis les interrogatoires à la prison d'Estremera. S'il la voyait en entrant sur la plaza de Castilla, il se rendrait compte tout de suite que quelque chose cloche dans son plan et il risquerait de disparaître avant qu'on ne l'attrape. Elle reste donc dans la voiture, garée en double file au bout de la rue Bravo Murillo, attentive à son téléphone, prête à recevoir la nouvelle de l'arrestation de l'assassin de Lara Macaya. Ils vont corriger l'erreur de l'avoir laissé en liberté.

C'est Chesca qui est entrée au tribunal, accompagnée par deux autres policiers en civil. Dans la voiture, il y a aussi Orduño, qui est resté avec Elena. Avec lui, elle peut se lâcher, lui dire ce qui la préoccupe sur l'affaire.

— Tu pensais que Miguel Vistas était innocent ? Dis-moi la vérité, Orduño.

Elle le regarde dans les yeux pour l'encourager à parler, mais son collègue est un homme silencieux. Il n'aime pas répondre à une question sans peser le pour et le contre.

— Nous pensions tous qu'il était innocent, répond-il enfin. L'homicide de Susana dans les mêmes circonstances que celui de Lara… Il est impossible de penser à un imitateur. Il y avait trop de détails à respecter et qui n'avaient jamais été publiés.

— Zárate pensait le contraire, défend l'inspectrice. Lui pensait que Vistas était l'assassin de Lara.

— Non, il voulait juste défendre la réputation de Salvador Santos, ce qui est très différent. Ne te fustige pas, Elena.

— Je n'aurais pas dû l'écarter de l'affaire, regrette-t-elle. J'ai été très dure avec lui.

— De ce que je sais, et parce que tu nous l'as dit, Zárate a volé un élément du dossier de Lara Macaya. Et il l'a fait pour protéger une faute très grave de son mentor. Il y avait des raisons de le punir.

— Ça se peut, concède Blanco. Mais il s'avère maintenant que Salvador Santos avait raison. Il savait que Miguel Vistas était l'assassin de Lara.

— Mais on ne doit pas fabriquer de preuves. C'est franchir la ligne rouge.

L'inspectrice acquiesce. Elle est d'accord avec Orduño, elle partage avec lui le respect scrupuleux des règles. Et cependant, elle ne peut s'empêcher de penser que Salvador Santos a sauvé des vies en faisant condamner un assassin aussi cruel que Miguel Vistas. De quel côté est la raison ? La ligne qui sépare le bien du mal est plus glissante que ce qu'elle aimerait.

— Salvador était persuadé que Vistas était l'assassin. Mais il savait qu'il manquait des preuves pour le faire condamner. Avec la même conviction, tu aurais placé un cheveu sur le cadavre ?

Cette fois-ci, Orduño répond sans attendre.

— Non. Une fausse preuve peut provoquer l'annulation du procès, entraîner la mise en liberté de l'assassin et pourrir ta carrière. Jamais je n'aurais fabriqué une preuve pour démontrer que mes soupçons sont justes.

— Eh bien moi j'ai des doutes. Les règles ne peuvent pas toujours être appliquées à la lettre. Peut-être qu'un bon policier doit faire un écart de temps en temps.

— Par exemple ?

— Par exemple pour enfermer un coupable ou pour laisser en liberté un innocent.

Ils restent tous deux pensifs. Orduño est un bon policier, discipliné, constant, implacable. Mais, même s'il est si intraitable. Elena n'aimerait le perdre pour rien au monde.

— Tu vis près d'ici, n'est-ce pas ?

— Je vivais près d'ici. J'ai déménagé il y a six mois. Je suis près de Moratalaz maintenant.

Elena acquiesce, comme si cela n'avait pas d'importance, mais elle se sent coupable de ne pas savoir qu'un de ses collègues a déménagé. Elle s'est centrée, trop, sur ses propres problèmes et sur sa propre vie : son karaoké, ses visites au parking de Didi avec des propriétaires de 4×4, ses photographies de la plaza Mayor.

— Vous avez fini par acheter un appartement avec Ana ? tente-t-elle pour pallier son manque d'attention.

— Non, nous avons rompu. La location était à son nom et elle a gardé l'appartement. J'ai dû m'en aller.

Elle ne savait ni qu'il avait déménagé ni qu'il avait rompu avec sa fiancée. Elle se souvient d'elle, belle mais timide. Un petit être fragile, comme dirait sa mère.

— Je suis désolée. Je n'ai pas prêté attention à la vie de mes collègues comme j'aurais dû le faire.

— Ne te fais pas de mauvais sang – il fait comme si ce n'était pas important –, je sais que tu étais très occupée. Tu ne dois pas t'inquiéter pour nous. Je vais bien.

Le téléphone sonne, elle s'empresse de répondre.

— Dis-moi Chesca, tout se passe comme prévu ?

— Tout est prêt. Enfin, tout sauf Miguel Vistas. Il n'est pas encore arrivé.

— Il reste encore presqu'une demi-heure. Et son avocat ?

— Masegosa ? Oui, il est là, il a la bougeotte, et il n'arrête pas de parler au téléphone. Il a mis sa toge. Tu sais qu'il vient avec un assistant qui lui porte sa propre toge ?

— C'est à ça qu'on reconnaît les avocats riches et célèbres. Les toges prêtées par le tribunal doivent puer, ce sont souvent de vrais vautours qui les portent. Appelle-moi quand Vistas apparaît.

Elle raccroche. Elle n'a pas besoin d'expliquer qu'il ne s'est encore rien passé.

— Que penses-tu de Zárate ?

— Je l'aime bien, celle qui ne le supporte pas, c'est Chesca. Mais Chesca n'aime jamais les nouveaux. S'il n'y avait qu'elle, on serait toujours les mêmes dans la brigade.

— Nous ne pouvons nous accrocher à rien, nous cesserions d'être efficaces. Peut-être que Zárate devrait être embauché définitivement.

— Je n'ai aucun problème avec lui. Je ferai comme tu voudras, inspectrice. Même s'il passe parfois au-dessus des normes, ce qui semble faire de lui un bon policier, ajoute-t-il pensif et avec une pointe de sarcasme.

Ils se taisent tous les deux, ils n'ont pas beaucoup à se dire et attendent, sur le qui-vive, prêts à intervenir à tout moment. L'inspectrice Blanco a souvent dû se rendre au tribunal, mais c'est la première fois qu'elle reste dehors, à observer son influence sur la vie du quartier, une zone de Madrid où elle ne se rend que pour des motifs professionnels. La présence des tribunaux de la plaza de Castilla – insuffisants en dépit de leur taille – marque la vie de cette partie de la ville. Un peu plus loin, tout change, par la Castellana on arrive au stade du Real Madrid et aux immeubles de luxe qui se trouvent tout autour ; mais si on emprunte la rue Bravo Murillo vers Cuatro Caminos, on entre dans ces quartiers qui autrefois abritaient fabriques et maisons basses et qui se sont transformés aujourd'hui en une sorte de Caraïbe : c'est la zone où vivent les Dominicains, elle est remplie de boutiques où passer des coups de fil longue distance, de coiffeurs pour se lisser les cheveux, de restaurants qui servent des haricots rouges, du manioc, de la patate douce et de la couenne de porc grillée, des discothèques où on n'écoute que de la salsa et du merengue, de la bachata ou du reggaeton…

— Nous avons l'adresse où est supposé se trouver Vistas, non ? s'active tout à coup l'inspectrice Blanco.

— Oui, rue Purchena. C'est vers Manoteras. Pas très loin.

— Allons-y !

— Il manque encore vingt minutes, s'étonne Orduño.

— Ce connard ne va pas se présenter. Autant le trouver avant qu'il ne disparaisse.

Le téléphone sonne à nouveau alors qu'ils arrivent à l'adresse laissée par Vistas lorsqu'il a reçu sa mise en liberté provisoire.

— Vistas est arrivé, Chesca ?

Le visage de l'inspectrice se décompose en écoutant son agent. Orduño attend anxieusement de comprendre ce qu'il se passe

— Il n'est pas venu et ne viendra pas. Masegosa a annoncé qu'il abandonne sa défense, résume Elena. Montons.

L'immeuble est modeste, de ceux qui portent encore à l'entrée le sceau – le joug et les flèches – des immeubles construits par le ministère du Logement franquiste. Il n'y a pas d'ascenseur, juste un escalier étroit. Les policiers n'ont pas remarqué, sur le trottoir d'en face, l'homme qui dissimule son visage avec une casquette de la sélection espagnole de football et qui, lui, les a vus entrer. C'est Miguel Vistas. Il pensait disposer d'un peu plus de temps, il n'imaginait pas qu'ils allaient se lancer à sa recherche aussi rapidement.

Il porte, dans une main, une boîte avec des trous. De celles qu'on donne aux enfants pour qu'ils mettent les vers à soie, qu'ils doivent nourrir avec des feuilles de mûrier, en attendant de les voir – s'ils ne se sont pas lassés – transformés en papillons.

— Ouvre la porte, Orduño !

— Nous n'avons pas de mandat, inspectrice.

— Fais ce que je t'ordonne.

La porte, de mauvaise qualité, comme tout ce qui est autour, cède avec un simple coup de pied d'Orduño au niveau de la serrure. À l'intérieur il n'y a personne, juste quelques papiers tombés au sol.

— Merde ! Nous sommes arrivés trop tard, il est parti.

L'inspectrice regarde autour d'elle avec terreur. Il y a les mêmes bocaux que ceux qu'ils ont vus dans l'appartement d'Antonio Jáuregui.

— Les vers, les putains de vers…

Elle sort son téléphone.

— Chesca, emmenez Jáuregui au bureau, je vais l'interroger à nouveau. Et je te passe Orduño pour qu'il te donne l'adresse où nous sommes. Je veux que tu viennes et qu'à vous deux vous tiriez le plus d'informations possible de cet appartement…

69

— Jáuregui attend en salle d'interrogatoire. Nous l'avons menotté à la table, au cas où il voudrait tenter quelque chose. C'est le type même du mec qui se suicide, sans nous avoir révélé la vérité, informe Buendía.

— Très bien. On y va.

L'inspectrice Blanco est très déterminée. Elle s'est engouffrée dans les locaux de la BAC à la vitesse d'un cyclone et a parcouru les bureaux d'un pas ferme. Elle plante son regard dans celui de Mariajo.

— On peut éteindre les caméras ?

— Que veux-tu faire ?

Elena a envie de dire qu'elle voudrait seulement aller de l'autre côté de la loi, traverser la ligne rouge pour une fois, pour voir comment on se sent. Le respect des règles ne lui a apporté que déboires : Miguel Vistas est dans la rue, Zárate est écarté de l'affaire, Salvador Santos est détenu et va devoir affronter une commission disciplinaire très dure et sans doute un juge d'instruction. Mais elle préfère taire ses réflexions.

— Rien. – Elle la tranquillise. – Si tu veux, faites juste un enregistrement audio. On peut nous entendre mais pas nous voir.

Mariajo cherche l'approbation de Buendía. Un regard rapide auquel il répond par un geste d'assentiment.

L'inspectrice Blanco entre dans la salle et observe le détenu. Il a l'air très effrayé. Ses mains sont menottées à une barre qui fait partie de la table. On ne l'utilise que quand le suspect est susceptible d'avoir une réaction violente. Dans ce cas précis, comme l'a suggéré Buendía, ils craignent plus qu'il se fasse mal à lui-même qu'aux autres. Elle ne prononce pas un mot. Elle se limite à l'observer en silence.

— Pourquoi suis-je à nouveau là ? demande Jáuregui. Je vous ai déjà tout raconté. J'ai déjà avoué avoir tué les deux sœurs.

— Nous savons que vous avez tué Susana, mais nous ne croyons pas que vous avez tué Lara.

— Pourquoi aurais-je menti ?

— C'est ce que je veux savoir.

Elena enlève sa veste, laisse voir l'étui de son revolver et, tout en vérifiant que les menottes de Jáuregui sont bien serrées, elle désigne la caméra.

— Vous voyez cette caméra ? En principe, elle enregistre tout ce qui se passe dans cette salle. Mais vous pouvez constater qu'il n'y a pas de lueur rouge allumée. Vous savez ce que cela signifie ? La caméra est éteinte et donc tout ce qui se passe dans cette salle va rester entre toi et moi.

— Vous n'avez pas le droit de me menacer.

— Et vous, avez-vous le droit de tuer une jeune fille sur le point de se marier ? Avez-vous le droit de lui mettre des vers dans la tête ? Alors ne m'emmerdez pas et n'imaginez pas que quelqu'un va vous croire.

— Je suis avocat.

— Vous n'êtes qu'une merde. Faites-vous à cette idée, jamais plus on ne vous traitera comme autre chose : une merde.

Jáuregui reste silencieux ; Elena veut penser qu'il est honteux, qu'il se sent humilié par ce qu'il a fait.

— Je vais vous dire ce que nous allons faire en sortant. J'ai bien étudié la question, savez-vous quelle est la prison d'Espagne où il y a le plus de gitans ? C'est celle de Puerto de Santa María. Ça va me coûter un tas de papiers à remplir et des formalités à n'en plus finir, mais je vais vous y envoyer attendre le procès. Et ne pensez pas qu'ils ne sauront rien de votre crime, je me chargerai moi-même de faire savoir à tout le monde que vous avez tué une jolie gitane et comment. Vous allez rêver de gitans pour le restant de vos nuits.

De l'autre côté de la paroi de verre, Buendía et Mariajo ne perdent pas une miette de l'interrogatoire. Tous deux pensent qu'il est arrivé quelque chose à Elena. Ce n'est pas sa façon habituelle de traiter un détenu, on dirait un prétexte, elle agit comme le ferait Chesca. Ils aimeraient échanger leurs opinions, mais ils ont le regard fixé sur la scène. À la grande surprise des deux policiers, l'assassin de Susana commence à gémir. Ils pensaient que ce serait plus difficile, qu'il faudrait lui mettre beaucoup plus de pression.

— Je ne voulais pas tuer cette fille.

— Et pourquoi l'avez-vous fait ?

— Parce que je n'avais pas le choix. Si cette fille ne mourait pas, c'était mon fils qui allait mourir.

— Votre fils ? C'est qui, votre fils ? s'étonne Blanco.

Elle n'a pas besoin d'en demander plus, Jáuregui commence à tout lui raconter, sans omettre le moindre détail.

— Mon fils ne porte pas mon nom, mais celui de sa mère. Je n'ai même pas pu le reconnaître. Il apparaît dans les documents comme enfant de père inconnu, mais c'est mon fils. Il s'appelle Carlos Rodríguez Velasco, en prison on l'appelle Caracas.

— Le compagnon de Vistas ?

— Oui, acquiesce Jáuregui. Mon fils me méprise, il l'a toujours fait. Il ne m'a appelé qu'une seule fois, pour que je le défende, on l'avait pris avec de la drogue à l'aéroport de Barajas. Il disait qu'il n'avait rien à voir avec la coke qui était dans sa valise, qu'on l'y avait placée à l'aéroport de Caracas, et c'est pour ça qu'on lui a donné ce surnom. Je l'ai défendu, mais j'ai tout fait de travers, je suis arrivé bourré au procès et ils l'ont condamné. Ça ne m'étonne pas qu'il me déteste, c'est la seule fois où il m'a demandé de l'aide et je n'ai pas été capable de lui porter secours… Et quand ils l'ont envoyé à la prison d'Estremera, où était Miguel Vistas, j'ai pensé que peut-être celui-ci pourrait le protéger. Je suis donc allé lui parler, pour lui demander de protéger mon fils…

— Et il n'a pas voulu.

— Pire, reconnaît l'avocat. Il m'a menacé de lui rendre la vie impossible. Il m'a dit que ce ne serait même pas la peine de le tuer, qu'il ferait en sorte que la vie de mon fils devienne si insupportable que lui-même n'en voudrait plus. Je n'avais pas d'autre solution.

— Et Vistas a mis une condition.

— Vous le savez déjà : tuer Susana, comme il avait tué Lara. Pour provoquer des doutes, faire rouvrir l'enquête et obtenir qu'on le relâche. On a mis six mois à tout préparer… Je me fiche qu'on me condamne, et même qu'on m'envoie dans cette prison pour que les gitans se vengent sur moi. J'aurais préféré la chaise électrique, c'est ce que je mérite. Mais j'ai fait ce que je devais faire, il n'y a rien de plus important qu'un enfant. Il faut faire tout ce qu'on peut pour protéger un enfant, l'aider, le retrouver lorsqu'il s'est perdu…

Ni Mariajo, ni Buendía ne comprennent immédiatement pourquoi Elena se tait juste à cet instant, pourquoi elle ne profite pas de l'effondrement de Jáuregui pour le pressurer, pour lui faire vomir sa confession entière une bonne fois pour toutes. Elle est pâle et ses jambes tremblent. Ils commencent à comprendre ce qu'il se passe. Mariajo murmure quelque chose que Buendía peut comprendre.

— Lucas…

Malgré son émotion évidente, l'inspectrice formule encore une question.

— Où est Miguel Vistas ?

— Je ne sais pas, je jure que je ne le sais pas. Vous avez l'adresse de l'appartement que j'ai loué pour lui ; s'il n'est pas là, qui sait ce qu'il s'apprête à faire, alors.

70

La réunion des membres de la brigade d'analyse de cas pourrait être joyeuse ; ils ont enfin élucidé le mystère de la mort des deux sœurs Macaya, ils savent qu'il y a deux assassins et ils connaissent leurs noms, le ministère peut être satisfait. Mais personne ne peut se réjouir avant que Miguel Vistas ne retourne en prison, privé de toute possibilité de faire subir à d'autres son supplice des vers dans la tête.

Elena Blanco a fait parler Jáuregui autant qu'elle le pouvait, mais il n'a fait aucune allusion à l'endroit où pouvait se trouver Miguel Vistas. Chesca et Orduño ont examiné le moindre centimètre de l'appartement de Manoteras où l'auteur du premier assassinat et cerveau du second était supposé se rendre lorsqu'il est sorti de prison.

— L'appartement a été loué par l'avocat, Antonio Jáuregui il y a trois mois. Une voisine a entendu des bruits ces derniers jours, mais rien qui l'ait frappée. Hier encore, il y avait quelqu'un, d'après ce qu'elle nous a dit.

— Vistas savait que nous n'irions pas le chercher jusqu'au moment où nous verrions qu'il ne se rendait pas au tribunal. Nous sommes des crétins de l'avoir relâché comme ça et perdu de vue tout de suite. Avez-vous trouvé quelque chose ?

— Le plus important, c'est qu'il y a eu élevage de vers. Il y avait les mêmes bocaux que ceux que nous avons trouvés chez l'avocat. Mais ils étaient vides.

— Et on sait comment il s'en sert. S'il a élevé ces larves, c'est qu'il pense recommencer. Nous devons l'arrêter avant que n'apparaisse un autre cadavre avec la tête pleine d'asticots. Où peut-il être ? Une idée ?

Orduño sort une vieille photographie et la montre aux autres. On y voit un couple avec un enfant de sept ou huit ans et une jeune femme. C'est une photographie antérieure à celles qu'on peut faire aujourd'hui avec n'importe quel téléphone, de celles qu'il fallait envoyer tirer, peut-être des années 1980, avec au fond une église.

— C'est la seule chose personnelle que nous avons trouvée dans l'appartement. Peut-être sommes-nous arrivés plus tôt qu'il ne l'avait imaginé et qu'il est sorti précipitamment en l'oubliant. Je ne sais pas si c'est Miguel Vistas enfant.

Buendía regarde l'image avec intérêt. On y voit juste la tour d'une vieille église avec deux trous pour les cloches. Sur un côté, il y a un grand nid de cigognes.

— La photo est très mauvaise. Tu crois que tu peux en tirer quelque chose ? dit-il à Mariajo.

— Je peux essayer.

Mariajo scanne la photo et la met dans un programme de reconnaissance faciale qui ne donne aucune coïncidence. Puis elle la passe dans un logiciel de reconnaissance de paysage. Par chance, il s'agit d'une église particulière, avec un campanile très haut et deux embrasures jumelles pour les cloches. Elle obtient vite sept résultats. Ensuite elle vérifie la filiation de Miguel Vistas. Ses parents, déjà décédés, sont nés à La Serna del Monte. Un des sept villages mentionnés par le logiciel.

La Serna del Monte n'est qu'à quatre-vingts kilomètres de Madrid, mais il semble qu'il y a au moins cinquante ans d'écart entre le moment où on abandonne la ville par la route de Burgos et celui où on distingue les premières maisons d'un village typique et pittoresque de la Sierra Norte de Madrid, celle qu'on appelle encore la Sierra pauvre. La population n'atteint pas la centaine d'habitants qui, à une époque, ont vécu d'agriculture et d'élevage ; aujourd'hui, le tourisme a fait son œuvre et on y trouve plusieurs maisons d'hôtes.

— Ici, il ne se passe jamais rien, leur dit le curé de l'église San Andrés. Et c'est pour cette raison que nous conservons une mémoire intacte d'événements qui se sont déroulés il y a des années…

En parlant, il ne regarde qu'Elena, comme s'il avait compris que c'était elle la chef. Il ignore complètement Chesca et Orduño lorsqu'il répond aux questions.

— Vous connaissez Miguel Vistas ?

— Je l'ai connu enfant, quand tout ça est arrivé, mais je ne l'ai jamais revu. Si vous voulez, je vous emmène dans la maison où vivait sa famille. Elle est toujours debout, même si je ne sais pas s'il en reste grand-chose. Vous savez comment sont les villages, il y a des gens qui disent que certaines nuits on entend des bruits, comme s'il y avait des fantômes. Des bêtises.

Pendant qu'ils marchent avec le curé vers les faubourgs, celui-ci leur raconte le fameux événement qui a marqué la fin de la présence de la famille Vistas dans le village.

— C'était en août, dans ces régions, beaucoup de villages célèbrent les fêtes. Le père de Miguel Vistas était un homme difficile, bagarreur, il avait l'alcool mauvais… Personne par ici ne voulait lui donner du travail, ce qui fait qu'ils sont partis en France, lui et sa femme, pour faire les journaliers dans les champs et gagner quelques pièces pour passer l'hiver. Comme ils ne voulaient pas emmener l'enfant, c'est une cousine du père qui vint pour le garder.

— Vous souvenez-vous comment elle s'appelle ?

— Je ne suis pas très sûr, mais je jurerais que c'est un prénom qui commence par V, Victoria, Virginia, quelque chose comme ça… La fille était jolie et pas mal de garçons des environs étaient amoureux d'elle. Celui qui l'a embarquée sur sa moto, c'était Gennaro, le fils de voisins qui vivaient à Madrid et qui passaient les étés ici. Je crois qu'ils sont allés à Sigüenza, aux fêtes de San Roque, mais je n'en suis pas sûr. Le fait est que la fille a enfermé l'enfant dans un hangar qui se trouvait en face de la maison. Une grange à moitié abandonnée où la famille gardait les vieux trucs. Pour l'enfant, au début ça a dû être un jeu, avant de se transformer en cauchemar.

La cousine du père pensait que ce serait pour une seule nuit, qu'elle rentrerait au matin pour le sortir de là.

— Et elle n'est pas revenue.

— Ils ont eu un accident avec la moto, loin du village. Le garçon est mort et la fille a dû être hospitalisée à Guadalajara. Elle était inconsciente et est restée dans le coma pendant une semaine. Nous avons appris la mort de Gennaro, mais, comme elle n'était pas d'ici, personne ne nous a informés de son état jusqu'à ce qu'elle se réveille et qu'ils nous appellent. C'est moi qui me suis rendu dans la grange en face de la maison des Vistas pour sortir l'enfant de là, je ne pensais pas qu'il pouvait être vivant. Je crois que c'est ce que j'ai vu de plus désagréable dans toute ma vie.

— Je sais que c'est un souvenir difficile, mais j'ai besoin que vous me disiez ce que vous avez vu.

Ils arrivent à la maison, mais l'inspectrice ne veut pas que le curé interrompe son récit ; c'est la première fois qu'elle a la sensation de pouvoir comprendre Miguel Vistas.

— Un chien mort recouvert d'asticots, l'enfant avec une horrible blessure infestée aussi de vers, je crois qu'il a perdu le gros orteil… quelque chose de terrifiant. Il s'était nourri des mêmes vers qui étaient en train de le manger. Pardonnez-moi pour ce que je vais dire, mais quand je l'ai vu j'ai pensé qu'il aurait mieux valu qu'il meure. Personne ne peut supporter d'avoir vécu ça, enfant. Lorsque j'ai appris qu'il avait été condamné pour avoir tué cette fille, j'ai compris. Qui sait si nous étions arrivés avant ? Ou plutôt non, le mieux aurait été que nous ne soyons jamais arrivés, que Dieu me pardonne, mais si nous l'avions trouvé sans vie, on aurait épargné beaucoup de souffrances.

— Vous saviez qu'il était en prison ?

— Bien sûr que je le savais. Et quand j'ai lu dans les journaux le truc des vers, j'étais sûr qu'il était coupable.

— Vous en avez parlé à la police ?

— Un vieux policier m'a appelé. Je ne me souviens plus de son nom.

— Salvador Santos ?

— Oui, c'est possible. Ils ne l'avaient pas encore condamné. Au policier, j'ai raconté ce que ce garçon avait fait à un chien peu après cet événement. Je lui ai demandé de le mettre en prison et de tout faire pour qu'il n'en sorte jamais.

— Qu'est-ce qui s'est passé avec le chien ?

— La même chose qu'il a faite à cette fille : il lui a rempli la tête de vers et les a laissés le bouffer. Cet homme est possédé par le démon, depuis le jour où on l'a enfermé ici…

La maison que leur montre le curé est en très mauvais état et est couverte de graffitis ; on voit qu'elle est inhabitée depuis longtemps. La grange est dans le même état, ou pire.

— Voici la maison des Vistas, personne ici ne l'achèterait, tout le monde sait ce qu'il s'est passé. Mais le village est désormais bourré d'étrangers, et, tôt ou tard, quelqu'un de Madrid voudra l'acheter, l'arranger, la remplir de vieux trucs et y passer ses week-ends. La grange d'où nous avons sorti l'enfant est celle-là, en face.

Avant d'entrer dans le hangar, l'inspectrice fait signe à Chesca de s'approcher.

— Appelle Mariajo : demande-lui de rechercher Victoria ou Virginia Vistas. Voyons si, par chance, elle arrive à trouver quelque chose. Si une cousine m'avait abandonnée et qu'à cause d'elle j'avais été bouffée par les vers, je saurais très clairement comment j'ai envie qu'elle finisse, quelle serait la fin de la fête avant qu'on ne m'attrape.

— Tu crois que Miguel Vistas est après elle ?

— J'en suis sûre. Pourquoi aurait-il gardé la photo toutes ces années, si ce n'est pour ne pas l'oublier ?

Ils pénètrent tous dans la grange. Celle-ci a beau être abandonnée et en mauvais état, il est clair qu'elle est régulièrement visitée : bouteilles, vieux vêtements, des journaux… Elena en prend un.

— Il date d'il y a seulement un mois. Savez-vous qui vient par ici ?

Le curé est le premier surpris.

— Des ados qui viennent fumer un joint ou se saouler, peut-être. Mais c'est bizarre, parce qu'il y a beaucoup d'endroits pour ça par ici, et en général personne n'a très envie de s'approcher de cette maison.

— Où donne cette porte ?

Au fond, une porte solide, fermée avec un cadenas spécial, contraste avec l'abandon du reste de la grange.

— Les vagabonds n'ont pas réussi à l'ouvrir. Et ce n'est pas faute d'avoir essayé, déduit Elena en relevant des traces, qui à certains endroits semblent montrer qu'on a tenté de faire levier. – Orduño, il faut la faire sauter… Tu peux y arriver ?

— Je vais essayer.

Cette fois-ci, l'agent n'évoque aucun mandat de perquisition. Il cherche un bout de fer et une pierre pour servir de masse. Il donne plusieurs coups, jusqu'à réussir à faire sauter le cadenas. À l'intérieur, il n'y a qu'une armoire métallique. Il n'attend pas de recevoir un ordre d'Elena. Il l'ouvre aussi.

— Qu'est-ce que c'est que ça ?

L'armoire est remplie de DVD, il y a deux disques durs, plusieurs vieilles cassettes VHS… c'est bien plus qu'il n'espérait trouver dans ce hangar.

— Embarquons tout ça pour l'analyser.

71

— Ce sont des vers à soie ?

Miguel pourrait montrer à la dame, assise à côté de lui dans le bus, tout ce dont sont capables ses vers. Mais il ne veut pas attirer l'attention, pas avant d'avoir terminé ce qu'il a commencé.

— Oui, c'est un cadeau pour mon neveu.

— Mon frère avait des vers aussi, il leur donnait à manger des feuilles de mûrier.

— Ils adorent les mûriers, répond Miguel, d'un ton aimable. À Madrid, ce n'est pas si facile d'en trouver aujourd'hui, avant oui. Mais maintenant il n'y a presque plus d'arbres.

Il manque peu de kilomètres avant d'arriver à Aliaga, dans la province de Teruel. Il descend là, et sera ainsi débarrassé de cette vieille fouineuse. Il a envie de faire le trajet en pensant à Victoria, à la souffrance qu'elle va subir, il a envie de faire le trajet avec les souvenirs de la mort de Lara Macaya, de se remémorer ses gestes de douleur, ses suppliques, ses cris… Il va tout revivre, mais cette fois avec sa cousine Victoria. Jamais elle ne lui a rendu visite en prison, elle l'a abandonné, tout comme dans la grange il y a tant d'années.

— Je descends là. Bonne fin de voyage.

Miguel Vistas ne connaît pas Aliaga, le lieu où sa cousine Victoria est allée vivre après "ça". Il n'oubliera jamais le chien, la pelle, les vers, la blessure sur son pied, la soif, la faim, la peur, ni même la machine à laver abandonnée. Cela fait des années qu'il songe à lui faire subir le même sort ; le moment est enfin venu. Il n'a réussi à la localiser qu'il y a quelques années à peine, lorsqu'il était déjà en prison. Tant d'heures passées devant l'ordinateur, quand il était si difficile d'obtenir l'autorisation de surfer sur Internet. Victoria se cachait de lui et du monde, mais ça ne lui a servi à rien. À force de mettre son nom dans les moteurs de recherche, la chance a fini par sourire à Miguel : grâce à un commentaire dans un forum d'agriculteurs où elle demandait comment se débarrasser d'insectes. Sa persévérance avait porté ses fruits, c'est souvent le cas dans la vie.

L'autobus l'a laissé près d'une station-service. Miguel entre dans les toilettes qui sont propres. Il s'assied, il ôte une de ses chaussures, son caleçon, il lui manque un gros orteil, ce sont les vers qui le lui ont mangé, et c'est pour ça qu'il boite, que c'était si dur au collège, lorsqu'il était enfant, ou peut-être parce qu'il cessa de l'être lorsque "ça" arriva. Il se souvient encore de tout et ne pourra jamais l'oublier, il n'avait que sept ans lorsque ses parents étaient partis faire les vendanges en France et qu'il était resté sous la garde d'une cousine de son père. En l'abandonnant dans cette grange, Victoria lui avait ruiné la vie. Il devint un enfant timide, renfermé, sans amis. Tout le monde se moquait de lui au collège parce qu'il boitait. On le traitait de truite, parce que pour pêcher la truite on met un asticot sur un hameçon et qu'il avait, lui aussi, mangé des vers…

Il avait treize ans lors de l'épisode du chien. Il avait tué celui d'un voisin, puis l'avait couvert de miel. Il avait observé pendant des heures comment les vers avaient rappliqué puis l'avaient dévoré. Lorsqu'il le découvrit, son père lui flanqua une raclée qu'il n'oublierait jamais non plus. Il est bien mort maintenant, comme sa mère, même s'ils n'ont pas vécu assez longtemps pour qu'il les tue lui-même.

Très vite, ils déménagèrent pour aller à Madrid, dans un appartement minuscule vers Orcasitas. Miguel y avait grandi comme un adolescent solitaire et inadapté, toujours enfermé dans les bibliothèques. Il y avait découvert beaucoup de choses : le mithraïsme – renaître et se régénérer –, le scaphisme perse.

Lorsque ses parents moururent – dans un accident de voiture, encore un accident… –, il hérita de la maison et put commencer ses expériences : il élevait des larves et leur faisait bouffer de petits animaux exactement comme ce qui s'était produit avec son gros orteil. Il songea alors qu'il faudrait faire l'expérience avec une personne. Mais avec qui ?

Il travaillait déjà comme photographe à l'époque et ce fut le moment où Moisés Macaya décida de l'embaucher dans son entreprise d'évènementiel, notamment pour couvrir des mariages. Quand il connut la fille Macaya, Lara, la femme la plus belle qu'il avait jamais vue, il tomba amoureux et se mit à rêver quotidiennement d'embrasser ses lèvres, de lui faire l'amour. Mais Lara n'était pas gentille, elle se moquait de lui, elle lui faisait croire qu'elle se donnerait puis s'éloignait… Le jour des photos avant son mariage, celles avec la robe et le voile, il l'avait vue nue pour la première fois. Elle l'avait provoqué en lui montrant ses seins et en lui demandant s'ils lui plaisaient ; en lui montrant son sexe, lui demandant de raconter ce qu'il avait envie de faire d'elle… Il avait souvent pensé à la façon de tuer quelqu'un avec ses asticots, il avait déjà tout prévu, sauf qu'il n'avait pas décidé à qui il s'en prendrait. Sa candidate préférée était Victoria sa cousine, qu'il retrouverait et à qui il ferait payer la souffrance qu'elle lui avait fait subir lorsqu'il était enfant. Mais ce jour-là, lors de cette session de photos, tout changea : au moment où Lara commença à lui raconter sa nuit de noces avec un autre homme, il décida que ce serait elle.

Il y prit tant de plaisir qu'il n'eut même pas besoin de la violer, comme il y avait songé. Lara pleurait, lui demandait pardon, lui jurait qu'elle serait à lui, mais Miguel en avait déjà assez des mensonges et des déceptions. Il la garda à sa disposition pendant une semaine. Les vers bouffaient son cerveau, elle perdait peu à peu ses facultés tout en restant vivante. À la fin, elle ne sentait même plus la douleur. Il nettoya tout très bien, il était certain qu'on ne le découvrirait jamais. Pourtant, ce policier s'était mis sur son chemin, ce Salvador Santos qui l'avait poursuivi comme un chien enragé. Sans lui, tout se serait bien passé. C'est de sa faute s'il avait dû organiser le truc de Susana, pour pouvoir sortir de prison et retrouver sa cousine. Le moment était enfin venu de s'occuper d'elle.

La maison de Victoria se trouve en dehors du village. Elle est en pierre, comme la plupart des habitations de la région. Miguel l'observe de l'extérieur, tout semble soigné, rangé ; il pense que Victoria a dû beaucoup changer avec les années. Il se souvient d'elle comme d'une jeune fille paresseuse et un peu cinglée. Lui aussi a changé, il n'est plus cet enfant sans défense. Il ouvre la porte de la clôture, il n'y a pas de cadenas, il n'y a pas de chien pour protéger la maison. Le voici enfin près de Victoria, ce dont il rêve depuis tant d'années.

Il marche lentement jusqu'à la porte de la maison. Il imagine la tête de sa cousine – il l'a toujours appelée cousine, bien qu'en réalité elle soit une tante au second degré – lorsqu'ils vont se retrouver face à face. Va-t-elle crier ? Elle aurait des raisons de le faire.

Il pose la main sur la poignée de la porte, elle est ouverte, c'est un petit village, pareil au sien lorsqu'il était enfant, où les portes restent ouvertes sans crainte des voleurs. Il entre dans la maison, la température qui règne à l'intérieur est agréable. Il ne voit personne. Il marche sans faire de bruit, passe dans le salon, le ventilateur au plafond tourne, mais Victoria n'est pas là. Il n'y a personne non plus dans la cuisine, ni dans les chambres. Le lit est défait.

Miguel retourne au salon, il s'assied dans un fauteuil confortable. Il attend. Il a tant rêvé de ce moment qu'il ne se sent pas pressé, il a appris à être patient. Il sait qu'il a raison, qu'il va faire ce qu'il a à faire, ce qu'il a appris, car on ne lave pas les péchés avec de bonnes actions, ni en se maintenant éloigné du monde. Que Victoria vienne se cacher dans ce village, dans cette maison isolée, n'a servi à rien. Pour laver ses péchés, il faut d'abord renaître.

Il entend la porte, elle est là, elle entre dans le salon, portant un cageot rempli de tomates. Elle ne le voit pas jusqu'au moment où il se met à parler.

— Bonjour Victoria. Tu te souviens de moi ?

Les tomates tombent sur le sol, c'est comme si elle avait vu un fantôme… Elle ne se rend pas encore compte que c'est bien pire.

72

— Non Rentero, je ne veux déjeuner dans aucun restaurant de luxe, je veux juste que nous parlions sans perdre de temps. Je ne suis pas disposée à retrouver un nouveau cadavre avec la tête remplie d'asticots.

Rares sont ceux à oser discuter de ses habitudes avec le commissaire Rentero, et sans doute est-ce la première fois qu'Elena utilise sa position sociale, beaucoup plus haute que son grade dans la police, pour s'adresser à son supérieur.

— Rentero, nous avons fait une grosse connerie en libérant Miguel Vistas.

— Nous ? Tu veux dire toi et moi ?

— Ça va, j'ai fait une grosse connerie. Je sais bien que le sale boulot est pour nous, seulement nous, ceux d'en bas. Miguel Vistas est l'assassin de Lara et il est aussi le cerveau de l'assassinat de Susana. Jáuregui est un pauvre type qui lui a obéi pour sauver son fils.

— Où se trouve Vistas maintenant ?

— Ça, c'est ce que je voudrais savoir et j'ai besoin que tu me donnes un coup de main en mobilisant jusqu'au moindre agent de la circulation pour le rechercher, dit-elle désespérée.

— Es-tu bien sûre que c'est le délinquant le plus dangereux présent sur le sol espagnol ? Ce matin même, j'ai assisté à une réunion où on parlait de cellules djihadistes à Mejilla. Ne donne pas plus d'importance à Miguel Vistas qu'il n'en a…

— Ce n'est peut-être pas le délinquant le plus dangereux d'Espagne, mais c'est bien toi qui as fait pression pour obtenir sa libération. Je ne trinquerai pas seule, Rentero.

Parfois, il faut menacer un délinquant pour qu'il avoue, parfois c'est ce qu'il faut faire avec son propre chef. Du chantage, en somme.

— Ça suffit les histoires, Elena. Qu'est-ce que tu veux ?

— J'ai des raisons de penser qu'il y a une femme en danger.

— Quelle femme ?

— La cousine du père de Miguel Vistas.

Rentero hausse un sourcil, un geste qu'elle connaît bien. Un mandat d'arrêt a déjà été émis contre Vistas, et, du point de vue de la BAC, le cas est bouclé. Il suffit d'attendre que quelqu'un signale le fugitif, appelle un commissariat et qu'on l'arrête. Fin de l'histoire. Voici la vision de Rentero et Elena la connaît. Mais elle veut l'attraper avant qu'il ne fasse une autre victime.

— Une cousine de son père ? répète le commissaire.

Vu son ton, le scepticisme ne laisse aucun doute. Rentero ne veut plus entendre parler de cette affaire et elle constate son ennui pendant qu'elle lui explique qui est Victoria Vistas. Mariajo a suivi ses traces, elle sait que la jeune fille de la photographie, c'est elle, elle connaît sa dernière adresse, mais qui est antérieure à l'époque de La Serna del Monte, ensuite plus rien, ce qui indique que cette femme veut vivre cachée. Rentero écoute le récit d'Elena sans réprimer plusieurs gestes d'impatience. L'histoire de l'enfermement, l'horrible compagnie du chien mort et les vers.

— Je ne peux rien faire pour toi, conclut-il.

— Si, tu peux. Je sais que la police a perquisitionné dans la maison de Salvador Santos et que tout le matériel concernant l'affaire Lara Macaya a été confisqué. Il conservait plusieurs dossiers à son domicile. Je suis sûre qu'il y a des informations sur Victoria Vistas. Salvador était obsédé par cette histoire, je suis sûre qu'il était parvenu à trouver cette femme.

— Ces papiers sont entre les mains de la commission disciplinaire qui doit décider si Salvador a commis un délit. Dans ce cas, tout le dossier sera remis au tribunal.

— J'ai besoin d'un permis pour regarder le contenu de cette documentation.

— Tu sais déjà que je ne peux pas te le donner. C'est toi qui t'es employée à faire arrêter Salvador Santos.

— Je le sais et je le regrette énormément.

— C'est trop tard, Elena. Je suis désolé mais je ne peux pas t'aider.

— Tu ne veux pas m'aider, ce qui est différent. Je croyais que nous étions amis.

— Le chantage sentimental ne te sied pas bien. Je suis ami avec ta mère, et j'ai une certaine affection pour toi. Point. Ne confonds pas les choses.

Elena a à peine le temps de sortir du bureau de Rentero que son téléphone sonne. C'est Mariajo.

— J'ai trouvé des choses sur les DVD de la grange de La Serna. Viens vite.

— Dis-moi ce que c'est, rugit Elena.

— Ça ne peut pas s'expliquer avec des paroles.

L'inspectrice a du mal à dominer son anxiété en se dirigeant vers la brigade. Au moins, la perspective de trouver une piste avec ces DVD lui fait oublier la colère provoquée par l'attitude de Rentero. Ce désir d'étendre le plus vite possible un voile sur tout ce qui concerne l'affaire Macaya. Cette façon de se désintéresser du cas alors que l'assassin est encore en liberté. Elle est incapable de comprendre cette attitude.

Lorsqu'Elena arrive à la BAC, Mariajo l'attend avec l'ordinateur allumé.

— L'humidité a abîmé la plupart des disques, mais j'ai réussi à en débloquer deux. Les images sont terrifiantes.

Elena s'avance pour les regarder. La première chose qu'elle voit est un enfant d'environ huit ans attaché sur une chaise. Un homme portant une capuche lui coupe une oreille et la montre à la caméra. L'enfant se tord de douleur, la chaise tombe sur le sol et il donne des coups de pied comme il peut, mais il a aussi les jambes attachées.

— Tu as entendu parler du réseau Pourpre ? demande Mariajo.

Elena ne réussit pas à articuler. Son cœur s'est accéléré et elle le masse pour tenter de freiner comme un début d'infarctus.

— C'est une bande qui traficote avec des vidéos de *snuff movies*. Des tortures sauvages enregistrées pour être diffusées sur le *Deep Web*. Il semble que Miguel Vistas faisait partie du réseau.

— Il y a des images de Lara Macaya ?

— Pour le moment, non. Mais peut-être qu'elles sont sur un des disques durs. Je ne m'y suis pas encore attaquée. Nous ne saurons ce qu'il y a dedans que lorsque nous aurons tout vu. Il y a du matériel enregistré sur plusieurs années, et même des vidéos en VHS. Il reste beaucoup à visionner.

— J'ai besoin d'aller aux toilettes.

Elena court en trombe et vomit dans la cuvette : Mariajo se demande pourquoi son estomac à elle ne se décompose pas en voyant jusqu'où peut aller la cruauté de l'être humain. La vie l'a endurcie. Plusieurs enquêtes l'ont obligée à s'immerger dans le *Deep Web* ou l'Internet invisible comme on l'appelle aussi. Le côté obscur du réseau lui est familier, avec cette utilisation pernicieuse de la technique. Elle a vu des vidéos de maltraitance animale, de combats de chiens, de coqs et de personnes, elle a vu du porno infantile, elle est entrée sur des pages où on engage des tueurs à gages. Elle connaît les profondeurs de l'océan. Elle sait que le cadavre de Lara Macaya se décomposant en direct comme de l'herbe pour asticots a toute sa place sur le *Deep Web*. Des milliers de personnes sont capables d'acheter une place au premier rang pour regarder ce spectacle.

L'inspectrice tardant à revenir, Mariajo s'approche des toilettes et frappe à la porte.

— Ça va ? demande-t-elle.

Elle n'obtient pour seule réponse qu'un râle nauséeux. Mariajo sort sur le balcon pour fumer une cigarette. Elle ne veut pas songer encore une fois qu'elle manque d'humanité en regardant ces images. Elle aussi souffre, mais elle est simplement plus habituée qu'Elena. Lorsqu'elle revient dans la pièce, l'inspectrice n'est toujours pas là. Mariajo retourne aux toilettes. La porte est entrouverte. L'inspectrice n'y est plus. Et les disques aux images terribles non plus.

73

Les premières ombres de la nuit tombent sur le quartier de Los Carteros lorsqu'Elena gare sa Lada rouge. Elle sonne à la porte de Salvador Santos et attend. Ascensión ouvre la porte et grimace en voyant l'inspectrice.

— Bonsoir Ascensión.

Elena met le pied dans l'embrasure de la porte pour l'empêcher de la refermer.

— Attendez, juste un moment, je vous en supplie. J'ai besoin de parler avec votre mari. C'est urgent, il y a une vie en jeu.

— La seule vie en jeu qui m'intéresse est celle de Salvador. Et vous l'avez détruite.

— Je veux m'excuser, votre mari avait raison. L'assassin de Lara Macaya est bien Miguel Vistas et Salvador l'a su dès le début. Laissez-moi m'excuser, c'est le minimum que je puisse faire.

— Il est trop tard pour s'excuser, inspectrice. Surtout après avoir sali de cette manière la feuille de service de mon mari.

— Laissez-moi lui parler, je vous en prie. Miguel Vistas est sur le point de tuer quelqu'un et Salvador est la seule personne qui sait où il est.

— On ne veut plus rien savoir de cette affaire.

— Vous vous fichez aussi qu'une femme innocente puisse mourir ?

— La seule chose que nous voulons, c'est vivre en paix.

— Ascensión, je comprends votre colère contre moi. Mais je dois parler avec Salvador, c'est une question de vie ou de mort.

— Allez-vous-en d'ici.

Elle n'essaie plus d'éviter la porte qui lui claque au nez. Elena comprend la rage de cette femme, elle n'a pas besoin de faire beaucoup d'efforts pour se mettre à sa place. Elle n'a jamais été narcissique, elle ne pense pas que ses besoins doivent être placés au-dessus de toute autre considération. Elle sait qu'elle mérite cette fin de non-recevoir. Elle rentre dans la Lada, avalant le traitement reçu avec le goût amer de la vengeance d'Ascensión. Elle sait aussi que dans la colère de cette femme, la sentinelle du foyer et de la vie de Salvador Santos, il y a une victime collatérale : Victoria Vistas.

Elle conduit vers chez elle sans se laisser contrarier par la lenteur du trafic. Elle anticipe la cuite de la nuit, les larmes, l'obsession. Elle passe plusieurs heures à visionner les disques qu'elle a emportés de la BAC. Des images d'enfants séquestrés, soumis à toutes sortes de tortures. Sur le disque le plus abîmé, les images sont pixellisées et la bande-son est inexistante. Et sur une de ces images elle croit reconnaître son fils. Elle ne peut pas en être sûre, l'image n'est qu'une ombre, un volume amorphe ; mais elle distingue le petit corps de son fils, les bras légèrement asymétriques, la frange caractéristique qui bouge dans un mouvement désespéré de la tête. Était-ce son fils ? Et si c'était lui, comment est-ce possible que Miguel Vistas soit en possession de ces images ?

Elle essaie de rester calme, de se dire que ce n'est pas lui, que les images ne sont pas nettes. Si au moins elle pouvait reconnaître ses vêtements, les tennis New Balance qu'il portait le jour où ils l'ont emmené… Mais on ne les voit pas. Les chaussures sont deux plateformes qui soutiennent les jambes, c'est tout. La qualité des images ne permet pas d'en savoir plus.

Avec la seconde bouteille de grappa, son obsession revient en boucle. Elle comprend qu'elle doit retrouver Miguel Vistas par tous les moyens ; la vie de Victoria lui est bien égale, elle veut juste interroger cet individu à propos des disques découverts dans sa maison de la Sierra de Madrid. D'où les a-t-il sortis ? Qu'a-t-il à voir, lui, Vistas, avec ces vidéos ? Est-ce lui qui les a faites ? Y a-t-il d'autres coupables ? Que font-ils ensuite avec les enfants ? Sont-ils encore vivants ? Sont-ils morts ? Et dans ce cas où peut-elle retrouver la dépouille de son fils ? Elle n'est pas croyante, mais elle voudrait avoir un endroit où se rendre pour parler avec Lucas de temps en temps, pour lui demander pardon de ne pas avoir su le protéger.

Elle est certaine que Salvador Santos a enquêté sur le passé de Miguel Vistas et il doit donc savoir où a déménagé sa cousine Victoria. Les dossiers confisqués devraient contenir cette information, qui est aussi certainement enfouie dans la forêt touffue qu'est la tête de Salvador. Elle trouve soudain encore l'énergie nécessaire pour se planter de nouveau dans le quartier de Los Carteros et convaincre Ascensión de la laisser entrer. Elle attrape les clés de la voiture et, installée au volant, elle est frappée par le spectacle de la ville déserte et obscure. Il est cinq heures du matin. Ce n'est pas une heure pour rendre visite à qui que ce soit. Elle retourne chez elle, elle se sert un verre de grappa, elle essaie de réfléchir calmement. Elle pourrait pénétrer dans les bureaux de la brigade des homicides et disparus et dérober le dossier de Salvador Santos. Elle sait très bien où il est rangé. Il faudrait forcer une porte et une armoire, les caméras enregistreront clairement l'intrusion et elle sera mise à pied. Mais, avant, elle aura eu le temps de retrouver Miguel Vistas et de lui extirper tout ce qu'il sait sur son fils. Cet enfant est-il réellement son fils ? Et si ce n'est pas lui qui le torturait, peut-être pourra-t-il dire qui fabrique ces vidéos. Une ligne rouge se dessine devant ses yeux. La ligne rouge qu'elle ne veut pas traverser. Elle se déteste de respecter les règles. Elle se déteste de ne pas être comme Zárate ou comme Salvador Santos, et de ne pas prêcher pour que la fin justifie les moyens.

Elle visionne de nouveau les images des quatre disques qu'elle a emportés. – Elle vomit quatre fois. Elle s'effondre sur le canapé et réfléchit à la prochaine étape, aux règles, à la ligne rouge. Elle cligne des yeux, fatiguée d'elle-même, bouleversée par cette répétition incessante. Elle s'endort. Lorsqu'elle ouvre les yeux, il fait déjà jour. Elle ne se douche pas, elle ne se change pas, elle ne se lave pas. Il est huit heures et quart. Elle monte dans la Lada et conduit jusqu'au quartier de Los Carteros.

Ascensión ouvre la porte et la regarde avec mépris ; mais quelque chose apparaît dans son regard dur, comme un rayon de compassion. Elle la laisse entrer.

— Je veux assister à la conversation.

— Merci, dit Elena.

Salvador Santos est assis sur un fauteuil. Sur la table basse qui se trouve à ses côtés, une tasse de café déjà vide et une assiette avec un biscuit émietté témoignent qu'il vient de finir son petit-déjeuner.

— Chéri, l'inspectrice Blanco est ici. Elle veut te parler. Je vais rester là pendant qu'elle te pose des questions. Tu veux bien ?

Salvador ne répond pas. Une larme est sur le point de tomber de son œil droit qui brille d'une lueur bleue. Ascensión s'assied à côté de lui et lui prend la main. Elena s'accroupit pour tenter d'entrer dans son champ de vision. Mais elle ne réussit pas à établir un contact visuel, car le vieillard ne pose ses yeux nulle part. Il semble être dans son monde.

— Salvador, je veux vous demander pardon, commence Elena. Vous aviez raison, l'assassin de Lara Macaya est Miguel.

Le malade n'a aucune réaction. Elena donne plus d'information, cherche une lueur.

— Le photographe. Vous vous souvenez, celui que vous soupçonniez ?

— Tu avais raison, mon chéri, dit Ascensión. Tu as très bien fait ton travail. Tu as trouvé le coupable et tu as réussi à le faire condamner. On verra ce qu'ils disent maintenant, ces Rentero et compagnie.

Salvador sourit pour lui-même. Il ne donne pas l'impression de réagir aux paroles de sa femme, peut-être qu'un joli souvenir lui est revenu d'un seul coup.

— Miguel avait une cousine, ou une tante, je ne sais pas. Le curé m'a dit que c'était la cousine de son père, explique Elena. Elle s'appelait Victoria. Celle qui l'a enfermé dans la grange. J'ai besoin de savoir s'il vous a parlé d'elle.

Le sourire de l'homme s'élargit. Ascensión lui donne un baiser sur la main.

— Salvador, l'inspectrice est là. Tu ne vas rien lui dire ?

Elena se rend compte à quel point la santé mentale du vieillard s'est aggravée. Elle se sent coupable de tout le stress qu'elle a provoqué chez lui. Mais elle a besoin d'une information et ne peut pas partir sans l'avoir obtenue.

— Un chien rempli de vers. Vous vous en souvenez ?

— Inspectrice, s'il vous plaît, la reprend Ascensión.

— Un enfant observant comment les asticots bouffent un chien. Vous vous rappelez ?

— Ne lui faites pas revivre ces moments-là, ce n'est pas bon pour lui.

— Victoria, dit tout à coup Salvador.

Le mot a amené sur ses lèvres comme une bouffée d'air frais.

— Victoria Vistas, la cousine de Miguel, dit Elena. Celle qui l'a enfermé dans la grange.

— Victoria, répète le malade.

— J'ai besoin de savoir où elle se trouve. Avez-vous parlé avec Victoria Vistas ?

— Très jolie, dit Salvador.

— Mon chéri, on te demande si tu sais où vit cette femme.

— Déménagements Alcarria.

Elena et Ascensión échangent un regard déconcerté. Elena tente de tirer sur ce fil.

— C'est quoi ça, Salvador ? L'entreprise de déménagement choisie par Victoria ?

— Déménagements Alcarria.

Il le répète et il sourit, satisfait, comme si l'obtention de cette information avait été une de ses prouesses en tant qu'enquêteur.

— Victoria a déménagé, ça oui, dit Elena. Et l'entreprise qu'elle a choisie pour emporter ses meubles était Déménagements Alcarria. Où ont-ils emporté les meubles ? Vous vous souvenez ?

— Une cachette, répond Salvador. Un refuge.

— Où s'est réfugiée Victoria ? Dans un village ?

— La pauvre.

— Où vit-elle, Salvador ? Souvenez-vous, c'est important.

Salvador ferme les yeux et serre les lèvres. Comme s'il faisait un effort gigantesque pour se souvenir. Deux grosses larmes coulent sur ses joues.

— Il ne se souvient pas, dit Ascensión. Et ça l'angoisse.

— Dites-moi où ils ont emporté les meubles de Victoria. Vous l'avez découvert, Salvador.

L'homme remue la tête. Il pleure.

— Laissez-le se reposer, lance Ascensión.

— Où vit Victoria ? Miguel Vistas veut la tuer. Je dois l'avertir.

— Pauvre Victoria, dit Salvador.

— Souvenez-vous, répète-t-elle. Vous êtes le seul à pouvoir la sauver.

Salvador nie avec la tête, ferme les yeux, il souffre.

— Ça suffit, inspectrice, siffle Ascensión. Ce n'est pas faute d'avoir essayé, mais il ne peut pas.

— Allez, Salvador, dites-moi où vit Victoria, insiste Elena.

Les larmes coulent encore plus nombreuses sur ses joues.

— Ça va, mon amour, ça va. Ne t'inquiète pas.

Ascensión essuie les larmes du visage de son mari, lui caresse la tête, l'embrasse sur la joue. Salvador semble se calmer après ces attentions. Il redevient un homme docile, inoffensif, ses yeux reprennent leur mouvement vagabond, ne se posant nulle part.

— Je vous raccompagne à la porte, dit Ascensión.

Elena acquiesce, résignée. Elle a tout essayé. Et là, avec cette sensation d'échec collée au corps, elle se sent soudain sale et mesure sa gueule de bois.

— Vous avez vu comme il devient nerveux. C'est pour ça que je n'aime pas qu'on l'embête avec des questions.

— Je suis désolée de l'avoir fait, ce n'était pas mon intention.

— Tout ce qui pour lui représente un exercice de mémoire vire au cauchemar. Il souffre beaucoup quand il s'aperçoit qu'il n'est pas capable de se souvenir.

— Je comprends. Merci pour tout.

Ascensión ferme la porte et Elena se rend compte qu'elle ne sait pas où aller. La seule option qui reste serait de convaincre Rentero que cela vaut la peine de trouver Miguel Vistas. Mais elle a essayé et n'a pas réussi, recommencer reviendrait à se taper la tête contre un mur. Elle monte dans la Lada et observe son image dans le miroir. Elle est horrible. Son rimmel de la veille a coulé, elle n'est pas coiffée et elle est pâle. Elle ne peut se présenter à la BAC comme ça. Elle démarre le moteur. À travers la vitre, elle voit Ascensión qui court vers elle. Elle a laissé la porte de la maison grande ouverte.

— Inspectrice… Venez. Vite.

Elena descend de la voiture et entre dans la maison. Elles courent toutes les deux jusqu'au salon. Salvador est là, bougeant les lèvres dans une sorte de prière inaudible.

— Je crois qu'il le dit, chuchote Ascensión, comme si elle ne voulait pas parler à haute voix par crainte de rompre la magie.

Elena s'approche lentement. Elle se penche et met son oreille à la hauteur des lèvres de Salvador.

— Aliaga, Aliaga, Aliaga…

— Aliaga, répète Elena.

Salvador sourit. Deux larmes coulent sur ses joues, mais ce sont cette fois-ci des larmes de joie.

74

Elle ne s'est pas douchée, elle n'est pas repassée chez elle, elle s'est mise en chemin. Elle a une mine horrible, mais ce n'est pas la pire conséquence de cette nuit de cuite. Le pire, c'est que son téléphone n'a plus de batterie. Avant de dormir, elle le laisse toujours à charger, c'est une routine invariable. Mais le visionnage des disques, les tortures aux enfants, la possibilité d'avoir reconnu son propre fils, l'obsession, les bouteilles de grappa… tout a contribué cette nuit à ce qu'elle oublie de le recharger. Dans la voiture, elle n'a pas de chargeur.

Elle devrait appeler Mariajo et lui demander de vérifier la piste des Déménagements Alcarria. Elle devrait demander à Orduño et à Chesca d'aller vers Aliaga immédiatement, où une femme pourrait être en danger ; mais elle ne veut pas perdre une minute. Ce n'est pas seulement l'urgence de sauver une vie qui la fait agir, elle veut aussi des informations sur le réseau Pourpre. Pour elle, Miguel Vistas n'est pas un fugitif. Ce n'est pas non plus un assassin sur le point de commettre un autre assassinat. Il est l'unique homme sur terre qui dispose d'informations sur cet enfant qui peut-être était son fils. Elle a un pistolet dans la boîte à gants et des menottes. Cela suffit amplement à effectuer une arrestation.

Aliaga, dans la province de Teruel, se trouve à trois cent vingt kilomètres de Madrid, en empruntant l'autoroute de Barcelone jusqu'à Alcolea del Pinar, un peu après Sigüenza, où Elena s'est arrêtée pour faire le plein. Elle se demande si elle ne devrait pas manger. Elle est pressée, mais quelque chose lui dit qu'elle a besoin de s'alimenter. Elle n'a pas dîné la veille, n'a pas pris de petit-déjeuner ce matin, elle est faible et en lambeaux. Elle commande un sandwich au jambon et un café bien chaud au bar de la station-service. Elle mange vite, elle ne veut pas prendre plus de temps que le strict nécessaire. Mais quelques bouchées pour résister à cette journée ne sont pas de trop. Elle ne sait pas ce qu'elle va trouver à Aliaga.

Elle se remet en chemin, tourne et prend la route qui va vers Monreal del Campo. Elle met près de trois heures pour arriver à Aliaga. Elle arrête la voiture sur la place de la mairie. Elle doit demander où vit Victoria Vistas, mais il faut que la réponse soit rapide et efficace. Elle imagine que le village, petit – moins de quatre cents habitants – est l'un de ceux où tout le monde se connaît. Elle localise un bar et s'adresse à la femme d'un certain âge et bien en chair qui, derrière le comptoir, lit un journal local avec un air d'ennui. Elle se présente comme inspectrice de police, pensant que cette information est de nature à encourager quiconque à aider une inconnue.

— Je cherche une femme qui s'appelle Victoria Vistas. J'ai cru comprendre qu'elle vit dans le village depuis plusieurs années.

— Celle de la grange ?

— Comment ?

— Ici on l'appelle comme ça. La femme qui a enfermé un môme dans une grange. L'homme qui a injustement été détenu en prison pendant sept ans… Elle n'en parle jamais, mais quelqu'un l'a appris…

— Oui, c'est elle, l'interrompt Elena. Vous savez où elle vit ?

— Allez jusqu'au sanctuaire. Vous trouverez une maison au milieu de nulle part. C'est là. Elle vit seule.

Comme souvent, les indications des habitants du cru semblent insuffisantes aux profanes.

— C'est dans quelle direction ?

— Suivez les indications du parc géologique. Avant d'y arriver, vous verrez un sanctuaire. La maison est là.

La femme termine son explication par un geste exprimant qu'il est impossible de se perdre. Elena espère ne pas avoir à revenir au bar après deux heures d'errance. Elle monte dans la Lada, parcourt la rue principale du village et trouve tout de suite un panneau indiquant le parc géologique. Aliaga est un ancien village minier et sur le chemin on peut encore voir des mines fermées depuis des années.

Un panneau indique la proximité du sanctuaire de Notre-Dame de la Zarza. Elena prend la déviation et à peu de mètres du fleuve Guadalope, elle aperçoit une ferme. Elle gare la voiture. Elle sort le pistolet de la boîte à gants et le range dans l'étui de sa ceinture. Elle prend les menottes et les met dans sa poche arrière. Elle se demande si c'est bien la maison. Elle devrait peut-être monter voir s'il n'y en a pas d'autre. Mais la serveuse semblait tellement sûre d'elle, comme s'il était impossible de se tromper. Pourquoi savait-elle tant de choses sur Victoria ? se demande l'inspectrice. Le récit de Victoria abandonnant l'enfant dans la grange pour s'offrir une virée avec un prétendant n'a pu que sortir de ses lèvres. Il est clair qu'elle a dû brûler d'envie de raconter son histoire lorsque Miguel Vistas a été condamné. Elena est toujours sidérée de voir jusqu'où peut mener la vanité humaine. On n'hésite pas à raconter une histoire, même dans laquelle on se trouve en mauvaise posture, dans le but d'obtenir un peu de notoriété.

Un sentier de gravier mène à la porte principale de la maison, une construction en pierre, très simple, avec un toit à deux pentes. Elena fait le tour de la maison à la recherche d'une piste. Derrière, il y a un 4×4 garé, dont les pare-chocs et les pneus sont couverts de boue. Les volets sont fermés et empêchent d'espionner à l'intérieur de la maison. Sur une petite esplanade de terre, il y a un fragile séchoir, construit avec quatre piquets cloués au sol et deux cordes ; et des vêtements étendus. Des shorts, plusieurs tee-shirts, des sous-vêtements féminins, une serviette. Un peu plus loin il y a un abri sans porte, comme un garage. Elle distingue un moto-cross et une bicyclette, en plus de quelques outils. Un potager pas loin ? Oui, à cinquante mètres environ de la maison, on voit un petit terrain cultivé. Elena ne sait pas ce qui pousse par là, elle ne connaît rien à l'horticulture. Elle confondrait aisément un chou et un potiron.

En faisant le tour de la maison, elle découvre qu'il y a une seconde porte d'entrée. Une porte en verre, qui conduit à une véranda avec un toit, un endroit agréable pour un dîner d'été. Les volets sont baissés, mais pas complètement. Si elle devait pénétrer dans cette maison, elle pourrait forcer cette porte et lever les persiennes de force. Mais avant de se décider à le faire, elle se dirige vers la porte principale et sonne. Personne n'ouvre. Elle recommence. Il n'est même pas deux heures de l'après-midi, impossible que Victoria fasse la sieste. Elle est peut-être dehors, mais le 4×4 est garé, et la moto et la bicyclette aussi. Et il est peu probable qu'une femme qui vit seule comme l'a dit la serveuse ait plus d'une voiture. Non, Elena est convaincue que Victoria est dans la maison.

Avant de vérifier ses conclusions, elle effectue une inspection plus précise du lieu. Il y a des traces de pas sur les graviers. Il y a un rideau courbé, comme formant un V, qui permet de voir une partie du salon. Elena regarde. Et elle découvre quelque chose qui la pétrifie. Une femme attachée aux pieds et aux mains, la bouche fermée avec un bout de scotch. Elle voit les pieds bouger de temps à autre, pris dans la corde, comme ceux d'un infirme. Elle examine la porte principale, en bois massif avec des clous en métal décorant les côtés. Une porte avec des serrures de fer. Elle tourne autour de la maison, brise le verre avec la crosse de son arme en se protégeant comme elle peut des éclats de verre et tire avec force sur la persienne vers le haut. Elle réussit à obtenir une ouverture suffisante pour se glisser dans le salon. À l'autre bout gît la femme attachée et bâillonnée. De prime abord, Elena la croit chauve. En s'approchant, elle se rend compte qu'on lui a rasé la tête et qu'elle a sur le crâne trois incisions circulaires.

— Victoria, je suis inspectrice de police, tu es en sécurité.

Elena sort son pistolet. Elle se dispose à libérer la femme et ne comprend pas le regard de panique que celle-ci lui jette. Comme si elle la prenait pour une justicière qui venait lui donner le coup de grâce. Mais avant de pouvoir lui retirer le bâillon, elle reçoit un coup sur la nuque qui la fait vaciller. Sa vue se trouble aussitôt et une nausée horrible lui descend de la tête aux pieds. Malgré la surprise, Elena réussit à comprendre qu'on l'a frappée avec un outil très lourd et qu'elle va tomber sur le corps de Victoria. Elle utilise son dernier instant de lucidité pour éviter une chute aussi douloureuse.

Lorsqu'elle se réveille, elle est attachée aux pieds et aux mains et porte, elle aussi, un bâillon. Elle est assise par terre, face à Victoria. Trois mètres à peine les séparent. Miguel Vistas est en train d'installer une caméra vidéo sur un pied. Ensuite, il sort d'un sac de sport une petite boîte et l'ouvre. Avec beaucoup de précaution il y introduit un doigt. Lorsqu'il le sort, celui-ci est recouvert d'asticots. Miguel s'approche de sa cousine et pose le doigt sur sa tête. Les vers, attirés par l'odeur du sang, descendent du doigt sur la tête et commencent à s'introduire dans les blessures de Victoria. Il aide un ver, qui ne veut pas, à descendre de son doigt. Ensuite, il s'installe derrière la caméra et met l'œil dans le viseur.

— Inspectrice, je vais te demander de t'approcher un peu de Victoria.

Elena est tellement sonnée qu'elle ne parvient pas à déchiffrer ce qu'il dit.

— Avance un peu, sur les fesses ce n'est pas si difficile. C'est pour te faire entrer en scène.

Elle comprend, maintenant. La souffrance de Victoria ne représente qu'une partie du divertissement qu'il s'apprête à filmer. L'autre, c'est sa terreur à elle quand elle va assister de près à ce qu'il se passe. Miguel gravit une marche de plus dans son exercice sadique. Une femme est dévorée lentement par les vers et une autre est témoin de ce qui lui arrivera à elle ensuite.

Mais elle obéit et se traîne vers Victoria.

— Parfait. Tu es très bien là, dit Miguel.

Il écarte l'œil de la caméra et lève le pouce en signe d'approbation.

— C'est important que tu sois naturelle, ne force pas les gestes, ne surjoue pas, surtout. Reste toi-même.

Miguel s'approche de Victoria et observe l'action des vers dans les trois incisions du crâne et dans la cicatrice circulaire qui les unit.

— Ça se passe très bien.

Elena veut lui parler, elle veut lui poser des questions sur les vidéos qu'il enregistre, elle veut savoir comment elles sont diffusées sur le *Deep Web*. Elle veut savoir s'il a des informations sur son fils. Elle tente d'articuler des sons à travers le scotch, mais le bâillon est si serré qu'elle ne parvient qu'à le gonfler un peu, comme un ballon.

— Tu vas t'étouffer si tu continues. Le mieux, c'est que tu restes tranquille et que tu regardes. Je t'assure que ça en vaut la peine.

Elena se rend compte que Victoria est inconsciente. Elle remercie le ciel, si elle pouvait faire un vœu, elle demanderait que la pauvre femme ne se réveille jamais plus ; qu'elle ne se rende pas compte de ce qu'on lui fait subir. Elle a du sang sur la figure, sur les bras, sur les vêtements. Les incisions ont provoqué une hémorragie terrible. Elle aperçoit aussi une pelle appuyée sur le mur. C'est avec ça que Miguel a dû la frapper. Sur une étagère de la bibliothèque, elle localise son arme. Il ne lui a pas enlevé les menottes. Elle le sait parce qu'elle les sent, qui lui font mal, qui s'enfoncent contre ses fesses.

Miguel s'est assis sur une chaise pliante et observe la scène, satisfait. Elena tente d'évaluer ses chances de survivre. La serveuse du bar pourrait passer par la maison, attirée par la curiosité, pour demander à Victoria ce que voulait cette inspectrice de Madrid. Mais elle ne sait pas si ça pourrait être utile. Peut-être qu'en voyant quelque chose de suspect, elle alerterait la garde civile. Mieux : Victoria est attendue quelque part et son absence va attirer l'attention. Le *modus operandi* de Miguel Vistas est effrayant, mais lent, ce qui permet à Elena d'envisager des possibilités de se sortir de ce guêpier. Elle est sûre qu'à la brigade, ils vont s'inquiéter, mais personne ne sait où elle est allée, sauf Salvador et sa femme. Elle n'a laissé aucune information sur ce qu'elle se disposait à faire. C'est son style, dans le fond elle aime être impulsive et dure, mais elle réalise maintenant combien ces traits de caractère jouent contre elle. Car Mariajo et Buendía auront beau enquêter, ils ne trouveront rien. Ils ne penseront pas à aller parler avec Salvador Santos ; la détentrice du secret, c'est Ascensión, mais ils ne penseront pas à elle, même pas aux moments les plus angoissants de leur recherche. Elena a la réputation d'être orgueilleuse, personne ne va s'imaginer qu'elle a eu l'idée d'aller dans le quartier de Los Carteros pour s'excuser d'avoir tout gâché. Qui peut la secourir ? Personne, conclut Elena. Elle est seule. Elle a des menottes dans la poche arrière de son pantalon. Elle peut peut-être les attraper avec un doigt et les utiliser pour couper la corde de ses mains. Elle ne se souvient pas d'une telle manœuvre, mais elle sait que si elle n'arrive pas à se détacher et à attraper son pistolet, elle est morte.

Miguel se lève, sort de la pièce. C'est le moment de fouiller dans sa poche arrière. Elena a besoin de se pencher vers l'avant et de décoller ses fesses du sol. Son index est déjà en contact avec les menottes. Elle doit parvenir à les sortir et à utiliser une des dents métalliques comme couteau. Ce n'est pas assez coupant pour trancher une corde, mais petit à petit, avec le temps… Elle se concentre pour trouver le point exact de la corde sur lequel elle va tenter d'agir à chaque essai, pour ne pas avoir à recommencer à chaque fois à un nouvel emplacement.

Elle ne se rend pas compte du retour de Miguel dans la pièce. Il s'approche d'elle, la regarde avec un visage de fou, la fait tomber d'une claque et sort les menottes de la poche arrière. Il les regarde avec un sourire et les pose à côté de son pistolet.

75

La vie est difficile pour Zárate au commissariat de Carabanchel. Les vacances d'été approchent et il faut signer des autorisations de sortie du territoire pour que les enfants de parents séparés puissent voyager à l'étranger. De toutes les tâches policières, celle-ci est sans doute la plus ennuyeuse.

— Où allez-vous ? demande Zárate à une femme accompagnée de deux adolescentes.

— À Estoril, dit-elle.

— À Estoril, ah oui ?

La femme le regarde sans comprendre. Les deux adolescentes rigolent.

— Le Portugal est dans l'Union européenne, les enfants n'ont pas besoin d'autorisation pour voyager.

— La compagnie aérienne nous demande une autorisation du père signée dans un commissariat.

— Ça va, je vous la signe, dit Zárate en reniflant. Je sais que ce n'est pas de votre faute, mais je vous assure que je ne suis pas entré dans la police pour faire ça.

Costa, son collègue, pénètre dans la salle.

— On t'appelle de la BAC. Je leur ai dit que tu es occupé, mais ils ont appelé trois fois. Vas-y, je termine.

Zárate sort et décroche le téléphone de la salle commune. C'est Mariajo.

— Tu as des nouvelles d'Elena ?

— La dernière chose que j'ai su d'elle, c'est que j'étais viré. Depuis, rien.

— Elle ne donne aucun signe de vie. On est très inquiets.

— Elle doit être chez elle en train de boire de la grappa.

— Zárate, je ne t'appellerais pas si ce n'était pas très urgent, plaide Mariajo. Il se passe quelque chose d'étrange.

— Et pourquoi penses-tu que je peux avoir des nouvelles ?

— Je ne sais pas, vous aviez une certaine forme de relation, non ?

Zárate réfléchit à la formule choisie par Mariajo : une certaine forme de relation.

— Oui, je suppose, nous avions une certaine forme de relation.

— Tu ne peux pas m'aider à la retrouver ?

— Je suis désolé, mais j'ai beaucoup de travail. C'est la haute saison dans les commissariats de quartier.

Il raccroche. À l'instant même, il regrette d'avoir été si tranchant avec Mariajo. Cette femme lui est plutôt sympathique. Il prend son portable et appelle Elena. Pas de réponse. Il regarde sa dernière connexion à WhatsApp. Rien depuis trente heures. C'est bizarre, même pour quelqu'un de fuyant comme elle. Il entre dans la salle des autorisations, et dit à Costa qu'il prend son après-midi et que si quelqu'un le demande, on dise qu'il a les oreillons.

Il se rend dans le bar où elle a l'habitude de prendre son petit-déjeuner et demande à Juanito, le serveur roumain, s'il a vu l'inspectrice.

— Ça fait longtemps qu'elle n'est pas venue. Je sais que la ligue de football est terminée, mais si tu la vois, dis-lui qu'elle passe pour la pré-saison.

— Je lui dirai de ta part, promet Zárate en sortant.

— Il entre aussi dans le karaoké. L'endroit est désert, les chaises sont posées sur les tables, le sol est astiqué et une odeur d'ammoniaque flotte dans l'air. Il y a quelque chose de triste dans les lieux festifs lorsqu'ils sont fermés, en attente du moment de ferveur. Une jeune fille nettoie les toilettes.

— Tu connais Elena Blanco ? Une inspectrice de police, une cliente, une habituée.

— Aucune idée.

— Elle vient presque tous les soirs, elle chante des chansons de Mina.

— De Mina ? Quelle drôle d'idée !

— Tu la connais ou pas ?

— Désolée, je ne sais pas qui c'est.

Zárate se dirige vers la rue Barquillo, il salue le gardien et monte aux bureaux de la BAC. Il parle avec Mariajo.

— Elle a emporté des disques que nous avons trouvés lors d'une perquisition, elle était très impressionnée. Pour te dire, elle s'est réfugiée aux toilettes pour vomir…

— Attends, attends, raconte lentement, je ne comprends rien.

Mariajo le met au courant. Elle lui raconte les dernières nouvelles de l'affaire, la libération de Miguel Vistas, nouvelle que Zárate avait apprise, les trouvailles dans la maison de La Serna del Monte, la perquisition, les vidéos de *snuff movies* qui sont diffusées sur le *Deep Web*.

— Tu as un rapport détaillé de tout ce que vous avez découvert depuis que je ne suis plus là ?

— Oui, bien sûr, c'est moi qui rédige ces rapports.

— Donne-le-moi, je veux l'étudier avec attention. Connaissant Elena, n'importe quel détail peut lui avoir paru essentiel. C'est une femme impulsive.

Mariajo est étonné de la connaissance qu'à Zárate de l'inspectrice malgré le peu de temps qu'ils ont eu affaire ensemble. Mais elle ne pose pas de questions. Elle est inquiète, elle veut savoir où se trouve Elena et ne sait pas où chercher.

— Quelle est la dernière personne qu'elle a vue ? demande Zárate.

— Je suis une des dernières, c'est sûr. Avant de venir à la BAC elle avait déjeuné avec Rentero.

Chesca entre dans la brigade et s'approche de Zárate avec provocation.

— Encore toi, qu'est-ce que tu fais ici ?

— Tu me manquais et je suis venu te voir.

— Dehors.

— C'est moi qui l'ai appelé, explique Mariajo. Je lui ai demandé de l'aide pour chercher Elena.

— Cet homme a été viré, il ne peut pas entrer ici, lance Chesca.

— Écoute, je ne viens pas parce que ça me fait plaisir, je viens donner un coup de main, dit Zárate. Ça te pose un problème ?

Chesca le regarde avec mépris et croise les bras.

— Tu veux que j'appelle la sécurité ?

Zárate sourit.

— Ce n'est pas la peine. Je n'ai plus rien à faire ici.

Zárate s'en va. Il est tellement en colère qu'il songe à retourner au commissariat de Carabanchel pour signer des autorisations de sortie du territoire aux enfants de parents séparés. Mais il se dirige de nouveau vers la plaza Mayor. Il veut entrer dans l'appartement d'Elena. C'est une vieille maison, les portes sont vulnérables, et Elena ne ferme jamais à clé. Il est choqué par cette négligence d'une inspectrice de police, mais il adore qu'elle soit ainsi, aussi légère et irresponsable. Il sort une carte de crédit, l'introduit dans l'interstice entre la porte et le cadre et, à la seconde tentative, la porte cède. Dans le désordre de l'appartement il ne tarde pas à mettre la main sur les disques confisqués dans la maison de La Serna. Au bout de dix minutes de visionnage, il appelle la hacker de la brigade.

— C'est quoi ce truc, Mariajo ?

— Ils commercialisent ces images, explique-t-elle. Ça s'appelle le réseau Pourpre. Tu as entendu parler du *Deep Web* ?

— Bien sûr, mais qu'est-ce que ça a à voir avec Miguel Vistas ?

— Il était le propriétaire de ces vidéos, et trafiquait probablement avec. Elena a été très impressionnée. Ce sont des enfants. Et tu sais que son fils a été enlevé il y a des années ?

Zárate copie les quatre disques. Il voit les bouteilles de grappa sur le sol. Il imagine Elena buvant toute la nuit, regardant et regardant les images plusieurs fois. Il imagine qu'elle est parvenue à une conclusion pendant un moment de lucidité. Mais laquelle ?

Il rappelle Mariajo. Elle ne sait pas ce que ça vaut, mais ce jour-là, elle a déjeuné avec Rentero, et en est revenue très en colère, lui dit-elle. Rentero, l'homme qui se prend la tête avec Salvador Santos. Le commissaire qui pour se faire un nom en politique n'hésitera pas à ternir l'image de son mentor. Y a-t-il une chance que cet homme lui raconte quelque chose ? Probablement aucune.

Il se dirige cependant vers la brigade des homicides et disparus et dit à un fonctionnaire qu'il veut parler avec Rentero.

— Il est en réunion.

— Je ne suis pas pressé. Je vais l'attendre.

Il s'assied sur un banc. Il sort son téléphone portable. Il consulte le WhatsApp d'Elena. Inactif. Deux heures passent. Rentero le reçoit très sèchement.

— Je ne t'attendais pas, Zárate, normalement les gens demandent un rendez-vous pour me voir.

— Je cherche l'inspectrice Blanco. Vous savez quelque chose ?

— Je sais qu'elle peut être n'importe où. Ne t'inquiète pas, elle réapparaîtra demain avec une gueule de bois monumentale.

— Je crois que vous avez déjeuné avec elle hier. Avez-vous parlé de quelque chose de spécial ?

— Je ne crois pas aux conversations spéciales, c'est un truc d'adolescents.

— Je comprends, mais était-elle préoccupée ?

— Elle était très préoccupée par l'idée de trouver Miguel Vistas. Je lui ai répondu que nous aussi, et que ce n'était plus de sa compétence.

— Eh bien je crois qu'Elena a continué à le chercher, même si vous le lui avez interdit.

— Ça ne m'étonnerait pas, mais je n'ai pas la moindre idée d'où elle peut être.

— Je crois que si, vous le savez.

— Pardon ?

— Ne le prenez pas mal, je veux juste la retrouver. Je crois qu'il y a un point de la conversation que vous avez eue avec elle qui peut être important. J'ai besoin que vous me le racontiez.

Rentero le regarde fixement pendant quelques secondes. Il se rassoit ensuite dans son fauteuil et se délecte de son indolence.

— Elle m'a demandé le dossier de Salvador Santos, celui concernant l'affaire Lara Macaya. Elle voulait savoir s'il y avait une piste sur l'endroit où se trouve une cousine de Miguel

Vistas ou quelque chose comme ça. Et je le lui ai refusé, car le dossier est sous investigation.

— Une cousine de Miguel Vistas ?

Rentero fait un geste d'ennui.

— Ou de son père, je ne suis pas très sûr. Elle pensait que cette femme serait la prochaine victime.

— Où est ce dossier ?

— Il est ici, je l'ai remis à la commission disciplinaire, mais je ne te le donnerai pas.

— Je vous supplie de me permettre de l'examiner, je peux le faire en votre présence. Je crois que la clé de l'affaire est dans ce dossier.

— Je l'ai refusé à l'inspectrice Blanco, je le refuserai d'autant plus à un agent imberbe d'un commissariat de quartier.

— Je comprends, mais il se peut que l'inspectrice Blanco soit en danger.

— Ça se peut, mais si elle l'est, ce n'est pas dans le dossier de Salvador Santos que se trouve la clé pour la sauver. J'ai cru comprendre que c'était ton mentor, n'est-ce pas ?

— Oui.

— Eh bien nous espérons que tu sauras prendre des distances et ne pas suivre son exemple.

Zárate comprend qu'il n'y a rien à faire. Il le savait. Rentero a trop d'aversion pour Salvador Santos pour tendre la main à un de ses protégés. Il rentre chez lui, se déshabille et allume le ventilateur. Il réfléchit. Rien ne vient. Il appelle Mariajo, mais rien de neuf. La seule chose qui lui passe par la tête est de pénétrer de nuit dans la brigade des homicides et disparus et de voler le dossier, de l'emporter chez lui et de l'examiner avec l'espoir d'y trouver quelque chose. Le domicile de la cousine de Miguel Vistas, peut-être. Mais ce serait dépasser une ligne rouge et les conséquences seraient très graves.

Il se rassure avec les paroles de Rentero. Elena réapparaîtra demain avec une terrible gueule de bois. Il peut l'imaginer esquivant les questions gênantes, faisant comprendre qu'elle a passé toute la journée à faire la fête, conservant sa pudeur en faisant la mystérieuse. Sur ces pensées, il s'endort.

76

Elena se réveille parce qu'une mouche lui chatouille le nez. Quelques secondes lui suffisent pour se rappeler où elle se trouve : dans le salon obscur d'une maison isolée à la campagne. Pieds et mains liés. Face à elle, un essaim de mouches bourdonne autour du corps de Victoria. Miguel Vistas étale du miel sur les jambes de la femme. Il a dû faire la même chose avec la tête. Plongé dans sa tâche, il ne se rend pas compte qu'Elena s'est réveillée. Mais il se retourne soudain et la surprend en train de regarder la scène avec horreur.

— Bonjour la dormeuse.

Elle bouge la tête pour chasser une mouche qui veut se poser sur son visage. Miguel rit.

— Si une seule mouche te gêne, imagine ce que tu vas ressentir lorsque je te couvrirai de miel.

Elle détourne le regard. Elle a envie de pleurer mais ne veut pas le faire. Elle se dit que pleurer devant son assassin est un peu avouer sa défaite. Elle se concentre pour retenir ses larmes.

— Regarde, on va juste faire un essai pour que tu voies.

Il s'approche d'Elena, lui remonte la jambe gauche du pantalon et commence à étaler du miel sur son tibia. Miguel Vistas semble hypnotisé par la couleur dorée du miel, il étale une couche épaisse avec soin, pour la rendre bien homogène. C'est le moment, songe l'inspectrice. Elle pourrait maintenant donner un coup de tête dans le visage de Miguel. Il y a un point exact, au-dessus du front, qui peut provoquer un évanouissement. Si elle se concentre sur ce point et frappe de toutes ses forces elle pourrait y arriver. Il continue d'étendre le miel sur sa jambe et sourit avec ravissement, comme s'il était en train de vernir un très joli meuble. Il faut attendre qu'il lève un peu le regard, le moment précis où il offre l'angle parfait pour l'attaque. Plusieurs mouches se posent sur la jambe d'Elena et commencent à manger le miel. Elle ne doit pas se laisser distraire, elle doit maintenir son attention et attendre le bon moment. Maintenant. Miguel hausse le regard pour l'observer, mais Elena ne se décide pas. Ses réflexes sont lents, elle se bloque, elle est morte de peur. Elle n'a pas osé encore attaquer.

Miguel sort une petite boîte de son sac de sport bleu. Il l'ouvre. Plusieurs mouches en sortent. Elles se répartissent sur les deux mets qu'elles ont à leur disposition.

— Et maintenant nous allons rendre la chose plus excitante.

Il sort de son sac un couteau. Il regarde Elena avec un sourire. Elle sait qu'il ne va pas la tuer tout de suite, ce serait trop tôt. Peut-être qu'il va se satisfaire d'une coupure au visage ou sur le bras, pour attirer plus de mouches. Mais Miguel s'approche de Victoria et lui plante le couteau sur un des gros orteils. Un gémissement fait sursauter Elena. Elle aurait juré que sa compagne d'infortune était morte, mais elle sait maintenant qu'elle ne l'est pas. Victoria est vivante et se tord de douleur pour la plus grande satisfaction de Miguel.

— C'est le même doigt de pied que les asticots m'ont bouffé dans la grange, dit-il. À ton tour de le vivre. Ce n'est que justice.

L'inspectrice Blanco évite de regarder sa jambe. Elle sait qu'elle est couverte de mouches ; mais, pour le moment, elles sucent le miel et elle ne court aucun danger. La scène à laquelle elle vient d'assister lui fait penser que Miguel agit par vengeance, elle n'est qu'une visiteuse inopportune dans son centre d'opérations. Cela lui donne un espoir minime de survivre. Elle observe les gestes de l'assassin. Il cherche quelque chose dans son sac de sport. Il en sort un rasoir électrique. Il vérifie les piles, regarde Elena et sourit.

— C'est l'heure de te raser.

Maintenant oui, Elena résiste. Elle bouge la tête d'un côté et de l'autre, tente de se protéger des mains de Miguel et voit une nuée de mouches bourdonnant devant ses yeux. Il la fait tomber sur le sol et l'immobilise avec un genou. Le bruit de la machine représente un murmure relaxant pendant que les mèches de cheveux tombent sur le sol. Ensuite il y aura les incisions dans le crâne pour que ce psychopathe puisse introduire les larves dans son cerveau. Le compte à rebours a commencé. Elle ne lutte déjà plus. Elle ferme les yeux et s'abandonne à ce qui doit se passer. Elle entend encore Miguel fouillant dans son sac de sport et au bout d'un moment, elle respire les effluves de l'éther.

— Tu vas dormir, c'est mieux pour toi.

Elena sent une gaze d'éther qui lui presse le nez. L'odeur est si pénétrante qu'elle en a la nausée. Peu à peu, elle sent une douce somnolence l'envahir. Elle s'endort.

Une douleur intense réveille Elena. Miguel est en train de tracer un cercle sur son cuir chevelu. Il le fait au couteau, en tentant de dessiner le serpent qui se mord la queue. Au début, ce n'est qu'une égratignure en surface, mais au bout de quelques secondes la pointe du couteau pénètre dans la peau à la recherche du cerveau. Elena se débat de toutes ses forces, elle bouge le corps avec des spasmes violents, comme un saumon pris dans le filet d'un pêcheur. Le couteau tombe sur le sol et Miguel l'attrape par le cou et lui flanque plusieurs coups de poing au visage. Si l'éther n'a pas réussi à l'endormir, une pluie de coups y parviendra. À ce stade, il a besoin de précision dans son travail. L'inspectrice ne doit pas bouger, c'est essentiel. L'odeur du sang se mélange aux restes de chloroforme et le résultat est nauséabond. Sa tête va éclater. Elle tente d'ouvrir les yeux et se rend compte qu'elle n'arrive à en ouvrir qu'un, la paupière de l'autre est collée à la chair par une croûte de sang. Dans ce moment de panique, elle comprend qu'elle est devenue sourde. Il n'y a plus de respiration sifflante, ni cris d'avertissement de l'assassin. Tous ses sens semblent être bloqués, ultime mécanisme de défense de son organisme pour lui épargner la souffrance finale.

Les coups ont cessé, son corps ne reçoit plus de nouveaux impacts et elle sait qu'à tout moment elle peut sentir la lame du couteau dans sa tête perçant le tissu pour parvenir au cerveau. Elle ne ressent pas la douleur. Elle est tout à coup plongée dans l'eau et les voix de la superficie lui parviennent atténuées. La persienne du salon s'est levée d'un coup avec vacarme, mais elle ne l'a pas entendue, Zárate est entré, le pistolet au poing, criant à Miguel de s'éloigner du corps et de mettre les mains sur sa tête. Ça non plus elle ne l'a pas entendu.

— Lâche le couteau ou je tire.

Les sensations d'Elena sortent de leur léthargie, les sifflements reviennent à ses oreilles, la vision partielle d'un œil qui lui permet de voir son compagnon avec le geste grave et le front brillant de sueur. Et elle comprend. Zárate l'a retrouvée. Zárate a continué d'enquêter de son côté ou bien il s'est inquiété de sa disparition et est parvenu jusqu'à Aliaga. Miguel a levé les mains et semble disposé à se rendre, mais il s'approche du trépied et le lance de toutes ses forces contre Zárate. Il profite de la confusion pour sortir du salon.

Zárate s'empresse de secourir Elena. Il lui enlève le bâillon, lui libère les mains.

— Va le chercher, lui dit-elle. Cours.

— Tu vas bien ?

— Cours. – Et lorsque Zárate sort du salon, elle ajoute : Je le veux vivant.

Elle n'a pas le temps d'expliquer pourquoi. Cet homme peut avoir des informations sur son fils. Elle a besoin de l'interroger, il se peut que Miguel Vistas ait les réponses qu'elle cherche depuis tant d'années.

Zárate quitte la maison, regarde d'un côté et de l'autre. Une petite colonne de fumée sort de la remise qui fait office de garage. C'est le tube d'échappement de la moto de cross. Zárate court dans cette direction, il n'est pas disposé à laisser Miguel Vistas s'échapper. Lorsqu'il arrive à la remise, il voit les clés sur la moto et le moteur en marche ; mais il n'y a personne. Avant de comprendre qu'il est tombé dans un piège, il sent la lame du couteau sur son cou.

— Le pistolet, entend-il.

Avec des mouvements très lents, Zárate lui tend l'arme. Miguel s'en empare et pousse Zárate vers la remise. Il le regarde en haletant de rage. Il dirige son regard aussi vers la maison, attendant l'apparition d'Elena.

L'inspectrice termine de se détacher la corde des pieds et s'approche de Victoria. Elle ne sait pas si elle est inconsciente ou morte. Son corps est rempli de mouches et sa tête couverte d'asticots, mais elle ne peut pas encore s'occuper d'elle. Elle prend le pistolet et les menottes sur l'étagère et sort. Elle est éblouie par le soleil et tarde à voir, près de la remise, Zárate désarmé, les bras en l'air et Miguel le pointant avec son pistolet. Elena arme son pistolet en une seconde et vise Vistas avec fermeté.

— Lâche l'arme, lui dit-elle.

Sa voix sort avec un son rauque étrange après toutes ces heures bâillonnée.

— Lâche la tienne, ou tu veux que je le tue ?

Miguel parle avec beaucoup de provocation, comme s'il avait la situation bien en main.

— C'est fini, Miguel : je te jure que je vais tirer.

— Tu es sûre ? Tu vas me tuer ? Tu vas tuer la seule personne qui sait quelque chose sur ton fils ?

— Que sais-tu de mon fils ?

Elena se sent de plus en plus terrifiée. Vistas savait-il depuis toujours, depuis la première fois où ils se sont vus dans la prison d'Estremera, qui elle est et qui est son fils ?

— Je vais tout te raconter, sourit Miguel, conscient qu'il a bouleversé la conscience de la policière. Mais d'abord nous allons assister tous les deux à une renaissance.

— Quoi ?

— C'est très simple, je te propose un marché. Je te dis ce que je sais de ton fils et tu me laisses partir. Mais nous ne voulons aucun témoin à ce pacte. Nous n'en avons besoin ni toi ni moi.

— Que sais-tu de mon fils ? répète-t-elle.

— Dieu de lumière, aide cet homme à renaître de ses péchés, dit Miguel.

On entend un tir. Mais ce n'est pas Zárate qui tombe. C'est Miguel. Elena lui a tiré dans la poitrine. Elle s'approche en courant.

— Il est vivant, nous allons bloquer l'hémorragie. Demande une ambulance. Je vais chercher des serviettes.

Elena part en courant vers la maison. Zárate sort son téléphone portable, demande des renforts sans perdre de vue Miguel qui se tord sur le sol et a le visage rempli de sable. On dirait qu'il tente de se lever, mais il n'y arrive pas. Il reste à plat ventre. Elena arrive avec deux gros chiffons. Quand, soudain, elle ne comprend plus ce qu'il se passe. Elle s'arrête au milieu du chemin. Miguel a bougé. Il a levé les fesses comme s'il était une chenille et se déplace en ondulant avec peine. Puis il se laisse tomber sur un objet qui le maintient en équilibre à quelques centimètres du sol. Zárate tourne autour et ils voient tous les deux que Miguel Vistas s'est planté le couteau dans l'abdomen.

Elena, désolée, regarde le cadavre. Elle n'a absolument pas besoin de vérifier, elle sait qu'il est mort. Zárate le lui confirme en s'approchant d'elle et en lui passant un bras autour des épaules.

77

Assise sur la terrasse du bar où elle a l'habitude de prendre son petit-déjeuner tous les matins, Elena Blanco regarde les passants oisifs et se demande pourquoi la vie est si étrange. Il y a des moments de quiétude et de beauté qui semblent insinuer que le bonheur est à portée de la main et qu'il suffit d'ouvrir son cœur et de vider sa tête pour le recevoir sans réserve. Elena sait que ce n'est pas tout à fait vrai. Elle se sent bien maintenant, il y a un peu de vent et la matinée est magnifique, mais sa tête peine à trouver le repos. Son esprit est assailli par un manège incessant d'images sinistres : les cadavres des sœurs Macaya, le suicide de Moisés, le désespoir de Jáuregui pour protéger son fils, la pauvre Victoria remplie d'asticots, le sourire de Miguel Vistas pendant qu'il lui étalait du miel sur le corps, Zárate visé par une arme et sur le point de mourir pour renaître, selon les principes d'une religion éteinte il y a plus de quinze siècles… Des images, des images d'enfants torturés par des hommes à capuche qui tournent dans sa tête. L'image de son fils incarnant un de ces enfants dans un nuage flou.

— Quelle tête de pirate ce matin, chef.

Juanito vient apporter sur la terrasse le café au lait qu'Elena a demandé. Il regarde le foulard qui lui couvre la tête et sourit comme s'il voulait montrer à l'inspectrice le côté ludique du monde. Comme si elle s'était déguisée. Elle sourit avec douceur, l'innocence de Juanito lui plaît, elle la console de la cruauté du monde. Il est la seule personne qui, en voyant le foulard, n'a pas conclu qu'Elena avait un cancer. C'est ce qu'ils ont tous cru ; ils l'ont pensé dans le groupe de deuil où elle a passé deux après-midis et elle n'a pas pris la peine de démentir. Il vaut mieux qu'ils pensent qu'elle est chauve parce qu'elle suit une chimiothérapie plutôt qu'ils sachent la vérité : c'est-à-dire qu'un fou lui a rasé la tête et lui a dessiné un ouroboros sur le crâne avec un couteau. De ce côté-là, Rentero s'est bien comporté et a empêché que le nom d'Elena sorte dans les journaux et à la télé.

La blessure cicatrise bien, lui a dit le médecin. Elle s'est coupé les cheveux qui restaient et qui lui donnaient l'air d'un clown et elle met un foulard par coquetterie. Ses cheveux mettront quelque mois à repousser jusqu'à la longueur qui lui plaît.

Dans le groupe de deuil, elle a rencontré Sonia Macaya et l'a trouvée plutôt bien, le soutien de Capi et du clan gitan l'ont aidée à sortir la tête de l'eau. Cette femme est maintenant un exemple pour Elena. Après avoir aperçu son fils dans les vidéos de *snuff movies*, elle a revécu l'enlèvement comme s'il avait eu lieu la veille. Elle a l'impression d'être retournée à la case départ, elle ne surmontera jamais le deuil de sa disparition. Mais le malheur vécu par Sonia est, quel que soit le point de vue d'où on se place, bien pire. Elle n'a plus aucun espoir de revoir en vie ses filles, mais malgré ça, elle semble avoir retrouvé l'illusion d'un avenir. Elena sait qu'elle doit apprendre des autres, être forte, comme son ex-mari, continuer à marcher.

Entraînée dans ses réflexions, elle décide d'aller au karaoké. Elle veut monter sur scène avec son foulard et chanter une chanson de Mina. Y parvenir serait un geste fort pour elle ; mais elle ne se décide pas. Elle se contente de boire des verres de grappa et de regarder les autres chanter. Ce n'est pas non plus un mauvais plan. Elle n'a pas renoncé à monter sur scène à la dernière minute, avec quelques verres de plus elle aura peut-être le courage nécessaire. Elle s'approche du bar pour demander un autre verre et voit Zárate qui entre. Elle ne sait pas si cette apparition surprise lui fait plaisir.

— Tu es seule ? demande-t-il.

— Je suis toujours seule.

— J'apporte de mauvaises nouvelles. J'ai appelé l'hôpital, Victoria Vistas est morte.

Elena prend quelques secondes pour digérer l'information. Le fait d'avoir partagé des heures de terreur avec cette femme avait créé un mystérieux lien entre elles. La première fois qu'elle est allée lui rendre visite à la clinique, Victoria venait d'être victime d'une hémorragie cérébrale et était opérée d'urgence. Elena avait attendu jusqu'à ce qu'elle sorte du bloc et soit amenée en soins intensifs. Les médecins l'avaient laissée la voir et elle s'était limitée à lui prendre la main et à l'observer pendant quelques minutes, comme pour lui insuffler une partie de sa force. Elle lui avait rendu visite encore à plusieurs reprises, mais elle n'avait pas réussi à lui parler, car la malade avait perdu toutes ses facultés cognitives.

— Une autre hémorragie cérébrale, explique Zárate. Cette fois elle ne l'a pas supportée.

— Quand je pense à ce que j'ai vu, c'est un miracle qu'elle ait résisté pendant tout ce temps.

— Elle savait qu'elle devait se cacher. Elle l'avait dit à Salvador Santos.

— Ça, tu ne me l'as jamais dit. Il avait réussi à lui parler ?

— Évidemment. Il l'avait trouvée à Aliaga et elle lui avait expliqué tout ce qui s'était passé dans cette grange. Mais elle a dit que jamais elle ne témoignerait dans un procès contre son cousin, qu'elle lui avait déjà fait assez de mal et ne voulait pas agrandir la blessure.

— Et toi, comment sais-tu tout cela ? C'est Salvador qui te l'a raconté ?

— Salvador n'est pas en condition de raconter quoi que ce soit. Ce qui lui permettra, au moins, d'éviter un procès. La commission disciplinaire a tenu compte de son état de santé.

— J'en suis heureuse pour lui et pour Ascensión, mais tu ne m'as pas répondu.

— Que veux-tu savoir ?

— Je veux savoir si tu as volé le dossier de Salvador pour me trouver et me sauver la vie. Je ne crois pas qu'ils t'aient suspendu pour avoir mal fait ton travail au commissariat de Carabanchel.

— Je préfère que tu ne saches pas la vérité.

— Pourquoi ?

— Parce que tu ne voudras plus me récupérer pour la BAC et c'est, pour l'heure, ma seule opportunité professionnelle.

— Je peux te surprendre. Essaie. Raconte-moi tout.

Zárate demande un whisky au serveur. S'il doit tout avouer à une femme aussi à cheval sur les principes qu'Elena, mieux vaut pouvoir se mouiller le gosier.

— Sache d'abord que j'ai essayé de bien faire les choses. J'ai voulu chercher des informations à la BAC, mais Chesca m'a viré. J'ai voulu discuter avec Rentero, mais il s'est fermé comme une huître et, en plus, il m'a insulté pour avoir défendu Salvador.

— Rentero n'est pas la meilleure solution pour chercher de l'aide. Il ne pense qu'à sa carrière et à sauver son cul.

— Cette attitude lui est plutôt favorable : il a reçu une médaille pour l'affaire des deux sœurs gitanes.

— Tant mieux pour lui ! Dis-moi ce que tu as fait pour me retrouver.

— Je suis entré, de nuit, dans la brigade des homicides et disparus, j'ai dit bonjour au gardien et je lui ai raconté que je devais transférer le dossier de Salvador au tribunal et, à mon grand étonnement, on me l'a donné.

— Je n'arrive pas à y croire.

— Même pas eu besoin de forcer l'armoire. Et donc je l'ai emporté chez moi et j'ai cherché comme un fou jusqu'à ce que je trouve une transcription de l'entretien de Salvador avec Victoria. C'est là qu'est apparu le nom d'Aliaga.

— Et qu'as-tu fait ?

— Seconde irrégularité ! J'ai emprunté une voiture de patrouille et je suis allé jusqu'au village. Le reste, tu le connais.

— Et donc tu entends entrer dans ma brigade d'analyse de cas alors que selon ton curriculum, tu voles des dossiers officiels et tu utilises des véhicules de police pour tes caprices…

— Tu l'as dit. Et ce n'est qu'un début.

Elena le regarde avec sérieux.

— Mais ce n'était pas un caprice, c'était pour te sauver la vie.

— Au risque de ruiner ta carrière.

— Il n'y a pas de situation parfaite.

Elena acquiesce, elle est d'accord. Elle prend son verre de grappa et le lève.

— Nous allons trinquer.

Zárate lève son verre.

— À quoi trinquons-nous ?

— À ton intégration à la BAC. Ça te semble une bonne raison ?

— Je ne sais pas si Chesca et Buendía vont être très contents, sourit Zárate.

Ils trinquent et vident leur verre cul sec. Il lui prend la main et lui donne un baiser dans le cou.

— Et si on finissait la fête chez toi ? murmure-t-il.

— Ça ne me dit rien, je suis désolée.

Zárate la regarde sans comprendre, s'apprêtant à insister avec humour, à la supplier pour flatter sa vanité. Mais à la voir si sérieuse et si triste, il se rend compte qu'il n'y a aucun moyen de la convaincre. Il décide de changer de sujet.

— Vous enquêtez sur le réseau Pourpre ?

— Mariajo est en train de déchiffrer les contenus et de pister des adresses, mais ce n'est pas facile.

— Et… – Zárate hésite. – Tu as appris quelque chose pour ton fils ?

Elena ébauche un sourire de fatigue.

— Je vais rentrer à la maison. Ça ne te fait rien ? J'ai envie d'être seule.

— Bien sûr. Tu veux que je te raccompagne ?

— Non. Bois un verre à ma santé. J'ai besoin de marcher. Demain, je t'attends à dix heures à la brigade.

Zárate lève le pouce.

78

Elena Blanco s'éloigne du bar à grandes enjambées. Elle ne veut pas laisser à Zárate l'opportunité d'insister, de la suivre, de lui éviter d'être seule. Elle marche vers son domicile ; sur la plaza Mayor, la vie continue, les touristes visitent Madrid, les petits pickpockets rôdent dans le quartier en quémandant une pièce, cherchant surtout des portefeuilles bien garnis. Elle préfère traverser la place très vite, comme elle le fait toujours, pour ne pas avoir à supporter la lourdeur éternelle des serveurs l'invitant à boire un verre en terrasse. Elle tient les clés dans une main et entre sous le porche obscur. Mais avant d'atteindre le premier étage, elle comprend qu'il y a une chose qu'elle doit faire tout de suite, qu'elle doit affronter, elle ne sait pas pourquoi, dès aujourd'hui.

Elle ressort, emprunte la calle Mayor, parvient à la Puerta del Sol. Elle est surprise par le nombre de gens qu'elle croise – elle a le sentiment, peut-être se trompe-t-elle, qu'à Madrid, on vit de plus en plus dans la rue, comme si la ville se transformait peu à peu en une ville du tiers-monde, de celles où on s'amuse dans la rue, où on s'aime dans la rue. Elle continue par Alcalá jusqu'à Barquillo. Étonnée de ne pas trouver Ramiro à la porte de l'immeuble qui abrite la brigade, elle regarde l'heure. Il est tard, plus qu'elle ne pensait. À sa place, il y a un autre homme, d'environ cinquante ans, peut être aussi un ancien policier, comme Ramiro.

— Je vais au quatrième étage.

— Bien sûr, inspectrice, allez-y.

Les bureaux sont déserts. Si au moins elle avait rencontré Buendía, Mariajo, Orduño ou Chesca, sur son chemin, peut-être aurait-elle renoncé à ce qu'elle va faire. Mais il n'y a personne pour l'en empêcher, pour lui faire comprendre que ça ne vaut pas la peine, que la vie continue.

Elle prend les bandes du réseau Pourpre et s'installe dans une salle de visionnage. La violence des images est insupportable. Les enfants crient, demandent de l'aide désespérément. Elle fixe l'enfant pixélisé qui n'est pas son fils. Elle le regarde chaque jour pendant des heures. Elle sait que si elle continue sur cette voie, elle va devenir folle.

Son mari pense que leur fils a été tué et qu'ils ne trouveront jamais le cadavre, ce qui lui permet de dormir tranquille. Mais ce n'est pas suffisant pour elle, si au moins elle avait pu l'enterrer… Elle continuera de le chercher, elle a la sensation qu'il apparaîtra au moment où elle s'y attend le moins, il suffit de garder les yeux bien ouverts.

Sur l'écran, un homme masqué viole une petite fille. Elle passe les images à toute vitesse, il y a tant de barbarie sur cette bande. Parfois ce sont des pères qui violent leurs propres filles ou des filles et des garçons offerts par leurs mères en échange de quelques euros pour qu'ils se fassent filmer… Des enfants qui peut-être à la fin de la vidéo iront se coucher en pleurant et qui peut-être ne se rendront pas compte de l'horreur de ce qu'ils ont subi. Des enfants qui pensent peut-être que la vie est ainsi, que ce qui leur arrive n'est pas anormal. Et, encore pire, des enfants qui en grandissant répéteront contre d'autres ce qu'on leur fait subir maintenant.

Une sonnerie sur son portable la fait sursauter. Elle suppose que c'est un message de Zárate pour la remercier de la rencontre qu'ils viennent d'avoir ; mais elle se trompe. C'est un mail avec un lien. Elle l'ouvre. Le lien s'avère être une vidéo. Elena a du mal à respirer.

Elle l'a perdu il y a huit ans, presque neuf, lorsqu'il en avait cinq, mais elle ne doute pas une seconde que le garçon qui apparaît au premier plan est son fils Lucas : ses yeux, son menton, les boucles de ses cheveux blonds…

— Bonjour maman.

C'est lui qui apparaît au premier plan et il s'adresse à elle.

— Cesse de me chercher, maman. D'accord ? Arrête maintenant. Tu ne peux pas imaginer la personne que je suis devenu.

Le plan s'ouvre et montre une pièce spartiate, transformée en chambre de torture. Il y a une adolescente attachée à une chaise. Et un autre homme avec le visage marqué par la variole, l'homme qui passait sous l'arche de la plaza Mayor. Le visage qu'elle cherche depuis tant d'années sur les photos prises depuis son balcon.

— Je vais te faire une petite démonstration, parce que, sinon, je sais que tu n'arrêteras pas.

Le fils d'Elena est un garçon de treize ans déjà. Il est grand et fort, sa voix résonne, à moitié mûre, oscillant entre le registre grave et l'aigu. Son regard pourrait être de défi, mais c'est un regard mort.

— Dis-moi que tu m'aimes quand tu auras vu ça.

Il prend un couteau et entame proprement le front de la fille qui crie et donne des coups de pied. L'homme au visage marqué par la variole la tient. Le fils d'Elena regarde la caméra.

— Ce n'est que l'apéritif. Si j'étais toi, maman, je ne regarderais pas la fin de la vidéo.

Elena n'arrête pas la vidéo, elle regarde les tortures jusqu'au bout. Elle doit retrouver son fils, il faut que ça s'arrête.

Les extraits en exergue des cinq parties, ainsi que leurs titres, proviennent de chansons interprétées par Mina Mazzini.

Il cielo in una stanza (Le ciel dans une chambre)
Auteur-compositeur : Paoli Gino
Éditeur : Universal Music Publishing Ricordi Srl

Vorrei che fosse amore (Je voudrais que ce soit de l'amour)
Auteur : Amurri Antonio
Compositeur : Canfora Bruno
Éditeur : Curci Edizioni (Curci France Edition)

Grande, grande, grande (Grand, grand, grand)
Auteur : Testa Alberto
Compositeur : Ceseri Elio
Éditeur : Peemusic Italy Srl

Città vuota (La ville vide)
Auteur-compositeur : Cassia Giuseppe

E se domani (Et si demain… ?)
Auteurs : Calabrese Giorgio, Jean Broussolle
Compositeur : Rossi Carlo Alberto
Éditeur : Universal / MCA Music Publishing

OUVRAGE RÉALISÉ
PAR L'ATELIER GRAPHIQUE ACTES SUD
REPRODUIT ET ACHEVÉ D'IMPRIMER
EN JANVIER 2019
PAR NORMANDIE ROTO IMPRESSION S.A.S.
À LONRAI
POUR LE COMPTE DES ÉDITIONS
ACTES SUD
LE MÉJAN
PLACE NINA-BERBEROVA
13200 ARLES

DÉPÔT LÉGAL
1re ÉDITION : FÉVRIER 2019
N° impr. : 1805287
(Imprimé en France)